suhrkamp taschenbuch 5028

Beaumont, Texas, Golfküste, Mitte der Siebziger. Die junge Privatdetektei »Phelan Investigations« ist dringend auf Aufträge angewiesen, und seien sie noch so seltsam und schwierig. Für einen Klienten, der anonym bleiben will, sollen Delpha Wade und ihr Boss Tom Phelan seinen lange verschollenen Bruder finden. Ein einfacher Fall von Familienzusammenführung? Falsch. Je tiefer die beiden graben, desto undurchsichtiger und mysteriöser wird die Affäre. Nur eines ist klar: Einer der Brüder scheint ein ziemlich übler Killer zu sein. Aber welcher von beiden? Nur gut, dass zu Delphas besten Eigenschaften ihre Sensibilität zählt – und deswegen hört sie einem jungen Mädchen ganz genau zu. Denn dieses Mädchen kann den Menschen ganz tief ins Herz schauen, selbst ins schwärzeste.

»Erhaben, ergreifend, komplex und wunderschön geschrieben. Lisa Sandlin hat eine herausragende Serie geschaffen, die die Leserinnen und Leser genießen werden.« *Kirkus Reviews*

Lisa Sandlin, geboren in Beaumont, Texas, lehrte lange Zeit in Omaha, Nebraska, lebt und arbeitet heute in Santa Fe, New Mexico. Für ihre Kurzgeschichten genießt sie höchstes literarisches Renommee und wurde vielfach ausgezeichnet. Für ihren ersten Roman, *Ein Job für Delpha* (st 4779), erhielt sie 2015 den Dashiell Hammett Prize für den besten Krimi des Jahres und 2016 den Shamus Award für »Best First Private Eye Novel«.

Lisa Sandlin

Family Business

Kriminalroman

Aus dem amerikanischen Englisch
von Andrea Stumpf

Herausgegeben von
Thomas Wörtche

Suhrkamp

Die Originalausgabe erschien 2019 unter dem Titel
Bird Boys
bei Cinco Puntos Press, El Paso.

Erste Auflage 2020
suhrkamp taschenbuch 5028
Deutsche Erstausgabe

Umschlagfotos: Jake Olson/Trevillion Images;
Jill Battaglia/Trevillion Images
Umschlaggestaltung: zero-media.net
Druck und Bindung: CPI – Ebner & Spiegel, Ulm
Printed in Germany
ISBN 978-3-518-47028-2

Family Business

1

Sobald die Polizei das Büro freigegeben hatte, beförderte Phelan das gelbe Absperrband in den Müll und beauftragte eine Reinigungsfirma damit, mit einem Dampfstrahler das Blut vom Holzboden zu entfernen und den Fleck abzuschleifen. Er zahlte sogar eine Wochenendzulage. Trotzdem roch es komisch – nach Bleiche und darunter ein Hauch von etwas nicht mehr Lebendigem. Er schob die Fenster hoch und die hereinwabernde Augusthitze Beaumonts gab der ächzenden Klimaanlage den Rest.

Das Radio kaperte seine Aufmerksamkeit: Der Senat hatte ausnahmsweise mal seine Arbeit getan und Kissinger und Nixon den Geldhahn für die Bombardierung Kambodschas zugedreht. Pfoten weg, Jungs. Die Nachrichten blendeten in *Why can't we be friends?* von War über. War der DJ von KJET zynisch? Sentimental? Beides?

Phelan bückte sich in einer abgetragenen Jeans und Unterhemd zu dem Farbeimer und stemmte ihn mit einem Schraubenzieher auf. Unter dem Deckel strahlte ihm Apollo White entgegen. Er ließ etwas von dem warmen Weiß in die Farbwanne schwappen und tränkte die Lammfellrolle darin.

Nachdem er damit einmal über die schimmelgrüne Wand gerollt war, trat er einen Schritt zurück und riss die Augen auf. Wahnsinn, wie von Flutlicht bestrahlt.

Das Büro musste ja ziemlich schäbig gewirkt haben. Schmuddelig. Ob Miss Wade das bemerkt hatte? An ihm war es komplett vorbeigegangen. Die beiden Räume, die er für sein Detektivbüro angemietet hatte, waren ihm wie ein Palast vorgekommen.

Erneut tauchte er die Rolle in die Farbe und fuhr damit schwungvoll über die Wand. Schwer zu sagen, ob es gut war, ein bisschen grell vielleicht. Aber Hauptsache, das Büro sah irgendwie anders aus und nicht mehr wie der Ort, an dem Deeterman versucht hatte, sie umzubringen.

Das Telefon klingelte. Er wischte sich die rechte Hand mit einem Lumpen ab, schob die Abdeckplane von dem Metallschreibtisch – und, *Scheiße*, hinterließ einen Handabdruck auf dem schwarzen Hörer, als er abnahm.

»Phelan Investigations.«

»Spreche ich wohl mit Mr Phelan persönlich?«

Eine ältere tiefe Stimme, überaus höflich.

Höchstpersönlich, dachte Phelan und sagte: »Ja, Sir. Was kann ich für Sie tun?« Er sah auf die Wand hinter dem Schreibtisch, die die Farbe am dringendsten nötig hatte: Sie war mit rostroten Spritzern und Flecken übersät.

»Mein Name ist Xavier Bell. Ich glaube, ich habe mit Ihrer Sekretärin gesprochen, Miss Delpha Wade. Sie hat mir Ihre Honorarsätze genannt. Ich würde gerne nächsten Monat persönlich bei Ihnen vorbeikommen, und da dachte ich, ich melde mich jetzt schon einmal an.«

»Das ist angesichts unserer engen Termine eine gute Idee, Sir. Wann würde es Ihnen denn passen? Dann schau ich in unserem Kalender, ob wir was frei haben.« Genauer gesagt: Er würde einen Blick auf die gähnend leeren Seiten des Tischkalenders werfen.

»Vielleicht dürfte ich erst einmal kurz meinen Kalender konsultieren, Mr Phelan?«

»Klar.« Im Hintergrund war leises Murmeln zu hören, so als konsultierte Mr Bell keinen Kalender, sondern ein ganzes Gremium. Das war ihm recht, seinetwegen konnte sich der Mann mit der UN-Vollversammlung beratschlagen.

Er winkte die Männer herein, die eine neue gebrauchte Couch für das Sekretariat lieferten. Zwei dick gepolsterte Sessel, die sich zu einer kurzen Couch zusammenschieben ließen. Hübsches Aquamarinblau, wie das Meer, bevor das erste Schiff zu Wasser gelassen wurde. Er hatte sie billiger gekriegt. Ursprünglich war die Couch ein aus mehreren zusammengehörenden Stücken bestehendes »Modularmöbel« gewesen, wie es bei L&B Pre-Owned Furniture hieß, aber Lester, dem Möbelhändler, fehlte ein Endstück. Pech, wenn man seinen Ellbogen auf einer schönen bequemen Armlehne abstützen wollte.

Lester stand im Türrahmen und sah zu, wie zwei L&B-Arbeiter die alte karierte Couch packten und hochstemmten. Als sie sie an ihm vorbeitrugen, deutete er auf den Karostoff und hielt sich die Nase zu. Phelan legte die Hand über die Sprechmuschel und schnaubte verächtlich. Dann rollte Lester einen nur leicht abgewetzten Mandantenstuhl herein und stellte ihn neben die Polstersessel. Mit angehobenen Augenbrauen schob er den blutbefleckten Lederstuhl hinaus, den selbst Wasserstoffperoxid und Lederreiniger nicht hatten retten können. Noch einmal steckte er den Kopf durch die Tür und rieb Daumen und Zeigefinger aneinander. Phelan spreizte die Finger: fünf, ungefähr um die Zeit würde er rüberkommen und bezahlen. Lester streckte den Daumen in die Höhe und polterte die Treppe hinunter.

Mr Bell hustete kurz Schleim ab. Er hatte sich für Freitag,

den 7. September, um zehn Uhr morgens entschieden. Ob das passen würde?

»Ja«, sagte Phelan. »Sind Sie eigentlich der Gentleman, der nicht ... gefunden werden will?« Miss Wade hatte ihm berichtet, dass jemand angerufen hatte, der unsichtbar bleiben wollte. Für jemanden.

»Ich will, dass Sie meinen Bruder suchen, Mr Phelan. Daher kann man wohl eher sagen, dass er derjenige ist ... der nicht gefunden werden will.« Mit weiteren Einzelheiten wollte Mr Bell lieber warten, bis sie unter vier Augen miteinander sprechen konnten.

Okey-dokey. Der Termin war in dem Kästchen mit der 7 im September eingetragen. Phelan hängte ein, nahm die mit Apollo White getränkte Lammfellrolle und rollte damit über die Flecken und verspachtelten Stellen an der Wand. Seine Laune hellte sich zusehends auf.

Die Wand mit dem Fenster, das zum New Rosemont Hotel hinaussah, war fast fertig, er musste nur noch einmal über die Fensterlaibung rollen. Himmel, das Büro sah jetzt schon ganz anders aus.

Als Nächstes nahm er sich die Wand mit der Verbindungstür vor. Die ging schnell. Er stellte die Farbwanne hinter seinem Schreibtisch vor der Wand ab, die am dringendsten gestrichen werden musste – eine Explosion aus rotbraunen Flecken und Spritzern wie ein erstarrtes Feuerwerk –, dann hüpfte er schnell ein bisschen auf der Stelle und kreiste mit den Schultern, um sie zu lockern. Das Telefon klingelte.

Schon wieder? Das lief ja wie geschmiert. Triumphierend ballte er eine Faust, dann umfasste er den Hörer mit einem Lumpen und hob ab.

Sein Gesicht wurde hart. »Ja, ich bin Tom Phelan. Entschuldigung, aber wiederholen Sie das bitte – wer sind Sie? Okay, Doktor, verstanden. Wohin haben sie sie gebracht?«

Phelan drückte kurz auf die Gabel, dann drehte er die Wählscheibe mit rasendem Zeigefinger. »Es ist dringend!«, blaffte er die Empfangsdame am anderen Ende der Leitung an und erschreckt stellte sie ihn sofort durch. Sobald Miles Blankenship Esq., Rechtsanwalt, sich meldete, platzte Phelan mit seinem Anliegen heraus: Eine Freundin von ihm sei in Polizeigewahrsam und brauche dringend einen Rechtsbeistand, und außerdem dürfe sie keinesfalls einen Fuß in eine Zelle setzen.

Kurz umriss er die Situation: Hatte Miles die Schlagzeilen im *Enterprise* über die ermordeten Kinder gelesen? Der Mann, der sie ermordet hatte, war in der Orleans Street umgebracht worden – hatte Miles davon gehört? Okay. Das Ganze war in Phelans Büro passiert, und getan hatte es Phelans Sekretärin. Reine Notwehr. Der Mann hatte sie mit einem Messer angegriffen und schwer verletzt. Da war noch was, das Miles unbedingt wissen musste. Sie war nach vierzehn Jahren in Gatesville auf Bewährung draußen. Die Anklage hatte damals auf Totschlag gelautet: Sie hatte einen Mann getötet, der sie vergewaltigt hatte.

»Dann ist das also der zweite –«

»Sie ist erst seit fünf Monaten draußen. Ich will nicht, dass sie wieder eingebuchtet wird.«

»Das hab ich schon verstanden, Tom. Sag mal, war sie bewaffnet bei der Sache in deinem Büro?«

»Nein. Sie war nicht bewaffnet. Sie hat eine Whiskyflasche zerschlagen und ihn mit dem Flaschenhals erwischt.«

Phelan wischte alle Einwände beiseite. Es war ihm

schnurzpiepegal, dass Miles Blankenship auf Scheidungen spezialisiert war. Miles hatte eine Zulassung und er war der einzige Anwalt, den Phelan kannte. Miles sollte, bitte, jetzt sofort auf das Polizeirevier kommen – nicht gleich, nicht nachher, sondern jetzt sofort. Phelan würde ihn dort treffen.

Unten auf der Straße schloss er den Kofferraum auf, in dem er seine Privatdetektivausrüstung lagerte, schnappte sich das Ersatzhemd und die Hose und zog sich mitten auf der Orleans Street um. Sollten die beiden Typen in dem Chevy C-10 doch zu ihm rüberpfeifen.

Er rannte die Betonstufen hinauf.

Sein Plan: An dem Resopaltresen und dem ehrenwerten Sergeant Fontenot mit den Drahtbürstenbrauen vorbei, der wahrscheinlich dahinter wachte. Nach links in den Dienstraum schwenken, vorbei am Schwarzen Brett mit den hektographierten Bekanntmachungen, den Cops, die an ihren Schultischen saßen, quatschten und auf Schreibmaschinen herumhackten, vor sich ein, zwei Diebe auf Klappstühlen. Die Arrestzelle rechts liegen lassen und direkt in E. E.s Büro, wo er seinen Onkel, den Polizeichef, überzeugen würde, Delpha Wades Aussage aufzunehmen, ohne sie erst zu verhaften, ihr die Fingerabdrücke abzunehmen und sie in eine Zelle zu sperren.

Nur stand diesem Plan die Etikette auf Polizeirevieren entgegen. Und auch die Benimmfibel für Neffen von Polizeichefs. Für das, was Phelan vorhatte, galt das Handbuch für Arschkriecher. Trotzdem ging er nach einem knappen Nicken zum diensthabenden Officer einfach weiter.

»He! Wer hat Ihnen gesagt, dass Sie hier einfach reinspazieren dürfen, Tom Phelan?«

Zwei Uniformierte lachten keckernd. Phelan brachte sie mit einem Blick zum Schweigen, dann beugte er sich über die zerkratzte Resopalplatte. Statt dem Sergeant zu sagen, dass er hier war, weil er der Erste am Tatort – immerhin sein Büro – gewesen war oder weil Delpha Wade seine Angestellte war, was hier ja wohl jeder wusste, zischte er: »Sie haben gesagt, dass es keine Anklage geben würde.«

Zwei widerspenstige graue Bürsten senkten sich über Sergeant Fontenots kleine, sorgenvolle blaue Augen. Genau das hatte er gesagt, und jetzt, offenbar selbst überrascht von dem Wirbel, gab er den Ahnungslosen. »Um wen geht's denn?«

Phelan verzog den Mund. »Delpha Wade. Der Doktor hat mich gerade angerufen und gesagt, dass die Polizei im Krankenhaus war und sie hierher schleift.«

»Von Herschleifen kann ja wohl kaum die Rede sein! Abels und Tucker haben ihre Samthandschuhe angezogen, als sie los sind. Wir wollen ihr nur ein paar Fragen stellen.«

»Darf ich Ihnen erst mal eine Frage stellen, Sergeant Fontenot? Wie viele kleine Jungen habt ihr bei Deetermans Haus ausgebuddelt? Wie ist der aktuelle Stand?«

Jetzt drehten sich die Uniformierten zu Phelan.

»Sechs. Bislang. Sie suchen jetzt auch an anderen Stellen.«

»Meinen Sie dann nicht auch, dass sie der Öffentlichkeit einen Dienst erwiesen hat, als sie den Kerl aus dem Weg geräumt hat, der das mit den Kindern angestellt hat?«

»Logo!«, rief einer der Uniformierten, ein weißer Jüngling mit wirren Haaren, der mit großen roten Ohren ihrem Gespräch lauschte.

»Klappe, Wilson«, sagte Fontenot müde und senkte das

Kinn. Dann sah er Phelan an. »Ist nicht so, dass wir das nicht wüssten.«

»Warum bringen Sie sie dann überhaupt hierher?«

»Weil's Ihr Onkel angeordnet hat. Er ist der Chief hier, falls Sie's vergessen haben sollten. Von Ihnen lässt er sich jedenfalls nichts sagen. Nehmen Sie's mir nicht krumm, *mon cher*, aber Sie sind Privatschnüffler und noch nicht mal sechs Monate im Geschäft.«

»Stimmt, Sergeant. Aber ... vielleicht darf ich Sie an das erinnern, was Sie zu mir gesagt haben, als meine Sekretärin um ihr Leben kämpfte. Sie haben gesagt, dass niemand die Frau anfasst.«

»Das mein ich immer noch so. Aber das ändert nichts dran, dass wir 'ne ganze Menge Papierkram erledigen müssen, wenn jemand jemanden umbringt. Also pflanzen Sie Ihren Hintern auf den Stuhl da.«

Fontenot wartete, bis Phelan sich gesetzt hatte, dann grummelte er etwas in die Sprechanlage. Er sprach mit E. E., wie Phelan wusste, weil er auf Französisch grummelte.

Edouard Etienne Guidry, geboren in New Orleans, Louisiana. Äußere Merkmale: klein, dunkelhaarig, gutaussehend, auffallend gekleidet. Verheiratet mit Phelans Tante Maryann, der jüngeren Schwester seiner Mutter. Phelan hielt große Stücke auf ihn, und von solchen Männern gab es nicht viele.

Chief Guidry bog um die Ecke, ging an den Schreibtischen vorbei und fuhr sich mit seinen kräftigen Fingern durch die silbergrauen Haare. Der Knoten seiner Op-art-Krawatte baumelte über seiner breiten Brust. Als Phelan aufstehen wollte, verdrehte er die Augen und drohte ihm mit dem Finger. Rasch setzte Phelan sich wieder.

E. E. stand in Hemdsärmeln da, die Hände in die Hüften gestemmt, zwei Glitzersteine am kleinen Finger, daneben ein breiter Ehering. »*Tete dure*. Wer hat dich davor gewarnt, eine Knastschwester einzustellen?«

Phelan senkte seinen Dickkopf. »Sie hat's abgesessen. Das weißt du genau – 59 ist sie in den Bau gewandert und im Jahr unseres Herrn 1973 rausgekommen. Sie hat noch mal neu angefangen. Das Schlimmste, was ihr passieren kann, ist, wieder in den Knast zu kommen.«

E. E. starrte ihn wortlos an.

»Ja, gut, okay, ich bin ein Arschloch und misch mich in eure Arbeit ein. Tut mir leid. Aber ich muss einfach hier sein.«

»Da haben wir's. Es geht um dich.«

»Zum Teil, ja. Sie hat nur im Büro gesessen und Briefe in Umschläge gesteckt. Dabei hätte ich dort sitzen sollen und mir hätte man das Messer reinrammen sollen. Aber vor allem geht's um sie und darum, was dort passiert ist. Es war reine Selbstverteidigung und sonst nichts.«

»Das Mädchen hat schon länger mit der Polizei zu tun, als du weißt, wie man Taschenbillard spielt. Sie weiß, wie's läuft.«

»Das heißt aber nicht, dass sie nicht jemanden an ihrer Seite brauchen kann.«

Die Augen seines Onkels wurden schmal. »Ist das da dieser Jemand?«

Phelan drehte sich um und erblickte Miles Blankenship, der gerade durch die Doppeltür trat und seine Pilotensonnenbrille abnahm. Ein neutraler Gesichtsausdruck kam zum Vorschein. Wenigstens war Phelan ziemlich sicher, dass es Miles Blankenship war. Er hatte am Telefon mit ihm gesprochen, ihn aber seit zehn Jahren nicht mehr gesehen, und beim letzten Mal hatte er eine lange schwarze Robe und einen Doktorhut getragen. Der elegante Mann, der durch die Tür kam, trug einen eng geschnittenen Nadelstreifenanzug mit breitem Revers und moderater Schlaghose mit Bügelfalte. Sein schwarzer Kalbslederaktenkoffer musste mit Zwanzigern poliert worden sein, um diesen sanften Schimmer zu bekommen.

»Weißt du, Tom«, E. E. funkelte Miles an, »du hast dich schon wie der letzte Idiot aufgeführt und bist ein echter Schafskopf und ich weiß, dass du Mumm in den Knochen hast. Aber dass in dir auch ein Judas Iskariot steckt, merk ich zum ersten Mal.«

»Hör mal, E. E., das ist ein Freund von mir aus der Highschool. Er ist mir eingefallen, als ich überlegt habe, wer Delpha helfen könnte.«

»Kommst du für sein Honorar auf?«

Phelan nickte.

»Weil du ja in Kohle schwimmst. Privatdetektive haben's ja dicke. Bist ein richtiger Dukatenscheißer.«

Er ließ E. E.s Worte wie Squashbälle an sich abprallen und verkniff sich eine Erwiderung. Sein alter Freund stellte sich zu ihnen.

»Chief, mein Name ist Miles Blankenship. Von der Kanzlei Griffin und Kretchmer. Freut mich, Sie kennenzulernen. Ich vertrete –«

»Weiß schon.« E. E. schüttelte Miles' Hand und ließ sie sinken, als sich die Tür erneut öffnete.

Detective Fred Abels, Koteletten, Schnauzer und Hahnentritt-Jackett, führte sie am Ellbogen herein. Detective Tucker bildete die Nachhut, ein stämmiger Mann mit eingedrückter Nase in parkbankgrünem Freizeitanzug mit modisch breitem Kragen. Kurz stieg Dankbarkeit in Phelan auf, dass E. E. ihr keine Handschellen hatte anlegen lassen, dann Mitgefühl, als er die blasse Delpha Wade zwischen den beiden Detectives musterte. Alle sahen sie an, wie Phelan mit einem Blick in die Runde – bestehend aus E. E., Fontenot, Miles – feststellte.

Bluse wie vom Schlachthof.

Phelan wurde heiß im Nacken.

Er wusste, was in seinem Büro passiert war, weil er gleich danach dort eingetroffen war. Die Cops würden sie fragen, wer den Kampf angefangen hatte, der Mann, der ins Büro gekommen war, oder Delpha. Offenbar wollte sie der Polizei einen Eindruck von dem Geschehen verschaffen, sonst hätte sie was Sauberes angezogen, denn das bekam man – ja, tatsächlich – im Krankenhaus.

Der blutumrandete Riss in der zerknitterten weißen Bluse und der breite rostrote Streifen, der von dort nach unten führte, zog die Blicke auf sich. Die braunen Flecken und Blutspritzer am Kragen stammten wahrscheinlich nicht von ihr, dachte Phelan, aber sie verstärkten den grausigen Effekt. Der marineblaue Rock war an der Taille schwarz. Ein leichter Geruch nach Eisen und nach etwas Verdorbenem umgab sie. Nur unter Mühe schien sie gehen zu können.

Delphas Blick wanderte über die Umstehenden, blieb bei Phelan stehen. Ihre hellbraunen, nicht ganz schulterlangen Haare waren zerzaust, und sie hatte sie nicht zurechtfrisiert. Auf den hohen Wangenknochen waren weder Puder noch Rouge. Der Mund war blassrosa geschminkt. Sie sah ihn eine halbe Ewigkeit an, bevor sie den Blick wieder abwandte.

E. E. stellte sich Delpha vor und erklärte, er würde ihr gerne ein paar Fragen stellen, um die Lücken zu füllen, reine Routine. Dann kam Miles. Er sagte, er sei da, um ihr Rechtsbeistand zu leisten, wenn sie einverstanden sei. Delpha nickte knapp und machte dabei einen kleinen Schritt zur Seite, fast als würde sie zusammensinken, und der Anwalt hielt sie am Ellbogen fest. Fragte, ob die Detectives sie über ihre Rechte aufgeklärt hätten.

»Wir haben sie nicht verhaftet«, sagte E. E. »Wir wollen nur ihre Aussage aufnehmen. Dazu, was passiert ist.« Er nickte Abels zu. »Bringt sie in mein Büro.«

Miles, ehemaliger Tambourmajor, Abschiedsredner an der Highschool und Scheidungsanwalt der Luxusklasse, bewegte sich zwar auf unbekanntem Terrain, strahlte aber gelassene Kompetenz und maßgeschneidertes Selbstbewusstsein aus, so als sei er jeden Dollar wert, den man ihm zahlte. Phelan wusste, wie man seine Muskeln spielen ließ, aber so geschickt war er dabei nicht.

Delpha sah wieder zu Phelan. »Haben Sie ihn meinetwegen kommen lassen?«, sagte sie leise, damit nur er sie hören konnte, und das matte Blaugrau ihrer Augen leuchtete auf.

Phelan reckte das Kinn.

Die Detectives schoben sie an ihm vorbei. Miles warf Phelan einen Blick zu und ging ihnen hinterher. Das Treiben im Dienstraum, das Gequassel, Schreibmaschinengeklapper, Aktenordnen, Telefonieren, Chipstütenknistern und Zigarettenrauchen – all das würde schlagartig aufhören, dachte Phelan, wenn sie die Frau mit der Blutbadbluse an ihnen vorbeigehen sahen.

E. E. tätschelte Phelans Brust. »Wir brauchen dich nicht, Tommy. Deine Aussage wurde ja schon am Tatort aufgenommen.« Mit diesen Worten drehte er sich um und folgte den anderen.

Phelan ging in den Waschraum und schrubbte seine mit Farbe bekleckerten Fingerknöchel und Nägel, den Stumpf des linken Mittelfingers, die Handgelenke. Kam zurück und setzte sich auf einen der Stühle, die unter dem langen Fenster standen. Trotz Jalousien und Klimaanlage war es brütend heiß. Die Zeiger der Wanduhr rückten ein Stück vor, dann blieben sie kurz stehen, sprangen zurück, holten ein paar vergessene Minuten nach und schleppten sich wieder weiter. Er saß da, rauchte und schwitzte vor sich hin.

Von Zeit zu Zeit verließ Fontenot seinen Tresen, kehrte zurück, hob das klingelnde Telefon ab und machte sich auf einem Klemmbrett Notizen. Beantwortete gewissenhaft die Fragen von Besuchern und achtete peinlich darauf, dass seine Augen nicht in Phelans Blickfeld gerieten.

2

Die frisch genähte, tiefe Wunde fühlte sich an, als würde vom Nabel bis zum Rückgrat ein Haken in ihr stecken. Ihr Bauch war verkrampft und brannte.

Aber als Miles Blankenship in seinem schicken Anzug kam, wurde Delpha Wade fiebrig leicht und sie bekam weiche Knie. Ein Anwalt wie aus dem Bilderbuch. Er ging, als würde die Straße sich eigens für ihn ausrollen. In einem Anzug, der aussah, als wäre er eigens für ihn genäht worden. Der gelassene, selbstverständliche Ton, in dem er mit dem Chief sprach, klang, als würde er sich nicht *ein einziges Mal* fragen, ob und wie ihm geantwortet würde. Miles Blankenship könnte mit jeder Antwort umgehen, er gehörte hierher, in dieses Revier, gehörte hinter den schweren Kanzleischreibtisch, den er sicher besaß, in ein Restaurant mit Samtvorhängen, an einen der vorderen Tische. Und ein solcher Anwalt war gekommen, um ihr zur Seite zu stehen. Sprach für sie, Himmelherrgott, umgab sie mit dem Schutz des Gesetzes, als wäre es ein warmer Mantel, nicht ein löchriges Netz. So ein Anwalt bedeutete den Unterschied zwischen vierzehn Jahren und einem Leben in Freiheit. Sie wappnete sich schon mal für den Fall, dass es auf einmal Sterntaler regnete.

Abels und Tucker steuerten die Stühle auf der anderen Seite des Tischs an, vor dem sie und ihr Anwalt standen. An der Wand rechts von ihr lehnte Joe Ford, Delphas Bewährungshelfer, über eins neunzig und chronisch schlecht gelaunt. Eine der vielen Anweisungen von Joe Ford bei ihrem ersten Treffen hatte gelautet: *Der auf Bewährung Entlassene darf kein Messer mit einer mehr als fünf Zentimeter langen Klinge besitzen, außer einem Küchenmesser und nur, wenn der Bewährungshelfer es gestattet.*

Joe sah ihr in die Augen, sein Blick flackerte. Wahrscheinlich passte es ihm nicht, wegen eines seiner Schützlinge hierherzitiert worden zu sein und sich mit dem Polizeichef, einem Anwalt und bestimmt gleich auch noch dem Staatsanwalt herumschlagen zu müssen, die alle weit über seiner Gehaltsklasse lagen. *Mr Ford, ich hatte kein Messer mit einer fünf Zentimeter langen Klinge. Auch keins mit einer zwanzig Zentimeter langen Klinge. Nur eine Whiskeyflasche in der untersten Schublade. Aber das ist egal, scheißegal, weil letztlich hieß es er oder ich.*

Tucker mit der eingedrückten Nase setzte sich auf den ersten Stuhl, legte den Kopf in den Nacken und nieste laut. Er klopfte seine Taschen nach einem Taschentuch ab, fischte es heraus. Mr Blankenship zog für Delpha den Stuhl gegenüber von Tucker zurück, deutete mit einem Nicken darauf. Sie setzte sich. Unvermittelt schob er den Stuhl zum Tisch, und sie musste sich kurz festhalten, um nicht runterzufallen. Dann nahm er neben ihr Platz. Abels, der Detective mit Schnauzer und Koteletten, schlüpfte aus dem Hahnentritt-Jackett und hängte es über seine Lehne. Er warf einen weißen Notizblock auf den Tisch und ließ sich auf den Stuhl plumpsen. Schrappte mit den Stuhlbeinen über den Boden, nahm die Kappe von seinem Stift.

»Okay, Delpha. Wo waren Sie am Nachmittag des 15. August 1973?« Von seinem Unterarm blickte finster eine Bulldogge mit Polizeimütze.

»Im Büro von Phelan Investigations in der Orleans Street in Downtown.«

»War jemand bei Ihnen?«

»Nein.«

»Wo war Ihr Chef?«

»Unterwegs bei Ermittlungen.«

»Als der … Verstorbene an der Tür auftauchte, haben Sie ihn da hereingebeten?«

»Er kam einfach rein.«

»Die Tür war nicht verschlossen?«

»Nein.«

»Was haben Sie zu ihm gesagt?«

»Ich hab ihn gefragt, ob ich ihm helfen kann.«

»Okay. Was hat er gesagt?«

»Dass ein Mädchen ein Buch für ihn vor die Tür gelegt hat und dass es nicht da ist.«

Abels wartete, dass sie fortfuhr, und als sie es nicht tat, fragte er: »Was haben Sie erwidert?«

»Ich hab ihm gesagt, dass ich es mit reingenommen hätte und dass ich es holen würde und er wieder gehen könnte.«

»Hatten Sie es eilig, ihn loszuwerden?«

»Ja, Sir.«

»Warum?«

»Er wollte wissen, ob mein Boss unterwegs ist, und hat sich umgesehen, um sicherzugehen, dass ich wirklich allein bin.«

»Vielleicht hat er sich nur das Büro ansehen wollen«, sagte Abels nüchtern, ganz Cop.

Delphas Augen huschten zu Tucker, dann kehrten sie zu Abels zurück. Sie antwortete nicht.

»Dachten Sie, dass er Ihnen etwas antun will?«

»Ja, Sir.«
»Ohne dass er Sie in irgendeiner Weise bedroht hat?«
Sie nickte.
»Wie sind Sie darauf gekommen?«
»Seine Hose war vorne ausgebeult.«
Und so ging es weiter, langsam, methodisch, bis zu dem Moment, als ihr Angreifer ein Messer gezogen hatte. Daran schloss eine detaillierte Rekapitulation der folgenden Ereignisse an. Es dauerte neunundachtzig Minuten, bis Abels eine andere Gangart einlegte. Der Anwalt neben ihr beugte sich gespannt vor.
»Okay, Delpha. Im April dieses Jahres wurden Sie aus dem Frauengefängnis Gatesville entlassen, stimmt das?«
»Das ist richtig.«
»Weswegen saßen Sie ein?«
»Totschlag.«
»Das Opfer war –«
Miles Blankenship beendete den Satz für ihn. »Ein Vergewaltiger, Detective. Es reicht jetzt. Diese Fragen haben mit der vorliegenden Sache nichts zu tun. Wir alle wissen, dass Miss Wade auf Bewährung ist. Und wir alle wissen, dass wir es hier mit einem Fall von Notwehr zu tun haben. Das heißt, meine Mandantin war der gerechtfertigten Überzeugung, das eigene Leben nur unter Anwendung von Gewalt gegen einen aggressiven Triebtäter verteidigen zu können. So wie es jeder Mann in diesem Raum ohne Bedenken getan hätte. Ohne Bedenken. Jeder hier. Das möchte ich betonen.« Er sah einen nach dem anderen an, außer Delpha.
»Es hat kein Verbrechen stattgefunden, meine Herren. Da Miss Wade keine Waffe mit sich führte, hat sie nicht einmal ihre Bewährungsauflagen verletzt. Nicht einmal das.

Diese Vernehmung ist eine reine Formsache und wir wissen alle, dass sie notwendig ist. Lassen Sie es uns also schnell hinter uns bringen. Vergessen Sie nicht, dass Sie meine Mandantin aus einem Krankenhausbett geholt haben.«

Während die Cops Miles ausdruckslos ansahen, bemerkte Delpha, wie sich ihr Bewährungshelfer Joe Ford aufrichtete. Er hatte die Arme gelöst, die er bisher wie einen Schutzwall vor der Brust verschränkt hatte, und steckte die Hände in die Hosentaschen. Keine Verletzung der Bewährungsauflagen bedeutete, dass man ihm nichts vorwerfen konnte.

Mit einem raschen Blick unter gehobenen Brauen sah Abels, dass der Chief sein Kinn einen halben Zentimeter vorschob.

Dann sah er wieder zu Delpha. Er legte den Kopf schief, dehnte den Nacken. »Okay. Also dann noch mal fürs Protokoll. Als der Verstorbene in das Büro kam, waren Sie allein?«

»Ja.«

»Haben Sie ihn hereingebeten?«

»Er ist so reingekommen.«

»Okay. Haben Sie mit ihm geredet?«

Zum dritten Mal wurde der Wortwechsel wiederholt. Delpha versicherte noch einmal, dass sie den Mann nicht kannte, nie zuvor gesehen hatte. Ja, ihr Boss, Mr Phelan, habe ihr von ihm berichtet.

»Und was hat Ihnen Ihr Boss berichtet?«

»Dass er hinter Jungs her ist.«

»Das wussten Sie also?«

»Ich wusste, dass Mr Phelan davon überzeugt war.«

Abels verzog den Mund. Ärger blitzte in seinen Augen auf. Nur eine Sekunde – dann verlor seine Stimme ihren neutralen Ton. »Warum sind Sie eigentlich nicht einfach weggelaufen, Delpha?«, fragte er mit geheucheltem freundlichen Interesse.

»Weil er genau darauf gehofft hat.«

Chief Guidry, der die ganze Zeit mit verschränkten Armen dagesessen hatte, schaltete sich ein. »Können Sie Gedanken lesen?«

»Nein, aber Körpersprache. Die Art, wie er das Messer schwang.«

»Nämlich?« Abels, gespielt verwirrt.

»Als wollte er, dass ich versuche wegzulaufen.«

Tucker rieb sich mit gestrecktem Zeigefinger die Nase. »Sie hätten um Hilfe rufen können.«

Sie nickte. »Das hätte ihm bestimmt gefallen.«

»Wie kommen Sie darauf? Erklären Sie es uns.« Tucker schniefte.

»Sir, wenn Sie noch nie in einen Messerkampf verwickelt waren, können Sie das nicht verstehen. Sie sollten mir besser eine konkrete Frage stellen.«

Der Anwalt ließ den Radiergummi seines Stifts auf seinem gelben Block auf und ab hüpfen und lächelte in sich hinein.

Mit finsterer Miene ergriff wieder Abels das Wort. »Sie haben also nicht gezögert, ihn umzubringen?«

»Nicht nachdem er mich verletzt hatte.«

In dem darauffolgenden kurzen Schweigen suchte Abels vermutlich nach einem neuen Ansatz. Die anderen Männer hatten erst mal an der Antwort zu kauen.

»Na gut, Delpha. Lassen wir mal kurz beiseite, was wir inzwischen wissen, nämlich dass Ihr Angreifer der Hauptverdächtige in sechs Mordfällen ist ... das wussten Sie an dem fraglichen Nachmittag nicht –«

Sie öffnete den Mund und starrte Abels mit seinem räudigen, grau melierten Schnauzer an. Er musste am Schauplatz der Morde gewesen sein, davon war sie überzeugt. Angesichts seines Rangs, der Schwere des Falls. Abels hatte Bilder von den in verdreckte Plastikplanen gewickelten Überresten von Kinderleichen im Kopf, er hatte den Fäulnisgestank in der Nase.

»Niemand lässt mal kurz sechs tote Jungen beiseite«, sagte sie. »Auch Sie nicht.«

Abels' Kopf zuckte, als müsste er seine Wirbelsäule ausrichten. Kein Geräusch war zu hören, nur Atmen. »Nein, das stimmt, Ma'am.«

Ma'am. Nicht mehr als eine Höflichkeitsformel, aber immerhin. Ein erstes Zeichen von Respekt.

Als hätte ein Wecker geklingelt, blickte Miles Blankenship auf seine silberne Armbanduhr und stand auf. »Ich denke, wir sind hier fertig, Officers«, sagte er freundlich.

Er wandte sich an den Chief. »Alle weiteren Fragen richten Sie bitte an mich. Miss Wade, es war mir eine Ehre.«

Er beugte sich zu ihr und packte die Rückenlehne ihres Stuhls.

Delphas Hände umklammerten die Seiten des Sitzes.

Sie drehte sich zu Blankenship um, der sie freundlich anlächelte und leise *Darf ich* sagte. Etwas widerstrebend ließ sie den Stuhl los, ließ zu, dass er ihn vom Tisch wegzog, erhob sich und sah einen nach dem anderen an: begegnete den prüfenden Augen des Chiefs, wandte sich Joe Fords vertrautem hagerem Gesicht zu, dann den beiden vor ihr sitzenden Detectives. Abels seufzte, dann hüstelte er schnell darüber hinweg. Tucker blinzelte ihr zu, vielleicht litt er aber auch unter einem Tick.

Im Flur hatten sich Uniformierte versammelt, bis zum Dienstraum standen sie. Sicher hatten ein paar von ihnen die geborgenen Leichen gesehen. Zwei nickten nachdenklich, so als wollten sie der Frau in der blutigen Bluse ihre Zustimmung bekunden, andere gafften sie an. Delpha ging an ihnen vorbei in den offenen Dienstraum. Ein heftiger Schmerz zwischen den Schulterblättern durchzuckte sie, sie hatte zu lange gesessen. Auf einmal spürte sie ihre Erschöpfung, das scharfe Stechen in der Wunde, den Haken in ihrer Brust, während sie auf das Wartezimmer des Reviers zuging und hinter ihr wieder leises Murmeln einsetzte.

»Meinen Segen hat sie«, hörte sie, dann *Steakmesser*, *Arschloch* und *Gemetzel*. Jemand kicherte.

Schlüssel klirrten. »Wir sehen uns«, sagte Joe Ford leise und ging schnell davon.

Ja, sie würde ihn in seinem Büro sehen. Das würde bestimmt schön werden.

Es war etwa drei Uhr nachmittags, als Fontenot wieder hinter dem Tresen Platz nahm und Phelan mit blauen Augen anblitzte.

»Hab ich's nicht gesagt«, sagte er munter und Phelan wusste, dass sie Delpha von der Angel ließen.

Sein Kumpel Joe Ford kam als Erster raus und als er an Phelan vorbeiging, weiteten sich seine Augen und sein Kinn zuckte. Dann kam Miles. Sie legten ihr nichts zur Last. Vermutlich würden sie es als Fall von Notwehr an die Staatsanwaltschaft weitergeben. Miles hatte keine Zeit mehr. Auf ihn wartete ein Scheidungspaar, das sich wegen eines alten Beagles namens Betty in den Haaren lag.

»Schick mir deine Rechnung«, sagte Phelan.

»Das muss ich leider, Tom. Wir führen Stundenzettel in der Kanzlei.« Miles lächelte schief. »Sie hätte das auch ohne mich hingekriegt. Aber schön, dich mal wieder gesehen zu haben, alter Kumpel.« Er schüttelte Phelan die Hand und ging.

»Ich nehme Sie mit«, sagte Phelan zu Delpha, als sie und Abels an Fontenots Tresen vorbeigingen. »Ins Krankenhaus? Oder heim?«

»Heim.«

Im Auto fragte Phelan, ob sie eine saubere Bluse brauche. »Ja, danke«, sagte sie, »sonst verursache ich im Rosemont noch einen Aufruhr.« Er hielt bei Gus Meyer und suchte eine weiße Damenbluse aus. Sie zog sich im Auto um, und der Anblick einer empfindlich aussehenden roten Linie quer über eine Rippe, eines rostfleckigen Baumwoll-BHs und der Wölbung ihrer Brüste brannte sich ihm ein.

Angekommen beim New Rosemont, begleitete er sie durch die große Lobby mit dem glanzlosen blauen Samt und dem geblümten Chintz, den Fransenlampenschirmen, zerkratzten Beistelltischen mit Aschenbechern aus Aluminium. Auf den Sofas und Sesseln, die für gemütliche Plauderrunden zusammengerückt worden waren, saßen vereinzelt ältere, zu arthritischen Marmorstatuen erstarrte Gäste. Am Fuß der Treppe blieben sie stehen. Ihr Boss warf ihr einen langen Blick zu, so als wollte er ihr etwas Wichtiges mitteilen, das Gesicht verquält. Schließlich sagte er nur: »Erholen Sie sich, ja?«

Delpha bedankte sich leise und ging die Treppe hinauf. Sie musste sich am Geländer abstützen.

Eine Nachtschwester hatte beim Messen von Temperatur und Blutdruck Mr Phelan erwähnt. *Ist das Ihr Mann oder Ihr Freund?*, hatte sie gefragt. *Einen Ring trägt er jedenfalls nicht. Ich mag die ohne Bauch auch lieber. Wenn er noch frei ist, geben Sie mir Bescheid.*

Er hatte sie nach der Operation täglich besucht, selbst als sie eine Woche lang nur vor sich hindämmerte und eine Infektion wegschlief. Nach Feierabend hatte er neben ihrem Bett gesessen, ohne viel zu sagen. Die durch das Fenster fallende Augustsonne hatte einen rotbraunen Schimmer auf seine dunklen Haare geworfen. Die immer länger wurden. Sein blaues Hemd sah aus, als hätte es ein Blinder gebügelt. Von neuen Aufträgen hatte er nichts erzählt. Es gab wohl keine. Daran war vielleicht sie schuld, dachte sie mit schlechtem Gewissen. Mr Thomas Phelan, ehemals Arbeiter auf einer Bohrinsel, Empfänger einer Entschädigung für einen verlorenen Mittelfinger, neuerdings Privatdetektiv. Arbeitgeber von Delpha Wade, nachdem sonst niemand in ganz Beaumont, Texas, diesen Titel hatte haben wollen.

3

Der eine oder andere Bewohner des New Rosemont Retirement Hotel hatte die Titelseite des *Beaumont Journal* studiert oder die Abendnachrichten von Channel 4 gesehen und die anderen über die unfassbare Geschichte unterrichtet. Miss Delpha Wade aus Zimmer 221 am Ende der Treppe hatte in Notwehr einen Mann umgebracht, und wie es weiter unten in dem Bericht hieß, war es nicht der erste. Als sie letztes Frühjahr in die Lobby getreten war, kam sie direkt aus dem Frauengefängnis in Gatesville! Es gab betroffene Blicke und skeptisches Zungenschnalzen und manchen blieb der Mund mit dem kaffeefleckigen Gebiss offen stehen.

Delpha hatte ihre Mitbewohner nicht in Verlegenheit bringen wollen. In den letzten zehn Tagen hatte sie morgens, wenn es nicht gerade regnete, ihren Kaffee auf die Veranda getragen, an der frischen Luft gesessen und den Treck der Angestellten in die Stadt beobachtet. Nach acht Tagen hatte sie morgens Rock und Bluse angezogen, als wollte sie ins Büro.

Auch heute hatte sie sich schick gemacht, der Kaffee brannte in ihrem Magen und stieß ihr sauer auf. Der Himmel hatte sich zugezogen, ein schwarzer Regenschirm mit Holzgriff lehnte an ihrer Hüfte.

Tropfen zerplatzten in ihren Haaren. Delpha sah nach oben zu den überfließenden, lila gesäumten Wolken, dann stand sie auf und öffnete den Schirm, um unter sein schwarzes Dach zu flüchten.

Phelan starrte in den Regen hinaus, dann auf Beine unter einem Schirm, die langsamer, als es angesichts der Wetterlage angebracht erschien, die Straße überquerten. In flachen schwarzen Schuhen. Nassen flachen schwarzen Schuhen.

Der Tropensturm Celia fegte zum zweiten Mal über Freemont hinweg. Vor zwei Tagen hatte er schon einmal vorbeigeschaut und sich dann zum Golf verzogen, nur um dort *Ätsch!* eine Kehrtwende zu vollziehen und mit frischer Kraft und aufgefüllten Regenvorräten an denselben Küstenabschnitt zurückzukehren. Beaumont bekam die volle Breitseite ab. Als Phelan die gemessenen Schritte auf der Treppe hörte, setzte er sich in seinen Chefsessel. Dann stand er wieder auf. Fuhr sich mit der Hand durch seine immer länger werdenden Haare.

Miss Wade trat durch die Tür von Phelan Investigations und blieb unvermittelt stehen. Rasch sah sie sich um, musterte die Apollo-weißen Wände.

Phelan beobachtete sie, sein Nacken wurde warm.

Die Falte an ihrem linken Mundwinkel schien sich ein bisschen tiefer eingegraben zu haben. Sie hatte etwas Gewicht verloren. Wog weniger als die 55 Kilo, die auf ihrem Entlassungsschein aus dem Gefängnis standen. Immer noch eins achtundsechzig. Immer noch graublaue Augen, aber jetzt ging ihr Blick weiter in die Ferne. Leicht erklärlich. Die Gefängnisblässe war längst verschwunden: Auf ihren Wangenknochen und den Strähnen ihrer aschbraunen Haare lag Sonne. Oft genug hatte sie von den Verandastühlen des New Rosemont Retirement Hotel aus die Parade von und nach Downtown abgenommen. Er hatte sie aus dem Fenster seines Büros beobachtet, das gegenüber dem

Rosemont lag, und sich gefragt, ob sie an Körper und Seele heilte. Sich gefragt, ob Phelan Investigations und sein Besitzer eine Rolle dabei spielten.

Heute lag mehr als Sonne auf ihren Wangenknochen – sie waren dunkelrosa vor Verlegenheit. Sie machte die Tür hinter sich zu. »Ich hätte anrufen sollen, aber dann hab ich beschlossen, lieber von Angesicht zu Angesicht mit Ihnen zu reden, egal wie das hier ausgeht. Ich wollte Ihnen sagen, wie dankbar ich bin, dass Sie mich angestellt haben, und wie leid es mir tut, dass ich Sie und Ihr Büro in diese scheußliche Sache mit reingezogen hab.«

Phelan hatte das Gefühl, als läge ihm eine ganze Schüssel Chili im Magen. Die Wärme in seinem Nacken hatte mittlerweile seine Ohren erreicht.

Delpha kam nicht zurück.

»Ich beziehungsweise Phelan Investigations, das läuft ja aufs selbe raus, haben Sie in diese Lage gebracht, und das wissen Sie.«

»Keiner von uns ist schuld an dem, was dieser Mann gemacht hat, Mr Phelan.« Das klang sehr bestimmt.

Phelan räusperte sich und gab sich einen Ruck. »Geht es Ihnen gut genug, dass Sie Ihre Arbeit wiederaufnehmen können?«

Sie vermieden es, sich anzusehen, er hatte den Blick auf die Höhe ihrer Taille gesenkt, an der eine blassblaue Bluse in einen Glockenrock gesteckt war, den er schon oft an ihr gesehen hatte. Sie blickte zur Seite auf die neuen Möbel. Das Rosa auf ihren Wangen wanderte zu ihrem Hals.

»Gibt es denn Arbeit, Mr Phelan?«

»Ja, die gibt es. Wir haben heute um zehn einen Termin.« Man hörte ihm die Erleichterung an. Auch wenn er eigentlich geschäftsmäßig klingen wollte. Und ... *wir*, er hatte *wir* gesagt. »Der Mann, mit dem Sie gesprochen haben, bevor ... na ja, vorher eben.«

»Der, der unsichtbar bleiben wollte? Ja. Ich erinnere mich.« Sie drehte sich zu der zweiteiligen Couch. So nett lächelten Leute Möbel normalerweise nicht an. »Wo ist denn die karierte Couch abgeblieben? Was haben Sie mit den schleimgrünen Wänden mit den Kratzern und der abgeblätterten Farbe gemacht?«

Phelan zuckte verlegen mit den Schultern. »Ich dachte, ich geb uns einen etwas gediegeneren Anstrich.«

»Das ist Ihnen gelungen.«

»Kann man von der Steuer absetzen, oder?«

»Ja.« Sie senkte das Kinn. Musterte eingehend das dick gepolsterte Sofa. »Hübsches Blau. Wenn man die Teile auseinanderrücken würde, hätte man zwei Sessel. Dann müssten sich die Leute nicht so auf der Pelle sitzen. Und wenn wir einen Couchtisch –«

Wir. Er atmete tief aus.

Sie sah zu Boden, stellte die Füße in den flachen schwarzen Schuhen nebeneinander. Strich sich die Haare hinters Ohr. »Was halten Sie davon, wenn wir uns mit Vornamen anreden, Mr Phelan? Nach allem, was passiert ist. Und weil Sie mich ja offenbar behalten wollen. Viele Leute würden das nicht –«

»Wenn ich hier gewesen wäre, wie ich es eigentlich hätte sein sollen ...«, Phelan senkte den Blick und vergrub die Hände in den Hosentaschen, »... dann hätte ich an Ihrer Stelle das gute Werk vollbracht.«

»So ticken diese Männer nicht, Mr Phelan. Tom. Wenn Sie hier gewesen wären, dann hätte er nichts unternommen. Dann würde er immer noch da draußen rumlaufen.« Ein Schauer kroch über ihre Schultern. Delpha drehte sich um, stellte ihren Schirm in den Garderobenschrank, ging zu ihrem Schreibtisch und setzte sich. Sie verschob die Selectric um zwei Zentimeter, zog die Stiftablage auf und nahm einen Stift heraus. Dann holte sie aus der mittleren Seitenschublade einen neuen Aktendeckel, legte ihn auf den Schreibtisch und blickte Phelan mit gezücktem Stift an.

»Wie heißt unser Zehn-Uhr-Termin?«

4

Delpha nahm Xavier Bell den tropfenden Schirm ab und stellte ihn zum Trocknen in eine Ecke. Dann bot sie Bell einen der nicht zusammenpassenden Mandantenstühle an. Als sie sich umdrehte, hatte sie das seltsame Gefühl, als wehte ihr plötzlich Wind ins Gesicht. Kaum vorstellbar, weil die Luft im Büro ja aus einer lausigen Klimaanlage kam. Sie musterte sie misstrauisch.

»Moment.« Phelan hielt sie auf, bevor sie sein Büro verließ. »Holen Sie doch bitte Ihren Block und stenographieren Sie das Gespräch mit. So wie wir es bei allen wichtigen Fällen machen.«

Sie sah ihn fragend an. Phelans Blick schweifte zu Boden. Sie hatte in Mr Wallys Betriebswirtschaftskurs in Gatesville Steno gelernt, aber noch nie für ihren Boss etwas mitstenographiert. Sie ging zu ihrem Schreibtisch, machte Schubladen auf und zu und kehrte mit einem Kugelschreiber und einem neuen Stenoblock zurück. Darunter sah Phelan einen Aktendeckel hervorlugen, in dem sie das Standardvertragsformular aufbewahrte, an das üblicherweise ein Blatt Kohlepapier geheftet war. Diskret schob sie den zweiten Mandantenstuhl von Mr Bell weg an die Wand, setzte sich und zückte den Stift.

»Das ist Miss Wade, meine Sekretärin. Sie passt auf, dass wir sämtliche Einzelheiten Ihres Falls korrekt aufnehmen.«

»Ja, ich habe mit Miss Wade telefoniert.« Mr Bell streckte den Kopf vor, dann drehte er ihn in ihre Richtung.

»Mich laust der Affe! Liebe Miss Wade, wären Sie so nett und würden mir Ihr Profil zeigen?«

Delpha hob den Blick vom Stenoblock. Sie sah dem Mandanten ins Gesicht und wieder verengten sich für einen kurzen Moment ihre Augen. Dann drehte sie den Kopf zu der Wand, die am dringendsten eines Anstrichs bedurft hatte.

»Hab ich's doch gleich gesehen. Sie haben das Profil von Madeleine Carroll. Die Haare sind natürlich anders, ihre waren gewellt. Und blond. Aber die Nase, das Kinn, wie aus dem Gesicht geschnitten –«

»Den Namen hab ich leider noch nie gehört.« Delpha richtete ihre Aufmerksamkeit wieder auf den Block.

»Dafür sind Sie zu jung. Sie war der Star, nein, Robert Donat war natürlich der Star, aber sie hatte die weibliche Hauptrolle in den *39 Stufen* von Alfred Hitchcock aus dem Jahr 1935. Haben Sie den Film gesehen?«

Nein, in Gatesville gab's an den Filmabenden nur Doris Day und Elvis Presley. Delpha schob ihr Kinn ein wenig vor und zauberte ein kleines Lächeln auf ihre Lippen, um Interesse zu heucheln.

»Ich bin ein Cineast. Ich weiß schon, das ist nicht jedermanns Sache, aber ich, na ja …« Er fing Phelans Blick auf. »Ich darf Sie daran erinnern, dass Sie meine Identität vertraulich behandeln sollen.«

So viel hatte Phelan schon aus Bells Sonnenbrille geschlossen.

Die Nase des Manns war im Profil gerade, aber von vorne rot geädert und grobporig, was darauf schließen ließ, dass er dem einen oder anderen Gläschen nicht abgeneigt war. Die graue Spitze verriet den leidenschaftlichen Raucher und die Längsfalten an seinen Wangen sein fortgeschrittenes Alter. Aber er hielt sich nicht wie ein alter Mann und hatte auch nicht dessen mageren Arme und Beine. Vielmehr war er gebaut wie ein Wrestler oder Boxer, dem die Schwerkraft ein wenig zu schaffen machte. Und er war gut gekleidet – ein marineblauer Blazer über einem blau karierten Hemd, unter dem Fedora lugten exakt geschnittene Haare hervor. Die Haare und der Schnurrbart hatten ein seltsam unnatürliches Lederbraun. Dass er seinen Hut aufbehielt – ein Mann seines Alters, in Anwesenheit einer Frau, in einem geschlossenen Raum –, hieß, er wollte verbergen, was darunter war oder nicht. Eitelkeit? Vielleicht. Die Sonnenbrille bei Regenwetter sagte allerdings schlimme Augenkrankheit oder Verkleidung.

»Ja, Sir. Das haben wir verstanden. Ich kann Sie beruhigen, Vertraulichkeit gehört zu unseren Grundsätzen. Also, was können wir für Sie tun?«

»Ich ... ich bin jetzt ganz allein.«

Der Mandant verstummte, der Mund noch geöffnet. »Wie peinlich, so etwas zu sagen. Entschuldigen Sie bitte.« Eine Böe traf auf das Fenster und brachte die Scheibe zum Klirren. Schützend legte er eine Hand auf die andere. »Ich will, dass Sie meinen Bruder finden. Ich habe Anlass zu der Vermutung, dass er kürzlich in Beaumont ein Haus erworben hat. Unsere Wege haben sich vor langer Zeit getrennt. Eine von diesen Familienstreitigkeiten.« Bell sah weg. »Meine Gesundheit ... na ja, ich bin nicht mehr ganz jung, wie Sie bemerkt haben dürften. Ich würde ihn gerne noch einmal sehen. Reinen Tisch machen, sozusagen.«

»Steht er nicht im Telefonbuch?« Phelan sah in eine Ecke, wo sich sieben- oder achtundzwanzig Telefonbücher stapelten, weil Telefonbücher manchmal nützlich waren.

»Ich weiß nicht einmal, welchen Namen er benutzt.«

Phelan legte den Kopf schief. »Warum sollte Ihr Bruder einen falschen Namen benutzen?«

»Er ist ... Rodney ist ein Heimlichtuer. War er immer schon. Wenn wir als Kinder Verstecken gespielt haben, war Rodney sofort weg und blieb verschwunden. Er ist selbst dann nicht rausgekommen, wenn wir ›Alle frei‹ gerufen haben. Er kam erst aus seinem Versteck, wenn unsere Mutter ihn gerufen hat.« Mr Bell zog die Augenbrauen zusammen.

»Sie haben sich wohl ziemlich über Rodney geärgert.«

Bell sah Phelan an, drehte den Kopf und warf Delpha einen Blick zu. »Er wusste, dass er mich damit auf die Palme bringt und genau deshalb hat er es auch gemacht.« Er holte tief Luft und ließ einen Moment den Kopf sinken. »Lächerlich, ich weiß. Jetzt sind wir schon so alt und Rodney versteckt sich immer noch.« Er zog einen Tabakbeutel und ein kleines Heftchen aus der Tasche seines Blazers. »Stört es Sie?«

Phelan schob ihm einen Aschenbecher hin, die Augenbrauen gehoben. Bell benutzte Patriotic-Zigarettenpapier, die Sorte, die mit Hundertdollarscheinen bedruckt war.

Geschickt drehte der Mann eine Zigarette und sagte: »Es kam zu gewissen Verwerfungen in der Familie. Wie in jeder Familie. Ich habe mir gesagt, dass das Leben auch ohne Rodney weitergeht. Aber das hat sich geändert. Ich möchte meinen Bruder gerne wiedersehen.«

»Was da in Ihrer Familie vorfiel – hat Rodney das nichts ausgemacht?«

»Hmm.« Nachdenken. »Doch, hat es. Aber wir müssen realistisch sein. Keiner von uns kann es zurücknehmen.«

»Was zurücknehmen?«

»Na ja. Die Vergangenheit eben.« Er lehnte sich zurück, die Selbstgerollte zwischen den Lippen, und holte eine kleine Münze aus der Brusttasche seines Blazers. Phelan nahm sie: Gold, abgegriffene runde Buchstaben in einer fremden Sprache um zwei Köpfe in der Mitte. Für Phelan sahen sie wie siamesische Zwillinge mit wulstigen Lippen aus, die am Hinterkopf zusammengewachsen waren.

Er sah zu Bell.

»Römisch. Der Gott Janus, der nach vorne in die Zukunft und nach hinten in die Vergangenheit blickt. Hübsch, was? Eine Erinnerung daran, dass die Vergangenheit vorbei ist.« Bell nahm die Münze und schob sie zurück in die Brusttasche, klopfte darauf. »Oder dass sich das Vergangene in der Zukunft vielleicht wiedergutmachen lässt.«

»Okay, Sie wollen also mit Ihrem Bruder reden und damit vielleicht etwas wiedergutmachen. Sind Sie im Ruhestand, Mr Bell?«

»Ja. Ich bin im Ruhestand. Und ich möchte Rodney wenigstens noch einmal sehen.«

Phelan verfluchte die Sonnenbrille. Er hätte gerne die Augen des Alten gesehen.

»Dann gebe ich mich zufrieden. Fahr nach Hause, geh ins Kino, in die Kneipe, mach Sport, besuche Treffen des Classical Club, bis, na ja, bis ich solche Sachen nicht mehr machen kann. Sie haben noch viele Jahre vor sich, bevor Sie verstehen, wovon ich rede, Mr Phelan.« Er neigte den Kopf, was vielleicht ein väterliches Nicken sein sollte, aber seine Unterlippe stülpte sich dabei vor.

»Classical Club?«

Freude blitzte in dem schwermütigen Gesicht auf. »Das ist eine Gruppe von Professoren. Ich habe gelegentlich an der Loyola einen Abendkurs über die Anfänge des Films gegeben, allerdings keine Pflichtveranstaltung. Die Bezahlung war lächerlich. Aber immerhin hatte ich dadurch ermäßigten Eintritt bei Festivals und so. Am liebsten ist mir das Internationale Filmfestival in Houston, da fahre ich jedes Jahr hin. Waren Sie schon mal dort?« Bell warf erst Phelan einen fragenden Blick zu, dann Delpha.

»Nein, davon hab ich noch nie was mitgekriegt«, sagte Phelan, so dass Delpha sich keine Antwort einfallen lassen musste. Was Phelan sehr wohl mitgekriegt hatte, war der Filmabend auf dem Stützpunkt in der Provinz Kon Tum – *Alamo* auf einer löchrigen Leinwand unter freiem Himmel. Er und Jyp Casey, noch aufgekratzt von der Nacht zuvor, als sie einen Mann über umgestürzte und gesprengte Bäume geschleppt hatten, neben ihnen Zion Washington, der sein M-16 umklammert hielt.

»Sehr schade. Film ist meine große Leidenschaft, aber meinen Lebensunterhalt ... na ja, den habe ich mit etwas Profanerem verdienen müssen. Ich übernahm das Geschäft meines Vaters. Während mein Bruder Rodney sich herumtrieb, verkaufte ich Münzen, solche wie die römische, die ich Ihnen gerade gezeigt habe. Säbel, Pistolen, alle möglichen Antiquitäten. Später auch Film-Memorabilien und Autographen. Ich hielt den Laden am Laufen. Tag für Tag war ich zwischen denselben vier Wänden eingesperrt. Immer dieselben lauten engen Straßen, und meine Güte, der Rabatz, den die Touristen veranstalteten und die einheimischen Idioten. Ein Gejohle wie von rolligen Katzen.«

»Wo war das?«

Verschlagenes Lächeln. »Haben Sie schon vergessen? Das ist alles vertraulich. Sagen wir einfach, in einer Stadt.«

Die Kurse an der Loyola, der Akzent des Mandanten, laute enge Straßen und johlende Touristen, das konnte nur New Orleans sein. Phelan ärgerte es, dass er keine Bestätigung für seine Vermutung erhielt. Er erwiderte das Lächeln und versuchte es trotzdem. »In New Orleans geboren und aufgewachsen, was, Mr Bell? Gehen Säbel dort gut?«

Mit den nikotingelben Fingern seiner Rechten griff Bell nach der Sonnenbrille und legte sie auf Phelans Schreibtisch. Seine Augen waren von einem tiefen Braun, die faltige Haut der schweren Lider hing bis auf die hellen Wimpern herunter. »Das war wahrscheinlich leicht zu erraten. Ja, geboren und aufgewachsen in New Orleans, und ja, die Säbel haben sich gut verkauft. Ebenso kleine Dolche, große Dolche, schöne Pistolen. Kriegswaffen, Sie wissen schon.«

»Hat Ihr Bruder mit Ihnen im Geschäft gearbeitet?«

»Ganz am Anfang. Er hat die Buchhaltung gemacht. Als er weggegangen ist, hat er Geld bekommen, ohne auch nur einen Finger krumm zu machen.«

»Was sie wahrscheinlich wütend gemacht hat.«

»Nein, eigentlich nicht. Sie dachten ... sie dachten, es wäre besser für alle.«

»Sie?«

»Unsere Eltern.«

Hatte seine Unterlippe gezittert? Seine Stimme brach. Sein glattrasiertes Kinn war zur Seite gerutscht. Für einen Moment hatte Bell die Fassung verloren.

»Waren Sie eine glückliche Familie?«

»So glücklich oder unglücklich wie jede andere.«

»Verstehe. Haben Sie noch weitere Geschwister?«

Xavier Bell zog ein letztes Mal an der Zigarette, drückte

sie dann mit angefeuchteten Fingern aus und warf die Kippe in den Aschenbecher. Stieß den Rauch aus. »Nein.«

»Wie alt sind Sie?«

»Fünfundsiebzig.«

»Und Rodney?«

»Dreiundsiebzig.«

»Ist er verheiratet?«

»Nicht dass ich wüsste. Er hatte nie eine Neigung dazu gezeigt.« Bells Gesicht war ausdruckslos.

Genau wie das von Phelan, während ihm Fragen durch den Kopf schossen, die aber noch warten konnten. »Okay, verstanden. Wir suchen Ihren Bruder, Sie verbringen ein bisschen Zeit miteinander, verabschieden sich und das war's dann. Kommt das hin?«

»Ja, so in etwa.«

»Sie haben einen falschen Namen erwähnt. Ist Rodney der richtige Name Ihres Bruders?«

»Nein. Er benutzt unterschiedliche Namen.«

»Ach ja?«, sagte Phelan und versuchte die Information einzuordnen. »Woher wissen Sie das?«

»Weil ich anfangs noch mit ihm telefoniert habe, aber irgendwann war er nicht mehr auffindbar. Während der letzten zehn Jahre unserer ... Entfremdung stolperte ich über einen Namen, den er benutzte. Rodney Harris. Darunter habe ich ihn aufgespürt. Aber dann ist er wieder umgezogen.« Xavier Bell zuckte mit den Achseln.

Erneut stellte Phelan fest, dass Bells Schultern weder eingefallen noch gebeugt waren. »Haben Sie bei dieser Gelegenheit herausgefunden, dass Rodney sich hier in Beaumont aufhält? Hat Ihnen jemand einen Hinweis gegeben?«

»Das hatte mit finanziellen Dingen zu tun. Wir hatten

einige Trauerfälle in der Familie. Ein Teil des Erbes wurde letztes Jahr auf eine hiesige Bank überwiesen.«

»Verstehe«, sagte Phelan. »Ging es um eine große Summe?«

»Das ist wohl kaum von Bedeutung. Und geht Sie auch nichts an, Phelan. Aber so viel kann ich sagen: Die ganze Liebe unserer Mutter galt Immobilien, und sie hat nie etwas verkauft. Wie eine Henne saß sie auf ihrem Besitz.«

Diese Beschreibung hing einen Moment in der Luft.

»Wann hatten Sie das letzte Mal Kontakt mit Ihrem Bruder, Sir? Und wo?« Delphas Stimme klang honigsüß und sie schaffte es, die Frage in höfliche Sorge zu kleiden.

Bell drehte den Kopf zu ihr. »Das war in der Gegend von Jacksonville. Vor ungefähr vier Jahren. Also 1969.«

»Vor vier Jahren. Da haben Sie ihn zum letzten Mal gesehen«, sagte Phelan. »Haben Sie mit ihm geredet?«

»Kurz.«

Delpha lächelte ihn mitfühlend an. »Aber Sie konnten Ihre Probleme nicht lösen.«

Die Hände des alten Mannes öffneten sich und er streckte die Finger. »Leider nicht. Mein Bruder war schon immer ungehobelt ... und das ist im Laufe der Jahre nicht besser geworden. Wir haben wohl einfach unterschiedliche Wege eingeschlagen. Ich habe ihm gesagt, dass ich ihm vergebe –«

»Was vergeben, Mr Bell?«

»Alles! Vergebung ... ist ein Zeichen von Stärke, heißt es. Aber es ließ sich nichts machen. Sosehr ich mich auch bemüht habe.«

»Worauf hatten Sie denn gehofft?« Jetzt war Delphas Stimme Balsam, den sie direkt in Bells Ohr träufelte, und Bell drehte sich ganz zu ihr um.

Phelans Stirn legte sich in Falten. Wie machte sie das nur?

»Ich ... ich wollte einfach nur wieder sein großer Bruder sein, wenigstens für einen Tag. Früher einmal, da war ich der Größte für ihn. Mich wieder so zu fühlen, na ja, das ... das wäre mir viel wert und ich bin ein Mann, der den Wert einer Sache einschätzen kann.«

Nach kurzem Schweigen sah Bell Delpha an, dann rieb er sich über die Augen. »Das klingt albern, oder?«

Phelan wechselte das Thema und bat ihn in nüchternem Ton um eine Beschreibung von Rodney, vielleicht sogar ein Foto, eine Auflistung seiner Gepflogenheiten und Hobbys, soweit Bell etwas darüber wusste. Ob Rodney gerne kegelte, zum Beispiel, oder ob er Baptist war. Damit sie ein paar Anhaltspunkte hätten.

Bell zog ein vergilbtes Schwarzweißfoto aus seinem marineblauen Jackett. »Das sind Rodney und ich.«

Phelan betrachtete das Foto von zwei Männern, der eine groß, der andere kleiner, die an einer Straßenecke standen, hinter ihnen eine breite Tür. Über ihren Köpfen sah man einen Teil eines Straßenschilds, auf dem »Orle« stand. Ihre Gesichter sahen sich ähnlich: dieselben schwarzen Augenbrauen, geraden Nasen und leicht nach oben gebogenen Mundwinkel. Die Männer waren gleich gekleidet: leichte Anzüge mit taillierten Doppelreihern, anders als Bells heutiges Jackett, zweifarbige, hochglanzpolierte Schuhe. Auf dem Kopf Kreissägen. Der größere der beiden hatte dem kleineren den Arm um die Schulter gelegt, die Hand war verschwommen, so als hätte er es im letzten Moment getan. Sie waren zwei junge, wohlsituierte weiße Männer Anfang der dreißiger Jahre. Zu dieser Zeit hätten sich nicht gerade viele Amerikaner, sofern sie nicht zufällig im Lotto gewonnen hatten, ein Paar glänzender zweifarbiger Oxfords leisten können, was gewisse Rückschlüsse auf den familiären Hintergrund der Brüder erlaubte.

»Welcher von beiden sind Sie?«

Bell tippte auf das Foto. Der Größere.

»Ein neueres Foto haben Sie nicht? Wie alt sind Sie darauf?«

»Dreißig.«

Toll, ein fünfundvierzig Jahre altes Foto. Im Geiste verdrehte Phelan die Augen.

»Was das andere angeht. Wir waren katholisch, aber ich weiß nicht, ob mein Bruder noch in die Kirche geht. Rodney mag Vögel. Immer schon. Vögel. Natur.« Deshalb war er in Jacksonville gewesen, weil dort viele Vögel brüteten und viele Zugvögel Rast machten. Und jetzt Beaumont. In der Gegend gab es viele Sumpfgebiete.

»Vögel. Gut. Das hilft schon mal.«

»Mehr kann ich Ihnen wirklich nicht sagen. Ach, bevor ich's vergesse.« Xavier Bell griff in die Innentasche seines Blazers, zog ein Bündel Scheine aus der Brieftasche und zählte ein Dutzend knisternder Hunderter auf den Metalltisch. »Ihr Honorar für drei Wochen. Wenn Sie ihn bis, sagen wir mal, 30. September finden, bin ich bereit, Ihnen einen Bonus zu zahlen. Fünfhundert Dollar. Wenn Sie ihn innerhalb einer Woche finden, erwarte ich eine entsprechende Rückerstattung der Tagespauschale. Und ich hätte natürlich gerne eine Quittung.«

Phelan gab sich Mühe, gelassen zu klingen. »Danke, Sir. Miss Wade wird Ihnen den Vertrag zur Unterschrift vorlegen. Er gilt auch als Quittung für die Honorarpauschale.«

Delpha trug die finanziellen Details in das Vertragsformular ein, stand auf und legte Vertrag und Kugelschreiber vor den Mandanten auf den Schreibtisch, richtete beides gerade aus. »Notieren Sie bitte noch Ihre Telefonnummer, Sir. Dort, unter Ihrem Namen.«

»Gewiss. Aber ... Ich bin recht oft im Kino. Vielleicht melde ich mich besser bei Ihnen«, sagte er und blickte zu ihr. »Um zu hören, wie Sie vorankommen.«

»Das können Sie gerne tun. Und noch eine Frage«, sagte sie leise, »verzeihen Sie, aber ...«

»Ja, Miss?« Er neigte ihr aufmerksam den Kopf zu.

»Ist Rodney gefährlich?«

Der Mandant lehnte sich zurück. »Ich habe nicht – ich habe nie etwas dergleichen angedeutet. Warum fragen Sie?«

Als hätte sie ihn nur necken wollen, sagte Delpha: »Ach, ist mir nur so durch den Kopf gegangen, Mr Bell.« Der Ausdruck des Unbehagens auf ihrem Gesicht machte einem süßlichen Lächeln Platz. Phelan stellte fest, dass es nicht ihre Augen erreichte, aber das bemerkte Bell wahrscheinlich nicht.

Bell starrte sie weiterhin an und entspannte sich erst wieder, als ihr Lächeln noch breiter wurde.

Phelan unterdrückte ein Grinsen – es war eine prima Idee gewesen, sie zu dem Gespräch dazuzuholen –, zündete sich eine Zigarette an und lehnte sich auf seinem Drehstuhl zurück. »Reine Routine.« Er machte eine unbestimmte Geste. »Miss Wade ist eben gründlich. In unserem Metier müssen wir auf alles vorbereitet sein. Also, was sagen Sie, Mr Bell?«

Die dunklen Augen wanderten auf die linke Seite von

Phelans Schreibtisch, kehrten zurück und blieben an der rechten Seite hängen. »Rodney ... hat für Unheil gesorgt.«

»Wie das?«

»Er ...« Bells rote Nase wurde noch dunkler. »Er war nicht loyal. Hat sich genommen, was nicht ihm gehörte.«

»Dann war Rodney ein Dieb?«

»Oh ja.«

»Was hat er gestohlen?«

Der Mandant rang augenscheinlich mit sich, blieb aber stumm.

Schließlich brach Phelan das Schweigen. »Na gut. Die Pauschale sichert Ihnen drei volle Arbeitswochen von Phelan Investigations. Das heißt, das Äquivalent zu drei Arbeitswochen in Stunden. Falls erforderlich, arbeiten wir auch nachts und am Wochenende.«

Bell, der sich augenscheinlich in seinen Gedanken verloren hatte, kehrte zurück in die Gegenwart. »Das müsste reichen, oder?«

»Schwer zu sagen. Kommt drauf an, wie gut Ihr Bruder sich versteckt hat. Außerdem müssen Sie wissen, dass wir an mehreren Fällen gleichzeitig arbeiten.« Phelan breitete die Hände aus. »Voller Terminkalender. Im Moment. Ihr Fall ist rechercheintensiv. Gibt es einen Grund dafür, dass Sie in Eile sind?«

Bell strich sich mit dem Fingerknöchel über den Schnurrbart. »Nein, eigentlich nicht. Es erleichtert mich schon einmal, dass das jemand für mich übernimmt.« Er nickte beinahe schüchtern. »Es ist, na ja, es ist einfach lange her, dass ich Beistand hatte.«

»Den haben Sie jetzt, Sir. Phelan Investigations wird sein Bestes geben.«

Das Leuchten in Xavier Bells dunklen Augen war das eines sehnsüchtigen Sechsjährigen, der wusste, dass es nichts nutzte zu betteln, und es dennoch tat. Dann verschwand es wieder. Aber das zittrige Lächeln zusammen mit der rotgeäderten alten Nase weckte Phelans Mitgefühl.

Phelan sammelte die Hunderter ein und legte sie in die Schublade auf das Kontoauszugsheft.

Er trat hinter seinem Schreibtisch vor, brachte Mr Bell zur Tür und ging schnell noch einmal zurück, um den feuchten Schirm zu holen.

Hinter ihm hörte er Delpha leise sagen: »Mr Bell.«

Xavier Bell reagierte nicht. Stattdessen streckte er Phelan die Hand hin und setzte zu einer Rede an, die wie auswendig gelernt klang. »Ich verlasse mich auf Sie und –«

»Mr Bell.« Delpha, ein wenig lauter dieses Mal.

Phelan warf einen Blick zu seiner Sekretärin, sah die Sonnenbrille seines Mandanten von ihrer Hand baumeln, wandte sich wieder Bell zu, der gerade aus den *Grundlagen der Vertraulichkeit* zitierte und sie entweder nicht hörte oder den Faden nicht verlieren wollte.

»... und bedanke mich für Ihre Bemühungen.« Der Alte atmete aus.

Phelan deutete auf Delpha. Bell drehte sich zur ihr um und rief: »Meine Güte, jetzt wäre ich beinahe ohne das Ding losgezogen!«

Delpha reichte ihm die Sonnenbrille, als handelte es sich um General Eisenhowers Sehhilfe, und lächelte.

Ihr Lächeln verfehlte seine Wirkung nicht. Er setzte die Sonnenbrille auf und deutete mit dem Finger auf sie. »Madeleine Carroll.« Sie hörten, wie er langsam die Treppe hinunterging.

Phelan ging rasch zurück und holte die Kamera aus seinem Schreibtisch. Bell war ein netter Kerl, dachte er. Wenn er wollte. Von Delpha hatte er sich umgarnen lassen, aber Phelan hatte den Eindruck, dass das nicht unbedingt die Regel war. Dieser Bell hatte etwas Unberechenbares an sich.

Die Haustür fiel ins Schloss und Phelan rannte die Treppe zu der Zahnarztpraxis im Erdgeschoss hinunter. Eilte im Laufschritt durchs Wartezimmer, nickte der Arzthelferin zu, die eine Hand hob. Er schlüpfte in einen Raum, in dem ein Mädchen auf einem Zahnarztstuhl lag, den Mund weit aufgerissen, die Augen zusammengekniffen, über sie gebeugt der Zahnarzt mit einem silbernen Instrument in der Hand.

»'tschuldigung, Milton, dauert nur einen Moment.« Phelan stellte sich ans Fenster und schoss schnell ein paar Fotos von Xavier Bell. Obwohl es nicht mehr regnete, spannte der Mann seinen Schirm auf, sah nach rechts und links und überquerte die Straße.

Ein ganz anderer Anblick: ein forscher Schritt, der nichts von dem zögernden Tasten auf der Treppe hatte. Man sah Bell sein Alter an, aber seine Beine waren kein bisschen wacklig. An der Ecke blieb er stehen, streckte den Kopf unter dem Schirm hervor – perfekte Profilaufnahme –, um mit einem Mann mit Hut, der in einem dunklen Auto saß, zu sprechen. Dann drehte er kurz das Gesicht und sah Phelan in die Augen, und Phelan drückte auf den Auslöser, bevor er schnell neben das Fenster trat.

»Demnächst stelle ich Ihnen die Benutzung meines Fensters in Rechnung, Tom. Das entspricht nicht den Hygienevorschriften.«

Phelan richtete sich auf. »Ohne Fenster keine Miete,

schlicht und ergreifend, Herr Vermieter. Verzeihen Sie bitte die Störung, Miss.«

Phelan verließ das Behandlungszimmer, winkte der Arzthelferin zu und wurde mit einem Papierflieger gegen seinen Kopf belohnt.

5

Er wartete, während Miss Wade, nein, Delpha die stenographierte Mitschrift des Gesprächs mit einem Durchschlag abtippte, die Blätter in einen Aktendeckel legte, »Bell« daraufschrieb und ihn auf seinen Schreibtisch legte. Die Frau hielt Ordnung und sie mochte diese Aktendeckel.

Erwartungsvoll stand sie dann neben ihm, so dass Phelan die in klarer Courierschrift niedergeschriebenen Angaben zu dem Vermissten Rodney Bell vorlas, seinen Vornamen, den ehemaligen Nachnamen und Wohnort, sein Alter und seine Hobbys. Dazu den Namen von Xavier Bell, sein Alter, seinen ehemaligen Beruf, seine Hobbys, Stadt, Tabakbeutel. Den Namen des Zigarettenpapiers kannte sie nicht – hatte so etwas noch nie gesehen –, hatte es aber beschrieben: es sah aus, als verbrenne der Mann Hundertdollarscheine.

»Sie kennen Patriotic nicht? Auf dem Schein steht so was wie ... Moment ...« Phelan grinste. »*Ein freies, reiches Land macht jede Regierung groß*. Wenn ich mich recht erinnere. Ach Quatsch, nein. Es heißt *jede Regierung high*. Hippie-Humor.«

»Ich hab immer noch keinen Hippie kennengelernt, Mr Phelan.«

Er sah sie an. »Dafür ist es nicht zu spät. Laufen noch genug herum. Aber wollten wir uns nicht beim Vornamen nennen? Tom und Delpha? Außerdem habe ich Sie noch gar nicht wieder willkommen geheißen. Ich bin froh ... ich, äh, bin ... froh.«

Mann, du klingst wie ein Idiot.

»Danke. Ich bin ehrlich gesagt auch froh. Die ganze Zeit habe ich in meinem Zimmer gehockt oder vor dem kleinen Fernseher in der Lobby des Rosemont, in dem die Watergate-Anhörungen gelaufen sind. Da geht überhaupt nichts mehr voran und mir war so langweilig, dass ich sogar Oscar in der Küche geholfen habe. Der kann wirklich kochen! Aber seltsam. Oscar ist eigentlich ein ganz normaler Typ, aber sobald er die Küche betritt, verwandelt er sich in ... eine Diva. Regt sich auf, dass ich's zu gut mit dem Zimt meine.«

»Gewürz kann man nie genug verwenden.«

So, das musste an Small Talk reichen.

»Okay«, sagte Phelan, »unser Mandant ist ein, wenn ich das so sagen darf, ziemlich komischer Vogel. Und zwingen Sie mich nicht, Sie zu bitten, Platz zu nehmen. Holen Sie sich einen Stuhl.« Er sah nicht auf. »Unser Anhaltspunkt ist das Haus von Rodney. Das er vielleicht unter einem anderen Namen gekauft hat. Aber nicht unter seinem richtigen. Ich frage mich nur ... gibt man mit dreiundsiebzig noch viel Geld für ein Haus aus? Warum nicht mieten? Dann muss der Vermieter den Rasen mähen und sich um alles andere kümmern. Steuern, Instandhaltung.«

»Vielleicht will er es ja vererben. Vielleicht hat Rodney eine Familie, von der Mr Bell nichts weiß.«

Sie sahen sich an und nickten. Delpha zog sich den Mandantenstuhl heran und setzte sich.

Es war einer der beiden alten Stühle, identisch mit dem, auf dem Phelan sie an jenem Tag gefunden hatte. Er hätte die zusätzlichen fünfzehn Dollar investieren und beide Stühle ersetzen sollen. Unvermittelt erinnerte er sich daran, wie er neben ihr kniete und zuhörte, als sie von dem

Buch mit den Aufzeichnungen über die Kinder redete, dem Tagebuch, das Deeterman hatte holen wollen. Das sie in ihrer blutigen Hand gehalten hatte.

Er verdrängte das Bild. Nicht zu denken, was man nicht denken wollte, hatte einiges für sich.

»Sagen Sie mal, als Sie zweimal hintereinander seinen Namen gesagt haben, war das, was ich denke, dass es war? Sie wollten ihm doch nicht nur die Sonnenbrille zurückgeben.«

»Es war eine Art Test. Einen falschen Namen kann man leicht mal vergessen. Allerdings kann mit fünfundsiebzig auch das Gehör nachlassen. Ich weiß nicht, Tom. Er hatte so was Seltsames an sich, als er hier reinkam. Wahrscheinlich seh ich Gespenster.«

»Was meinen Sie mit seltsam?«

Delpha zuckte mit den Schultern.

Verwirrt stand Phelan auf und ging zum Fenster, um zu sehen, was der Regen machte. Es hatte wieder angefangen. Er prasselte auf die Straße, sammelte sich im Rinnstein und rauschte munter dahin. Der Regen machte, was er wollte.

War es möglich, dass er, Thomas Phelan, nicht machte, was er wollte, weil er gar nicht so autonom war, wie er geglaubt hatte, kein einsamer Krieger? War das möglich? War es möglich, dass er Hilfe brauchte? Der Gedanke traf ihn wie ein Keulenschlag. Wumm. Er drehte sich um und sah die einzige Angestellte von Phelan Investigations an.

Sie erwiderte den Blick fragend, dann schlug sie die Augen nieder.

Er hatte keine Ahnung, was er sagen sollte.

Dann platzte etwas aus ihm heraus. »Wo haben Sie eigentlich gelernt, so zu reden? Immer wieder haben Sie ihn aus der Reserve gelockt.«

Sie überlegte. »Reparieren Sie Autos, Tom?«

»Ich kann Öl wechseln, Zündkerzen reindrehen, ein bisschen rumschrauben, das Übliche.«

»Haben Sie für die verschiedenen Muttern verschiedene Schraubenschlüssel?«

»Klar.«

»Na, sehen Sie«, sagte sie.

6

Wo sie gelernt hatte, so zu reden? Zulma Barker. Zulma saß die letzten Wochen ihrer einundvierzig Monate ab – sie hatte den Fluchtwagen für ihren jugendlichen Lover, ein Möchtegern-Model, gefahren, der mit vorgehaltener Waffe eine Apotheke ausgeraubt hatte. Gut möglich, dass der Richter Zulma die Geschichte, sie habe lediglich in ihrem Auto auf ihren Freund gewartet, während der für seine Mutter ein Rezept für Diätpillen einlöste, nicht abgekauft hatte, weil der junge Mann mit einer Sporttasche voll Dexedrin aus der Apotheke gerannt war. Dass sie zuerst einen falschen Namen angegeben hatte, machte in den Augen der Staatsanwaltschaft die Sache nicht besser.

Vor diesem Fehltritt war Zulma Barker die beliebte und unbescholtene Empfangsdame der Beatrice Adcock Agency in Dallas gewesen. Sie hatte den Job bekommen, nachdem sie zugestimmt hatte, sich Cynthia nennen zu lassen, weil Beatrice »Zulma« zu bieder fand. Die Agentur hatte mit einer Menge zart besaiteter Menschen zu tun. Zulma lernte es, schönen und nicht ganz so schönen Mädchen, denen eine Modelkarriere vorschwebte, zu schmeicheln und ihre zickigen Mütter abzuwehren. Sie gewöhnte sich die richtigen Sprüche an, mit denen sich exklusive Modemacher umgarnen ließen, und den passenden bewundernden Tonfall für Fotografen. Nicht, dass Zulma großen Wert darauf gelegt hatte, diese Fähigkeiten zu erwerben. Sie hatte einfach nur festgestellt, dass sie besser durch den Tag kam, wenn sie ihre Stimme mit Sirup tränkte. Nach einer Weile bemerkte sie einen irritierenden Nebeneffekt: dass sie genauso empfand, wie sie klang.

Delpha hatte damals Küchendienst, es war der Winter, in dem Präsident Eisenhower seinen Stuhl für John F. Kennedy räumte. Gelegentlich schnitt sie sich bei der Arbeit oder verbrannte sich, von der nagenden Wut in ihrem Kopf und Bauch nicht zu reden. Nach dem Zählappell und dem Lichtlöschen lag sie auf dem oberen Stockbett und hörte geduldig Zulma zu, die ihr zum Abschied noch ein paar Verhaltensregeln mit auf den Weg geben wollte. Sie lauteten in etwa so: Begrüße sie erst mal freundlich. Wenn du ihren Namen kennst, dann benutze ihn, aber nicht zu oft, weil das unnatürlich klingt. Wenn sie was erklären wollen, hörst du zu. Zuhören ist das A und O. Und stimm ihnen zu, sag zu allem, *ja, hm-hm, mach ich*. Aber red nicht zu viel, das kannst du dir sparen. Wenn du ihnen was abschlägst, entschuldigst du dich. Denk dran, dass sie sich selbst leidtun – du musst am laufenden Band Mitleid abspulen können.

»Das sind die Telefontricks«, sagte Zulma. »Im persönlichen Gespräch hast du viel mehr Möglichkeiten, verstehst du?«

Delpha sagte nichts. Zulma wusste, dass sie ihr zuhörte.

»Wenn du es für angebracht hältst, blickst du den Leuten in die Augen. Du kannst sie auch anfassen. An der Hand. Am Ellbogen, aber nicht mehr. Was die Anfasserei angeht, muss man vorsichtig sein.« Das war Zulma immer gewesen. Bis zu dem Möchtegern-Model. Ein Profil wie James Dean, nur die Nase war nicht so hübsch. Dafür hatte er bessere Ohren. James Dean hatte Segelohren gehabt. »Hey, willst du sie mal reden hören?«

»Wen?«

»Cynthia.«

»Ich dachte, der hör ich schon die ganze Zeit zu.«

»Von wegen.«

Delpha beugte sich über die Bettkante, ihre hellbraunen Haare baumelten hin und her. Zulma saß im Schneidersitz auf dem Bett und sagte freundlich: »Beatrice Adcock Agency, guten Abend.« Dann im Ton von Busenfreundinnen: »Ach, hallo, Delpha«, und so ging es weiter: Sie machte Delpha Komplimente für ihre Fotos, vertröstete sie, weil sie gerade keinen passenden Auftrag hätten, und versicherte ihr, dass sie gar nichts zu tun brauche, dass die Agentur sie anrufen würde. Alles sehr verbindlich und gleichzeitig schwang in Zulmas Altstimme eine verblüffende Wärme mit, so als wäre Zulma Delphas Schwester, von der sie bisher nur nichts gewusst hatte. Zulma lächelte, sah ihr in die Augen und streckte den Arm nach oben. Kurz drückte sie Delphas Hand und gab ihr das Gefühl, ihr sei etwas Schönes versprochen worden. Ein sanfter Schauer huschte über Delphas Arme.

Zulma hatte nicht ausgesehen wie die verkniffene Sechsundvierzigjährige, die sie war. Es musste Cynthias Lächeln gewesen sein, das das untere Bett für einen Moment in eine Art magisches Licht getaucht hatte.

Drei, vier Jahre dauerte es, bis Delpha endlich den Zulma-Cynthia-Trick heraushatte. Das Geheimnis war nicht ihre Stimmlage. Das Geheimnis war das Bedürfnis desjenigen, mit dem sie sprach.

7

Akten. Sie würden sich durch Haufen von Akten wühlen, um Rodney aufzuspüren, und hatten sich darauf verständigt, mit dem Hauskauf anzufangen. Durch einen Anruf bei Golden Triangle Realty erfuhr Delpha, dass Maklerbüros nur die eigenen Verkäufe dokumentierten. Nicht die anderer Makler. »Es gibt keine Auflistung für einen Landkreis oder eine Stadt. Warum auch?«

»Mist.« Phelan schüttelte den Kopf. »Dann werden wir wohl bei jedem einzelnen Makler vorstellig werden müssen. Wie viele gibt's hier in der Gegend?«

Delpha fuhr mit dem Finger die Spalte im Telefonbuch entlang. »Zweiundzwanzig. Ich kümmer mich drum.«

Nach einer Weile kam sie in Phelans Büro und hielt einen Schreibblock in die Höhe. »Diese Makler müssen wir abklappern. Das mach ich natürlich, kein Problem, aber vielleicht fällt es ihnen schwerer, Mr Tom Phelan abzuwimmeln, wenn er mit seinem netten Lächeln vor der Tür steht. Viele Makler sind Frauen. Oder haben Sekretärinnen.« Ihr Blick war fragend, aber ihre Mundwinkel gingen nach oben.

Sie fand sein Lächeln nett. Darüber würde er nachher nachdenken. Er war gern unterwegs und befragte Leute, aber zweiundzwanzig geschwätzige Makler bedeuteten, dass er mehr als einmal irgendwo hängenbleiben würde. Tom Phelan musterte seine Sekretärin.

»Können Sie Auto fahren?«

»Ich hab mal Einkäufe fürs Rosemont erledigt. Mit dem alten Ford von meiner Vermieterin, Miss Blanchard.«

»Führerschein?«

Delpha schüttelte den Kopf.

»Na, dann sehen Sie zu, dass Sie sich möglichst bald einen besorgen. Den brauchen Sie für die Arbeit.«

Verzagt sagte sie ja.

Als Delpha sich nach ihrer Haftentlassung das erste Mal hinters Lenkrad gesetzt hatte, war ihr schlecht vor Aufregung gewesen. Dann vor Schreck. Die Autos waren wie Raketen auf vier Rädern an ihr vorbeigerast. Sie schossen aus Nebenstraßen. Sie überholten sie mit aufheulendem Motor und scherten dann zurück auf ihre Spur und bremsten sie aus. Hupend fuhren sie an ihr vorbei. Schlichen über Stoppschilder, gaben Vollgas bei Rot-Gelb. Der 55er Ford galt als sicherer, schwerer Wagen, aber sie fühlte sich darin wie in einer Blechbüchse. Jahrelang war Delpha in einem alten Bus voller Frauen über Land geschaukelt worden und hatte vergessen, wie schnell, rücksichtslos und riskant der Autoverkehr war. Sie musste an den Straßenrand fahren und zur Beruhigung den Kopf zwischen die Hände aufs Lenkrad legen. *Auch wenn du dir vor Angst in die Hose machst, dir bleibt nichts anderes übrig, als weiterzufahren,* schimpfte sie sich aus. *Keiner kann dir helfen. Also fahr.* Sie legte wieder den Gang ein.

Mit einer Geste forderte Phelan sie auf, ihn nach draußen zu begleiten. Die Luft war dampfig und der kleine Parkplatz neben dem Gebäude war ein Archipel aus Asphaltinseln in einem Regenwassermeer.

»Das muss er sein.«

Er blieb vor einem verbeulten, zerkratzten 68er Dodge

Dart stehen, grün oder schwarz, je nachdem auf welcher Seite man stand. Joe Ford war nicht nur Delphas Bewährungshelfer, er war auch ein alter Freund von Phelan aus Highschool-Zeiten. Er hatte Phelan angekündigt, morgens ein Auto vorbeizubringen. Die Schlüssel würden unterm Sitz liegen. Der Dodge gehörte Joes Schwiegervater und war angeblich zur Reparatur in der Werkstatt. Grummelnd hatte der Schwiegervater gestanden, dass er im letzten Jahr mehrmals mit dem Bodenblech irgendwo hängengeblieben, an zwei parkenden Autos entlanggeschrappt und beim Rückwärtsfahren gegen einen Zementmischer gedonnert war. Seine blauen Flecken und die Gehirnerschütterung legten zur Genüge Zeugnis davon ab. Im Texas Department of Public Safety hatten sie seinen Führerschein trotzdem weitere vier Jahre verlängert. Joe hatte die Schlüssel konfisziert, und anstatt den Dart zu einer Werkstatt zu bringen, hatte er ihn Phelan überlassen, um ihn eine Weile vor seinem Schwiegervater zu verstecken.

Phelan ließ den Schlüssel in Delphas Hand fallen. »Okay, ich klemm mich jetzt erst mal hinters Telefon. Erzähl ich später. Dann werde ich essen gehen. Sie sollten auch erst mal Mittag machen und dann überlass ich Ihnen gern die Makler.«

Delpha sah ihm nach, bewunderte seinen Hinterkopf, die dichten Haare, die sich an den Spitzen ganz leicht lockten, seine schlanke Statur. Schöner Mann, dachte sie. Dann blinzelte sie. Hatten sie beide etwa gerade die Positionen vertauscht?

Ihre Stelle bei Phelan Investigations hatte bisher das Vorzimmer einer Sekretärin mit Stenostuhl, Schreibtisch und einem blauen Polstersofa umfasst und war gerade um einen

Schrott-Dodge und die Stadt Beaumont, Texas, erweitert worden. Oder? War es das, was Mr Wally in dem Betriebswirtschaftskurs in Gatesville gemeint hatte, als er von »Arbeitsteilung« sprach? Nein – Arbeitsteilung war, wenn man den ganzen Tag Beine zusammennähte, während das Mädchen neben einem Ärmel zusammennähte. Der Begriff ging ihr trotzdem nicht aus dem Kopf.

Die Autotür klemmte zuerst, dann flog sie mit einem Krachen auf. Sie steckte den Schlüssel ins Zündschloss und drehte ihn. Stotternd sprang der Motor an. *Oje.* Vermutlich hatte das Auto seit den kleinen Kollisionen mehr als ein paar Macken. Ein Loch im Auspufftopf, falsche Vergasereinstellung.

Delpha bog beim Pig Stand ein. Als die schwitzende Kellnerin ihr das Tablett durch das heruntergekurbelte Fenster reichte, gab Delpha ihr ein Trinkgeld und breitete sorgfältig Papierservietten auf ihrem Schoß aus. Sie aß einen Hamburger und trank mit einem geknickten Strohhalm eine Cola, während sie die Adressen, die sie notiert hatte, durchsah.

Dann fuhr sie vorsichtig mit röhrendem Motor zu den Maklerbüros. Einer der Makler wimmelte sie mit Hinweis auf seine Verschwiegenheitspflicht ab. Aber wenn die Chefs und Makler mit Kunden unterwegs waren, was oft der Fall war, musste sie ihr Sprüchlein nicht mal ganz aufsagen. Die Sekretärinnen schoben ihr die gewünschten Unterlagen rüber, als wären es muffige Erdnussflips.

Gegen Viertel vor fünf erreichte sie das Büro von Kirk Properties. Es befand sich in einer umgebauten Garage, die zu einem hübschen gelben Ranchhaus mit einer Schaukel auf der Veranda gehörte. Neonlicht fiel auf einen senfgelben Teppich, graue Aktenschränke, zwei Wände voller Kirk-

Properties-Kalender, der älteste zwanzig Jahre alt. Auf jedem davon war eine gutaussehende Frau mittleren Alters zu sehen, die langsam schlaffer und molliger wurde, bis man die Maklerin selbst vor sich sah, um die sechzig, aufgetürmte hennarote Haare und Puder in den Falten ihres Gesichts. Sie saß zur Begrüßung bereit hinter ihrem Schreibtisch, die Hände leicht verschränkt, fast wie ein Katalogmodel für weiße Fingerhandschuhe.

»Guten Tag, junge Frau. Ich bin Nan Kirk. Ich vermute, Sie und Ihr Gatte suchen ein neues Zuhause? Nun, ich helfe Ihnen gern.«

Delpha nannte ihren Namen und fragte Mrs Kirk höflich, ob sie Aufzeichnungen zu sämtlichen Hausverkäufen aus dem letzten Jahr habe.

»Ja, so was habe ich« – die Frau musterte sie – »aber wozu brauchen Sie das denn?«

Sie sei auf der Suche nach einem Mann, der sich mit seiner Familie überworfen habe, weggezogen sei und einen neuen Namen angenommen habe, sagte Delpha. Sie arbeite für Mr Norville, den Anwalt des Vaters jenes Mannes. Dieser Gentleman sei dreiundneunzig Jahre alt und bei schlechter Gesundheit. Er wolle sich mit seinem Sohn versöhnen.

Die Handmodelpose fiel in sich zusammen. Mrs Kirk legte die Hände auf die Brust. »Ja, am Schluss bleibt nur die Familie. Wie nennt er sich denn?«

Ein Mops mit Stummelschwänzchen hüpfte der Frau auf den Schoß, drehte seinen halslosen Kopf und starrte Delpha aus Glubschaugen an.

»Das ist das Problem, Mrs Kirk. Der Vater kennt den Namen nicht.«

»Ach, wie traurig. Im letzten Jahr habe ich nur an zwei alleinstehende Männer ein Haus verkauft, und einer von ihnen war gerade mal 24. Der wird's wohl nicht sein, wenn der Vater 93 ist.« Mrs Kirk beugte sich vor und zog eine der unteren Schreibtischschubladen auf.

Delpha zuckte zusammen, als eine Seitentür aufgerissen wurde und ein halbwüchsiges Mädchen hereinsprang und sang: »Nana Nana Bo Bana, Banana Fana Fo –«

»Aileen, also wirklich, die Lady und ich unterhalten uns gerade. Mach, dass du verschwindest.«

Die kurzen Zöpfe des Mädchens hatten die Farbe von Süßkartoffeln. Wie Fuchsohren standen sie von ihrem Kopf ab, die hinteren Haare waren herausgerutscht und fielen ihr in den Nacken. Sie stürmte auf Delpha zu und bremste abrupt vor ihr ab. Aus der Nähe sah Delpha eine sommersprossige Nase und ein spitzes Kinn. Entweder hatte sie mit einem Augenbrauenstift gespielt, oder sie hatte tatsächlich zwei schwarze Schönheitsflecke, genau unter jedem der großen grünen Augen einen.

Mrs Kirk hatte die Aufzeichnungen herausgesucht und deutete auf Delphas Block. Delpha reichte ihn ihr. Die ältere Frau schrieb laut mitlesend Namen und Adressen ab, dann gab sie Delpha den Block zurück.

Delpha warf einen Blick auf den Teenager. Das Mädchen hatte an Delpha vorbeigestarrt, einen Arm mit gespreizter Hand schützend über der Brust, jetzt ließ sie die Arme sinken. Die Schönheitsflecke verschwanden unter den flatternden Wimpern. Das Gesicht Delpha zugewandt, stand sie stocksteif da. »Stimmt alles mit ihr?«, fragte Delpha.

Mrs Kirk drehte sich rasch zu dem Mädchen um.

»Oje. Hin und wieder hat sie diese ... Attacken. Aileen,

Schätzchen, geh zurück ins Haus und mach deine Hausaufgaben.«

»Ich wollte sowieso gerade gehen«, sagte Delpha zu Mrs Kirk. »Vielen Dank für Ihre Hilfe. Mr Norville wird das zu schätzen wissen.«

»Soso, Mr Norville. Hübsch sind Sie ja, Lady. Aber wissen Sie was? Sie schwindeln, was das Zeug hält.« Aileen tänzelte zu Delpha, packte drei Finger ihrer Hand. Sie sprach in ihre Richtung, ohne sie anzusehen. Wieder senkte sie den Kopf, so dass die Zöpfe nach vorne ragten, und quetschte Delphas kleinen Finger zusammen.

»Sie haben schlimme Sachen gesehen, oder? Das weiß ich, weil ich nämlich auch mal was Schlimmes gesehen hab, ganz kurz nur. Ich hab einen Mann gesehen, der von so einem schwarzen Rand umgeben war. Wie der Eingang zu einer Höhle, in die man nie, nie reingehen würde. Ich hatte furchtbar Angst. Aber das komische Ding ist jetzt weit weg von Ihnen. Passen Sie auf, dass es so bleibt.«

Der Mops sprang auf den Boden und umrundete japsend die nackten Knöchel des Mädchens. »Als Sie schnell Ihren Kopf gedreht haben, da haben Sie es gesehen, oder? So war es bei mir auch. Bei einem Mann auf der Rennbahn, als Grandpa und ich mal da waren.« Sie neigte den Kopf. »Aber Ihnen kam es näher. Richtig nah. Wissen Sie, was ich meine?«

Delpha war kalt geworden, wie sie da so auf dem abgetretenen Teppich stand, zwischen all den längst abgelaufenen Kalendern. »Vielleicht.«

Mrs Kirk war rot geworden und schob jetzt rasch ihren Stuhl zurück. »Bitte entschuldigen Sie uns. Meine Enkelin braucht einen Schluck Wasser.«

»Brauch ich nicht.« Das Mädchen drückte immer noch Delphas Finger und sah sie mit hellwachen Augen an. »Hören Sie, Lady, das ist noch nicht alles. Sie ... Sie haben wirklich –«

»Aileen! Aileen, Schätzchen, geh bitte in die Küche. Sofort.«

Das Mädchen schnaubte, ließ Delphas Hand los und hob den bettelnden Hund hoch. »E-gal. Nana Nana Bo Bana hat nicht, was Sie suchen. Das Ding ist nicht in unserem Haus, danke, Jesus, Maria und Josef.« Sie verschwand durch die Seitentür, den Mops in den Armen wiegend.

Mrs Kirk stand noch immer hinter ihrem Schreibtisch, eine Aufforderung zu gehen, dachte Delpha, aber sie stand da wie festgewurzelt. »Was hat sie denn mit alldem sagen wollen?«

»Moment, Moment. Womit haben Sie mich angeschwindelt, Miss ... wie war noch mal Ihr Name?«

»Delpha Wade. Ich arbeite für einen Privatdetektiv, keinen Anwalt, und wir suchen tatsächlich nach jemandem, allerdings ist es etwas anders, als ich Ihnen erzählt habe. Das war die Lüge. Hat Ihre Enkelin einen der beiden alleinstehenden Männer gesehen, an die Sie ein Haus verkauft haben?«

»Das weiß ich nicht, aber kann sein, sie taucht immer wieder im Büro auf. Wissen Sie, Aileen hatte in ihrem kurzen Leben schlimme Dinge erlebt, bevor wir beschlossen haben, sie zu uns zu nehmen. Manchmal sagt sie Sachen, die ... die wir nicht verstehen. Aber das geht Sie eigentlich gar nichts an. Also, kann ich sonst noch etwas für Sie tun?«

»Nein, danke, Mrs Kirk. Entschuldigen Sie bitte, dass ich Sie angelogen habe.« Delpha streckte ihre Hand aus.

»Na ja, ich schätze, das ist Teil Ihrer Arbeit.« Mrs Kirk rümpfte die Nase, gab ihr aber dennoch die Hand, von Geschäftsfrau zu Geschäftsfrau. Mit einem leicht verkrampften Lächeln sagte Delpha, dass dem wohl leider so sei, und Mrs Kirks Miene hellte sich auf.

Diese Mrs Kirk war jedenfalls nicht nachtragend, dachte Delpha erleichtert und ihr Lächeln wurde entspannter.

»Wissen Sie, es stört mich eigentlich nicht, dass Aileen hier rein- und rausrennt. So geheimnisvoll ist meine Arbeit ja nicht. Sie lebt bei uns, seit sie sieben ist. Ehe man sich's versieht, sind sie erwachsen.« Mrs Kirk rückte ein paar Papiere zurecht. »Ihr Großvater und ich versuchen sie von ihren seltsamen Gedanken abzubringen. Sie machen ihm Angst. Mir auch. Aber das heißt nicht, dass ich ihr nicht glaube. Sie hatte schon zu oft recht damit.« Mrs Kirk schob das Kinn vor.

Delpha dachte darüber nach. »Das kann ich mir gut vorstellen. Ich kannte mal ein Mädchen, das konnte den Leuten die Sorgen von der Stirn ablesen. Aber Ihre Aileen ist ein anderes Kaliber. Danke, Ma'am.«

Mrs Kirks Lächeln zitterte vor Dankbarkeit und Furcht.

Aileen trank kein Wasser, um sich zu beruhigen. Der Regen hatte eine Pause eingelegt und sie stand draußen auf der ölfleckigen Einfahrt und linste in den Dodge. »Schönes Auto, Lady«, sagte sie. »Und schnell. Gehört es Ihnen?«

»Nein.«

Das rothaarige Mädchen musterte sie von oben bis unten. »Das ist nicht geschwindelt.«

»Nein. Kannst du mir eine Frage beantworten?«

Aileen lief ein Stück die Einfahrt vor, steckte die Finger

beider Hände in die engen Jeanstaschen und sah über die Straße, wo eine optimistische Nachbarin nasse Bettlaken auf die Leine hängte.

»Vielleicht. Aber nur, wenn ich mag.«

»Natürlich.« Delpha lehnte sich gegen den Kotflügel. »Dieses schwarze Ding, von dem du geredet hast. War es mit dem Mann verbunden oder hat es sich bewegt? Also – kann dieses Schwarze in einen dringen?«

»Sie haben's gesehen. Ich wusste es!« Die verschiedensten Empfindungen blitzten in dem sommersprossigen Gesicht auf: Befriedigung, Erleichterung, Erschrecken. Der Blick des Mädchens bohrte sich in Delpha. »In jemand? Mann, woher soll ich das wissen? In Ihnen war's jedenfalls nicht.«

Eine gute Minute stand sie einfach nur da, die Augen blind, die Nase in die Höhe gereckt, so als würde sie Witterung aufnehmen von etwas, das von einem anderen Ort herwehte.

Delpha lief ein Schauer über den Rücken. Aileen erinnerte sie an sie selbst im Krankenhaus, als sie still dalag und aus dem Fenster auf die grünen Baumwipfel schaute und den Schmerz und das Chaos zu vergessen versuchte.

Das Mädchen drehte sich zu Delpha. »Die Sache ist die: Ich sollte es nicht sehen. Es war Zufall. Bei Ihnen war es anders. Ihnen hat es sich gezeigt, wie's scheint.« Die glatte Stirn runzelte sich, während sie Delpha anstarrte, die beiden Schönheitsflecke fast eine Verdoppelung der Augen. »Wissen Sie eigentlich, also ... wissen Sie, dass Ihnen ein winzig kleines Mädchen hinterherläuft?«

Delpha bewegte sich nicht. »Nein, Aileen«, sagte sie leise, »das wusste ich nicht.«

»Ehrlich. Hier ist es nicht, aber ich schwöre, dass es in Nanas Büro war. Es hat einen kleinen blauen Kittel getragen.«

»Wer ist das?«

Aileen drehte sich weg, als wollte sie fliehen, dann drehte sie sich wie von einer Schnur gezogen mit einer fast tänzerischen Bewegung wieder zurück. »Woher soll ich das wissen, wenn nicht einmal Sie es wissen? Hey, wenn Sie wieder herkommen, darf ich dann mit dem Auto fahren? Freitag krieg ich die Erlaubnis, mit der ich in Begleitung eines Erwachsenen fahren darf.«

Sie wirbelte davon. »Bye.«

8

Phelan fand, es könne nichts schaden, wenn er sich kurz das Geburtenregister von Louisiana ansah. Konnte ja sein, dass die Suche nach einem Hauskäufer nichts erbrachte. Wenn er zwei Jungen fand, die 1898 und 1900 in der Gegend von New Orleans zur Welt gekommen waren, waren das vielleicht die Brüder Bell, und sie hätten den richtigen Namen von Rodney, den Namen der Eltern, vielleicht auch eine alte Adresse.

Phelan rief die Telefonauskunft an, um die Nummer des Personenstandsregisters von Louisiana zu erfragen. Dort erklärte man ihm, dass er sich an das Staatsarchiv in Baton Rouge wenden sollte, das dem Secretary of State zugeordnet sei. Brav meldete er sich dort, wurde weitergeleitet und wartete, bis man im Staatsarchiv den richtigen Ansprechpartner aufgespürt hatte.

Eine Stimme wie duftender Jasmin meldete sich und wünschte ihm so heiter einen Guten Morgen, dass der 10. September 1973, verregnet oder nicht, sofort zu strahlen begann. Phelan nannte der Frau den Namen und die Adresse seiner Detektei und sagte, was er wollte.

Die Beamtin unterbrach ihn. *Was* wollte er? Sämtliche Geburten im Landkreis Orleans von 1898 und 1900? Könnte er ihr wenigstens einen Nachnamen nennen? Nein, konnte er leider nicht. *Herrje*, er wisse wohl nicht, dass ihn das ein Vermögen kosten würde.

Staatliche Behörde. Das müsste doch kostenlos sein.

»Ach, Schätzchen. Wir sind in Louisiana. Für Texaner ist hier *nichts* kostenlos.«

»Na gut. Sagen Sie, was Sie von mir kriegen. Ihnen gönne ich jeden einzelnen Cent, Miss.«

Lachen. »Passen Sie auf, wem Sie Honig ums Maul schmieren, Sie Charmeur. Ich hab acht Kinder. Also, geben Sie mir Ihre Nummer, dann ruf ich Sie zurück und sag Ihnen, wie viele Nullen vor dem Komma auf dem Scheck stehen müssen, den Sie uns schicken. Ich muss erst die Seiten zählen.«

Als Mrs Jasminduft zurückrief und die Summe nannte, schrieb Phelan die Zahl auf und starrte sie an. Kein Vermögen, aber immerhin ein ziemlicher Batzen. Er verzog das Gesicht. Dann machte er sich mit einem adressierten Umschlag auf den Weg zur Bank, um eine Geldanweisung zu veranlassen, damit die im Archiv nicht warten mussten, bis ein Scheck verrechnet war. Auf dem Weg zum Auto hielt er sich zum Schutz vor dem Regen eine Zeitung über den Kopf, was ihm für diesen Tag auch die unschönen Schlagzeilen über das Weiße Haus ersparte. Phelan steckte den Umschlag mit der Geldanweisung in einen Briefkasten und kam gerade rechtzeitig durch die Tür des Büros, um das klingelnde Telefon abzuheben.

Am anderen Ende der Leitung war der Geschäftsführer von Bellas Hess. In dem Laden gab es buchstäblich alles – bis auf Alkohol und Lebensmittel. Zum Leidwesen des Geschäftsführers, denn deshalb mussten die Einwohner von Beaumont auch noch andere Läden aufsuchen.

Bellas Hess litt an einem Schwund hochpreisiger Artikel – Fernseher, Stereoanlagen, Autoradios, Pistolen, Gewehre. Immer wieder mussten sie morgens feststellen, dass über

Nacht Sachen verschwunden waren. Ralph Bauer, der Geschäftsführer, erklärte Phelan, dass nur er selbst und sein Stellvertreter Schlüssel besaßen. Ja, sie führten die Schlüssel die ganze Zeit mit sich. Die Zentrale hatte vor, weitere Sicherheitsvorkehrungen zu treffen, bessere Kameras und Monitore, aber der Geschäftsführer hatte Phelans Anzeige im *Enterprise* gesehen und gedacht, das Problem ließe sich vielleicht lösen, ohne dass die Firmenleitung solche Ausgaben tätigen musste.

»Wäre wirklich gut, wenn das schnell vom Tisch wäre«, sagte er.

Ralph wollte selbst für die Lösung des Problems sorgen, damit ihm seine Chefs über den Kopf streichelten und ihn belobigten. So viel war Phelan klar.

»Wir haben gerade ziemlich viel zu tun, Mr Bauer.«

»Ach Mist.« Der Mann schnaufte. »Ich hatte gehofft, dass es schnell geht.«

»Okay, wissen Sie was? Wir warten gerade auf ein paar Dokumente, so dass ich Sie einschieben könnte.«

Schweigen. Dann entspannter: »Einen Moment. Lassen Sie mich nur eben was nachschauen –«

Der Geschäftsführer kehrte mit der Nachricht zurück, dass er am Nachmittag anfangen könne. Er sei den ganzen Tag im Laden, falls Phelan sich, also, mit dem Terrain vertraut machen wolle.

Phelan war schon mal im Bellas Hess gewesen. Das Terrain war wie bei allen großen Geschäften, die er kannte, eine riesige Betonfläche, die in einzelne Bereiche aufgeteilt war, jeder mit einer Kasse ausgestattet, dahinter ein Mindestlohngefangener. Mindestlohn bedeutete 1973 ein Dollar sechzig, seit fünf oder sechs Jahren unverändert.

»Sechs Uhr passt, Mr Bauer«, sagte Phelan. So hatte er ein paar Stunden, um sich einen Plan zurechtzuzimmern. Er legte auf, zündete sich eine Zigarette an und organisierte die nächsten Tage. Dann schloss er die Augen.

Zwei Aufträge. Die Erledigung des ersten schüttelte er vielleicht nicht gerade aus dem Handgelenk, aber einfach war er trotzdem – ein ernster, verknöcherter alter Mann, der sich wieder mit seinem ominösen Bruder vereinen wollte.

Und Delpha war wieder da. Sie war zurück.

Auch wenn er sie am Tag ihrer Rückkehr beinahe erneut verloren hätte.

Eine Stunde nachdem Bell gegangen war, hatte der Briefschlitz geklappert und zwei Briefe waren auf den Boden gefallen. Hurtig lief er zur Tür und hob sie auf.

Ein weißer Umschlag mit Sichtfenster, der andere edles Bütten. Als Delpha danach griff, erinnerte sich Phelan daran, dass die Post ihr Job war. Er überließ ihr die Briefe, warf nur schnell einen Blick auf die Absender.

Gulf States Utilities. Griffin und Kretchmer, Anwaltskanzlei.

»Zahlen Sie die beiden Rechnungen von unserem Geschäftskonto«, sagte er.

»Nein, Sir. Die hier bezahle ich.« Sie hielt den Umschlag von Griffin und Kretchmer in die Höhe, in dem die Rechnung von Miles war.

Er sah sie an. »Nennen Sie mich etwa Sir?«

Delpha schien innerlich die Schultern zu straffen. »Das ist mir so rausgerutscht. Ich wollte nur sagen, dass ich diese Rechnung übernehme. Mr Blankenship hat für mich gearbeitet. Ich schulde ihm Geld.«

»Aber ich habe ihn beauftragt. Der Vertrag besteht zwischen ihm und mir.«

»Der Vertrag besteht zwischen Anwalt und Angeklagtem. Fragen Sie einen Richter.«

»Angeklagter – Sie waren nicht angeklagt. Sie waren nicht mal verhaftet. Außerdem ist er mein Freund, Delpha.«

»Er war mein Anwalt.«

»Auf dem Umschlag steht mein Name und –«, Phelan legte seine Rechte auf ihre Hand, entwand ihr mit der Linken den Umschlag, riss ihn auf und wedelte mit dem Blatt vor ihr herum, »auch auf der Rechnung.«

Oje, bedrohlich richtete sie sich zu ihrer vollen Höhe von eins achtundsechzig auf und schob das Kinn vor.

»Wir wissen beide, dass er die Zeit für mich aufgebracht hat.«

»Genau wie wir beide wissen, dass das Ganze während Ihrer Arbeitszeit bei Phelan Investigations passiert ist. Abgesehen davon, müssen Sie ... müssen Sie nicht auch für die Krankenhausrechnung aufkommen?«

Ihre Miene verschloss sich. »Joe Ford hat meine Bewährungsunterlagen an den Bedürftigenfonds des Krankenhauses geschickt. Mir ist schon klar, dass er mir einen Gefallen tun wollte, ich könnte es ja auch nicht aus eigener Tasche zahlen. Aber er hätte mich trotzdem fragen können.«

Sie ging zu ihrem Schreibtisch, zog eine Schublade auf und blätterte durch die Seiten ihres Taschenwörterbuchs mit dem roten Plastikeinband, warf einen Blick hinein.

»Das erste Mal hatte ich keinen Anwalt, weil ich fallit war. Es gab kein Gesetz, das mich verpflichtet hätte, einen zu haben. Im Gegenteil, es gab ein Gesetz, nach dem ich kein

Recht auf einen hatte. Und Sie wissen, was dann passiert ist.«

Er nickte.

»Fallit ist nicht ... mit dem Stempel will ich nicht für alle Zeiten rumrennen.«

Phelan fühlte sich langsam ziemlich mies.

Sie drehte das winzige Wörterbuch zu ihm um.

»Sehen Sie? ›Fallit‹ heißt, dass man zahlungsunfähig ist. Bedürftig oder fallit, es läuft beides drauf raus, dass man mir sagt, ich hätte nicht die nötigen Mittel.«

Sechs, setzen.

»Die Leute mögen niemanden, der mittellos ist, Tom. Sie haben Angst davor, als wär's eine ansteckende Krankheit.«

Phelan gab ihr den Büttenumschlag. Mit zusammengepressten Lippen musterte er ihr entschlossenes Gesicht, dann blickte er nach unten zu dem Wörterbuch, das sein Urteil in die Welt posaunte. Er dachte anders. Phelan hatte seine Hand auf ihre Schulter gelegt und, na ja, drückte sie. Um zu bekräftigen, dass an dem Tag, als Deeterman sie angegriffen hatte, das einzig mögliche Mittel schierer Überlebenswille war, und den hatte sie bewiesen, und jetzt war sie wieder hier.

Aber ihre Schulter verkrampfte sich und er ließ sie los.

9

Delpha fuhr von Kirks Properties weg. Sie bog auf einen verlassenen Parkplatz ein und saß da, dachte über Aileen nach, wägte ab, was sie begriff und was nicht: Aileen Kirk auf der einen, Dolly Honeysett auf der anderen Seite.

Dolly war achtzehn, als sie nach Gatesville kam, so wie Delpha, aber anders als Delpha empfand sie keine Wut, sondern Schuld. Sie war ihrer schreienden Mutter mit einem gefüllten Petroleumheizer zur Hilfe geeilt und hatte ihren Stiefvater im Nacken erwischt. Wenn er im Begriff gewesen wäre, sich mit der Handtasche oder dem Pontiac seiner Frau davonzumachen, dann wäre Dolly vermutlich davongekommen – dann hätte sie tödliche Gewalt zum Schutz von Eigentum angewandt. Wenn sie den Heizer nicht mit solcher Wucht geschwungen hätte und er nur bewusstlos gewesen wäre, dann hätte man sie mit ihrer Mutter nach Hause geschickt. Aber der Mann bestahl seine Frau ja nicht, sondern verprügelte sie nur, und vor Gericht wiederholte ihre Mutter immer bloß: *Sie habe ihre Tochter nicht gedrängt, George mit dem Heizer zu* verbrennen, *sie sei eine gute Ehefrau, da könne man jeden Nachbarn fragen. George hätte es später bestimmt leidgetan, er sei ein guter Mann gewesen, es hätte ihm immer leidgetan. Gewiss habe sie nicht gewollt, dass Dolly ihn in Brand setze …*

Empört sprang der Verteidiger in seinen polierten Florsheim-Schuhen auf und konfrontierte sie mit ihrer eigenen Aussage vor der Grand Jury, aber was zählten Fakten schon gegen Tränen. Wie ein Häuflein Elend saß die Angeklagte da, die Mundwinkel ihres breiten Mundes heruntergezogen. Kaum hatte der Richter die schluchzende Mutter aus dem Zeugenstand entlassen, fiel der Staat Texas über Dolly her.

So ungefähr lautete ihre Geschichte.

Aileen Kirk sah Dolly Honeysett kein bisschen ähnlich. Dolly war blass und mollig und kaum über eins fünfzig. Unter den anderen Gefängnisinsassinnen hatte sie keinen Stand. Im Speisesaal war kein Platz für sie reserviert, so dass sie sich mal hier, mal dort an einen Tisch am Rand drückte. Über ihrer breiten Oberlippe saß eine kleine knubbelige Nase. Morgens pressten die braunen, zu einem dünnen Pferdeschwanz gebundenen Haare ihre abstehenden Ohren flach an den Kopf, aber es dauerte nicht lange und sie hatten sich befreit. Zusammen mit Dolly Honeysett wurden drei andere Frauen und die gute Fee Glinda nach Gatesville gebracht und es dauerte vielleicht sechs Monate, bis irgendjemand die Verbindung herstellte. Aber es wollte ja auch niemand. Glinda, die ihren Namen von der ersten Nutznießerin ihres Zaubers erhalten hatte, bewirkte in ihrem Trakt in Gatesville Gutes, obwohl man sie nicht sehen konnte. Weil man sie nicht sehen konnte. Immer wenn Glinda das Unglück einer Insassin spürte, schenkte sie ihr ein kleines Zeichen des Trostes. Es waren Winzigkeiten, sie kamen unverhofft und das machte ihren Zauber umso wirkungsvoller.

Die Frau, deren Bewährungsantrag abgelehnt worden war, fand nach der Rückkehr in ihre Zelle einen Schokoriegel zusammen mit einem Moon Pie, ihren Lieblingskeksen, zwischen den Gitterstäben. Einen Monat später wartete eine andere auf ihre Anhörung und hätte vor Nervosität den Putz von den Wänden kratzen können, als sie drei Schachteln Luckys entdeckte. Das war zwar nicht ihre Marke, aber es gab ihr Mut. Vielleicht zwei Monate später bekam eine Wäschereiarbeiterin, die mit ihrem Aussehen haderte, eine eckige rosa Flasche Oil of Olaz. Eine junge Frau, 23, die sich Sorgen um ihren zehnjährigen Sohn machte und beinahe ausrastete, weil sie keine Telefonzeit mehr hatte, fand Briefmarken und einen Packen Umschläge. Sie sollte ihm schreiben? Ja, warum eigentlich nicht? Sie brauchte nur jemanden, der ihr dabei half.

Es waren Sachen, die jeder im Gefängnisladen kaufen oder sich von einem Verwandten schicken lassen konnte. Kein Spitzennegligee oder eine Fahrt in einem offenen Cadillac oder eine ehrlich gemeinte Umarmung. Und doch war es etwas in der Art. Das alles passierte – Delpha musste kurz überlegen – 1965 oder 1966, als man immer öfter den Namen Vietnam im Radio hörte. Als damals einer der Beatles sagte, sie wären populärer als Jesus – führte das nicht zu einem wilden Streit im Speisesaal? Die Geschenke gab es bis Ende 1967, dem Jahr, das mit dem dank eines natürlichen Todes aus der Todeszelle entwischten teiggesichtigen Jack Ruby, des Mörders von Lee Harvey Oswald, begann.

Es machte Spaß, sich über Glinda zu unterhalten, genau wie es Spaß machte, sich über einen Lottogewinn zu unterhalten. Die Spekulationen, die verstohlenen Blicke, das Aufbringen und Verwerfen von Namen. Die Frauen fingen an, Glinda anzurufen, sie wollten Fritos und Bohnendip, einen bestimmten Nagellack, eine eisgekühlte Limonade, dann wurden sie dreister und forderten Bewährung und einen Thunderbird, ein Date mit Rock Hudson. Die unmöglichsten Sachen wollten sie. Irgendwann wurde es Glinda zu bunt und sie tauchte für einige Zeit ab. Gerüchte kursierten, dass sie, wer immer sie auch war, Gatesville verlassen hatte. Dann kehrte sie auf einmal zurück, und als sich das herumsprach, waren alle erleichtert und schon zufrieden damit, wieder ihren Namen zu flüstern.

In den heißesten Wochen des Sommers – die kratzende weiße Häftlingskleidung klebte schwer und feucht an ihren Rücken und Schenkeln, während von draußen die Nachricht zu ihnen drang, dass der hübsche Boxer Cassius Clay oder Muhammad Ali womöglich auch in den Knast musste – rief der Gefängnisdirektor Mary Buell, eine schwarze Insassin, zu sich, weil zwei Marines gekommen waren, um ihr mitzuteilen, dass ihr Sohn im Kampf gefallen war. Ein Pfarrer kümmerte sich danach in ihrer Zelle um sie. Bis der Leichnam überstellt worden war, konnte keine Beerdigung geplant werden, und man wusste nicht, wann das geschehen würde, und so gab es keinen Trost für die verzweifelte Mutter.

Wäre ihr Sohn überfahren worden oder bei einem Gabelstaplerunfall gestorben, dann hätte es allein bei ihr gelegen, ob sie Trost fand oder nicht, und ihr Schreien hätte nur ihre Zellennachbarinnen gestört. Aber damals war Ernest J. Johnson der Gefängnisdirektor, ein Kriegsveteran, der schwer verletzt an einem Ort namens St. Vith gefroren und gehungert hatte, und als ein Pastor der African Methodist Episcopal Church sich bereit erklärte, einen Gedenkgottesdienst abzuhalten, traf der Gefängnisdirektor entsprechende Vorkehrungen. Ernest Johnson teilte Menschen nicht nach ihrer Hautfarbe ein, sondern danach, ob sie beim Marine Corps waren oder nicht. Weil auch die Söhne von zwei weiteren Insassinnen bei der Armee waren, erreichte den Direktor irgendwann die Bitte, ob nicht der gesamte Trakt an dem Gedenkgottesdienst teilnehmen könne.

Die Freundinnen der trauernden Mutter nahmen rechts in der stickigen Kapelle Platz, die weißen Insassinnen, zu denen auch die beiden anderen Soldatenmütter gehörten, setzten sich links. Eine von ihnen musste katholisch gewesen sein, weil sie die ganze Zeit kniete, obwohl es keine gepolsterte Bank zum Knien gab. Ein Beerdigungsinstitut in Gatesville hatte Fächer gespendet, die an alle ausgegeben und dankbar benutzt wurden. Erst als Ruhe eingekehrt war, ging die Mutter des gefallenen Marine in Gefängnisweiß den Gang hinunter, das Gesicht von Tränen und Schweiß überströmt. Ihre beiden Schwestern stützten sie, hinter ihr gingen die halbwüchsige Schwester und der kleine Bruder des jungen Soldaten. Kaum hatte sie den ersten Schritt auf dem Linoleumboden der Kapelle gemacht, erhob sich lautes Wehklagen und die Frauen krümmten und wanden sich und warfen Gott anrufend die Arme in die Luft.

Die Frauen auf der linken Seite sahen sich an. Viele von ihnen hatten es noch nie miterlebt, wenn schwarze Frauen ihren Gefühlen freien Lauf ließen, und es kam ihnen vor, als blickten sie durch ein Fenster in eine fremde Welt. Spöttische Bemerkungen lagen ihnen auf der Zunge. Sie schluckten sie hinunter. Ein Mädchen kicherte, bis ihm seine Sitznachbarin den Ellbogen in die Seite stieß. So befremdlich ihnen die Trauerbekundungen vorkamen, sagte doch keine von ihnen etwas. Viele Frauen hier hatten Söhne. Mochten sie noch klein sein oder schon erwachsen. Die weißen Insassinnen sahen eine Mutter vor sich, für die der schlimmste Alptraum aller Mütter wahr geworden war, das, wovor sie sich alle fürchteten. Und da stieg ein Stöhnen auf der linken Seite der Kapelle empor und vermischte sich mit dem Wehklagen auf der rechten Seite. Und noch eines.

Delpha war erst auf einer Beerdigung gewesen, der ihrer Mutter, und da hatte niemand eine Träne vergossen. Das hier war ganz anders, aber was war es? Die schwarzen Frauen, das Mädchen und der bruderlose Junge gingen auf den Altar zu, als liefen sie barfuß über Scherben, und Delpha wurde klar, dass es das Empfinden von Trauer und den Ausdruck von Trauer gab. Hier war beides – sie sah es in Mary Buells toten Augen und an dem Händeringen und Flehen der schwarzen Mitgefangenen. Empfinden und Ausdruck ergaben ein Ganzes, so als würde sich der Schmerz selbst den Gang hinunterwinden, ein blutiger, vielarmiger und vielstimmiger Leib.

Als Mary Buell wieder in ihre Zelle gebracht wurde, stand vor den Gitterstäben ein dickbauchiges Glas mit den Blumen, die hier und da am Rand des Gefängnisgartens wuchsen. Von dem auf Hochglanz polierten Fünfliterglas war das Etikett abgelöst, in den dünnen Deckel waren Löcher getrieben worden. Es steckte ein grüner Stängel mit Blättern und winzigen dunkelrosa Blüten darin. Mary nahm das Glas. Aufgestört breitete ein Monarch seine goldroten Flügel aus und schwebte zu einer anderen Blüte. Die Zellengenossin hörte Mary murmeln, dass ihr Sohn gefunden worden sei. Sie erhob ihre Stimme. Ihr Clayton sei nicht in einem fremden Land verloren, er sei im Haus des Herrn erwacht.

Für Mary von Glinda.

So erwischten sie sie. Eine Insassin in der Nähe des Gartens hatte verwundert zugesehen, wie eine Frau mit einem Stück Mulltuch durch den Garten kroch und hüpfte, wie verrückt herumfuchtelte und das Tuch durch die Luft schwenkte. Weil sie nicht wusste, dass das Mädchen Dolly Honeysett hieß, nannte sie es »die mit den Segelohren«.

Schon bald knöpften sich einige Frauen Dolly vor: *War sie etwa die, die ihnen Sachen schenkte? War sie Glinda?*

Dolly schüttelte den Kopf.

Sie stießen sie gegen die Schulter, und sie sagte:

Nein.

Nein.

Nein.

Nein.

Dann *ja.*

Aber warum?

Dolly zuckte die Achseln.

Warum tat sie das?

Sie stand mit dem Rücken zur Wand und stammelte, dass es manchen vielleicht ein bisschen half.

Manchen?

Was meinte sie damit, helfen?

Wie denn helfen?

Na ja, sie musste es doch irgendwie wiedergutmachen, dass sie ihre Mutter falsch verstanden hatte. Dass sie George umgebracht hatte. Beten konnte sie nicht. Da war das Einzige, was ihr einfiel, anderen, die es brauchten, zu helfen. Manchen Leuten war es groß auf die Stirn geschrieben, was sie brauchten. Wenn sie eine ihrer Gaben hinterlassen hatte, fühlte sie sich eine Streichholzlänge lang wieder rein.

In dieser Antwort lag keine Magie. Manche begriffen es. Andere nicht. Aber seit Glinda kein Rätsel mehr war, sprach niemand mehr von ihr. Wenn eine traurige Frau ein Stück

Schokolade, Lipton-Tee oder rosa Shampoo bekam, dann bedankte sie sich bei Dolly und fertig. Bis eines Tages Dollys Bewährungsanhörung stattfand – nicht lange nach Otis Reddings Flugzeugabsturz, also Weihnachten 1967 – und ihr Anwalt, der nach wie vor durch Mrs Honeysetts rufschädigenden Meineid tief in seiner Ehre getroffen war, den wahren Charakter von Dollys Mutter erbarmungslos vorführte. Er schaffte es, das brave Mädchen, das mit dem Petroleumheizer zugeschlagen hatte, freizubekommen.

Bye bye, Glinda.

Diese beiden Mädchen, Dolly und Aileen, gingen Delpha durch den Kopf, weil sie Dinge sehen konnten, die sonst keiner sah. Aileen wollte damit allerdings selbst im Scheinwerferlicht stehen, während Dolly es auf andere gerichtet hatte. So gesehen waren die beiden Mädchen grundverschieden.

Wie Delpha und Isaac.

Im letzten Frühling hatte Delpha einen jungen Liebhaber gehabt, einen Collegestudenten, der um seinen Vater trauerte. Nachts um elf hatte sie die Küchentür des Rosemont Hotel aufgesperrt und Isaac hereingelassen. Er war noch nicht mal zwanzig und überraschte sie mit seiner Offenheit. Sie war 32, misstrauisch und frisch aus dem Gefängnis entlassen – nicht, dass sie ihm das erzählt hätte. Die Nächte in ihrem Zimmer waren unglaublich gewesen. Manchmal hatten sie es langsam angehen lassen, hatten behutsam und zärtlich den Körper des anderen erkundet. In anderen Nächten fielen sie übereinander her. Isaac, groß und mit leicht gebeugten Schultern, stand an der Schwelle zum Mannsein und war überaus lernbegierig. Auch Delpha war begierig gewesen, ausgehungert nach den langen Jahren der Haft. Das ging so, bis der Sommer sich seinem Ende zuneigte.

Letzte Woche hatte Isaac eine Hochglanzpostkarte mit dem Foto der größten Kirche geschickt, die sie jemals gesehen hatte. Princeton University.

Liebe Delpha, du hattest recht, ich musste zurück, schrieb er. *Und gleichzeitig hattest du unrecht. Ich verstehe es nicht, aber ich vermisse dich. Isaac.*

Sie hatte einen Kuss auf seine Worte gedrückt und die Karte in ihre Nachttischschublade gelegt.

Delpha schüttelte den Kopf, als eine Böe feinen Regen und Laub über den leeren Parkplatz wehte und durch ihre Haare fuhr. Eine Strähne strich über ihre Wange, und Delpha schob die Gedanken an Isaac und an Aileen beiseite und konzentrierte sich auf das Hier und Jetzt. Ihre Augen blieben an der Stelle hängen, wo die Baumwipfel an den Himmel stießen. Dann wanderten sie zu einem Häufchen brauner Glasscherben auf dem rissigen Asphalt, den orangefarbenen Blättern des Amberbaums. Sie atmete aus. Legte die Hände aufs Lenkrad.

Morgen würde sie oder Tom die letzten Maklerbüros abklappern, dann hätten sie eine Liste, mit der sie weiterarbeiten konnten – die Namen von Männern, die Häuser gekauft hatten, von denen einer Xavier Bells vermisster Bruder Rodney sein konnte. Was, wenn Rodney nicht auf der Liste stand? Nun, dann würden sie etwas anderes versuchen. Delpha seufzte.

Das kennst du ja schon. Sie legte den Gang ein.

10

Um sechs war Phelan im Bellas Hess und verkaufte Kameras, Kassettenrekorder und Fernseher. Zusammen mit einem Neunzehnjährigen namens Ben war er hinter einer kleinen Theke eingepfercht. Nachts würde er in seinem dunklen Auto auf dem weitgehend verlassenen Parkplatz sitzen, in angemessener Entfernung von der Hintertür und mit Blick auf die Laderampe. Dort würde er Posten beziehen. Am verschlossenen Vordereingang würde ein Wachmann des Ladens postiert sein. Der Geschäftsführer hatte sie mit zwei Walkie-Talkies von Radio Shack ausgestattet.

»Warum macht Ralph Sie eigentlich nicht zur Sau, wenn Sie durch den Laden spazieren, als hätten Sie sonst nichts zu tun?«, beschwerte sich Ben, als Phelan von einer Terrainerkundung zurück zur Theke geschlendert war. Der junge Mann starrte ihn hinter seiner schwarzen Buddy-Holly-Plastikbrille hervor an, die Hände in die nicht vorhandenen Hüften gestemmt. Seine schwarze Gabardinehose hielt nur dank eines schweren Gürtels.

»Mit Ihrem Fachwissen sind Sie hier eben unentbehrlich.«

Bens Miene hellte sich ein wenig auf. »Ist nicht so, als hätte ich nicht versucht, Ihnen was beizubringen.«

Phelan starrte den jungen Mann an. Ben umrundete die Glastheke und fing an, sie zu polieren.

Ralph, der Geschäftsführer, hatte ihn seinen Mitarbeitern vorgestellt. Dean, sein Stellvertreter, war ein stämmiger kleiner junger Mann mit vorzeitig ausgehenden blonden Haaren und Hundeblick. Ralph hatte ihm sagen wollen, warum Phelan hier war, aber Phelan hatte den Kopf geschüttelt.

Hinter den Theken standen schwarze und weiße jüngere und ältere Frauen. Es gab einen alten Hausmeister, der den Dreck wegwischte. Am Imbiss spießten zwei gelangweilte Jungen Hotdogs von einem Grill mit Heizlampe auf und gaben Kartoffelchips und Cola aus. Im Apothekenbereich bereitete ein bestens aufgelegter Apotheker die weißen Medikamententütchen vor, die dann ein hübsches Mädchen überreichte. Phelan hatte die Arbeiter im Lager in Verdacht, die über die Bestände und neu hereingekommene Ware Bescheid wussten. Dort sollte er sich später mal unauffällig umschauen. Bis dahin hielt er sich an Ben. Man bekam ihn leicht zum Reden, vor allem über sich selbst.

Er sei der nächste Ansel Adams, erklärte er Phelan und sah ihn erwartungsvoll an, suchte nach einem Zeichen der Bewunderung. Der Name sagte Phelan nichts, aber er nickte trotzdem. Begeistert erzählte Ben ihm von einem Ausflug nach Big Bend und den vielen Felsen, Wildblumen, Hasen, Skorpionen und Sonnenuntergängen, die er fotografiert hatte. Den Naturfotografiekurs am Lamar College habe er mit Bestnote abgeschlossen und sein Lehrer habe gesagt, dass sich einige seiner Aufnahmen sogar verkaufen ließen.

»Haben Sie schon mal Porträts gemacht? Actionfotos?«

»Klar. Und die Abzüge mach ich auch selbst. Ich hab nämlich meine eigene Dunkelkammer.«

Diese Informationen speicherte Phelan, während Ben sich über seine Serie von der Southeast Texas State Fair erging. Tätowierte Schausteller, knutschende Pärchen, Kinder mit Zuckerwatte in den Haaren, kreischende Teenager im Autoscooter. In seiner Begeisterung über sich selbst übersah er den wartenden Kunden, so dass Phelan sich bemüßigt fühlte, die Beratung zu übernehmen.

»Nein, nein, die Kamera ist besser«, unterbrach ihn Ben und redete so lange fachkundig auf den Kunden ein, bis dieser aufgab und seine Brieftasche zückte.

Ben drehte sich wieder zu Phelan. In aller Ausführlichkeit erklärte er ihm die technischen Details aller Kameras, die auf und in der Theke lagen.

Ein Bruchteil von Phelans Aufmerksamkeit war bei der Sache, der Rest widmete sich den über den Laden verteilten anderen Angestellten. In der Pause spazierte er erneut herum und plauderte kurz mit jedem. Rauchte eine Zigarette mit den Lageristen hinten, zwei Schwarzen in Mechaniker-Overalls, die schwiegen, bis einer von ihnen Phelans fehlenden Finger bemerkte. Das brachte ihn auf einen Cousin, der Maschinenschlosser war und sich im Monat zuvor beide Daumen abgeschnitten hatte.

Phelan zuckte zusammen.

Der andere nickte. »Muss wieder ran.« Sein Freund warf Phelan zum Abschied einen Blick von der Seite zu, dann trat er seine Zigarette auf dem Lagerboden aus.

Der Apotheker, Ted Sowieso, telefonierte, den Hörer zwischen Ohr und Schulter geklemmt, während er Pillen in Tüten steckte wie ein Schnellrestaurantangestellter Hamburger. Kaum hatte er das Telefonat beendet, kaute er übergangslos Phelan das Ohr mit Baseball-Prognosen ab. Die Mets des guten alten Yogi könne man vergessen, selbst mit Seaver und Mays. Im Moment stünden sie vielleicht ganz gut da, aber am Schluss würden sie einbrechen und die Reds würden sie bei lebendigem Leib häuten. Nolan Ryan sei völlig überbewertet.

»Ich weiß nicht. Der durchbricht doch regelmäßig die Schallmauer von 100 Meilen die Stunde –«, wandte Phelan ein, aber der Apotheker musste schon wieder ans Telefon, notierte etwas, legte auf und fing von seinem Lieblingsspieler an, Pete Rose. Hank Aaron, okay, der kam an Babes Rekord ran, aber der würde auch bald einknicken. Lange würde er's jedenfalls nicht mehr machen. Immerhin war er schon 39, fast 40. Und im Laufe des Winters –

»Ach was, hören Sie auf, Aaron kratzt an der 715er-Marke. 711 Homeruns hat er schon«, sagte Phelan.

»Kratzen hilft nur, wenn's einen juckt. Nein, mein Favorit ist Pete Rose«, der Apotheker streckte einen Daumen in die Höhe, und schon ging's weiter im Text, während er Pillen aus großen Gläsern in kleine Plastikbehälter kullern ließ.

Phelan setzte seine Erkundungstour fort. Wenn er jemals Medikamente nehmen müsste, dachte er, würde er sie ganz sicher woanders besorgen.

Die Sportabteilung lag in den kundigen Händen eines stämmigen Mannweibs im Hosenanzug. Sie wusste alles über die in einer Vitrine ausgestellten Pistolen und die Gewehre und das Angelzeug in den Gestellen an der Wand. Den Fuß auf ein niedriges Regalbrett gestellt, führte sie ihn in die Geheimnisse der unterschiedlichen Köder ein und legte eine doppelläufige Flinte an, als müsste sie die Töpfe und Pfannen aus der Haushaltswarenabteilung in Schach halten.

Haushaltswaren war die gut fünfzigjährige Mabel, die

ihre schwarzgefärbten stumpfen Haare wie in den guten alten Zeiten zu Korkenzieherlocken gedreht trug, dazu Peeptoes mit Plateausohle, aus denen die rot lackierten Nägel der großen Zehen herauslugten, und eine Spitzenschürze über dem Kleid. Die Kaltmamsell aus *Twilight Zone*.

»Freut mich, Sie kennenzulernen, junger Mann«, sagte Mabel und tätschelte seine ausgestreckte Hand, statt sie zu schütteln. »Wenn Ihre Frau gerne backt, dann bringen Sie ihr doch eine dieser Glaskeramikformen mit dem hübschen blauen Blumenmuster mit. Sie sind gerade im Angebot.«

Die beiden Jungen, die hinter der Imbisstheke neben dem Eingang zusammengepfercht waren, ließen sich zu keinem Gespräch herab. Das pummelige Mädchen in der Kosmetikabteilung hatte jeden Fingernagel in einer anderen Farbe angemalt. Sie schien viel Besuch von ihren Freundinnen zu bekommen und Phelan wettete, dass sie großzügig Proben verteilte, aber das ging ihn nichts an.

Nach Ladenschluss war er Crandall ausgeliefert, dem Wachmann, der die Finger nicht von seinem Walkie-Talkie lassen konnte.

»Hey, Tom, hat Ihr Daddy jemals einen Hund auf Sie gehetzt?«

»Hey, Tom, sind Sie mal mit 'nem Mädel gegangen, das Haare an den Nippeln hatte?«

»Over and out, Crandall, es sei denn, Sie sehen jemanden an der Tür.«

»Okey-dokey. Wollte niemandem zu nahe treten. Roger.«

»Roger. Rühren Sie sich nicht von der Stelle, bis ich Sie rufe.«

Bis halb fünf Uhr morgens saß Phelan zusammengekauert in seinem Auto, das auf der Rückseite des Ladens ein paar Meter von der einzigen Lichtquelle entfernt stand. Alles war ruhig, alles war gut und er hatte viel Zeit, sich darüber zu freuen, dass Delpha nicht gekündigt hatte, um sich einen weniger mörderischen Job zu suchen. Wenn sie das getan hätte, hätte es ihn ziemlich mitgenommen.

Nur ein ungewöhnliches Vorkommnis gab es. Eine dunkle Limousine unbekannter Marke war auf den Parkplatz gefahren, hatte im Schneckentempo eine Schleife gedreht und war wieder rausgefahren. Der Fahrer trug einen Hut. Er schien das verwaist dastehende Auto zu mustern, aber das ließ sich nicht mit Sicherheit sagen. Vielleicht hatte die Trantüte sich einfach nur verfahren.

11

Er kam spät ins Büro. Erfreut hörte Delpha, dass Phelan Investigations für einen weiteren Auftrag angeheuert worden war, und beugte sich gespannt vor, als er mit glasigem Blick an die Ecke ihres Schreibtischs gelehnt das Personal von Bellas Hess beschrieb und Mutmaßungen über die möglichen Diebe anstellte. Der Geschäftsführer hatte eine Aufstellung der gestohlenen Artikel angefertigt, inklusive Marke und Modell. Ach ja, hatte Delpha eigentlich schon mal was von Ansel Adams gehört? Machte Naturfotos.

Sie schüttelte den Kopf. »Ich habe noch ein paar Makler auf meiner Liste. Aber wenn wir beide unterwegs sind, ist niemand da, der das Telefon bewacht.«

»Kann man nichts machen. Dann haben Sie gestern Rodneys Haus also nicht gefunden.«

Delpha kniff die Augen zusammen. »Nein. Und Sie haben keine Diebe im Bellas Hess gefangen.«

»Leider.«

Sie sahen sich an. Delpha schob sich den Riemen ihrer Tasche über die Schulter und lief die Treppe hinunter zu dem Dart.

Bei Geschäftsschluss war sie zurück im Büro, legte den Zettel mit den siebenundzwanzig Namen, die sie von den Maklern bekommen hatte, in einen Aktendeckel und schrieb »Hauskäufer« darauf. Hochzufrieden spannte sie Papier und Kohlepapier in die Selectric und tippte die Liste ab. Siebenundzwanzig Hauskäufer, von denen einer Rodney Bell sein könnte.

Unter den Namen tauchte weder ein Rodney noch ein Bell auf – aber das bedeutete nicht, dass der Mann nicht dabei war. Xavier Bell hatte zu Recht von Unsichtbarkeit gesprochen. Das schien er mit seinem Bruder gemeinsam zu haben.

Mehr konnte sie an diesem Tag nicht tun.

Delpha blieb jedoch noch sitzen, ihr Stift schwebte über dem gelben Block. Wenn bei den Maklern nichts rauskam, dann würde sie sich in der Tyrrell Public Library alte Telefonbücher und Einwohnerverzeichnisse von New Orleans vornehmen. Und wenn sie keinen Laden fanden, dessen Besitzer Bell hieß, würden sie ihren Mandanten noch einmal zu sich ins Büro bitten müssen.

Dann könnte Phelan ihn fragen, was er und sein Bruder für ein seltsames Spiel spielten.

Sie wurde zwar nur für die Zeit von acht bis fünf bezahlt, aber ein paar Überstunden taten nicht weh. Delpha stieg die Stufen zur Tyrrell Public Library hoch. Das Bibliotheksgebäude war ganz offensichtlich einmal eine Kirche gewesen. Die großen Bogenfenster waren aus farbenprächtigem Bleiglas: Blumen oder Muscheln waren zu erkennen, Gras und Himmel und geschwungene rote Formen, eine Krone, ein Kreuz. Sie wurde magisch angezogen von diesem Ort und nicht nur wegen der Bücher – es lag auch an dem Gebäude, ein Schloss aus grob behauenem Kalkstein mit Turm und Kuppel, eines Flusskönigs würdig. Nicht weit entfernt floss träge der Neches dahin.

Der Kieferboden knarrte. Sie durchquerte den Strahlenfächer der Abendsonne, die durch die farbigen Scheiben fiel, und nahm sich einen der Bestellzettel. Im Kartenkatalog suchte sie nach einem Buch des Fotografen, von dem Tom gesprochen hatte. Notierte sich die Signatur.

Ein wenig scheu ging Delpha zu ihrer Bekannten Angela, die hinter der Theke stand. Auch ihretwegen mochte sie die Bücherei. Angela hatte sich Delpha gegenüber freundschaftlich verhalten, etwas, das sie von ihrer Haftzeit her nicht gewohnt war. Jetzt wappnete sie sich, dass sie einen anderen Ton anschlagen könnte, aber entweder hatte Angela die Zeitungsberichte nicht gelesen oder sie kümmerte sich nicht um solche profanen Dinge.

Sie nahm den Bestellzettel von Delpha und drehte ihn um. »Einen Moment, bitte«, sagte sie, »ich würde Opal gerne etwas zeigen. Das ist übrigens Opal, meine Auszubildende.« Sie deutete mit einem schneeweißen Fingernagel auf ein Mädchen, das wie eine Teekanne gebaut war. Ihren kleinen Brüsten folgte ein dicker Bauch, der auf ausladenden Hüften saß.

»Siehst du diese Signatur, Opal? Such das Buch aus dem Regal heraus. Wenn es nicht da ist, schau nach, ob es ausgeliehen ist, und wenn es ausgeliehen ist, hilfst du der Lady dabei, ein Buch desselben Autors zu finden. Schau aber erst auch auf dem Wagen mit den zurückgegebenen Büchern. Hast du das alles verstanden?«

Das Mädchen nickte und verschwand.

Angela strahlte. Sie war ganz in ihrem Element. Ihr pinkorange gestreiftes Minikleid mit Spaghettiträgern, betont durch eine Stoffblume, die sie an einen der Träger gesteckt hatte, war ein echter Hingucker. Königsblauer Glitzerlidschatten, den sie bis zu den Brauen aufgetragen hatte, umgab die schwarz umrandeten Augen mit den langen falschen Wimpern. Ihr Parfüm, eine Mischung aus Orange, Vanille, Rosenblättern und Bienenwachs, zog wie eine schwere Wolke über die Theke zu den Büchereibesuchern, die davorstanden.

»Tolles Parfüm.«

Angelas Lächeln verbreiterte sich, dann streckte sie erneut den weißen Fingernagel aus und tippte in die Luft. »Ding-Dong, ihre Avon-Beraterin ist da. Ich reserviere Ihnen gerne eins. Es ist brandneu. Sweet Honesty heißt es.«

»Vielleicht das nächste Mal«, sagte Delpha. Überzeugend klang es nicht, aber das schien Angela nicht zu bemerken.

»Soll ich Ihnen was verraten?« Die von königsblauer Pracht umgebenen Augen funkelten sie an.

»Was denn?«

»Mrs Samsons Mann ist vom Dach gefallen und hat sich die Hüfte gebrochen, und deshalb hat sie beschlossen, früher in Rente zu gehen. Das tut mir natürlich leid, aber raten Sie mal, wer die neue Auskunftsbibliothekarin ist?«

»Sie? Toll. Das freut mich, Angela.«

»Danke!« Stolz sah sie Delpha an. »Eigentlich wäre Miss Tilly mit einer Beförderung dran gewesen, aber sie mag nicht so viel stehen, also hab ich die Stelle gekriegt. Ich verdiene fünfundzwanzig Cent pro Stunde mehr, und wenn jemand anruft und mich was fragt, zieh ich los und such die Antwort raus. Ja, gut, meistens muss ich mir die Nummer des Anrufers aufschreiben und zurückrufen. Aber dann hab ich die Antwort parat.« Ihre weißen, gleichmäßigen Zähne ließen ihr Lächeln noch mehr strahlen als der helle Lippenstift.

»Heißt das, man kann Sie anrufen und Sie bitten, etwas herauszufinden, ohne dass man dafür bezahlen muss?«

»Yes Sirree, genau das heißt es. Sie können jeden Auskunftsbibliothekar in diesem Land anrufen und er wird Ihnen helfen! Natürlich nur in Maßen. Und ich mach den Kindern auch nicht ihre Hausaufgaben.« Angela schüttelte so bestimmt den Kopf, dass ihr der Spaghettiträger mit der Blume von der Schulter rutschte. Sie schob ihn zurück.

»Zum Beispiel schlage ich nach, wer die World Series 1922 gewonnen hat ... oder ob es Albino-Eisbären gibt. Solche Sachen.«

»Darf ich Sie noch etwas fragen?«

Angela nickte entzückt.

»Das heißt ... man kann auch in der Bücherei in einer anderen Stadt anrufen und etwas fragen? Zum Beispiel etwas, was den Ort betrifft?«

»Aber klar! Das sag ich doch. Dafür sind wir da. Es gibt eine ganze Armee von uns – in jeder amerikanischen Stadt.«

Eine ganze Armee. Das war gut zu wissen. »Es freut mich wirklich, dass Sie die Stelle gekriegt haben.«

»Mich auch. Es ist ein erster Schritt auf der Karriereleiter. Wollen Sie auch vorankommen?«

Noch vor sechs Monaten, als sie frisch aus dem Gefängnis entlassen war, wäre diese Vorstellung lächerlich gewesen. Vorankommen war mit einem Ziel verbunden. Delpha hatte damals vor dem Nichts gestanden. Jetzt war sie bei Phelan Investigations und hatte ganz allein einen Auftrag ausgeführt, der nichts mit Büroarbeit zu tun hatte. Bedeutete das, sie kam weiter?

»Keine Ahnung. Was wäre denn der nächste Schritt für Sie?«

Angela krümmte den Finger. Delpha beugte sich vor und tauchte in die Wolke von Sweet Honesty ein. Die beiden schwarzen Wimpernbögen klappten auf und zu. »Ich möchte die Bibliotheksleiterin hier werden«, sagte Angela.

Delpha war gerührt, dass Angela ihr ihren Herzenswunsch verriet. »Sie mögen Bücher wohl sehr«, sagte sie. »Ich kannte früher mal eine Frau, die Bücher auch so gerne mochte.«

Die königsblauen Augenlider klappten zu. »Ach was, ich *organisiere* gerne. Oh, da kommt sie ja schon.«

Delpha überflog die Rücken der Bücher, die Opal mitgebracht hatte, und suchte eines aus. »Das nehm ich mit.«

Angela nickte feierlich. »Gut gemacht, Opal. Und das nächste Mal fragst du den Nutzer, ob du noch was für ihn tun kannst.«

Die Augen des Mädchens wanderten zu Delpha. Delpha schüttelte den Kopf.

Sanft sagte Angela: »Am besten ist es, wenn du diese Worte laut aussprichst.«

Delpha überließ die beiden ihrer Arbeit und nahm ihre Tasche und den riesigen schweren Fotoband, den Opal für sie herausgesucht hatte. Bei einem Blick auf die Wanduhr stellte sie fest, dass sie zu spät zum Abendessen war. Sie hoffte, dass die anderen Hotelgäste nicht schon alles verputzt hatten.

12

Ruckartig richtete sich Phelan auf dem Fahrersitz seines Chevelle auf. Plötzlich wusste er, dass der schwarze Wagen, den er in der Nacht zuvor auf dem Bellas-Hess-Parkplatz gesehen hatte, ein Mercury Montego gewesen war. Sein zweiter, nicht ganz so klarer, aber umso schmerzhafterer Gedanke war, dass er eingenickt war. Das Auto, das gerade über den Parkplatz röhrte, war keine dunkle Limousine – es war ein weißer Van, der zur Laderampe zurückstieß, dann gingen die Scheinwerfer aus.

Knisternd gab er Crandall über Walkie-Talkie Bescheid, dass er die Cops rufen sollte.

Auf Crandalls aufgeregtes *Wann denn, Mann, wann?* sagte er *Jetzt*.

Phelan rechnete damit, dass die Hintertür aufging und ein Komplize, der sich nach Ladenschluss im Geschäft versteckt hatte, heraustrat. Stattdessen marschierten zwei Männer direkt auf die Tür zu und schlossen sie mit Schlüsseln, die der eine aus der Tasche zog, auf. Er sah zu, wie einer von beiden eine große Kiste in den Van hievte, dann holten die beiden weitere Kisten. Sechs Kisten insgesamt, und Kisten hieß: Lagerarbeiter. Als sie unter der Lampe an der Mauer des Gebäudes vorbeigingen, war allerdings zu erkennen, dass es Weiße waren. Sie hatten es nicht besonders eilig. Als beide erneut durch die Tür verschwunden waren, schlüpfte Phelan aus dem Auto. Er trug ein schwarzes T-Shirt und machte in seinen Turnschuhen kaum Geräusche, als er zu dem Van lief, den Schlüssel aus dem Zündschloss zog und ihn in seine vordere Tasche steckte. Schnell lief er zu der im Dunkeln liegenden Stelle zwischen dem Ende der Laderampe und der Gebäudemauer, die er sich vorher ausgesucht hatte.

Einer der Diebe kam rückwärts mit einem Kühlschrank auf einer Sackkarre wieder raus, den die beiden mitsamt Sackkarre in den Van stemmten. Dann ging der zweite mit einer Sporttasche rein, kehrte nach einer Weile zurück, stellte die Tasche auf die Laderampe und sperrte den Laden wieder ab. Im Schein der Wandlampe blitzten mehrere Goldketten an seinem Hals auf, als er sich umdrehte und eine Pistole aus der Sporttasche zog, eine Waffe mit langem Lauf, vielleicht eine Smith & Wesson .22. Er stützte den Waffenarm auf den anderen Unterarm und zielte auf seinen Komplizen.

Adrenalin schoss durch Phelans Blutbahn, er presste sich an die Wand.

Nie im Leben hätte er mit so was gerechnet. *Niemals*. Seine Pistole lag im Büro. *Ganz prima, Tom. Warst schon immer ein schlaues Kerlchen*. Phelan Investigations' total narrensicherer Plan hatte ungefähr so ausgesehen: observieren, Täterbeschreibung und Autokennzeichen notieren, Polizei rufen, Geschäftsführer Bericht erstatten, Scheck abholen. Waffengewalt war darin nicht vorgekommen.

Der Typ mit dem langen Lauf nahm noch mal Ziel. Dann drückte er den Abzug.

Die Pistole knallte, *bumm!*, und schlug zurück.

Die Hände des Komplizen flogen hoch zur Brust, dann rutschte eine nach der anderen wieder runter, wie zwei Handschuhe, die von einer Brüstung fielen. Er taumelte.

Stolperte zu der Sporttasche, zog eine zweite, stupsnasige Pistole heraus, vielleicht eine .38er. Ließ sich auf die Knie sinken, schwankte hin und her, dann schoss er auf den ersten Mann.

Nr. 1 stolperte rückwärts durch den Lichtkegel der Lampe über der Tür, drehte sich, fiel zu Boden, kämpfte sich hoch auf ein Knie. Schoss.

Nr. 2 schleppte sich im Zickzack ans Ende der Laderampe und blieb fast auf Höhe von Phelans Kopf stehen. Dort drehte er sich ein paarmal um die eigene Achse, bevor er nach vorne kippte. Er sank auf die Rampe, rollte unbeholfen wie ein platter Reifen einmal herum, stemmte sich hoch. Schoss.

Nr. 1 schwankte zu ihm und beim dritten Versuch konnte er die .38er von Nr. 2 wegkicken. Vollzog die Hinrichtung, Mündung an den Kopf. Klick.

Er ließ die Waffe in die Tasche fallen und sagte: »Mach schon, wirf sie rein, Mann.«

Metall klapperte auf Metall. Ein Feuerzeug flammte auf. Rote Punkte erschienen. Sie behielten den Rauch in der Lunge, dann stießen sie ihn langsam aus und er trieb zu Phelan, der in dem Moment, als die Waffe *bumm!* gemacht hatte, wusste, wer sie waren.

Die Jungs vom Imbiss.

Nach einer Weile kicherte einer der beiden. Dann kicherte der andere. Zwei Meisterdiebe nach vollbrachtem Coup.

Phelan trat aus dem Schatten.

Die beiden Witzfiguren zuckten zusammen. Die roten Punkte segelten zu Boden. Einer der beiden rannte einen Moment auf der Stelle, bis seine Füße Tritt fassten, dann hüpfte er von der Rampe und stolperte zu dem Van. Der andere, ein bisschen koordinierter, schnappte sich die Sporttasche und raste zum Beifahrersitz. Die Türen krachten zu.

Dann fuhr der Van nicht los.

Phelan lehnte sich gegen die Rampe und schlug nach einer Mücke, die sich an seinem Hals festgesaugt hatte. Seltsam. Bei seinem ersten Auftrag war er von einem Waschbären angefallen worden und musste eine Wassermokassinschlange erschießen. Bei dem hier musste er nur darauf warten, dass die Leute sich selbst ein Bein stellten.

Bleibt in dem Van, dachte er.

Die Fahrertür flog mit einer solchen Wucht auf, dass sie zurückfederte und gegen das Bein des Jungen knallte. Ein lautes *Scheiße!*, dann rannten beide los. Weil sie nicht plötzlich klüger geworden waren, liefen sie nicht in unterschiedliche Richtungen, was Phelan sehr ungelegen gekommen wäre, sondern rannten mit rudernden Armen und pumpenden Knien quer über den Parkplatz. Sie waren keine Sportasse. Nach zwanzig Metern hatte Phelan sie eingeholt und packte sie an ihren T-Shirts, warf einen zu Boden und stellte einen Fuß auf seinen Rücken, damit er unten blieb. Den anderen griff er am Nacken und drückte so fest zu, dass der Junge wie ein blindes Katzenbaby zwischen den Zähnen seiner Mama erschlaffte.

»Au. Hey, Mann ...«, jammerte der auf dem Boden.

»Bleib auf dem Boden, Würstchen.«

Der Junge trat um sich, hatte aber keine Chance, Phelan zu erwischen, sofern sein Bein sich nicht in Gummi verwandelte. Der, den er am Nacken gepackt hielt, sammelte sich, dann holte er aus. Die beringte Hand erwischte Phelan voll am Mund, Anfängerglück. Ganze zehn Sekunden rangelten sie miteinander, dann hatte Phelan ihn im Schwitzkasten und konnte sein Gewicht wieder auf den Rücken des am Boden Liegenden stemmen.

Den Cops, die mit lautem Tatütata auf den Parkplatz einbogen, bot sich ein hübsches Stillleben aus einem liegenden Jungen, Phelan und einem baumelnden Jungen.

»Wo ist Ihre Waffe, Superman?«, fragte ihn der junge blonde Cop, nachdem er und sein etwa gleichaltriger schwarzer Partner die beiden Jungen mit Handschellen gefesselt und in den Streifenwagen verfrachtet hatten. Der Partner schien die Nummer des Privatdetektivausweises, den Phelan ihm ausgehändigt hatte, auswendig lernen zu wollen.

Phelan hätte sich wegen der vergessenen Waffe in den Hintern beißen können, aber das musste ja niemand wissen. Er hob das Kinn, stemmte die Hände in die Hüften und sagte: »Für solche Jungs brauch ich keine Waffe.«

Der Cop starrte ihn an. Unter seiner Mütze lugten helle Strähnen hervor. »Ne, da reicht auch ein kleiner Rippenbruch, was?«

Sein Partner deutete mit dem Finger auf das Blut, das über Phelans Kinn lief, schnaubte, dann wandte er sich wieder dem Ausweis zu. »Johnny«, sagte er leise zu seinem Kollegen, der nun ebenfalls auf den Ausweis blickte.

Phelan wischte sich mit dem Handrücken übers Kinn. Um wieder ein paar Punkte zu machen, sagte er: »Hier ist der Schlüssel zu dem Van der beiden, und auf der Laderampe müssten die Kippen von den Joints liegen, die sie weggeworfen haben. Falls es Sie interessiert.« Er kramte in seiner Hosentasche nach dem Schlüssel und warf ihn ihnen rüber. Die Cops standen stocksteif da. Klirrend fiel der Schlüssel auf den Asphalt.

Mit glänzenden Augen musterten sie Phelan.

»Ich hab Sie vor kurzem auf dem Revier gesehen«, sagte der Weiße. »Sie sind – Sie sind doch der Neffe von Chief Guidry.«

»Stimmt.«

Sein Partner gab Phelan den Ausweis zurück. Bückte sich und sammelte den Schlüssel auf. Verlagerte sein Gewicht, kratzte sich an der Schläfe. »Diese Frau, die für Sie arbeitet ... ist das nicht die, die den Kindermörder um die Ecke gebracht hat?«

Phelan gab den Versuch auf, sich weiter einzuschmeicheln. »Und?«

Der Blonde hob eine Hand. »Wir fragen nur, ja? Außerdem, unsern Segen hat sie.«

Der Schwarze warf seinem Partner einen Blick zu. »Ja, gut so, mehr wollten wir gar nicht sagen.«

Blondie meldete sich noch mal zu Wort. »Aber ... stimmt es, dass ... äh ... wir haben gehört, dass es nicht ihr Erster war? Dass sie schon mal einen ... vor unserer Zeit –?«

»Und?«

»Sergeant Fontenot hat gesagt, dass das stimmt.«

Phelan erwiderte nichts.

»Macht Sie das nicht ... na ja, irgendwie nervös? Also, in dem Sinn, dass Sie ihr sicherheitshalber die Gehaltserhöhung geben, wenn sie damit ankommt?« Der junge Cop blies die Backen auf, dann stieß er die Luft wieder aus, als Phelan weiter schwieg, allerdings schien er sich nur mit Mühe das Lachen verkneifen zu können.

»Meine Großmutter hat mir beigebracht«, sagte Phelan, »wenn man nichts Nettes sagen kann, dann sollte man besser die Klappe halten. Ich schätze mal, dass Ihre Omas Ihnen auch so was beigebracht haben, oder?«

Beide Cops nickten, der weiße widerstrebend.

»Haben Sie sonst noch Fragen an mich? Andernfalls würde ich nämlich gerne nach Hause ins Bett, Officers.«

Sie entließen ihn mit einem Winken, stiegen in ihren Wagen und stießen mit aufheulendem Motor zur Laderampe zurück, wo der blonde Cop die Joints einsammelte. Dann fuhren sie mit den beiden Würstchen davon. Phelan steckte seinen Ausweis wieder ein und ging zu seinem Auto. Die aufgeplatzte Lippe brannte. Er fuhr zur Vorderseite des Ladens, wo Crandall aus seinem Pinto stieg und ihn mit Fragen bestürmte, was dahinten passiert sei. Phelan bedachte ihn mit der Langfassung.

Die Kurzfassung war, dass er gerade Miles Blankenships Rechnung beglichen hatte. Oder es hätte tun können, wäre da nicht Delphas Stolz gewesen. *Aber gut, lass ihr das*. Dann war die Kurzfassung eben, dass Phelan Investigations ein paar Scheinchen mehr in der Kasse hatte. Und der Inhaber würde den Schlaf der Gerechten schlafen.

13

Das große Buch an die Brust gedrückt, eilte Delpha die Treppe der Bücherei hinunter. Abendessenszeit war schon längst vorbei, aber vielleicht war ja noch etwas übrig.

Für ein paar Tage hatte Oscar Hardy die Küche übernommen, weil Calinda Blanchard, die Besitzerin des Rosemont, in Urlaub war. Die Meinungen über den zeitweiligen Stabwechsel waren geteilt. Unter Oscar herrschte ein strengeres Regiment – die Spätaufsteher klagten, dass ab Punkt zehn Uhr morgens kein Kaffee mehr ausgeschenkt wurde –, dafür beinhaltete der überarbeitete Speiseplan jetzt frittierte Hühnerflügel mit Cayennepfeffer, einen Karottensalat mit Rosinen, der beinahe eine Prügelei verursacht hätte, und statt des Fruchtcocktails aus der Dose und der gekauften Kekse, die Miss Blanchard gerne zum Nachtisch servierte, hatte es einmal – *yippie* – einen Red Velvet Cake gegeben.

Delpha hatte eine Schwäche für Oscar. Am Abend ihrer Rückkehr ins Rosemont – mit krummem Rücken und einer neuen weißen Bluse – hatte er ihr eine großzügige Portion Früchte-Cobbler mit Streuseln gebracht. »Ich hab's in der Zeitung gelesen«, sagte Oscar in der Tür, »Sie sind ja ziemlich zugerichtet worden.«

Heute Abend hatte Oscar ein Problem.

Serafin, der hinkende Spüler, hatte erklärt, dass er furchtbar gerne für den jungen Señor Oscar arbeitete, der ihn trotz seines Hüftleidens eingestellt hatte. Serafin mochte Beaumont – hier regnete es kein Eis, gab es keinen kalten Wind.

Er würde in einem Monat zurückkehren, hatte er geschworen und das Medaillon, das an einer Kette um seinen Hals hing, an die Lippen gehoben und geküsst. Seine Mutter sei 83 und die Heilige Jungfrau Maria würde sie gesund machen oder zu sich in den Himmel holen.

Oscar beklagte sich bei Delpha darüber, während er das Geschirr stapelte und sie sich einen Teller mit den Resten vom Abendessen vollhäufte: kein in Öl ausgebackenes Maisbrot, kein Kokosnussblechkuchen – dafür Schinken mit Rohrzuckersenfkruste, Schnippelbohnen und Blumenkohl mit Butter und einem Hauch Limette. Kauend hörte sie ihm zu. In aller Frühe war Oscar mit Miss Blanchards Ford zum Arbeitsamt gefahren, wo manchmal Arbeitswillige herumhingen, und ernüchtert zurückgekehrt. Oscar fand, dass Spüler wie Katzen waren, entweder fläzten sie während der Arbeit herum oder schlichen sich ohne Ankündigung davon. »Wie betrunkene Katzen.« Fluchend betrachtete er die dreckige Küche.

Während sie seiner Schimpftirade lauschte und im Kopf ein paar Zahlen überschlug, schaufelte sie sich die letzten Bissen in den Mund und kratzte die Soße vom Teller.

»Serafin ist einen Monat weg?«

Zwanzig Minuten und ein paar Anweisungen später verzogen sich die Wolken von Oscars Stirn und Delpha band sich eine Schürze um und deutete mit dem Kinn zur Hintertür. Ehrerbietig legte er eine Hand aufs Herz, nahm seine modische Sonnenbrille und machte sich auf in einen Abend voll ungeahnter Möglichkeiten.

Delpha ließ heißes Wasser in die beiden Spülbecken neben dem Kühlschrank in der Ecke laufen, gab in eines davon Seifenflocken und tauchte die schmutzigen Töpfe, die fettigen Pfannen und die Kuchenbleche und Muffin-Formen ein. Erst einmal sollten sie einweichen. Dann kratzte sie die Essensreste von Geschirr und Besteck in den Mülleimer, den sie auf die Arbeitsfläche gehoben hatte, stellte die Teller aufrecht in den Geschirrkorb, platzierte Tassen und Gläser umgedreht auf den Gittern, legte das Besteck in die flache Bestecklade und schaltete den Geschirrspüler ein. Während die Maschine lief, wiederholte sie die ganze Prozedur. Der viele Dampf mochte der Haut ja guttun, aber sie würde trotz Schürze nass werden und nach Fett und Blumenkohl riechen. Wenigstens hatte Oscar ihr wegen ihrer frischen Wunde zugestanden, die Geschirrkörbe auf der langen Arbeitsfläche aufzureihen, so dass sie sie nicht herumwuchten musste, sondern wie an einem Fließband arbeiten konnte.

Sie hatte die Hintertür geöffnet und die Fliegengittertür geschlossen, so dass die Abendluft das leise Brummen und Sirren der Mücken und Frösche hereintrug. Oscar hörte bei der Arbeit Musik aus seinem Kassettenrekorder, aber im Moment dudelte das Radio von Miss Blanchard auf einem Regalbrett. Aus der Lobby waren gedämpfte Stimmen aus dem Fernseher zu hören. Die Lieblingssendungen im Rosemont waren die Show von Lawrence Welk (Mann, das ist schauerlicher als die *Nacht der lebenden Toten*, sagte Oscar kopfschüttelnd), sonntags Disney, montags *Rauchende Colts*, zumindest bis so wie jetzt die Football-Saison anfing. Mrs Bibbo, eine italienische Witwe, hatte Delpha zugeflüstert, dass Kojak, der Mittwochs-Star, ein heiserer glatzköpfiger Detective, der Lollis lutschte, ziemlich sexy sei. Mr Nystrom fand *M. A. S. H.* unpatriotisch, während es dem ehemaligen Infanteristen Mr Finn gefiel, so dass es Samstagabend immer Streit gab.

Zum Ende der Woche würde Oscar, Küchenchef und stellvertretender Geschäftsführer, Delpha 25 Dollar geben. Sie hatte hart mit ihm verhandelt und ein bisschen mehr als den Mindestlohn herausgeschlagen. Außerdem würde er ihr das Geld schwarz zahlen.

Dafür konnte Oscar Delpha immer zur Rechenschaft ziehen, weil sie im Rosemont wohnte. Er würde es vielleicht mitkriegen, wenn sie über einem Topf Butterbohnen einnickte, sich mit einem Waffeleisen davonschlich oder die Hintertür für streunende Katzen offen stehen ließ.

Am nächsten Tag würde Delpha in der Kanzlei von Miles Blankenship anrufen und mit seiner Sekretärin sprechen. Sie würde erfahren, dass Mr Blankenship achtzig Dollar in der Stunde berechnete (sie bekam zwei) und gut zwei Stunden mit ihr auf dem Revier verbracht hatte, dazu der Anfahrtsweg. Der Anfahrtsweg und das »gut zwei« schlugen zu Buche. Zusammen mit ihren wenigen Ersparnissen würde also ein Monat Geschirrspülen gerade reichen, um für die Anwaltsrechnung aufzukommen, während Serafin in dieser Zeit seine Mutter auf dem Weg zur Heiligen Jungfrau begleiten konnte.

Nun, damit würde sie sich morgen vergnügen.

Jetzt wischte sie sich mit dem aufgerollten Ärmel über die Stirn, dann stellte sie weitere Teller, Unterteller und die klebrigen Souffléförmchen in den Geschirrkorb. Hielt kurz inne, um das Kofferradio lauter zu stellen. Delpha hatte den Eindruck, als würde der DJ immer wieder dieselben Songs spielen. Gerade setzte *Tie a Yellow Ribbon* ein, das von einer Frau handelte, die gelbe Bänder an eine Eiche knüpfte, damit ihr aus dem Gefängnis entlassener Mann wusste, dass sie ihn zuhause erwartete. Delpha kniff die Augen zusammen. Klar war es eine Frau, die solche Bänder an einen Baum knüpfte, und nicht ein Mann. Zumindest nach den Erzählungen, die sie gehört hatte und die ausschließlich von Frauen stammten.

Sollte sie versuchen, im Leben voranzukommen, so wie Angela? Alle würden sagen, dass sie in der Hierarchie – von der sie gar nicht wusste, wer die definierte – ganz unten stand, wenn sie Geschirr spülte, der schlimmste Job im Rosemont Retirement Hotel. Hatte sie sich so ihre Zukunft vorgestellt, als sie noch im Gefängnis saß? Wenn sie ehrlich war, erinnerte sie sich an ihre Haftzeit nur als Jahre grenzenloser Langeweile, Wut und Frustration, heruntergeschluckter Klagen und tiefer Hoffnungslosigkeit. Das Warten war ihr so sehr in Fleisch und Blut übergegangen, dass sie wohl auch auf die Hoffnung wartete. Diffuse Hoffnungen mochte es gegeben haben. Dieses kriegen, dorthin gehen, jenes tun, um es ein wenig besser zu haben. Um schließlich etwas Eigenes zu haben, sei es eine Wohnung, ein Mann oder ein Kind, ein Glaube oder Respekt von den Menschen, die sie kennenlernen würde. Hin und wieder hatte sie während der vierzehn Jahre versucht, sich ein konkretes Bild von diesen Dingen zu machen. Und mehr als einmal hatte sie nachts mit einer grauenvollen inneren Leere dagelegen, voller Angst, dass sie nichts davon finden würde und dennoch weiterleben musste.

Aber ein Gedanke hatte sie immer beseelt: Nie mehr würde sie hierher zurückkehren.

Das war auch nicht passiert. Bislang. Aber sie war nah dran gewesen, und der Preis war hoch gewesen.

Die Geschirrspülmaschine lief und stieß Dampf aus. Die

Haare klebten ihr im Nacken. Eine Ladung sauberes, heißes weißes Geschirr. Besteck. Bevor die Sachen weggeräumt werden konnten, mussten sie erst einmal abkühlen.

Bis auf die Neonröhre mit dem Kettchen über der Spüle knipste sie alle Lampen aus. Dann stellte sie sich auf die Zehenspitzen und drehte am Radio, stieß auf Aretha Franklin mit *Do-Right Woman, Do-Right Man*, schrubbte den Grill, wischte die Arbeitsflächen ab, kehrte zusammen und holte Mopp und Eimer. Wischte und wrang den Mopp aus. Tastete über die Wunde, die nicht mehr wehtat. Dann schaltete sie das Radio aus und stand einen Moment lang reglos in der sauberen Küche. Sie war nicht allein in dem Gebäude. Alles in allem hausten wohl fünfundzwanzig Leute hier. Aber sie war allein in dem großen Raum und fing an zu träumen. Sie stellte sich vor, dass sie die Hintertür und die Tür zur Lobby absperrte, dass alle Bewohner in ihren Betten lagen und fest schliefen (auch wenn manche herumgeisterten oder in der Lobby unter einem weißen Lampenschirm saßen). Das stellte sie sich vor, um das Gefühl zu haben, für sich zu sein. Ein schönes Gefühl, oder?

Aber war diese Vorstellung auf Dauer gut? War das nicht so, als würde sie sich zurück ins Gefängnis wünschen? Sie wusste es nicht. Im Moment genügte es ihr zu wissen, dass die Fliegengittertür von innen verriegelt war und niemand von draußen hereinkommen konnte. Dass außer ihr niemand auf dem Linoleumboden mit dem schwarz-grünen Schachbrettmuster stand.

Nachdem sie die Schürze abgenommen und zusammengelegt hatte, stand sie in der großen halbdunklen Küche und merkte auf einmal, wie wenig Platz sie einnahm. Wie leicht Knochen brachen und Haut riss.

Sie sah zu der Fliegengittertür, hinter der ein Schatten vorbeiging. Aileen kam ihr in den Sinn und das winzige Mädchen in dem blauen Kittel, von dem sie gesprochen hatte. Delpha ging zur Tür und sah durch das Fliegengitter – kein Geisterkind, nur Nacht. Und das Sirren der Mücken und eine Septemberbrise, die in Oscars ordentliche Küche drang.

Der schwarze Rand, vor dem Aileen Angst gehabt hatte – Delpha hatte gewusst, wovon sie sprach. Sie hatte ihn um die Augen des großen Mannes gesehen, gesehen, wie er aufloderte und brannte, sich bis zur Mitte fraß. Deeterman – Delpha hatte ihm das Buch gegeben, nach dem er gefragt hatte, ihm gesagt, dass er gehen könne. Wäre sie an diesem Tag doch nur an irgendeinem anderen Ort als im Büro von Phelan Investigations gewesen. Hätte sie es nicht getan, dann hätte sie nur dastehen und sich von ihm umbringen lassen können, so war es doch. Der Tod dieses Mannes, wegen dem man sie aufs Revier gebracht und verurteilt hatte – denn die Cops waren immer die Ersten, die urteilten –, er hatte selbst darüber entschieden. Er hatte über Ort und Zeit entschieden, und sie war zufällig dort gewesen. Er war der, der er war, und sie war die, die sie war.

Delpha überlegte, ob sie sich schuldig fühlte, und anders als Dolly Honeysett empfand sie keine Schuld. Wenn sie das von anderen Leuten unterschied, dann war es eben so.

14

Der Geschäftsführer von Bellas Hess, Ralph Bauer, war an die fünfzig, hatte ein trauriges Hundegesicht und seine ergrauenden braunen Haare bildeten einen Wirbel am Hinterkopf. Mit krakeliger Schrift füllte er den Scheck aus. Phelan faltete ihn und schob ihn in seine Jackentasche.

Ralph fummelte an der Krawattennadel herum, die seine müde blaue Krawatte durchbohrte.

»Bobby und Pete vom Imbiss also.« Er setzte sich. »Man kann den Leuten nicht in den Kopf schauen, was? Pete war ein Eagle Scout.«

»Ich hatte auch gehofft, dass es Mabel aus der Haushaltswarenabteilung ist«, sagte Phelan. »Interessanter wär's gewesen.«

Ralph sah ihn überrascht an. Phelan lächelte.

»Äh. Ja, stimmt, das wär's gewesen. Candice!«

Ein Mädchen tauchte in der Tür auf.

»Geben Sie eine Anzeige auf, dass wir eine Aushilfe für den Imbiss suchen. Heute übernehmen Sie.«

Die Augen des Mädchens, über denen ein schwarzer und darüber wiederum ein weißer Balken lag, wurden untertassengroß. »Ach nö, Mr Bauer, ich hab doch mein neues Kleid an.« Es war eines dieser modischen trichterförmigen Kleider, Candice sah darin aus, als steckte sie in einer blassgrauen Tröte. Ketchup und Senf würden ihm ein paar hübsche Farbtupfer verleihen, dachte Phelan.

»Lassen Sie sich Mabels Schürze geben.«

»Igitt. Ich will doch nicht fünf Meilen gegen den Wind nach Tabu stinken.«

»Dann holen Sie sich eine Probe aus der Kosmetikabteilung und sprühen sich damit ein. Wir müssen jetzt zusammenhalten. Sie wissen, was das bedeutet, Candice, oder?«

»Das bedeutet, dass ich im Imbiss arbeiten muss.«

»Die Jugend«, sagte Ralph, nachdem Candice abgedampft war. »Als ich in dem Alter war, hab ich mich um Arbeit gerissen. Ich hab mich gefühlt wie der König von Tyler County, als ich meiner Mutter das erste Mal zwei Dollar in die Hand drücken konnte. Aber heute schaut jeder nur auf sich selbst, was interessieren ihn schon die anderen. Das ist so bis ganz oben. Diese Watergate-Bande, die hat so lange mit der Wahrheit hinterm Berg gehalten, bis es einfach nicht mehr ging.«

Er holte tief Luft und sah zu Phelan hoch. »Aber Schluss mit dem Rumgerede. Wie sind sie reingekommen?«

»Mit einem Schlüssel«, sagte Phelan leise, er hatte Mitleid mit dem Mann.

Die Hundeaugen guckten noch trauriger. »Schlüssel. Dann ist es Dean, mein Stellvertreter. Nur er und ich haben Schlüssel. Die Hand hätte ich für ihn ins Feuer gelegt!«

»Nicht unbedingt. Wenn Sie wollen, werde ich weiterermitteln, aber Sie können sich vielleicht den einen oder anderen Dollar sparen, wenn Sie mal Ihre Apotheke unter die Lupe nehmen. Ihr Apotheker steht ziemlich unter Strom, finden Sie nicht? Und die beiden Jungs vom Imbiss kamen mir auch nicht ganz sauber vor. Bekifft, würd ich meinen.«

»Ja. Jetzt, wo Sie's sagen! Kann sein, dass ich Ted mal die Schlüssel gegeben habe, als Dean krank war. Das hatte ich ganz vergessen. Oh Gott.« Der Geschäftsführer legte die Stirn in die Hände.

Phelan schlug Ralph Bauer vor, in der Firmenzentrale anzurufen und Bescheid zu geben, dass die Sache geklärt sei – und das in nur drei Tagen. Das hellte Ralphs Laune ein wenig auf.

»Würde mich wundern, wenn ich bei der Apotheke danebenliege. Ich wette, da werden Sie Erfolg haben, Mr Bauer. Geben Sie mir Bescheid, ja?«

Ralph Bauer meldete sich später und erklärte Phelan, dass er recht gehabt habe mit dem Apotheker. Die Firmenzentrale sei Gott sei Dank zufrieden, aber so eine Szene wie mit Ted, dem Exapotheker, wolle er nicht noch einmal erleben. Er dankte Phelan für seine Unterstützung. Wenn er Lust auf einen Hotdog und Chips habe, müsse er nur vorbeikommen, er sei jederzeit herzlich eingeladen. Ach ja, und er habe die Privatnummer von Ben aus der Fotoabteilung. Ob er einen Stift zur Hand habe.

Phelan stöberte den Jungen in einem Wohnheim des Lamar College auf. Dort sprach er mit einem jungen Mann im Flower-Power-Look, der an einem Tisch vor einer Wand mit vollgestopften Postfächern saß. Der Mann griff nach dem Telefon.

Gleich darauf galoppierte Ben die Treppe herunter, wurde aber sofort langsamer, als er Phelan erkannte. Er verschränkte die Arme vor der Brust und die Augen hinter dem mit Isolierband geflickten schwarzen Brillengestell wurden abweisend. Wahrscheinlich fand er, dass Phelan ihn zum Deppen gemacht hatte.

Phelan verzichtete auf eine Begrüßung und erklärte ihm stattdessen, was er eigentlich beruflich machte. Dabei sprach er so leise, dass Ben näherkommen musste. Er fragte ihn, ob er bereit sei, Fotos für ihn zu machen. Er würde ihm das übliche Honorar zahlen. Phelan hatte zwar keine Ahnung, wie hoch es war, war sich aber ziemlich sicher, dass Ben genauso wenig Ahnung hatte.

Bei dem Wort »Honorar« taute Ben etwas auf. Hieße das ... hieße das, dass Phelan einen Auftrag für ihn hätte?

Ja. Ob Ben ein Auto habe?

Ben nickte.

Und ein Teleobjektiv?

»Könnt ich mir leihen.«

Okay. Er solle in den Sumpfgebieten in der Umgebung Leute fotografieren, die Vögel beobachteten. Es gebe mehrere vielversprechende Stellen, die er abklappern müsse, aber High Island und Anahuac kämen besonders in Frage. Ben solle so tun, als würde er Landschaftsfotos machen. Es ging ihm besonders um ältere Männer. Es sei nichts Gefährliches, nur eine ganz normale Observierung, und er müsse sich dazu nicht mal den Hintern im Auto plattsitzen. Er solle einfach tun, was er immer tat, fotografieren.

Bei dem Wort »Observierung« gab Ben seine Trotzhaltung endgültig auf und sah ihn in seiner Dennis-Verkleidung – gestreiftes T-Shirt, abgeschnittene Jeans, schwarze Socken und Turnschuhe – mit erwartungsvoll blitzenden Augen an.

Phelan würde für die Arbeitsstunden Mindestlohn zahlen, so viel, wie er bei Bellas Hess bekam, zusätzlich zu dem Honorar für die Fotos. Allerdings dürfe er die Fotos nicht anderweitig verwenden. Könne Ben diskret sein?

Ben fühlte sich bei seiner Ehre gepackt. »Reicht Schwarzweiß? Gibt die besten Aufnahmen.«

»Klar, wie Ansel Adams eben. Es sei denn, wir brauchen mal aus einem bestimmten Grund Farbe. Der Job könnte ein, zwei Wochen dauern, vielleicht auch länger, Ben. Vielleicht werden Sie ein paar Seminare sausen lassen müssen –«

»Kein Problem. Mein Dad hat mich zu Betriebswirtschaft im Hauptfach gezwungen. Ich mach's.«

Der Junge gab Phelan die Hand und drückte so fest zu, als hätte Phelan ihn aus einem benzolverseuchten Flussarm gezogen.

Mittlerweile wusste Phelan, wer Ansel Adams war. Delpha hatte ein großes Buch aus der Bücherei auf seinen Schreibtisch gelegt. Als er ein bisschen Zeit hatte, trug er es zu ihrem Schreibtisch, damit sie sich zu zweit anschauen konnten, wovon Ben gesprochen hatte.

Sie beugte sich über die Seiten.

Schwarzweiß, wie Ben gesagt hatte. Zerklüftete Felsen. Krumme Bäume. Flüsse. »Könnte auch eine Wolke sein, die über dem Abgrund schwebt«, sagte Delpha, »und kein rauschender Wasserfall.«

Sie blätterten weiter.

»So was lernt man im College?«

»Wenn man Fotografiekurse belegt.«

»Geht's da um die Fotos und den Mann, der sie aufnimmt, oder darum, wie man sie selbst macht?«

»Wahrscheinlich beides.«

»Hmm.« Sie presste die Lippen zusammen. »Waren Sie auf dem College, Tom?«

»Kurz. Nicht mein Ding. Den ganzen Tag stillsitzen und die Klappe halten.«

Sie fuhr mit dem Finger an der Biegung des Snake River entlang. »So viel Natur und nirgends ein Mensch. Wenn Leute drauf wären, wäre der Eindruck zerstört, aber so sind sie perfekt. Glauben Sie, dass dieser Ansel Adams, wenn er die Kamera weggelegt hat, sich auf die Motorhaube seines Autos gesetzt hat, bis die Sonne untergegangen ist, nur er und die Berge?«

Phelan hatte den Kopf gehoben, jetzt senkte er ihn wieder. Sie blätterten die Seiten um, Wasser wie Wolken, Wolken wie Berge. Ein Fluss, so glatt wie der Highway, auf dem man in die Ewigkeit fahren wollte.

15

»Das muss ein Irrtum sein.« Sie saßen nebeneinander in dem Apollo-weißen Büro und ließen sich die Sonne auf den Rücken brennen. Phelan starrte auf den Packen Papier in Delpha Wades Händen. »Ich hab ganz sicher von den Jahren 1898 und 1900 geredet.«

Delpha sah ihn von der Seite an. »Haben Sie ihr gesagt, dass Sie nur die und keine anderen haben wollen?«

»Na ja, ich ... nein. Ich hab ihr nur gesagt, für welche Jahre wir uns interessieren. Von den anderen habe ich nichts gesagt. Wenn man einen Chevy bestellt, sagt man dem Händler doch auch nicht extra, dass er keinen Ford liefern soll.«

»Hier steht, dass die Geburtsurkunden 1970 von der Orleans Parish Volunteer Association gesammelt wurden. Muss ein netter Haufen sein. Bestimmt haben die uns aus dem Archiv einfach den gesamten Krempel geschickt, weil wir ihnen keinen Nachnamen geben konnten. Das ist nur freundlich gemeint, Tom.«

Phelan schloss die Augen und stützte den Kopf in die Hände. »Können Sie mal zählen, wie viele es sind?«

»Schon geschehen. Hundertneun. Hundertneun Jahrgänge.«

Die Kopien umfassten die Jahre 1796 bis 1905 und allein die schiere Zahl an Blättern, auf denen die Geburten im Landkreis Orleans verzeichnet waren, ließ Tom Phelan und Delpha Wade verstummen.

»Als ich zu Bell gesagt habe, dass wir viel recherchieren müssten«, sagte Phelan, »schließlich bin ich nicht von so viel Recherche ausgegangen.«

»Aber wir müssen doch gar nicht alle durchsehen. Wenn jemand jetzt, im September 1973, 75 Jahre ist, dann ist er entweder 1898 oder Ende 1897 geboren, oder? Dasselbe gilt für Rodney. 1900 oder Ende 1899.«

»Ich weiß nicht, Delpha. Mit kommt die Idee inzwischen ziemlich weit hergeholt vor. Vielleicht sollte ich mir besser zuerst die Liste mit den Hauskäufern vornehmen.«

»Gut. Sie schauen sich die Hauskäufer an und ich kümmere mich um die Babys.«

Phelan hob den Kopf. »Moment, mir kommt da was«, sagte er. »Mein Onkel E. E. ist in New Orleans aufgewachsen. Nur redet er leider gerade nicht mit mir.«

Delpha stand auf und schob den Mandantenstuhl auf seinen angestammten Platz gegenüber von Phelan. »Lebt seine Mutter noch?«

»Ja. Warum?«

»Dann reden Sie mit der. Da werden Sie sowieso mehr erfahren. Frauen schnappen ständig irgendwelche Geschichten und Gerüchte auf.«

Phelans Miene hellte sich auf. »Dann muss ich ihn gar nicht selbst fragen, oder?« Er stand auf. »Entschuldigen Sie mich.«

Delpha ging wieder zu ihrem Schreibtisch und er schloss die Tür und griff zum Telefon. Wortlos stellte Fontenot ihn durch.

»Na, wenn das nicht mein Neffe Judas ist.«

Phelan brachte seine Bitte ohne Einleitung vor.

E. E. unterbrach ihn. »Du interessierst dich für irgendwelchen Klatsch und Tratsch über einen tattrigen Trödler in New Orleans? Aus dem Quarter? Warum sollte ich deine Arbeit für dich erledigen? Noch dazu, wo du mir meine mit diesem Anwalt schwerer machst?«

»Ich hab doch schon gesagt, es tut mir leid. Das war nicht meine Absicht. Und ... ich will nur wissen, ob du etwas dagegen hast, wenn ich Miss Estelle anrufe und sie nach Geschichten über solche Läden frage. Die alten Leute haben doch immer irgendwelche Histörchen auf Lager.«

»Du willst also meine Mama anrufen - *merde*!«, rief E. E. und es tat einen scharfen Knall, so als wäre ein Diamantring auf eine Holzplatte gekracht.

Phelans Herz setzte einen Schlag aus. »Hör mal, E. E., wie oft soll ich noch sagen, dass es mir –«

»Sie hatte gestern Geburtstag. Gestern, verflixt noch mal! Wie sie sich aufgeregt hat, als ich ihn vor Jahren schon mal vergessen hab ... Was wolltest du gleich noch mal?«

Heimlich atmete Phelan auf und sagte es ihm.

Okay, E. E. würde sie anrufen – aber nur weil sie Geburtstag hatte –, damit hätte er auch gleich eine Entschuldigung, dass er zu spät zum Lunch im Lions Club kam. Mit etwas Glück würde er sogar die Rede verpassen. Bestimmt kannte seine Mutter jemanden, der jemanden kannte, und er könnte ga-ran-tieren, dass die Leutchen alle steinalt waren.

»Was, wenn sie schon tot sind?«

»Je toter, desto besser, wenn's nach ihr geht.«

Tut, tut, tut.

Langsam legte Phelan den Hörer auf die Gabel und dehnte Kiefer und Nacken. Nach einer Weile stand er auf und öffnete die Tür, um die stickige Luft in seinem Büro gegen die stickige Luft im Nachbarzimmer auszutauschen.

»Ist er nicht mehr sauer auf Sie?«, fragte Delpha. »Wegen dem Anwalt?«

»Wir sind wieder so«, sagte Phelan und verschränkte Zeige- und Mittelfinger. Aber seine Augen waren glanzlos. Er sah müde aus.

»E. E. hat mal gesagt, dass ich wissen sollte, wer ich bin, und wenn ich mich auf einen Kampf mit jemandem einlasse, sollte ich meinen Gegner kennen, dann wäre ich auf der sicheren Seite.«

Sie wartete. Er fuhr sich durch die Haare.

»Und?«

»Was den Bell-Fall angeht, weiß ich bisher nur, wer ich bin.«

»Den Job bei Bellas Hess haben Sie doch im Handumdrehen erledigt, Tom.«

Phelan drehte sich zu ihr, ihre Bemerkung ging ihm runter wie Öl. Jetzt verstand er, warum Delphas Stimme Bell aufgetaut hatte – der alte Mann hatte eine Wärme und ein Interesse gehört, die ihm nicht oft entgegengebracht wurden.

Delpha starrte auf die Geburten. Phelan trat hinter sie und warf einen Blick über ihre Schulter. Gemeinsam überflogen sie das zweite Blatt und das dritte, dann sahen sie sich an und lächelten.

Es war ganz einfach: Die Geburten waren alphabetisch nach dem Nachnamen der Eltern aufgeführt. Unabhängig vom Geburtsjahr erschienen sämtliche Kinder eines Paares unter dessen Namen, eines nach dem anderen. So konnte man auf einen Blick erkennen, dass Lucia und Salvatore Marchetti im Laufe von sechzehn Jahren Domenico, Vincenzo, Anna, Andrea, Stella, Giuseppe und Giuseppina gezeugt hatten. Geschlecht, Hautfarbe, Geburtsdatum. Phelan Investigations kannte zwar den Nachnamen nicht, aber die Geburtsjahre. Und die Jahreszahlen ließen sich leicht raussuchen.

»Was sollen wir mit dem ersten Blatt? Es ist aus den Vierzigern.« Delpha drehte es um und las, was auf der Rückseite geschrieben stand. *»Ich habe mich immer schon gerne mit Herren mit Baritonstimme unterhalten. So bin ich an meine acht Kinder gekommen.«* Sie sah auf. »Unterzeichnet mit: *Herzliche Grüße. Mayella Singleton.«*

»Das ist die Lady aus dem Staatsarchiv.« Es waren die zweiten Streicheleinheiten an diesem Tag und Phelans Laune wurde zusehends besser. Er schob den Papierstapel vor Delpha. Sie rückte die schwere Selectric zur Seite, richtete den Stapel aus und öffnete die Schreibtischschublade. Phelan wusste nicht, wann sie das Lineal gekauft hatte, jedenfalls hatte sie eines.

Er zog die Hauskäuferliste aus dem Aktendeckel auf ihrem Tisch und schob sie in seine Jackentasche. »Ich fahr mal zu E. E., vielleicht hat er ja schon mit seiner Mutter geredet, dann ess ich einen Happen und versuch was über diese Männer rauszufinden.«

»Sie könnten auch warten, bis ich mit den Babys fertig bin, und dann können wir schauen, wer auf beiden Listen steht. Dann müssten Sie nicht alle siebenundzwanzig Adressen abklappern.«

»Oder ich spüre Rodney bis heute Abend auf, dann könnten Sie ein Ei über die Babys schlagen.«

»Hervorragende Idee.«

»Dachte ich mir, dass Ihnen das gefällt.«

»Ist heute Abend nicht ein Spiel?«

»Erst Samstagnachmittag. Woher wissen Sie, dass ich mich für Baseball interessiere?«

»Weil die Zeitung immer auf der Baseballseite aufgeschlagen ist. Bei Mrs Bibbo – das ist die alte Italienerin im Rosemont –, liegen immer die Watergate-Berichte obenauf.«

Er legte den Kopf schief und sah sie einen Moment lang an. »Bis heute Abend werde ich wahrscheinlich nicht alle auf der Liste abgeklappert haben. Dann können Sie mir morgen helfen. Vorausgesetzt, Sie sind mit den Babys fertig.« Er grinste. »Sind Sie mit der Schrottkarre klargekommen?«

Delpha nickte und richtete den Blick wieder auf den vor ihr liegenden Papierstapel. Phelans Schritte polterten die Treppe hinunter. Hielten inne. Polterten wieder hoch.

Er sagte ihr, sie solle die Tür verriegeln, wenn er nicht da war. Und verriegelt lassen. Er würde Milton, den Vermieter-Zahnarzt, bitten, vom Hausmeister einen Türspion und eine Klingel einbauen zu lassen. Morgen. Wenn Milton sich weigerte, würde er es selbst machen.

»Reine Vorsichtsmaßnahme«, sagte Phelan, als sie ihn anstarrte. »Gibt mir ein besseres Gefühl.«

16

Phelan nannte dem jungen Officer an der Pforte seinen Namen. Entweder hockte Fontenot auf dem Klo oder er war zu Hause und marinierte Flugsaurierflügel in Zwiebeln, Knoblauch und Chilipulver. Der junge Officer winkte ihn durch, und Phelan spürte seinen Onkel an seinem Schreibtisch auf. Er konnte es einfach nicht lassen, was?

E. E. hob den Kopf und funkelte ihn an, als würde Phelan das Glöckchen der Heilsarmee schwingen.

Phelan senkte den Blick und fragte geradezu unterwürfig, ob sein Onkel schon dazu gekommen sei, seine Mutter anzurufen.

»Bin ich. Ich hatte vergessen, dass sie früher mal in einigen Läden im Quarter an Weihnachten beim Geschenkeverpacken ausgeholfen hat. Ihr gefiel das hübsche Geschenkpapier so gut. Noch besser gefällt es ihr, über diese Läden zu schwadronieren.« E. E. musste unwillkürlich lächeln. »Oh ja, sie redet wirklich gern über *années passées*, das kann ich dir sagen. Ist eine Weile her, dass ich meine Mutter so hab kichern hören.«

E. E.s Lächeln war wie ein warmer Sonnenstrahl. Seltsam, manche Leute hatten keine Ahnung, wie sie auf andere wirkten. Wenn man mit E. E. redete, musste man immer zurücklächeln und mitlachen und man spürte ein sanftes Ziehen in der Brust, weil man so gerne mit ihm zusammen war oder so sein wollte wie er. E. E. wusste nicht, dass er diese Macht auch über seinen Neffen ausübte, der E. E.s

Kinder immer beneidet hatte. Phelan konnte sich sehr gut vorstellen, dass die Mutter seines Onkels sich freute, wenn sie endlich mal so lange mit ihm telefonieren konnte, wie sie wollte.

E. E. hatte ihre Erinnerung auf Läden gelenkt, die alte Sachen verkauften – Pistolen, Säbel, seltene Münzen, Möbel –, nein Mama, nicht die Itaker-Gemüsehändler, nicht die Künstler mit ihren komischen Klamotten oder die Maler mit den fleckigen Kitteln, die Teegeschäfte und ach, das Essen, oh, die Cafés, *cher, les restaurants* ... Er lieferte eine liebevolle Parodie von Mrs Estelle Guidry, die in Erinnerungen schwelgte, wenn sie auch nicht immer ganz exakt waren. Hin und wieder wechselte er ins Französische und Phelan musste sich das Gesagte zusammenreimen. Zu spät holte er einen Notizblock heraus.

Ja, ihre gute Bekannte Miz Smith hat viele Jahre einen Laden geführt, in dem sie Möbel aus Nachlässen verkaufte, außerdem Schmuck, goldgerahmte Gemälde und hundert andere Sachen. Gott sei ihrer Seele gnädig, diesen Sommer war sie gestorben, allerdings hatte sie das Geschäft schon lange vorher aufgegeben. Eine nette Person ... Nother hatte Münzen und Säbel und solches Zeug verkauft, er hatte einen Sohn, der ordengeschmückt aus dem Krieg heimkam, dem ersten Krieg ... aber an Daddys Vornamen konnte sie sich nicht erinnern. Ein unangenehmer alter Mann mit riesigem Wanst und Hochwasserhosen – der Name würde ihr schon wieder einfallen. Dann war da Mr Wertman, ein Jude. Georges Athene, ein Junggeselle, ein ganz ein Schlimmer, oh, war der hinter den Frauen her, aber nur den verheirateten, vor den ledigen nahm er Reißaus. Und Anton Hebert, mit dessen Frau Eugenie war sie befreundet gewesen. Seiner ersten Frau. Er hatte nämlich zur gleichen

Zeit noch eine zweite Frau, Vera, und keine von beiden hatte sich daran gestört. Ein tüchtiger Geschäftsmann, der Monsieur Hebert. Was waren diese marchands *alle hinterm Geld her!*

Dann fragte seine Mutter ihn lange über die Enkel aus. Als sie schließlich auf das eigentliche Thema zurückkamen, schimpfte sie über die vielen Läden, die nur noch Touristenplunder verkauften. Sie erzählte noch, dass es zwei der Geschäfte, das von Mr Chamberlain und das von Mr Hadfield, nach wie vor gab und dass sie inzwischen von deren Kindern geführt wurden. Mr Wertman war mit seinem Laden weggezogen, während des Kriegs oder gleich danach, irgendwann um den Dreh, nach Texas, sie glaube, Beaumont, wo E. E. jetzt war. Dann war da noch der arme Teufel, der sich erhängt hatte, aber der hatte eine Schneiderei. Sie fragte ihn, ob er sich für Schneidereien interessierte. Und wann er endlich mal wieder zu Besuch käme.

E. E. kam hinter seinem Schreibtisch hervor und reichte Phelan ein Blatt von dem Notizblock mit dem Motto des Beaumont Police Department: *Hingabe Rechtschaffenheit Ehre*. Fünf Namen waren draufgekritzelt. »Hier bitte. Jetzt muss ich wieder was arbeiten.« Dann nahm er Phelan einen kurzen Moment liebevoll in den Schwitzkasten.

Phelan erwiderte die Umarmung.

Fröhlich pfeifend kehrte er ins Büro zurück, wo Delpha immer noch über ihren Listen saß, und erklärte ihr, er würde gleich wieder losziehen, um die Hauskäufer aufzusuchen. Nachdem er das Blatt mit den Hinweisen von Mrs Guidry aus seinem Block gerissen und es ihr zusammen mit dem von seinem Onkel gegeben hatte, ging er zur Tür. Wandte sich dort halb um.

»Nicht verlieren«, sagte er und sah, wie sie die Augen verdrehte. Er grinste.

Er wusste genau, dass Delpha Wade keine Notizen verlor, sie würde sie in einen Aktendeckel legen, den Aktendeckel beschriften und in dem grauen Aktenschrank an der richtigen Stelle im Alphabet einsortieren. Als er die Treppe hinunterging, hatte er kurz ein schlechtes Gewissen. Wenn er eine Liste der Dinge anfertigen müsste, die für ihn Freiheit bedeuteten, dann wäre Büromaterial sicher nicht dabei.

17

Mittags packte Delpha ihr Pimento-Cheese-Sandwich aus, dazu Tomatenschnitze mit Salz und Pfeffer und eingelegte Gurken. Nachdem sie gegessen hatte, leckte sie sich die Fingerspitzen ab, dann ging sie ins Rosemont, bediente sich bei den Servietten und kaufte eine Flasche eiskalte Cola. Oscar nahm das Geld und ermahnte sie, die Flasche zurückzubringen.

Wenn Calinda Blanchard da gewesen wäre und die Küche beaufsichtigt hätte, dann hätte Oscar sich nicht um die Rückgabe der Flasche gekümmert. Dann wäre es egal gewesen, ob Delpha sie in den hölzernen Leergutkasten stellte oder für Schießübungen benutzte. So bestand er jedoch auf der Rückgabe.

»Miss Blanchard muss dich lieben«, sagte Delpha und lächelte ihn schief an.

»Es reicht, wenn ich das tu«, sagte Oscar und warf ihr 25-Cent-Stück in die Kasse mit dem Wechselgeld.

»Du willst wohl befördert werden, was?«

Er sah sie ernst an. »Ich pass nur auf, dass die Ausgaben nicht in die Höhe schießen. Das gehört zu den Aufgaben von einem Koch. Man nennt das Verantwortung tragen. Dazu hattest du dort, wo du warst, nicht viel Gelegenheit. Aber glaubst du echt, dass ich im Rosemont irgendwelche Aufstiegschancen hab?«

»Miss Blanchard ist über siebzig. Du könntest das Hotel für sie führen. Vollzeit.«

»Genau den Scheiß erzählt mir meine Mama auch. Genau denselben Scheiß. Aber weißt du was, wenn Miss Blanchard sich vom Acker macht, dann wird das Hotel verkauft oder gleich ganz abgerissen und ich sitz auf der Straße und krieg nicht mal 'nen feuchten Händedruck. Hast du 'ne Ahnung, wie viel echt gute Restaurants es in Houston gibt?« Oscar drehte sich zur Theke, nahm seine verspiegelte Sonnenbrille und schob sie sich auf die Nase. Delpha sah ihr verzerrtes Spiegelbild in Smaragdgrün. Er streckte die Brust heraus. »Die Zukunft gehört denen, die sich heute auf sie vorbereiten. Das hat Malcolm X gesagt.«

Delpha legte den Kopf schief.

Oscar lachte, jetzt wieder normal. »Schau mich nicht so an wie dieser komische Köter von dem alten Plattenlabel. Außerdem bist nicht du mit dem Spruch gemeint, okay? Ich denk nur grad über so Zeug nach. Immerhin bin ich schon fünfundzwanzig, und wenn ich in meine Kristallkugel schau, seh ich da kein New Rosemont Hotel in der Zukunft.« Er legte die Sonnenbrille wieder auf den Tresen. »Heute Abend gibt's Schweinelende. Salbei, Lorbeer, ein Hauch Nelke. Solltest du dir nicht entgehen lassen.«

Du bist mit dem Spruch nicht gemeint. Du nicht.

Gibt's für mich keine Zukunft?

Mit locker überkreuzten Beinen saß Delpha auf ihrem Bürostuhl und trank die Cola. Die einzigen jungen Leute, die sie kannte, waren Oscar und Angela und die wollten beide vorankommen. Phelan wollte eigentlich auch vorankommen, zumindest wollte er, dass sein Geschäft lief. Mit ihren 32 war sie älter als die drei und hätte nicht genau sagen können, worin dieses Vorankommen bestand. Sie hatte jedenfalls einen anderen Blick darauf.

Im Knast hatte sie ein paar Frauen gekannt, die auch zielstrebig gewesen waren. Nur war das eine andere Art von Zielstrebigkeit gewesen. Sie hatte nichts mit Vorankommen zu tun. Vielleicht eher mit … Entwicklung.

Als Delpha der Krankenstation des Gefängnisses zugeteilt gewesen war, wurden die schweren Fälle ins Krankenhaus außerhalb gebracht. Zum Beispiel die Neue, die sich in der Küche mit einer großen Flasche Vanilleextrakt übergossen und dann über der Gasflamme ihren Ärmel in Brand gesetzt hatte, sie kam schnurstracks ins Krankenhaus. Auf der Krankenstation behandelte man nur weniger schlimme Verletzungen: verstauchte Knöchel, blaue Augen, Streptokokken-Infektionen, Platzwunden, Bisse, Entzündungen, Erkältungen. Und unheilbaren Krebs. Wenn das Krankenhaus sowieso nichts mehr für einen tun konnte, gab es auch keinen Grund, dem Staat Kosten zu verursachen. Dann kam man zum Sterben auf die Krankenstation.

Eine Insassin namens Fayann Mackie war 1962 an Brustkrebs erkrankt, woraufhin man ihr in einem Krankenhaus die Brüste abnahm und sie anschließend zurück nach Gatesville verfrachtete, mitsamt ihren Schmerzen und Narben und zwei falschen Brüsten in der Tasche. Ihre Mutter und ihre Großmutter und zwei ihrer vier Tanten waren an Brustkrebs gestorben und sie machte sich keine Hoffnungen, dass der Sensenmann bei ihr ein Auge zudrücken würde. Delpha kümmerte sich um sie. Irgendwann ging es ihr besser, aber sie würde nie wieder nasse Bettwäsche auswringen können, nicht mit der fehlenden Brustmuskulatur. Sie schickten sie in die Bücherei, wo sie flachbrüstig und mürrisch Dienst schob, bis ihr eines Tages ein Anatomiebuch aus dem Jahr 1930 in die Hände fiel und sie anfing, darin herumzublättern.

Auf den Illustrationen von Körpern mit Haut waren bloß Weiße zu sehen, aber die meisten hatten keine Haut. Die Knochen und Adern und Muskeln darunter waren im gesamten Spektrum von Weiß bis Schwarz abgebildet. Fayann begriff, dass ihr Körper genauso aussah wie die auf den Bildern, dass ihre Knochen und Adern und Muskeln genauso angeordnet waren.

In ihrer Schulter war eine knöcherne Kugel. Die darüberliegenden Muskeln waren lange dünne Streifen. Die Muskeln auf der Zeichnung des hautlosen Arms waren locker verflochten und glatt wie die Haare einer Weißen.

Einige der Illustrationen in dem Buch erschreckten Fayann. Die Körper darauf sahen aus, als hätte sie jemand längs durchgesägt. Da war die Seitenansicht eines halben Mannes, ein Ei in einem halbierten Sack, durch den schlaffen halben Schwanz führte eine Röhre, die bei dem Loch endete. Die halbierten Knochen sahen aus wie gefüllte Kekse. Das Hirn fehlte. Auf einem anderen Bild hatte ein Mann den Kopf in den Nacken gelegt, die Haut an dem überstreckten Hals war weggeschält, so dass man die Röhren und das feine Adergeflecht sehen konnte.

Besonders interessant fand sie das Kapitel »Die weiblichen Geschlechtsorgane«. Da war ein Schlitz, von lockigen Haaren wie von schwarzen Flammen umgeben, und jeder der äußeren Teile beschriftet. Eine andere Illustration zeigte eine durchgesägte Frau. Das Äußere war klar: rechts der rausgewölbte Hintern, links der Schamhaarbusch, das Innere dagegen bestand aus seltsam ineinander verschlungenen, gefalteten, verknoteten Formen. Ihr wurde schwindlig, die zerschrammten Bücherregale um ihren Tisch erhoben sich in die Luft, drehten sich langsam einmal im Kreis und senkten sich wieder.

Ihr Schoß war ein dicker, zusammengeklappter Pfannkuchen, ihrer, Fayann Mackies.

Gerade als sie für eine Mitinsassin den gewünschten Liebesroman aus einem Regal zog, ging eine Wache an ihrem Tisch vorbei, auf dem das bei »Das Jungfernhäutchen« aufgeschlagene Anatomiebuch lag. Fünf Vaginen, die in der Mitte alle anders aussahen. Als dem Wachmann klar wurde, was er da sah, konfiszierte er das Buch angewidert mit der Begründung, dass es anstößig sei, und der stellvertretende Direktor ergänzte das Urteil noch um Unzüchtigkeit. Außerdem ordnete er an, sämtliche Bücher in der Bücherei zu überprüfen, aber es war zu spät. Fayann fand ein anderes Buch und unterbrach ihre Lektüre kaum lange genug, um die Bücher der anderen auszustempeln. Sie verließ den bequemen Pfad der Hoffnungslosigkeit und machte sich auf den mühseligen Weg ins nicht Vorhersehbare.

Liebesromane sprachen von Gefühlen, die sie kannte, und spielten in schönen Häusern, die sie nicht kannte. Aber es ging um die Gefühle, nicht um die Häuser. Wirtschaftsbücher und Detektivromane für Mädchen waren langweilig, die stellte Fayann gleich zurück ins Regal. Es dauerte, aber sie kämpfte sich durch das Buch, in dem der Mann das arme Mädchen schwängerte und es dann ertränkte, damit er das reiche Mädchen heiraten konnte. Ein solcher Mord war ihr zwar noch nicht untergekommen, aber sie kannte genug Mädchen, die wegen viel weniger als einem reichen Daddy sitzengelassen worden waren. *Tarzan bei den Affen* wollte sie schon wieder einsortieren, weil das Buch so geschwätzig war, als sie zu der Stelle gelangte, wo Lord und Lady Greystoke nach Afrika in See stachen. Über Afrika wollte sie mehr wissen und so las sie weiter. Dann verprügelte der Kapitän den alten Matrosen, und Black Michael, der hünenhafte, wütende Freund des kleinen alten Matrosen, schlug den gemeinen Kapitän nieder und Fayann jubilierte. Als sie mit dem *Tagebuch der Anne Frank* fertig war, lehnte sie die Stirn gegen die dicke Gefängnismauer und weinte wegen des Grauens und der unermesslichen Verluste. Und ihrer selbst wegen.

1966 kehrte der Krebs zurück und Fayanns zäher zusammengeklappter Pfannkuchen wurde entfernt und noch mehr. Delpha, die 63 und 64 in der Küche gearbeitet hatte, war inzwischen wieder auf der Krankenstation. Sie säuberte Fayanns Drainageschläuche, reinigte die Wunde, half ihr ins Badezimmer und ging neben ihr her, wenn sie mit gebeugten Schultern und unablässig redend durch die Krankenstation schlich, immer eine Hand an der Wand. Sie redete mit Delpha, mit anderen Patientinnen, mit den Wänden. Einige Zeit zuvor hatte ein zerlesenes Buch von 1901 Fayann begeistert, *Harriet the Moses of her People*. Sie hatte sich durch einen Stapel gespendeter Bände vom Book of the Month Club geblättert, bis sie eines Tages auf eine Erzählung mit dem Titel *Black Boy* stieß. Da war es – die niemals endende Bösartigkeit und Gemeinheit, die Unterdrückung, die Zwänge, der Hunger.

Den Hunger, den kannte Fayanne. *Ich könnt auch in 'nem Buch vorkommen, so wie die andern*, versicherte sie Delpha und streckte die Hand aus, *so wie du*, und stupste die junge Frau an der Schulter. Sie wog fünfundvierzig Kilo und ihre dunklen Augen lagen tief in den Höhlen. Wenn sie mitbekam, wie eine Patientin oder ein Aufseher, eine Wache oder auch Dr. Yount, Halbgott in Weiß höchstpersönlich, einer Insassin einen der üblichen Namen gab oder einen der hässlichen verwendete, die niedlich klingen sollten, hangelte sich Fayann in ihrem Bett hoch und verbesserte sie: Schwarze. Davon ließ sie sich nicht abbringen, da war sie unerbittlich. Mit belegter Stimme sagte sie: Sie ist eine Schwarze, sie ist schwarz.

Fayann hatte eine neue Sprache gefunden, wenigstens auf der Krankenstation, wenigstens in ihrer Gegenwart. Fasziniert hörte Delpha ihr zu. Sie hörte Fayanns Forderung nach Respekt, aber noch viel mehr. Wie konnte diese Forderung einer schwarzen Gefängnisinsassin alle anderen schwarzen Frauen umfassen, einen ganzen Kontinent von ihnen, die lebenden und die toten? Wie? In Delphas Ohren tat es das. Was hatte das mit ihr zu tun, einem weißen Mädchen, das in den sumpfigen Bayous aufgewachsen war und noch für Jahre im Gefängnis saß?

Delpha setzte die zerbrechliche Patientin auf die Bettkante und ging weg, um ein Glas Wasser zu holen, kam mit dem Glas zurück, half ihr beim Trinken. Dann legte sie sie wieder hin, strich die Decke glatt und dachte die ganze Zeit über den Weg nach, den Fayann entdeckt hatte. Weil sie nichts von dem besaß, was begehrt wurde – Geld oder eine Position, die wahre Liebe, ein schöner Körper, Freiheit –, konnte sie nur ihr Leben in die Waagschale werfen. In erster Linie für sich selbst.

Und dann für jeden, der hören wollte.

Delpha trank die Cola aus und stellte Oscars Flasche neben ihre Handtasche. Für sie bedeutete vorankommen nicht, sich eine bessere Position zu verschaffen. Für sie bedeutete es, sich weiterzuentwickeln. Auf ein Ziel zu, das anderen vielleicht nichts bedeutete, aber einem selbst.

Sie nahm das brave grüne Lineal und knipste die Schreibtischlampe an, obwohl es draußen noch nicht dunkel war. Diese einfachen Büroutensilien beruhigten sie. Keine Neonlampe, die so grell war, dass man sich nicht darunter entspannen konnte, und so viel Schatten warf, dass man nicht darunter lesen konnte. Kein Kopfwehlicht. Helles, warmes Licht fiel auf die Kinder von Louisiana.

18

Gegen halb vier waren Schritte auf der Treppe zu hören. Schnelle Schritte. Delpha sprang auf, die Augen auf die Tür gerichtet, ihre Hand schloss sich um einen Stift.

Ein Knarren und dann schob Phelan die Tür mit dem Ellbogen auf, lächelnd, in den Händen zwei Eisbecher mit kleinen Holzschäufelchen. Er bemerkte den Stift in ihrer Hand und sein Lächeln verschwand. »Pause«, sagte er nur, ging zu ihr und gab ihr einen der Becher. Sie dankte ihm. Kurz darauf kramte er in seinen Schreibtischschubladen und sie raschelte wieder mit Papier.

Ein neuerliches kleines Geräusch veranlasste Delpha, den Kopf zu heben. Sie blickte sich um. Reckte den Hals und sah Phelan an seinem Schreibtisch. Ihr Blick wanderte zum Fenster, zu den aquamarinblauen Sesseln. Zur Tür.

Zum Türknauf.

Mit drei leisen Schritten war sie an der Tür zu Phelans Büro. Er sah auf und sie deutete mit dem Kopf zur Eingangstür.

Millimeter um Millimeter drehte sich der Knauf.

Phelan sprang auf, packte sie an der Taille, zog sie unsanft in sein Büro und war bereits auf dem Weg zur Tür, als der Schnapper klickte.

Ein Kopf mit sonnenverbrannter Nase erschien im Türspalt.

»Hi, Tom. Oder soll ich Mr Phelan sagen? Irgendwie sind sie ja jetzt mein Boss. Nein, Sie sind mein Boss.«

Phelan starrte auf das Gesicht. Sein Gewicht verlagerte sich wieder auf die Fersen.

»Ben. Auf den ersten Blick hab ich Sie gar nicht erkannt. Kommen Sie rein.«

Mit einem Nicken trat Ben ein, der Fotograf aus dem Bellas Hess. Nicht nur die Nase, sein ganzes Gesicht war verbrannt. »Neue Brille. Mein Dad will, dass ich die Realität nicht aus dem Blick verlier.« Er würgte sein Lachen sofort wieder ab. »Das war ein Witz. Nur nicht besonders witzig.«

Zusammen mit der Buddy-Holly-Brille hatte der junge Mann offenbar auch das Streifen-T-Shirt entsorgt. Stattdessen trug er jetzt Nickelbrille und Malerlatzhose. Nur dass keine Farbspritzer darauf waren, sondern irgendwelche unidentifizierbaren Flecken. Und auch seine bislang zurückgekämmten Haare waren heute nicht zurückgekämmt. Oder die ganze Woche. Phelan sagte nichts weiter zu Bens äußerlicher Veränderung. Der Junge hatte eben eine neue Brille gebraucht. Es hatte wohl kaum was mit Observieren und Diskretion zu tun, oder? Von der Fotografierkunst gar nicht zu reden. Das würde seinem Daddy nicht gefallen.

»Ich erstatte Bericht, Sir.« Ben salutierte und reichte ihm eine schwarze Mappe. Richtete sich zu voller Größe auf.

War er gewachsen?

Phelan winkte Delpha heran. »Delpha Wade, Ben, unser Fotograf«, sagte er und die beiden begrüßten sich.

Phelan schlug die Mappe auf. Sofort stand Ben neben ihm. »Es sind mehrere Serien. Die meisten Leute erwischt man am Wochenende. Klar.«

Phelan sah nicht auf. »Waren Sie jeden Tag unterwegs?«

»Logo. Ständig auf Achse. Sie zahlen doch das Benzin, oder? Datum und Ort stehen auf der Rückseite.«

Phelan legte die Mappe vor Delpha auf den Schreibtisch. Er hob den Stoß steifer 8x10-Schwarzweißabzüge heraus, deren Kanten sich leicht bogen, und ging sie durch. Es war ein großer Stoß. Vögel. Der Junge hatte nicht widerstehen können und er hatte ein verflucht gutes Auge: ein Entenschwarm, der auf einen Baum zuflog, ein schmutzig gewordener Pelikan, der ein Bad nahm und eine Million Diamanten aus seinen ausgebreiteten Flügeln schüttelte. Das Möwen-Geschwader, zwei seiner Späher über dem Wasser.

Vogelbeobachter. Gesichter durch Autoscheiben gesehen. Eine Frau mit Schal und Shorts auf dem Ausguck. Eine Frau, deren Rock hochwehte. Ein stämmiger Ranger, der zu der Bucht hinter dem Sumpfland deutete. Mehrere Leute, die auf der Straße oder im Gras standen, Ferngläser vor den Augen. Ein Kind mit Stock und mordlüsternem Blick. Ein Mann mit einer auf ein Stativ montierten Kamera, die Krempe seines Fischerhuts runtergeschlagen. Ein Teenager, der näher an dem Graben stand, hatte es geschafft, gleichzeitig die Zunge herauszustrecken und zu grinsen. In die Kamera.

»Echt unauffällig, was, Ben.«

Ben sah ihn verdutzt an, fing sich aber schnell wieder, als er Phelans ironisches Lächeln sah. »Seien Sie mal unauffällig bei so einem«, Ben tippte auf den Teenager, dann tippte er an seine Schläfe, »der Ihnen dermaßen auf die Pelle rückt.«

»Okay.« Phelan musterte das Bild noch einmal, dann nahm er sich das eines Mädchens in knappen Shorts vor, die finster in die Kamera blickte, während eine ältere Frau mit weit offenem Mund hinter ihrer Schulter auftauchte. Die restlichen Fotos blätterte Phelan rasch durch und kehrte dann zu dem mit dem Mädchen zurück.

»Das ist nett. Witzig.«

»Sehr süßes Lächeln.«

»Kann ich mir vorstellen. Moment ...« Phelan ging rasch in sein Büro und holte einen senfgelben Umschlag aus der obersten Schreibtischschublade. Kam zurück und breitete die Aufnahmen von Xavier Bell aus, die er aus dem Fenster der Zahnarztpraxis geschossen hatte. Dann suchte er aus Bens Fotos solche mit einzelnen Männern heraus. Vielleicht war unter den Vogelbeobachtern einer, der Xavier Bell ähnlich sah.

»Was meinen Sie, sieht einer von denen aus wie dieser Mann hier?«

Ben trat zu ihm und legte immer eins von seinen Fotos neben eins von Phelan. Er richtete sie penibel aneinander aus, dann sagte er: »Wow, jetzt versteh ich, warum Sie mich engagiert haben. Die Fotos sind so verwackelt, dass man nichts mehr drauf erkennt, wenn man sie vergrößert.« Er beugte sich vor, kniff die Augen zusammen. »Der vielleicht.« Er tippte mit dem Finger auf den Mann mit dem Fischerhut. »Aber keine Ahnung. So richtig ins Auge stechen tut keiner.«

Dann entspannte sich Bens konzentriertes Gesicht. Er streckte einen Zeigefinger in die Höhe, deutete damit einmal, zweimal auf Phelan, fand schließlich seine Stimme wieder.

»Ja, genau. Klar. Ich nehm die Negative von den Fotos mit.« Er warf einen Blick in den Umschlag, um sicherzugehen, dass sie darin waren. »Die vergrößere ich, dann kann ich sie vermessen.«

»Wie, vermessen?«

»Nasen, Ohren. Darüber hab ich mal einen Artikel gelesen. Vor ewigen Zeiten haben sie in Frankreich die Verbrecher vermessen, um sie später identifizieren zu können. Da gibt's auch einen Namen für. Nach dem Mann, der sich das ausgedacht hat.«

Phelan wartete, aber er fiel Ben nicht ein.

»Das machen Fotografen und nicht die Polizei?«

Ben kniff ein Auge zusammen, so als kramte er in seinem Gedächtnis, vielleicht dachte er auch nach, ging mit sich zurate oder versuchte, Zeit zu schinden. Schließlich reckte er das Kinn und strich sich die Haare aus der Stirn, die eigentlich zu kurz waren, um hineinzufallen.

»Ja«, sagte er, »ja, Fotografen ... Ja, das müsste klappen.« Ein vages Versprechen. Sehr vage. Aber er schob seine Fotos und den senfgelben Umschlag mit Phelans Fotos in die Mappe, verschloss sie und ging.

Hinter sich einen Kondensstreifen herziehend.

19

Mit zwölfeinhalb war Phelan einmal so wütend auf die Welt gewesen, dass er die Autoschlüssel seiner Mutter geklaut hatte und zum Hafen runtergebrettert war, wo er Schuhe und Jeans auszog, die Jeans um seinen Hals wickelte und in das Wendebecken hinauswatete. Er war ein ziemlich guter Schwimmer und die Schiffe lagen nah, allerdings verwandelte sich die durchnässte Jeans augenblicklich in einen Mühlstein um seinen Hals. Dennoch schwamm er immer weiter, Zug um Zug, bis er einen Schiffsrumpf erreichte. Wasser tretend brüllte er die steile Wand hinauf. Da war niemand, der ihn hören konnte, aber er brüllte weiter, bis seine Ellbogen sich in dem kalten Wasser nicht mehr richtig bewegen ließen und er keine Kraft mehr in den Armen hatte. In dem Moment erschien ein dunkler Kopf über der Reling, viele Meter über ihm.

»He«, brüllte Phelan. »Nehmt mich mit!«

Ein Matrose mit buschigen Augenbrauen rief in einer gurgelnden Sprache etwas zu ihm herunter. Phelan deutete nach oben. Ein weiterer Kopf erschien und beide riefen ihm eine Weile unverständliches Zeug zu. Einer hielt eine Hand hoch und schlug mit der Faust der anderen dagegen und beide lachten. Dann verschwanden die Köpfe. Phelan war so naiv zu glauben, dass sie vielleicht eine Strickleiter holen würden. Aber dann beugte sich ein Glatzkopf mit strengem Gesicht über die Reling und die beiden anderen kehrten zurück und deuteten hektisch auf den Jungen im Wasser.

Frierend, von der durchnässten Jeans nach unten gezogen, das ölige Flusswasser schluckend, kämpfte sich Phelan zurück, merklich langsamer und schwerfälliger als auf dem Weg zum Schiff. Ein Rest lächerlicher Würde und Stolz verbaten ihm, die bleischwere Jeans zurückzulassen. Bevor er das Ufer erreichte, ertönte ein Megafon. Endlich wurden Phelans Wünsche erhört und er wurde an Bord geholt. Nur war es keine schwimmende Stadt mit Kurs auf ein fremdes Land, sondern ein kleines Schnellboot der Wasserpolizei. Sie bellten ihn in einer Sprache an, die er nur allzu gut verstand. Während Phelan auf den Linoleumboden tropfte, wurden ein paar Anrufe getätigt. Schlotternd und barfuß stand er da. Aber wenigstens in Jeans.

E. E. war damals noch nicht Chief, sondern nur Detective Guidry, trat in dem winzigen Hafenbüro jedoch mit napoleonischem Aplomb und einnehmender Fröhlichkeit auf und erzählte den Witz vom Pipi von Miss Sipi. Kurz, er befreite Phelan aus der Klemme wie eine Auster aus der Schale.

War schlimm gewesen, der Streit mit E. E. Trotzdem bereute Phelan es nicht, Delpha einen Anwalt besorgt zu haben.

Gerade hatte er mit dem zweiten Schwung Hauskäufer angefangen. Die Abendessenszeit war ideal für einen Besuch. Er fragte nach dem Weg, bot ein Telefonbuch an oder tat so, als hätte er gedacht, sein alter Freund Carl wohne unter der Adresse. Bislang hatte er sieben Hauskäufer angetroffen, alle weiß. Drei hatten nicht auf sein Klingeln reagiert, unter anderem ein Barton Hebert. Von den sieben waren fünf zwischen dreißig und sechzig, also zu jung für Rodney. Einer war alt genug, saß aber im Rollstuhl und seine Tochter kam an die Tür, die Haare zu einer Wachturmfrisur hochgesteckt, in der ein Erdhörnchen Platz zum Nisten gefunden hätte. Den nächsten spürte Phelan auf, indem er *Don't ask me whyyyyy I love you and that's all I can say* von den Bee Gees ums Haus herum in den Garten folgte. Der Mann war Anfang, Mitte zwanzig, also mindestens fünf Jahre jünger als Phelan mit seinen 29, und hatte ein Bier in der Hand, neben sich einen rauchenden Grill und einen Haufen Freunde, die auf seiner Terrasse herumlümmelten.

Manche Leute hatten einfach Schwein.

Um zwanzig vor acht hielt Phelan am Randstein vor dem Haus 7937 S. Sarah Street, das ein Mitchell Smith im Juli gekauft hatte. Es war ein gepflegtes Ranchhaus, weiße, gegen ein sattes Rotbraun abgesetzte Fensterumrandung. Es war ein ärmliches Viertel mit rissigem Straßenbelag. In der Einfahrt stand ein Chevy. Beim Vorbeigehen legte er die Hand auf die Motorhaube. Kalt. Er klopfte.

Die Tür ging auf. Der schwarze Mann hinter der Fliegengittertür trug eine Baumwollhose, ein verschwitztes kurzärmliges weißes Hemd, eine gestreifte Krawatte mit gelockertem Knoten und in der Brusttasche zwei Stifte in einer Schutzhülle. Mittelgroß, Ende dreißig. Es roch nach Fisch.

»Mr Michael Smith?«

»Mitchell. Kann ich Ihnen helfen?«

»Mitchell«, korrigierte sich Phelan und hielt ein Telefonbuch in die Höhe. Auf der Rückbank lagen noch mehr davon. »Ich bin von der Telefongesellschaft. Tut mir leid, dass wir so spät dran sind, aber hier ist Ihr Telefonbuch.«

Der Mann öffnete die Fliegengittertür. »Ich hab schon eins. Aber ich nehm's gern für meine Großmutter. Ihr habt vergessen, ihr ein neues zu geben.« Seine Augen wurden schmaler. »Keiner in ihrer Straße hat eins gekriegt, obwohl sie sich beschwert haben.«

Phelan reichte ihm das labbrige Buch. »Wie heißt die Straße?« Als Mitchell Smith sie ihm nannte, schüttelte er den Kopf und schürzte die Lippen.

»Das geb ich weiter. Mein Chef bringt ständig Namen und Straßen durcheinander. Aber was soll man machen, sein Schwager ist Gebietsleiter.« Phelan hob die Augenbrauen und lächelte schief.

Mitchell Smiths Miene entspannte sich. »Ah, verstehe«, sagte er.

Phelan fuhr sechs Blocks zurück, um zu sehen, ob Barton Hebert inzwischen zu Hause war. Beinahe wäre er an dem Haus vorbeigefahren, weil auf einmal massenhaft Autos davor parkten. Mr Hebert war zu Hause. Ende dreißig, zerknitterter schwarzer Anzug, gerötete Augen, einen müden Drittklässler auf der Hüfte. Im Wohnzimmer hinter ihm saßen und standen schwarzgekleidete Leute mit gefüllten Tellern in der Hand.

Phelan gab sich einen Ruck, noch fünf Adressen. Chris Johnson war eine Frau Mitte vierzig mit verkniffenem Gesicht, im Hintergrund Kindergeschrei. Im Vorgarten von Jim Anderson standen so viele Bäume, dass Phelan auf dem Weg zur Haustür eine Machete hätte brauchen können. Niemand öffnete. Die letzten drei waren sauer, dass sie vom Fernseher wegholt wurden beziehungsweise von einer Symphonie, die von einem Plattenspieler dröhnte. Zwei hatten das falsche Alter, der Dritte die falsche Hautfarbe – um die siebzig, aber Filipino oder Hawaiianer oder so. In weiblicher Gesellschaft. Verärgert.

Phelan war auch verärgert. Nachdem er sich entschuldigt hatte, ging er zu seinem Chevelle zurück.

20

Gehorsam war Delpha aufgestanden und hatte die Bürotür verriegelt. Dann schob sie den Stapel Kopien zurecht, nahm ihren Stift und rückte das grüne Plastiklineal gerade. Sie holte tief Luft und setzte sich.

Auf der Suche nach den Jahren 1898 und 1900 wanderte ihr Blick Zeile für Zeile die verschmierte Seite hinunter. Einfacher wäre es gewesen, wenn nur Geburten in der Stadt New Orleans aufgeführt worden waren. Aber es war der gesamte Landkreis.

Sie hob den Kopf, die Augenbrauen konzentriert zusammengezogen. Dann rief sie in der Bücherei an, fragte nach Angel, und als sie an den Apparat kam, sagte sie: »Hallo, hier ist Delpha Wade. Spreche ich mit Angela, der Auskunftsbibliothekarin?«

Glockenhelles Lachen. »Aber ja. Womit kann Ihnen die Rechercheabteilung der Tyrrell Public Library heute Abend dienen?«

»Ich würde gerne wissen, wie groß der Landkreis Orleans in Louisiana ist.«

»Moment, ich ruf gleich zurück.«

Marie, Maria, Mary, Marietta, Miriam, Marianne. Glücklicherweise suchte sie nicht nach Mädchen. Die Jungennamen unterschieden sich deutlicher. Das Telefon klingelte.

»Hey, Delpha. Der Landkreis Orleans umfasst 900 Quadratkilometer.«

»Danke, und für diese Information musste ich nicht mal

von meinem Stuhl aufstehen. Rufen viele Leute mit solchen Fragen an?«

»Das kann man wohl sagen. Vorhin hat einer wegen der Vögel angerufen, die in der Regenrinne brüten. Ob man sich damit abfinden muss, dass sie den ganzen Tag zwitschern, oder ob man sie töten darf. Wie man das macht, kann ich Ihnen übrigens auch sagen.«

»Was Sie alles wissen, Angela!«

»Ja, toll was? Mein Kopf ist wie ein riesengroßer Speicher. Bye.« Kichernd legte Angela auf.

Delpha markierte die Stelle, an der sie war, zog die flachen schwarzen Schuhe aus und schlug ein Bein unter. Wenn Phelan nicht da war und Hektik verbreitete, war es ruhig in dem frisch gestrichenen Büro. Gelegentlich eine Sirene oder ein Hupen von der Straße unten, mehr nicht.

Als sie sich Anfang April, frisch aus dem Gefängnis entlassen, auf Stellenanzeigen beworben hatte, war ihr einmal, zweimal, zwölfmal die Tür vor der Nase zugeschlagen worden. Als sie nach sechs Wochen im Büro von Mr Phelan saß, hätte sie sich sogar bereiterklärt, das Telefonbuch von Houston abzutippen und dabei *Froggie Went A-Courtin'* zu summen, wenn sie dafür einen Job bekäme. Wie schnell sich alles veränderte, dachte sie jetzt. Selbst sie. Jetzt, wo sie Arbeit hatte, reichte ihr das schon nicht mehr.

Arbeit allein war nämlich kein Vorankommen. Wenigstens nicht in dem Sinne, in dem Angela es verstand. Angela wollte der Boss sein. Vielleicht war Delpha eher so wie Oscar. Oscar wollte zwar auch der Boss sein, aber genauso wollte er Schweinelende, Shrimps in Remoulade, Aprikosenknödel.

Delpha interessierte sich nicht dafür, Boss zu sein. Letztendlich wollte sie eine Arbeit haben, die sie befriedigte. Das war das Wichtigste. Sie wollte sie spannend finden, neugierig darauf sein – wenn Neugier und Arbeit sich nicht ausschlossen. Für Fayann Mackie tat es das nicht.

Um neun Uhr war sie völlig ausgehungert, aber sie hatte sie. Alle Brüder, die zur Jahrhundertwende geboren worden waren. So hatte sie die Liste genannt, als sie sie abtippte: »Brüder«.

Da war noch etwas, was sie sich vorgenommen hatte ... Sie hatte es sich merken wollen. Was war es nur?

Na gut, morgen. Jetzt wollte sie ins Hotel zurück. Einen Teller mit Schweinelende aufwärmen. Gut, dass sie für Oscar das Spülen übernommen hatte – sonst würde sie nichts mehr kriegen. Wer nicht pünktlich war, stand vor verschlossener Küchentür. Da könnte ja jeder kommen, sich in die Speisekammer schleichen, ein Glas Dillgurken klauen und Oscar Hardys Kostenrechnung durcheinanderbringen.

Diese Lende – Delpha lief das Wasser im Mund zusammen. Sie schnappte sich ihre Handtasche und die leere Cola-Flasche, verschloss die Tür, eilte die Treppe hinunter und sah rasch nach links und rechts, bevor sie die Straße überquerte. Mitten auf der Straße fiel es ihr ein. Im Scheinwerferlicht eines Motorrads machte Delpha auf dem Absatz kehrt und rannte die Treppe wieder hoch.

Als sie die oberste Schreibtischschublade aufzog, klingelte das Telefon. Nach kurzem Zögern nahm sie ab. »Phelan Investigations.«

»Dachte ich mir doch, dass Sie so lange arbeiten, Miss Wade.«

Sie stand auf und sah zum Fenster. »Ich bin gerade am Gehen, Mr Bell. Was kann ich für Sie tun?«

»M-macht Mr Phelan Fortschritte?«

»Ja. Wir prüfen gerade jeden Mann, der in den letzten anderthalb Jahren ein Haus gekauft hat. Mr Phelan ist ... war den ganzen Tag deswegen unterwegs. Ist Ihnen noch etwas eingefallen, was uns bei der Suche nach Ihrem Bruder weiterhelfen könnte?«

Schweigen am anderen Ende der Leitung.

»Da gibt es ein paar Dinge ... die ich versäumt habe, Mr Phelan mitzuteilen. M-man sollte seinen Verbündeten gegenüber völlig offen sein, oder?« Über einige Wörter stolperte er, andere verschliff er.

»Ja, wenn die Verbündeten ihre Arbeit ordentlich machen sollen«, erwiderte Delpha nüchtern.

»Stimmt. D-das war dumm von mir.«

Delpha nickte, sagte aber nichts.

»Gut. Ich habe doch erzählt, dass es mich nicht geärgert hat, dass Rodney Unterhalt bekam, während ich jeden Tag in den Laden musste. Das stimmt nicht. Ich habe mich sehr wohl geärgert. Was ich eigentlich gemeint habe, Miss Wade, ist, dass mein Ärger immer sofort verflogen ist, sobald ich meinen Bruder in all den Jahren gesprochen habe. Ich würde mir so sehr wünschen, dass es bei ihm genauso war. D-das hoffe ich wirklich sehr. Einmal stand ich weinend mit dem Hörer in der Hand in der Diele und sah in dem Spiegel unter der Hutablage das Bild eines Mannes, und ich dachte, was für ein a-armer, gebrochener Mann. Das war ich, Miss Wade.« Überraschung klang aus seiner Stimme. Er schien auf ein Seufzen oder eine ähnliche Reaktion von Delpha zu warten.

»Das tut mir sehr leid, Mr Bell. Es muss Ihnen nahegegangen sein. Aber –«

»Das ist noch nicht alles.«

»Verzeihung, ich wollte Sie nicht unterbrechen.«

»Rodney wird einen Freund bei sich haben.«

Nach kurzem Schweigen sagte Delpha. »Einen Freund.«

»Einen jüngeren Freund.«

»Sein Freund?«

»Ein Freund. Sie sind ... Sie sind doch nicht etwa allein im Büro?«

Sie sah nicht zu Phelans Zimmer, wo ein Mann versucht hatte, sie umzubringen. Das musste sie nicht. Sie spürte auch so seinen Schatten. Was Aileen den Eingang zu einer Höhle genannt hatte. Delpha zwang sich, nicht daran zu denken, und fragte mit gespielter Bewunderung, als ginge es um eine besondere Leistung: »Woher wissen Sie eigentlich, dass wir noch so spät im Büro sind, Mr Bell?«

»Ja, also, ich ... ich bin vorhin vorbeigefahren und habe das Licht gesehen.«

Delpha warf einen raschen Blick zur Tür. Hatte sie abgeschlossen? »Aber jetzt sind Sie zu Hause, Mr Bell, oder?« Auf dem Vertrag hatte er eine Adresse in der Calder Avenue angegeben. Nicht weit von hier.

Nein, sie hatte nicht abgeschlossen.

Ein leises Rülpsen. »Wenn ich mich recht erinnere, haben Sie gesagt, dass Sie *Die 39 Stufen* nicht gesehen haben. Den Film von Hitchcock. E-er hat seinen Ruf begründet. Der Bösewicht in dem Film hat übrigens nur neun Finger.« Ein Kichern. »Genau wie Ihr Boss, Miss Wade. Der hat auch nur neun. Dazu die Ähnlichkeit zwischen Ihnen und Madeleine Carroll. Ja. Seltsam, dass ich mein eigenes Gesicht im Spiegel nicht erkannt habe, oder? Unheimlich.«

Unheimlich? Er klang, als hätte er eine Schraube locker.

Oder einen Schwips. Sie drückte auf ihren knurrenden Bauch. »Ja, seltsam. Tut mir leid, aber ich muss jetzt –«

Ein Klirren, gefolgt von einem Krachen, dann ein spitzer Schrei und ein Rumms, als der Hörer auf dem Boden auftraf. Sie hörte gedämpft seine Stimme. Das leichte Lallen ging in lautes Fluchen über, das mit schriller, mitleiderregender Stimme hervorgestoßen wurde, als wäre er den Tränen nahe.

»Die ganze Scheißflasche …«

»Ist alles in Ordnung bei Ihnen, Mr Bell? Mr Bell?«

Tuten.

Zögernd hängte sie ein. Sie hatte den Eindruck, ihr Mandant schwamm in Selbstmitleid. Mochte ja sein, dass er seinen Bruder wiedersehen wollte, aber mindestens genauso sehr bettelte er um Zuneigung. Um Trost? Nähe? Nun, das ging Phelan Investigations nichts an. Außerdem hatte Delpha selbst mühsam lernen müssen, dass Selbstmitleid einen nicht weiterbrachte.

Rasch ging sie zur Tür und verriegelte sie. Überlegte, dass sie eine sehr, sehr lange Telefonschnur kaufen sollte. Sie könnte sie aufgewickelt unter ihrem Schreibtisch verschwinden lassen, aber im Fall des Falles könnte sie mit dem Telefon zur Tür gehen, um abzusperren, ohne ein Gespräch zu unterbrechen.

Zurück an ihrem Schreibtisch zog sie die oberste Schublade auf.

Es lag noch genau an der Stelle, wo sie es hingelegt hatte. Das Notizblatt mit dem Motto der Polizei, das Phelan ihr gegeben hatte. Mit den Namen von Leuten aus New Orleans, an die sich die Mutter seines Onkels erinnert hatte – Händler aus dem French Quarter, die Mrs Guidry gekannt hatte und die mit solchen Sachen gehandelt hatten wie Xavier Bell: Säbel, Bilder, Münzen, Pistolen, Schmuck. Aufgeregt überflog Delpha die Liste. Ihr Blick blieb hängen. Ja! Auf der Liste von Mrs Guidry tauchten neben drei anderen die Namen Smith und Hebert auf. Sie standen auch auf der Hauskäuferliste.

Sie legte das Blatt zurück in die Schublade. Das musste warten. Jetzt hatte sie erst mal eine dringende Verabredung mit Oscar Hardys Kochkünsten. Sie nahm die Cola-Flasche und ihre Tasche, schloss die Tür auf, schloss sie wieder zu und lief über die Straße.

Delpha stieg die fünf, nicht 39, Stufen ins New Rosemont hinauf. Vor dem Fernseher in der Lobby hatte sich eine aufgeregte Meute versammelt. Johlen und Schreie empfingen sie. Als Delpha sich halbwegs von ihrer Überraschung erholt hatte, sah sie, dass Billie Jean King im Astrodome gerade den Schaukampf gegen Bobby Riggs gewonnen hatte.

»Die Kleine ist 'ne Wucht!«, erklärte Mr Finn.

»Sie ist eine Betrügerin!«, zischte Mr Nystrom mit verkniffener Miene.

»Jedenfalls hat sie's dem Prahlhans gezeigt«, sagte Mrs Bibbo in das diesem kurzen Schlagabtausch folgende Schweigen hinein. Warum Delpha nicht da gewesen sei, um sich das Tennismatch anzusehen?

»Mist«, sagte Delpha, »völlig vergessen.«

Überall war über diesen »Kampf der Geschlechter« berichtet worden und sie hatte sich die Übertragung unbedingt ansehen wollen. Na gut. Sie und Mrs Bibbo grinsten sich an und streckten die Daumen in die Höhe, dann ging Delpha in die Küche, die nach der Zubereitung des Abendessens wie ein Schlachtfeld aussah. Überall dreckiges Geschirr, verkrustete Töpfe und Deckel, Pfannen und Backformen mit Teigresten, der Boden fettverschmiert und verkleckert.

Ihr Magen knurrte immer lauter. Sie wärmte zwei dicke Scheiben Schweinelende, etwas Sauce und eine große Portion Schwarzaugenbohnen auf. Falls es Brötchen und Salat gegeben haben sollte, dann war nichts mehr davon da, aber immerhin war in der Form noch ein blassgelbes Stück Zitronentarte mit Haferkeks-Boden, das Oscar offenbar für sie aufgehoben hatte. Sie setzte sich auf einen Hocker am Arbeitstisch und machte sich zuerst über den Kuchen her, dessen süße Säure ihren Appetit noch mehr anregte. Mit geschlossenen Augen schob sie die letzten Krümel in den Mund und leckte die Gabel ab. Oscar nahm richtige Zitronen und rieb ein wenig von der Schale auf die Zitronenmasse. Wenn man im Gefängnis saß und überlegte, was einem die Zukunft wohl Gutes bringen könnte, dann dachte man nicht unbedingt an Zitronentarte. Aber das war ein Fehler. In einem solchen Moment, der kein Vorher und kein Nachher kannte, gab es nichts Besseres.

Sie aß das Fleisch und die Bohnen. Dann stürzte sie ein Glas Wasser runter, band sich eine Schürze um und machte sich über die erste Ladung mit dreckigem Geschirr her. Es war mühselig, das Chaos in der Küche zu beseitigen. So mühselig, wie Stroh zu Gold zu spinnen, nur hatte sie statt einer Spindel andere Hilfsmittel zur Hand: Schrubber, Geschirrspüler, Besen, Mopp, Lysol und Muskeln. Sie würde einige Zeit zu tun haben. Ja, es war ein langer Tag, aber im Vergleich zu den vierzehn Jahren waren die kommenden paar Wochen nichts, dachte sie mit einem schiefen Lächeln.

Im Radio plärrte zum x-ten Mal die Werbung für eine

Autorennbahn: *SSSamstagnacht! SSSamstagnacht! Auf zum Golden Triangle!* Auf der Tribüne schwitzen, die Dieselabgase wegwedeln, sich zum Schutz vor dem Motorenlärm und den knisternden Lautsprechern die Ohren zuhalten? Ja, aber wenn, dann nur weil sie es jetzt konnte. Irgendwann mal.

Was würde sie Samstag unternehmen? Sie könnte ins Jefferson Theatre und einen Film anschauen. Sie könnte den Bus zum Gateway-Einkaufszentrum nehmen und durch die Geschäfte bummeln, besonders The White House. Schaufensterauslagen begutachten. Dann mit dem Bus zurück. Später könnte sie sich am Hafen auf eine Bank setzen und auf das mondbeschienene Wasser und die Boote schauen. Oder sie könnte den Dodge volltanken – den Schlüssel hatte sie ja – und nach Boliver fahren. Über die Drehbrücke fahren, wie sie es vor ein paar Monaten zusammen mit Isaac gemacht hatte, als unzählige Schlüsselblumen am Straßenrand blühten.

21

Wie kam es, dass es sich bei manchen Frauen ganz normal anfühlte, wenn man sie anfasste, so als wären sie eine Cousine, eine Krankenschwester, die einem den Blutdruck maß, oder eine Bankkundin, die man am Ellbogen festhielt, damit sie nicht hinfiel, wenn sie stolperte – und bei anderen durchfuhr einen eine Art Stromstoß? Phelan vermutete, dass das etwas mit ihm zu tun haben könnte, aber darüber wollte er lieber nicht nachdenken.

Okay, Chemie, aber was war das? Geilheit, klar. Das lag zum Teil an ihrer Figur, der schmalen Taille, wie sich ihr Busen hob, ob sie einen anlächelte, wie sie einen anlächelte, was das Lächeln bedeutete, nicht, dass man das genau sagen konnte, aber manchmal eben doch.

An dem Tag, an dem er Delpha kennengelernt hatte, hatte sie nicht gelächelt, bis sie begriff, dass sie die Stelle bekommen hatte.

Solche Gedanken schwirrten ihm durch den Kopf, während er an diesem Samstagabend ein Miller High Life trank und den Braves zusah. Das Spiel wurde aus dem klimatisierten Astrodome in Houston übertragen, in dem es unter der Wahnsinns-Neonanzeigetafel, auf die ganz Houston stolz war, zehn Grad kälter war als draußen, wo es selbst jetzt noch dreißig Grad hatte. Die Fans sangen sich schon mal warm. Eine Nahaufnahme aus dem Bullpen, wo Dave Roberts Fast Ball wie eine Gewehrkugel in den Handschuh des Catchers donnerte.

Die Atlanta Braves gingen im ersten Inning sang- und klanglos unter. Die zweite Runde war auch nicht besser. In den Handschuhen der Astros mussten Magneten stecken. Im dritten, *na also!*, schlug Atlantas Casanova einen Homerun, Garr erreichte die erste Base und mit Flügeln an den Stollen die zweite. Dann war Schluss. Phelan grummelte. Eigentlich waren ja die Astros seine Heimmannschaft aus dem 140 Kilometer entfernten Houston, aber sie hatten eben keinen Henry Lee Aaron.

Im April 1954, da war Tommy Phelan zehn gewesen und Joe DiMaggio hatte die Göttin geheiratet, verteilte ihr Trainer nach dem Training Trikots. Bobby Peterson bekam die 6, also Stan the Mans Nummer, und sein Zwillingsbruder Casey die 7, das war die von Mantle. Klar, wozu hatte man den Vater als Trainer. Als Ron Whitacker die 3 bekam, also Babes Nummer, machte er mindestens zwanzig Purzelbäume quer über das Spielfeld. Phelan war der Letzte in der Reihe und erhielt die Nummer 44. Das war weder gut noch schlecht – immerhin hatte er einmal die Sammelkarte eines Spielers namens Cavaretta mit dieser Nummer in der Hand gehabt, der während des Zweiten Weltkriegs wiederholt als bester Spieler ausgezeichnet worden war, aber es war keiner, vor dem man sich in den Staub warf.

Er konnte sich nicht richtig konzentrieren, dauernd musste er an Delpha denken. Sie hatte *so etwas* an sich. Als er sie vorhin berührt hatte, hatte ihn ein Stromstoß durchzuckt, vom Bauch in den Schwanz und die Oberschenkel – allein wegen einer winzigen Berührung. Das machte es kompliziert, weil sie doch zusammenarbeiteten, und das klappte hervorragend, fand jedenfalls Phelan, und deshalb konnte er solche Komplikationen nicht brauchen. Wenn er sich danebenbenahm, dann war's das vielleicht mit der schönen Zusammenarbeit. Das war eins dieser Dinge, warum er sich nicht richtig konzentrieren konnte. Langsam schälte sich der Kern des Problems heraus: Delpha hatte *so viel* an sich –

Im zweiten Inning gab es ein Ground Out von Hank, aber im vierten war er wieder da. Phelan kroch jetzt fast in den Fernseher und hatte die Hände zu Fäusten geballt. George Herman Ruth hatte allein 1927 60 Homeruns geschafft, insgesamt kam er auf 714. Mr Aaron hatte sich auf 711 Homeruns hochgearbeitet und machte sich für den 712. bereit, aber Roberts, der Pitcher, war Linkshänder und Hank erwischte hauptsächlich die Bälle von Rechtshändern.

Da war er. Die Stimmung im Stadion war am Sieden, genau wie die in Phelans Wohnzimmer. Hank ging in Stellung. Er ließ zwei durch, ohne den Schläger zu bewegen, dann schob er die Hüfte und den vorderen Fuß nach vorne, zog mit dem Schläger durch und … *wumm*, Grounder. Und los. Phelans Fuß zuckte, trat gegen den Sofatisch und der grüne Aluminiumaschenbecher fiel auf den Teppich. *Mist*. Er stand auf, kehrte die Asche in seine Hand und warf sie zurück in den Aschenbecher, ohne Baker aus den Augen zu lassen. Erste Base. Johnson und Lum von den Braves schafften Singles, dann blieb Johnson zwischen der zweiten und dritten Base hängen. Helms und Rader machten sich einen Jux draus, ihn bei jedem beschissenen Schritt in die Zange zu nehmen: zur dritten/Wurf, zur zweiten zurück/Wurf, noch mal zur dritten/Wurf.

Phelan legte die Arme über die Rückenlehne, hinterließ einen schwarzen Streifen darauf. Er hatte die Asche an seiner Hand vergessen.

1955 hatte die Nummer 44 als Lusche angefangen, dann war sie okay und schließlich ging sie durch die Decke, weil ein Right Fielder aus Milwaukee mit dieser Nummer Furore machte. Auf dieser Position stand auch der elfjährige Phelan. Das musste etwas bedeuten! Es machte ihm Mut. Da war es egal, dass Aaron schwarz war und er nicht, die Nummer würde er nicht mehr hergeben. Als er dann auch noch herausfand, dass Henry Aaron und er am selben Tag Geburtstag hatten, bekam ihre Verbindung etwas voodoomäßig Schicksalhaftes. Jeder Schlag von Hank machte Thomas Phelan so stolz, als hätte er ihn gemacht.

Selbst mit achtzehn war Phelan nicht mehr als ein durchschnittlicher Hitter. Weder besonders toll noch besonders schlecht. Im Right Field schien er am besten aufgehoben zu sein. Tommy Phelan fing die Bälle. Um einen Ball zu fangen, rannte er in Bretterzäune. Flog über Maschendraht. Warf auf der Tribüne sitzende Eltern um. Hechtete nach dem Ball und schlitterte mit dem Gesicht ein paar Meter über das Gras. Lief auf den Ball zu, stolperte, drehte sich im freien Fall und fing ihn mit der bloßen Hand. Einmal kletterte er wie eine Fliege eine Wand hoch und stieß sich, den Arm nach dem Ball ausgestreckt, ab. Bei alldem trieb ihn nicht unbedingt sportlicher Ehrgeiz an. Tommy Phelan gab einfach nicht gerne auf.

Im fünften Inning war Casanova wieder da. Fly Ball. Der Left Fielder machte einen Schritt zurück, zwei, drei und schnappte ihn sich, Mist. In der zweiten Hälfte des Innings schaffte Metzger von den Astros eine Triple, zwei Runs. Jetzt waren sie dran. Und vermasselten es. Die Braves kamen zurück.

Eines der wichtigen Dinge war Delphas Geschichte, die

Haft, die Gewalt, die ihr angetan worden war, die Gewalt, die sie ausgeübt hatte. Er rekapitulierte: Ben hatte einfach den Türknauf zu langsam gedreht und Phelan hatte seine Hände um Delphas Taille gelegt, damit er sie aus der Schusslinie bringen konnte, falls Rodney hinter der Tür stand oder wer auch immer. Dass er am Tag vorher die Hand auf ihre Schulter gelegt hatte, lag daran, dass sie sich über die Rechnung von Miles gestritten hatten, weil er fand, dass sie schon genug gezahlt hatte. In Delphas Leben hatte es schon zu viele Rodneys gegeben. Deswegen hatte er seine Hand auf ihre Schulter gelegt und deswegen hatte er sie zur Seite geschoben. Um sie vor diesen Rodneys zu schützen. Aber eigentlich hatte er dazu kein Recht. Und mal ehrlich, Clark Kent, wie kommst du eigentlich auf die Idee, dass sie deine Hilfe braucht?

Sie hatte auf seine Hand geblickt, das hatte er bemerkt.

Erste Hälfte des sechsten Innings. Phelan stellte sein Miller auf den Tisch, streckte den Kopf vor, die Ellbogen auf den Knien, und brüllte Perez zu, er solle seinen Arsch zur Base bewegen. Perez schaffte es auf die erste Base. Dann kam Evans und Phelan brüllte wieder. Evans schlug ebenfalls eine Single.

Jetzt kam er.

Als Hank an den Schlag kam, löste sich Perez immer wieder von der zweiten Base und nervte Roberts, den Pitcher, mit seiner Tänzelei. Phelan johlte. Hanks ließ den Schläger zum Warmwerden ein paarmal durch die Luft sausen und hielt ihn dann etwas näher an die Brust als sonst. Ging in Stellung, die Hände hoch erhoben. Der Ball von Roberts kam angezischt. Hanks Hüfte schob sich vor, sein vorderer Fuß machte einen Ausfallschritt, die Hände schwangen in einem Bogen herum, die gesamte Energie aus Schultern, Brust, Rumpf floss in den Schlag und dann: Peng! Die Wucht des Schlags zog den ganzen Mann gestreckt nach vorne, die hintere Ferse hing in der Luft. Mit in den Nacken gelegtem Kopf sah er dem Ball nach, der wie ein verdammter Weißkopfseeadler Richtung Left Field flog und flog und flog – Phelan brüllte –, bis er weg war! Der 712. Homerun war in den Sitzreihen gelandet und auf der Anzeigetafel leuchtete die 712 auf! NOCH ZWEI UND AARON HAT DEN REKORD ERREICHT, NOCH DREI UND ER STELLT EINEN NEUEN REKORD AUF!

Hank rannte von Base zu Base. Erst als er die Home Plate erreichte, genehmigte sich Phelan ein weiteres Bier, stieß mit einer leeren Dose an und schob den ramponierten Sofatisch zurück, damit er die Füße darauflegen konnte. Da war es wieder, dieses Gefühl, dass ein Homerun von Hank auch ein bisschen sein eigener war. Albern, aber trotzdem toll.

In genau diesem Moment klopfte es an der Tür und Clarence, sein krausköpfiger Nachbar aus der anderen Doppelhaushälfte, stand da und hüllte Phelan in eine Bourbonwolke, als er losplärrte: *Jedes einzelne Wort sei durch diese beschissenen Pappwände zu hören, das sollte Phelan echt langsam wissen –*

»Hey, tut mir leid, das hab ich in meiner Begeisterung total vergessen.« Das Homerun-Lächeln umspielte immer noch Phelans Lippen.

Clarence' Gesicht wurde schlaganfallrot. *Was sollte eigentlich diese Scheiße? Wie kam Phelan eigentlich dazu, für diese beschissenen Braves aus diesem beschissenen Atlanta Georgia zu sein statt für die Houston Texas Astros, verdammt noch mal? Und dann noch diesen Neger anfeuern, der Babe sei-*

nen Rekord klaute? Das gehörte sich nicht für einen aufrechten Texaner. War er überhaupt ein richtiger Amerikaner? Hä?

Hinter Phelans Stirn bündelte sich gleißendes Licht. Er riss die Fliegengittertür auf, *rumms*, und baute sich vor Clarence auf. Der wich zurück.

»Das kommt offenbar davon, wenn man zu viel billigen Fusel in sich reinschüttet.«

Clarence' Mund klappte zu. Er zeigte Phelan den Vogel und stakste zu seinem Haus zurück. Knallte die Tür zu. Musste Anlauf genommen haben und dann mit beiden Füßen dagegengesprungen sein. Na ja, war seine Kaution.

Phelan ließ sich wieder auf die Couch fallen. Was für ein Arschloch. Jetzt war seine Laune im Eimer.

Die Astros pflückten die Bälle von Baker, Johnson und Lum aus der Luft. Langeweile breitete sich im Astrodome aus, bis Mr Aaron in der ersten Hälfte des achten Innings wieder reinkam – und ein Foul Out lieferte. Die Braves wechselten ihn aus und das war's dann.

Heute würde es keinen 713. Homerun geben.

22

Delpha ging nicht ins Jefferson Theatre, um sich die Samstagsvorstellung anzusehen, sie machte auch keinen Einkaufsbummel oder fuhr nach Boliver zum Angeln. Sie tat nichts dergleichen und das nicht nur, weil sie sich den Anblick des Straßenrands ersparen wollte, an dem im September keine Schlüsselblumen blühten. Sie entschied sich für das, was sie machte, weil sie sich dafür interessierte, so wie Fayann für ihr Anatomiebuch.

Samstags hatte Angela frei. Die kleine rundliche Opal kam mit einem Wägelchen angezockelt, auf dem ein ramponierter Pappkarton voll alter Telefonbücher aus New Orleans stand. Delpha setzte sich, rückte den schweren Stuhl an den Tisch und nahm das oberste Telefonbuch, das neueste, von dem Stapel. Sie suchte auf den Gelben Seiten nach Läden wie dem von Xavier Bell und schrieb sie heraus, selbst wenn der Name des Besitzers nicht dabeistand. So arbeitete sie den Stapel ab bis zu dem ältesten Telefonbuch von 1919, dessen stockfleckiger Umschlag mit einem nackten Engel verziert war, der auf dem Gipfel der Welt stand und dessen Unterleib von verschlungenen Telefonkabeln verdeckt war.

Als Nächstes nahm sie sich die muffigen, vergilbten Adressverzeichnisse vor. Die ersten waren Jahre vor der Erfindung des Telefons erschienen und listeten die Einwohner einer Stadt alphabetisch nach Nachnamen auf. Die Geschäfte wurden nicht gesondert aufgeführt, dafür aber die

Berufe und Geschäftsadressen der Einwohner. Wenn eine Adresse zweimal vorkam, wusste man, wer mit wem zusammenwohnte. Vielleicht würde sie ja über einen Xavier Bell und einen Rodney Bell, Händler, stolpern, die 1920 beide dieselbe Adresse hatten? Dazu in demselben Laden arbeiteten, beispielsweise in der Tchoupitoulas Street?

Da standen ein Charles Bell, Feuerwehrmann, und eine Merthel L. Bell, Mrs, Pension, unter verschiedenen Adressen und verschiedenen Jahren. Sie ließ den Finger die Seite hinuntergleiten, Babcocks, Bethancourts, Broussards, Blancs, Blanks und Blanques. Zu guter Letzt hatte Delpha sieben Blätter mit Ladenbesitzern, die mit dem Verkauf von Antiquitäten, Gebrauchtwaren und Waffen zu tun hatten. Diese Blätter riss sie aus dem Block und legte sie rechts neben sich, dann begann sie eine neue Seite. Darauf fasste sie die Informationen zusammen, so dass die Namen nur einmal erschienen, dahinter in Klammern die Jahreszahlen, unter denen das Geschäft aufgeführt war.

Fertig. Weder Xavier Bell noch Rodney Bell tauchten auf ihrer neuen, mit »Händler« überschriebenen Liste als Ladenbesitzer auf.

Unvermittelt schob Delpha den Stuhl zurück. Sie lief durch den Lesesaal, um sich zu beruhigen. An den anderen Tischen und dem Kartenkatalog vorbei, an den Besuchern, die Bücher zur Ausleihe schleppten, und die breite Treppe zur Kinderabteilung hoch, wo immer ein gewisser Lärmpegel herrschte. Lachende, schwatzende Kinder liefen herum. Mütter saßen auf den aufgereihten Schulstühlen. Auf der anderen Seite standen winzige farbig gestrichene Stühle mit geflochtenen Sitzflächen. Auf einem saß ein ungefähr vierjähriges Mädchen, das beinahe hinter einem

Bilderbuch, das es verkehrt herum hielt, verschwand. Eine hämisch grinsende Zehnjährige klappte das Buch mit dem Titel *Dick und Jane – Rate mal, wer das ist* zu und kicherte, als die Vierjährige mit tränenerstickter Stimme rief: »Du bist gemein, Debbie!«, und es wieder aufriss. Als Delpha an den beiden vorbeikam, blieb sie kurz stehen, zog die Hände des größeren Mädchens von dem Buch weg und drückte es der Kleinen richtig herum in die Hand. Dann ging sie weiter, vorbei an einem trüben Aquarium und die Treppe wieder hinunter.

Rate mal, wer das ist. Ich fass es nicht.

Sie setzte sich wieder auf ihren Stuhl und blickte finster auf die neue Händlerliste. Nur weil der Name Bell nicht auftauchte, sagte sich Delpha, hieß das nicht, dass die Brüder nicht unter einem anderen Namen aufgeführt waren.

Was es allerdings hieß, und zwar hundertprozentig und unwiderlegbar, war, dass Xavier Bell ihnen einen falschen Namen genannt hatte.

Seinen eigenen.

Mit gerunzelter Stirn lehnte sie sich zurück. Das durch das Fenster mit Kreuz und Krone fallende Sonnenlicht wurde sanfter. Ein neuer Gedanke kam ihr: Die ganze Mühe war nicht umsonst gewesen, nur weil Bell gelogen hatte.

Die Listen hatten funktioniert.

Dank *Hauskäufer*, *Mrs Guidry*, *Brüder* und jetzt *Händler* hatte sie festgestellt, dass ihr Mandant gelogen hatte. Sie richtete sich wieder auf.

Warum sollte man sich einen falschen Namen zulegen, wenn man seinen Bruder finden wollte, bevor man starb? Warum dem Privatdetektiv die Arbeit erschweren, wenn man ihm eine Menge Geld dafür zahlte? Und was den Bruder anging – warum sollte er mit einer Reihe von Decknamen durch die Weltgeschichte ziehen? Es sei denn, er wollte sich verstecken, wahrscheinlich vor dem eigenen Bruder. Und warum sollte er sich vor dem verstecken wollen? Dafür gab es vermutlich einen guten Grund. Sie erinnerte sich an das merkwürdige Gefühl, die plötzliche Veränderung der Atmosphäre, als sie Xavier Bell in Phelans Büro geführt hatte. Vielleicht war er ja derjenige, von dem die Gefahr ausging.

Vorsichtig und in der richtigen Reihenfolge stellte Delpha die schmalen, zerfledderten Adressverzeichnisse zurück in die alte Kiste. Als alle verstaut waren, rieb sie sich die verkrampfte rechte Hand. Das also war ihr Samstag, aber wie sie überrascht feststellte, bedauerte sie es nicht, nicht ins Kino gegangen zu sein. Oder keine mageren Schaufensterpuppen angesehen zu haben. Es gab zu der damaligen Zeit also keine Ladenbesitzer namens Bell. Hinter welchem Namen auf der Liste verbargen sich die Brüder? Denn einer von ihnen tauchte sicher darauf auf. Die Listen waren wie Netze und Xavier und Rodney konnten nicht allen entkommen.

Delpha merkte, dass sie vor sich hin summte.

Froggie went-a-courtin' and he did ride, uh huh
Froggie went-a-courtin' and he did ride, uh huh
Froggie went-a-courtin' and he did ride
Sword and pistol by his side
Uh huh

23

Als Phelan montagmorgens im Büro eintrudelte, stellte er überrascht fest, dass in einem der aquamarinblauen Sessel, die Delpha auseinandergerückt und zueinandergedreht hatte, schon eine Frau saß. Eine nervöse, zierliche Brünette mit knallroten Wangen, die ihre Erregtheit nur mühsam unter Kontrolle hielt. Sie versank fast in einem viel zu großen Männerjeanshemd. Auf ihrem Oberschenkel, auch in Jeans, saß ein Baby: ein kleiner Junge mit flaumigem Haar und molligen nackten Füßen, der an seiner Faust lutschte.

»Das ist Cheryl Sweeney«, sagte Delpha. »Sie würde gerne schnell etwas mit Ihnen besprechen. Wenn Sie mir in Mr Phelans Büro folgen wollen, Cheryl?«

Cheryl Sweeney war bereits aus dem Sessel hochgeschossen, das Baby hatte sie sich unter den linken Arm geklemmt. Es schien ihm nichts auszumachen. Ihre Rechte nahm Phelans Hand in den Schraubstock. »Hallo. So eilig hab ich's gar nicht, sieht nur so aus. Caroleen Toups ist die Cousine meiner Mutter. Sie hat meiner Mom von Ihnen erzählt und die mir. Ich hab nämlich ein Problem und das heißt Frank.«

Als der Kleine den Namen »Frank« hörte, fing er an zu strampeln und seine Mutter legte ihn an ihre Schulter, von wo aus er Phelan anfunkelte, als sie das Büro betrat und auf den Mandantenstuhl zusteuerte.

»Kann ich Ihnen eine Tasse Kaffee oder eine Cola anbieten, Cheryl?«, fragte Delpha, die ihr gefolgt war. Das Baby bog den Kopf zurück und fing an zu wimmern. »Na, du«, murmelte Delpha. Sie streckte die Hand nach ihm aus, zog sie aber gleich wieder zurück. »Braucht er was?«

Cheryl wollte eine Cola, und was das Baby anging, ließ sie es unter ihrem zeltartigen Hemd verschwinden. Sofort hörte das Wimmern auf. Stille. Leises Schmatzen. Unverkennbare Sauggeräusche. Delpha sah zu Phelan, der ein erschrockenes Gesicht machte, dann ging sie los, um eine Cola zu besorgen.

Die mögliche neue Mandantin sah Delpha hinterher und warf ihre langen dunklen Haare zurück. Kaum hatte sich die Tür geschlossen, drehte sie sich um und fing an, wie ein Maschinengewehr zu reden. Sie musste Ende zwanzig sein, grimmige Entschlossenheit machte ihr an sich hübsches Gesicht hart, über den Augen lag ein dicker schwarzer Balken, der im äußeren Augenwinkel in einem kleinen Schwänzchen auslief, der Lippenstift war abgekaut.

»Bevor ich zur Sache komme, möchte ich Ihnen etwas sagen, das Ihre Sekretärin nicht unbedingt zu hören braucht. Nicht dass sie schockiert ist oder empört oder so.«

»Da würde ich mir mal keine Sorgen machen, Mrs Sweeney.«

»Cheryl. Warten Sie's ab. Frank und ich haben eine Abmachung. Wenn wir Lust dazu haben, dürfen wir uns auch außerhalb unserer Ehe vergnügen. Nur darf man den oder die nicht mehr als einmal treffen. Ich bleib seine Nummer eins und er meine. Wenn Sie jetzt denken, dass ich eine Schlampe bin, dann sagen Sie's lieber gleich, dann geh ich, weil ich nämlich eine andre Meinung dazu hab.«

Sie hielt einen kurzen Moment inne, um ihm Gelegenheit zu einer Antwort zu geben, und sah ihm dabei in die Augen. Sie hatte hellbraune, fast grüne, granitharte Augen.

»Das denke ich nicht.«

»Gut. Frank ist ein echter Hingucker, jedenfalls sieht er so gut aus, dass die Frauen den Ring an seinem Finger gerne mal übersehen. Es würde rein gar nichts bringen, wenn ich drauf bestehen würde, dass er mir treu ist. Die Freiheit lass ich ihm. Wenn ich mich mal mit einem anderen treffe, dreht Frank fast durch. Das hält die Beziehung frisch und ich muss mich nicht verrückt machen.«

»Verstehe«, sagte Phelan leichthin. »Wie kann ich Ihnen denn nun helfen, Cheryl?«

Sie hob die Arme. Ein leises Ploppen, als ob ein Korken gezogen würde, dann ein wütender Schrei und der Tritt eines winzigen Fußes. Cheryl drehte das Baby unter dem Hemd zu der anderen Brust und fing an zu erzählen.

Das Baby zeterte.

»Mist. Ich hab ja abgepumpt. Ich versuch nämlich grad, ihn abzustillen. Einen Moment.«

Betreten sah Phelan aus dem Fenster auf die Straße und das New Rosemont Hotel.

Sie zog das Baby unter dem Hemd hervor, kramte in ihrer Fransentasche, nahm die Kappe von einem Fläschchen und steckte ihm den Sauger in den Mund.

»Siehst du. Alles gut«, sagte sie.

Frank hatte seit sechs Monaten einen neuen Job. Anfangs war er deswegen drei Wochen oder so von zu Hause weggeblieben, dann kam er zurück, blieb eine Weile und brach wieder auf. Plötzlich hörten die wochenlangen Einsätze auf und er war stattdessen hin und wieder eine Nacht arbeiten: gegen zehn ging er und blieb die ganze Nacht und einen Teil des nächsten Tages weg. Heute war er schon gegen neun zurückgekehrt. Mit einer Bierfahne und in anderen Klamotten als denen, in denen er aufgebrochen war – er musste also irgendwo geduscht und sich umgezogen haben. Er hatte versucht, sie mit einer Kühlbox voll Shrimps zu besänftigen. Im Moment schlief er, und sie wollte wieder zu Hause sein, bevor er aufwachte. Nein, er arbeitete auf keinem Fischkutter. Nein, auch nicht auf einer Ölplattform. Das hätte er ihr gesagt. Ja, Geld hatte er, und nicht zu wenig. Frank war nicht geizig, sie fuhr einen neuen Ford Mustang Mach 1. Wenn sie Lust hatte, sich schick zu machen, bekam sie ein neues Kleid. Sie gingen auf Konzerte und gaben ihrer Mutter Geld, damit sie aufs Baby aufpasste – Steppenwolf und Willie Nelson.

»Aber?«, fragte Phelan.

»Er will mir nicht sagen, was er tut. Rückt einfach nicht raus damit. Auf jeden Fall hat es mit einer Frau zu tun, zumindest am Anfang. Ich hab's an seinem Hemd gerochen, dem einzigen guten, das er mitgenommen hatte. Roch wie eine Mischung aus grünem Apfel und Fischköder.«

»Jetzt wollen Sie wissen, wer es ist.«

»Eigentlich nicht. Ich will wissen, ob er was Illegales tut. Was meinen Sie denn?«

Phelan würde darauf wetten, aber das wollte er noch nicht sagen. Er zuckte die Achseln.

»Was hat er denn vorher gearbeitet?«

»Er ist Polsterer. Seine Mutter und seine Tante haben eine Polsterwerkstatt. Spindletop Upholstery, sie machen viel für Firmen. Frank ist ein guter Polsterer, aber er findet Nähmaschinen total unmännlich.« Sie verdrehte die Augen.

Eine Tür öffnete und schloss sich. Cheryl stellte das Fläschchen ab, nahm die Cola, die Delpha ihr reichte, und trank einen Schluck. »Wenn er etwas Ungesetzliches macht, müssen Sie ihn davon abhalten, Tom. Ich ruf Sie an, wenn er das nächste Mal loszieht. Ich weiß, dass Ihr Onkel der Polizeichef ist. Das können Sie Frank gerne unter die Nase reiben. Drohen Sie ihm, erpressen Sie ihn. Ist mir egal, wie, aber Sie müssen ihn davon abbringen.«

»Wenn er das Gesetz übertritt, muss ich das melden. Das ist Ihnen klar, oder?«

»Äh, ja schon, aber trotzdem. Ich will doch nur, dass Frank damit aufhört, bevor er erwischt wird. Ich will nicht, dass mein Mann ins Kittchen wandert. Wir sind verheiratet, auch wenn wir einiges nicht so eng sehen.«

Sie legte den Kopf in den schmalen Nacken und gluckerte die Cola weg, dann stellte sie die Flasche auf Phelans Schreibtisch und griff nach ihrer Handtasche. Kramte mit einer Hand darin herum. Ließ eine Brieftasche auf den Tisch plumpsen, unterdrückte ein Rülpsen. »Nehmen Sie sich ein paar Hunderter raus.«

»Einen Moment noch. Etwas muss ich klarstellen, Cheryl. Was die Einschüchterung angeht. Die Cousine Ihrer Mutter hatte Sorge, dass ihr Sohn schlechten Umgang hat und dass ich ein Wörtchen mit ihm rede. Sie wissen, wie die Geschichte ausging.«

»Ja. Aber erst wollte Caroleen, dass Sie rausfinden, wo er ist und was er macht, und das haben Sie. Noch am selben Tag.«

»Sie kennen den Spruch, dass man niemanden zu seinem Glück zwingen kann. Ihr Mann ist erwachsen. Ich kann ihm einen Schuss vor den Bug geben, mehr aber auch nicht. Ich bin Privatdetektiv und kein Erpresser oder Pfarrer.«

»Nehmen Sie das Geld und verschaffen Sie mir die Informationen, Tom. Den Rest krieg ich schon hin.«

Diese Erklärung hing noch in der warmen Luft von Phelans Büro, als aus der Klimaanlage ein kaum merklicher Brandgeruch drang und sie anschließend verstummte.

Cheryl sah kurz zu der Klimaanlage und dann zurück zu Phelan. »Ich muss los«, sagte sie, packte seine Hand und schüttelte sie kräftig.

Während sie darauf warteten, dass sich der aufgewirbelte Staub nach Cheryls Abgang wieder legte, ging Phelan nach unten und gab der Arzthelferin von Milton, dem Vermieter-Zahnarzt, Bescheid, dass seine Klimaanlage einen neuen Kompressor brauchte. Wäre nett, wenn sie sich darum kümmern könnte.

Dann lehnte er sich gegen den Türrahmen seines Büros, rieb seine verspannte Schulter daran und zündete sich eine Zigarette an. Er schlug Delpha vor, Cheryls Fall erst mal kurz zurückzustellen und sich gegenseitig auf den neuesten Stand in Sachen Xavier Bell zu bringen.

Er war sich nämlich ziemlich sicher, dass keiner der Hauskäufer, die er am Freitag bis in den späten Abend hinein aufgesucht hatte, Rodney war. Ein paar waren zwar im richtigen Alter, konnten es aber trotzdem nicht sein. Zwei fehlten ihm noch. Was hatte sie herausgefunden?

»Ich bin mit den Babys fertig.«

Er hob die Augenbrauen. »Sie sind ja Wonder Woman.«

Delpha lächelte. »Das magische Lasso hat mir schon immer gefallen. Bell hat Freitagabend angerufen.«

»Wie bitte?«

»Ja, ich bin ein bisschen länger geblieben und da hat das Telefon geklingelt und ich bin rangegangen.«

Phelan rieb sich mit der Hand übers Gesicht.

»Ich weiß, ich weiß. Ich tu's auch nie wieder, okay? Ich wollte nicht unterbrechen und das Geburtenregister vom Tisch haben, damit ... na ja, jedenfalls war ich hier. Aber ich hatte die Tür abgeschlossen.«

»Wenigstens das«, murmelte Phelan.

Sie berichtete ihm, was Bell gesagt hatte, und hob besonders die Erwähnung von Rodneys Freund hervor.

Phelan drehte sich um, ging zu seinem Schreibtisch und kam mit den Zetteln mit den Hauskäuferadressen und einem Aschenbecher zurück. Er streifte die Asche ab. Ohne den Blick von den Papieren zu heben, setzte er sich auf einen der Sessel, ließ sich zurücksinken und verzog das Gesicht.

Sein Finger fuhr die Namensliste entlang, während er las und überlegte. Schließlich sah er auf. »Ich glaube trotzdem, dass Rodney nicht dabei war. Freund hin oder her.« Er wischte sich den Schweiß von der Oberlippe. »Ich muss schnell eine Karte aus dem Auto holen und ein paar Leute wegen Cheryl anrufen. Lassen Sie uns das auf später verschieben, okay?«

»Noch was.«

»Ja?«

Delpha erzählte ihm von Samstag und ihrer Händlerliste.

Ihr Ton brachte Phelan dazu aufzusehen. Delpha lächelte vielsagend. Die Frau wusste was. Er nahm die Liste, die sie abgetippt haben musste, während er mit Cheryl geredet hatte. Lauter Namen von Leuten, die im Laufe von Jahrzehnten die gesuchte Art von Laden in New Orleans betrieben hatten.

»So ein Arschloch«, murmelte er. Er legte die Liste zurück auf Delphas Tisch, nahm sie wieder, ging sie erneut durch. Xavier Bells Namen stand immer noch nicht darauf.

»So. Ein. Arschloch. Was soll der Mist? Geben Sie mir mal seine Telefonnummer.«

Delpha nannte sie ihm und Phelan wählte, ließ es ein Dutzend Mal klingeln. Dann legte er den Hörer auf die Gabel. »Jetzt kennen wir also von keinem der Brüder den richtigen Namen. Was bezweckt er damit?«

»Das habe ich mich auch gefragt.«

»Und die Antwort?«

»Die werden wir herausfinden, und zwar mit seinem Geld.« Sie sah ihn mit unbewegter Miene an.

»Oder wollen Sie den Auftrag hinschmeißen?«

»Sicher nicht! Ich spiel sein albernes Spiel mit. Hier drin ist es übrigens tierisch heiß.« Phelan ging zu dem Fenster im Büro seiner Sekretärin und zerrte daran herum. Zog ein Taschenmesser heraus und schabte an der Farbe herum, die es verklebte, bis er es aufschieben konnte. Der stickige September atmete sie mit seinem Feueratem an.

24

Xavier Bell, du verlogenes Arschloch, fluchte Phelan, als er zu seinem Auto lief und eine Straßenkarte aus dem Kofferraum holte, und mit *Du Schleimscheißer mit deiner blöden Hütchenspieler-Sonnenbrille* ging er zurück. Als ihm keine neuen Beleidigungen mehr einfielen, hatte er sich so weit beruhigt, dass er sich Cheryl Sweeneys Anliegen widmen konnte. Es fiel ihm nicht leicht. Er kochte immer noch, und das Büro auch.

Okay. Die Shrimps, die ihr Mann mitgebracht hatte, ließen auf einen Krabbenkutter schließen, aber er könnte sie auch in einem Laden gekauft haben. Phelan vermutete allerdings schwer, dass es in diesem Fall dunkle Kanäle gab, durch die ein Kutter fahren konnte. Abgesehen von der Beantwortung solcher geographischen Fragen sollte er mit Leuten reden, auf den Busch klopfen, schauen, ob er irgendwas aufschnappen konnte. Er rief im Büro der Küstenwache an und fragte eine vergnügt klingende Frau, ob man eine Karte mit sämtlichen Wasserwegen in der Umgebung bei ihnen erwerben könne.

Ja, könne man, aber darauf sei nicht jede Pfütze verzeichnet. So eine bekomme man bei Texas Parks and Wildlife. Er solle einfach im Büro des Sheriffs anrufen.

»Meinen Sie? Die haben auch welche mit Pfützen?«

»Die kümmern sich um die Landschaft. Wir um die Einhaltung der Gesetze. Unsere Boote schippern nicht in jedem Rinnsal rum.«

»Danke, Ma'am. Die Karte von Ihnen wird vollauf reichen.« Bevor er losfuhr, rief er noch seinen Freund Joe Ford, den Bewährungshelfer, an und fragte ihn, ob er behaupten würde, dass er sich in der hiesigen Unterwelt auskannte.

»Behaupten kann ich's ja. Aber ob's mir einer glaubt?«

Phelan beschrieb ihm das seltsame Gebaren und die Arbeitszeiten von Cheryls Mann. Ob Joe in seinem Portfolio jemanden habe, der so arbeitete?

»Ja, klar«, sagte Joe, »Entführer, Schlepper, Kleindealer. Aber keine Piraten. Die hab ich nicht zu bieten. Noch nicht.«

»Piraten.«

»Freibeuter, Schmuggler, Drogenhändler, nenn sie, wie du willst. Aber meine Klienten kommen aus dem Knast, sie fahren nicht ein, und sie sind Landratten. Wenn sie im Drogengeschäft waren, haben sie ihre Ware in der Wohnung oder auf der Straße verkauft, auf der Rennbahn, in Bars. Suchst du nach so einem?«

»Vielleicht. Kann sein.«

»Da war sogar mal was am College, ging aber nur um kleine Mengen, soweit ich weiß. Einmal, das war ganz am Anfang, hatte ich einen, der ziemlich gut im Geschäft war, war der Agent von einem Jockey, musste wegen Marihuana sieben Jahre in den Knast. Aber wenn du nach Kumpels von deinem Mann suchst und er zur See fährt, dann kann ich dir leider nicht weiterhelfen.«

Phelan legte auf. So einfach war Cheryls Fall also doch nicht. Kostete wahrscheinlich einige Stunden.

Er rief die Nummer auf Bells Vertrag an, ließ es fünfzehnmal klingeln. Verdammt. Phelans Blutdruck schnellte in die Höhe und er warf den Hörer auf die Gabel.

Angenommen, Rodney war gefährlich, was war dann mit

seinem Freund? Phelan nahm die Liste und las die Namen der Hauskäufer zum dritten Mal durch. Einer der jüngeren hätte dieser Freund sein können, während sich der alte Rodney hinter der Tür verschanzt hatte.

Delpha stand an der Tür, als er schimpfend und fluchend die Treppe hochgestapft kam, und streckte die Hand nach der Liste der Hauskäufer aus, die er letzten Freitag aufgesucht hatte. Er fischte sie aus seiner Tasche und gab sie ihr. Ob er sie kommentiert habe? Ja, habe er. Da. Er hatte den Grund notiert, wenn er einen Namen ausgestrichen hatte. Dann wischte er sich den Schweiß von der Stirn, ging in sein Büro und breitete die Karte mit den geschwungenen blauen Linien aus, die Wasserwege darstellten.

An dem Abend von Bells Anruf, als sie im Scheinwerferlicht eines Motorrads umgekehrt und zurück ins Büro gerannt war, war Delpha beim Lesen von Mrs Guidrys Liste ein Schauer über den Rücken gelaufen. Zwei der Namen, an die sich Mrs Guidry erinnerte hatte, standen auch auf der Liste der Hauskäufer – und jetzt auf der der Händler, nämlich Smith und Hebert. Ihr Netz funktionierte, es hatte Namen herausgefischt. Mrs Guidry hatte sich an drei weitere Ladenbesitzer erinnert: Sparrow, dessen Vornamen ihr nicht eingefallen war und dessen Sohn im Krieg gewesen war; Georges Athene, der hinter verheirateten Frauen her war und unverheiratete links liegen ließ, und Solomon Wertman, der ein paar Jahre nach Kriegsende gestorben war und dessen nette Kinder nach Westen gezogen waren, und zwar nach Beaumont oder Houston.

Diese drei Namen tauchten auch auf der Händlerliste auf.

Aber jetzt ... nichts mehr, absolut nichts. Als sie Phelans

Bemerkungen zu den Hauskäufern las, sank sie auf ihrem Stuhl frustriert in sich zusammen. Mitchell Smith, ein Schwarzer Mitte dreißig, konnte unmöglich Rodney sein. Genauso wenig der trauernde Barton Hebert, Ende dreißig, weiß. Schweiß rann ihr die Seiten hinunter.

Nach ein paar Minuten setzte sie sich wieder aufrecht hin. Sie wischte sich mit einem Kleenex über den Hals und übertrug die Namen, die Phelan durchgestrichen hatte. Dann ordnete sie die Blätter auf ihrem Schreibtisch. Okay, das waren also die nicht durchgestrichenen Namen, die auf mindestens zwei Listen auftauchten:

1. Wertman
2. Sparrow
3. Davies
4. Anderson

Sie strich sich die Haare aus dem verschwitzten Gesicht und wischte ohne ersichtlichen Grund über die Blätter. Dann las sie laut die Bemerkung neben Solomon Wertman auf Mrs Guidrys Liste: »Starb ein paar Jahre nach Kriegsende, nette Kinder, die nach Westen gezogen sind, Beaumont oder Houston.«

Delpha zog das Telefonbuch mit den Gelben Seiten von Beaumont heran und ging mehrere Spalten mit Anzeigen durch. Antiquitäten, Waffen, Gold, Münzen. Warum hatte sie das nicht schon vorher gemacht? Vielleicht weil sie auf Biegen und Brechen eine möglichst knappe Liste mit endgültigen Namen haben wollte. Jetzt presste sie einen Finger fest auf einen Namen im Telefonbuch, als hätte sie Angst, er könnte sonst von der Seite kriechen.

Wertman.

Nicht Solomon, wie auf Mrs Guidrys Liste, sondern Herschel und Ruth. Kein besonders verbreiteter Familienname. Verschwand 1955 aus den Verzeichnissen von New Orleans. Xavier Bell hatte behauptet, er hatte länger gearbeitet. Aber warum sollten sie noch ein Wort von dem, was er sagte, glauben?

Sie legte die Hand auf den Bauch: Er hatte wieder angefangen zu kribbeln.

Gab es etwas Schöneres, als wenn man endlich etwas fand, nach dem man sich die Finger wund gesucht hatte? Das war mindestens so schön, wie herauszufinden, wie groß der Landkreis Orleans war – oder die Kosten für ein Abendessen zu berechnen. Vorausgesetzt natürlich, es war der Richtige.

Es klopfte. Delpha legte ihren Stift hin und ging zur Tür. Phelan trat aus seinem Büro. »Ich mach das schon«, flüsterte sie ihm beim Vorbeigehen zu.

Phelan sah seine Sekretärin an, dann den großen, verschwitzten Handwerker mit dem Werkzeugkasten.

»Calvin«, sagte er. »Die Klimaanlage hat den Geist aufgegeben.«

Calvin wischte sich mit einem roten Lappen über die bärtige Oberlippe und den Nacken, dann stopfte er ihn zurück in die Hosentasche und trat ein, umwabert von einer Wolke alten Schweißgeruchs. Er nickte Delpha zu. »Ma'am.«

Sie öffnete die Tür noch ein bisschen weiter und Phelan folgte Calvin in sein Büro.

»Helfen Sie mir mal, den Tisch zu verschieben, Tom. Ich brauch Platz zum Arbeiten.«

»Sollen Sie haben.« Phelan trat an das hintere Ende des Tischs und gemeinsam trugen sie ihn zur Wand.

»Delpha, ich will mich mal ein bisschen umhören. Wie wär's, wenn Sie zu den letzten beiden Hauskäufern fahren? Wär das in Ordnung? Gut. Calvin, wir hauen ab. Ziehen Sie einfach die Tür hinter sich zu, wenn Sie gehen. Sie verriegelt automatisch.«

»Mann, das weiß ich. Ich hab doch selbst das Schloss eingebaut.«

Phelan zeigte mit ausgestrecktem Finger auf Calvin, der den Werkzeugkasten aufgeklappt hatte und so tat, als würde er Delpha nicht auf den Hintern schauen.

»Aber was ist mit dem Telefon?«, fragte sie. Als wäre das Telefon ein Kind, das man nicht allein lassen durfte.

Wer was von uns will, wird noch mal anrufen, dachte Phelan – zumindest hätte er gerne gedacht, dass seine Dienste, die Dienste seines Büros so gefragt waren –, dann überlegte er es sich anders. Er wollte es nicht verschreien. Seit dem Tag, an dem er seinen Namen auf die Tür hatte pinseln lassen, hatte er eine Menge Dosenbohnen gegessen. Also zuckte er nur die Achseln und deutete mit dem Kopf Richtung Tür. Delpha wischte sich mit einem Kleenex über die Stirn und holte ihre Handtasche.

»Puh«, sagte er auf der Treppe, als sie weit genug von Calvin entfernt waren, und wedelte sich mit der Hand vor der gerümpften Nase herum. »Vergebung ist der Duft eines Veilchens auf dem Absatz desjenigen, der es zertreten hat.«

Delpha drehte sich überrascht zu ihm um. »Von wem ist das denn?«

»Der Kummerkastentante.«

Auf dem Parkplatz trennten sie sich.

25

Phelan ging im Kopf noch mal die Details durch, die Cheryl Sweeney ihm gegeben hatte, und beschloss, am Nachmittag eine Besichtigungstour zu unternehmen. Über Nebenstraßen fuhr er durch die schilfbestandene Sumpflandschaft und sah sich nach Stellen um, an denen ein Kutter anlegen konnte. Nach stegähnlichen Konstruktionen oder Pfosten, an denen sich ein Kutter festmachen ließ, nach einem Schuppen oder einem Wohnwagen zum Lagern – und nach Stellen, an denen viele Reifenspuren waren.

Auf der Rückbank stand eine große Kühlbox. Er hielt bei Fischmärkten und -ständen und bei Zelten mit frischem Fang in Wassernähe, wo Pelikane herumlungerten wie Wegelagerer und zahnlückige Männer mit blutigen Händen geschickt Fische ausnahmen und zerlegten. Phelan schwitzte unter der gleißenden Sonne, wischte sich über die Stirn und ließ sie von der Brise kühlen. Mit hungrigen Augen besah er sich das Angebot.

Es war riesig: frische Austern in steinharten Schalen, lebende blaue Krabben und gekochte rote, bergeweise Flusskrebse mit Knopfaugen, breitmäulige Welse mit fühlerartigen Bärten, gefleckte Rotbarsche, Nördliche Schnapper in Sonnuntergangsrosa. Der Fischgeruch, der in der Nase kitzelte und sich in den Kleidern festsetzte. Haufen von Eis und starren Augen und das hübsche Glitzern der Schuppen.

Überall wurde fertige Gumbo-Mischung angeboten. Selbst kleine Stände hatten ein Regal mit Semmelbröseln,

Marinade, scharfen Saucen und Cocktailsauce. An einem großen Stand war ein Stillleben zu bewundern, so schön wie ein Blumenbouquet: Austern und Muscheln um ein großes Stück Lachs drapiert, auf dem ein dicker kleiner Schnapper lag, dazwischen schlanke knallrote Krabbenbeine.

Der eigentliche Star waren jedoch die Shrimps und ihretwegen war Phelan gekommen: braune Golf-Shrimps, Jumbo-Golf-Shrimps, Super-Jumbo-Golf-Shrimps. Danach hatte Frank Sweeney gerochen, als er das letzte Mal nach Hause gekommen war. Shrimps wurden mit Krabbenkuttern gefangen, Krabbenkutter fuhren auf Gewässern und Gewässer verbanden Landmassen miteinander. Wenn man keinen Abstecher nach Kuba machte, kam man über den Golf von Mexiko und die Karibische See von hier aus direkt nach Kolumbien. Darauf hatte Phelan den Fall Sweeney inzwischen heruntergebrochen. Jedenfalls hätte er nicht nach Shrimps gerochen, wenn er von einer Ölplattform gekommen wäre, sondern nach der Waschpaste, mit der er sich abgeschrubbt hätte. Außerdem hatte Cheryl gesagt, dass ihr Mann nicht auf einer Ölplattform arbeitete.

Phelan redete mit jedem, der Zeit für ein Schwätzchen hatte. Er lenkte das Gespräch in die gewünschte Richtung, indem er Wörter wie *Kutter, Ladung, Geldmachen* einfließen ließ. Hörte zu. Kaufte Shrimps. Die Kühlbox füllte sich.

Ein paarmal hatte er aufgemerkt – zu lange gehaltener Blickkontakt beziehungsweise vermiedener, eine spitze Bemerkung über Leute, die massenhaft Geld scheffelten –, als er spätnachmittags vor einem einsamen Zelt bei High Island hielt. Es stand am Straßenrand, von dem Schild mit einem fliegenden roten Pferd blätterte die Farbe ab. Vielleicht hätte er am Anfang seiner Tour weniger schnell die

Brieftasche zücken sollen, dann hätte er den einen oder anderen Dollar gespart. Jetzt musste er noch mehr Shrimps kaufen.

Warum kannst du dir nicht vorher ein paar Gedanken machen, statt einfach loszurasen? Idiot. Außerdem ist dein Hemd komplett durchgeschwitzt.

Phelan begrüßte einen Mann, der auf einem Gartenstuhl lümmelte, die Augenlider auf Halbmast, hinter seiner linken Schulter ein Haufen leerer Bierdosen. Auf dem Zelt stand PHIL'S, und der Shrimpsverkäufer erzählte, er arbeite eigentlich auf dem Kutter und sei heute nur hier, weil Terrence, der Blödmann, der üblicherweise hier bediente, sich mit der Nagelpistole ins Knie geschossen habe. Er heiße Ticker. Weil es schon so spät am Tag sei, könne er Phelan ein echt gutes Angebot machen.

Phelan dachte an die drei Kilo Shrimps in seiner Kühlbox und sagte »Super« und kaufte noch ein Pfund. Ticker stemmte sich hoch, ließ die Hälfte der Shrimps in den Dreck fallen, ließ sich ächzend auf alle viere nieder, um sie aufzusammeln, und spritzte sie mit etwas Wasser ab. Die plötzlichen Höhenwechsel hätten Ticker beinahe aus den Flip-Flops gehauen. Als er wieder einen sicheren Stand hatte, packte er seinen Pferdeschwanz mit beiden Händen und zerrte daran, bis das Gummiband fest saß und seine verdreckten Hände gut eingefettet waren. Dann schlug er Phelans Shrimps in Zeitungspapier. Dabei grinste er so schief, dass er beinah das Gleichgewicht verloren hätte.

Phelan versuchte das Gespräch in die gewünschte Richtung zu lenken, gab's auf. Tat so, als wäre er gebannt von einer Geschichte, die Ticker erzählte, bis der eine Augenbraue hob und einen Joint aus der Brusttasche seines

Captain-Beefheart-T-Shirts zog. »Jetzt wird's interessant«, sagte Phelan und Ticker deutete auf den Gartenstuhl neben seinem, damit sie gemeinsam einen durchziehen konnten. Er musste ihn nur rüberschieben, weil Ticker gerade so gemütlich saß. Phelan nahm Platz. Sie klatschten sich ab und rauchten den Joint.

»Wie kommst du eigentlich zu deinem Namen, Ticker?«, fragte Phelan.

»Hätt mich beinah an meiner großen Ticktack erwischt. Quang Tin, 71.« Der Mann grinste breit, riss Captain Beefheart hoch und ließ kurz eine dreißig Zentimeter lange verwachsene Narbe sehen, die sich über sein Brustbein wand. Und den Walnussgriff einer Pistole, die aus seinem Hosenbund ragte.

Phelan revidierte seinen ersten Eindruck von Ticker. Ließ seinen Blick erneut über Phils Verkaufsstand wandern, gründlicher dieses Mal: ein Tisch mit Kühlboxen darauf und darunter, eine Waage, eine Kiste mit Zeitungen und Müll, der Haufen leerer Bierdosen auf dem sandigen Boden. An der Rückwand des Zeltes stapelten sich weitere zusammengeklappte Gartenstühle. Dahinter ragte etwas hervor, das wie ein Gewehrlauf aussah.

Phelan ließ sich nichts anmerken. Schließlich sagte er: »Dak To. 67.«

Ticker ballte die Hand zur Faust und streckte sie Phelan hin, der mit seiner Faust dagegenschlug. »Komisch. Ich hab's kaum erwarten können, nach Hause ausgeflogen zu werden. Und seitdem ist nichts mehr, wie's war. Wie's mit den Jungs zusammen war. Am Anfang hab ich gedacht, dass es auf dem Kutter vielleicht wieder so wird. Aber ne.« Er machte eine wegwerfende Geste.

»Was machst du eigentlich auf dem Kutter?«

Ticker sah Phelan aus glasigen Augen an. Er schüttelte den Kopf und die Augen wurden klar. »Die anderen – das waren alles Jodys.«

Phelan brummte. Jody, Drückeberger – das Wort hatte er schon eine Ewigkeit nicht mehr gehört. Aber sofort fiel ihm das Lied wieder ein: *Ain't no use in lookin back, Jody's got your Cadillac. Ain't no use in going home, Jody's got your girl and gone.*

Ticker erging sich in ein paar Anekdoten: die Landung seines Onkels auf Peleliu, das im Maschinengewehrfeuer leuchtende Dunkelgrün und Blau. Seine eigene Ankunft in Vietnam, als ein Corporal auf einem Panzer vorausfuhr und aus Spaß auf einen Wasserbüffel ballerte, der friedlich in einem Reisfeld stand. Aus Spaß! Das arme Vieh sah aus wie eine nette schwarze Kuh und ging in dem niedrigen Wasser in die Knie. Deswegen war Ticker nicht in den Krieg gezogen, no Sir. Ganz sicher nicht.

»Glaub ich«, sagte Phelan.

So plauderten sie weiter. Phelan schnappte ein paar Bemerkungen auf, die der andere en passant machte. Gerade wollte er den Namen Frank Sweeney fallen lassen, als er sah, dass der Blick aus den geröteten Augen seines Gesprächspartners ganz weich geworden war. Die Hitze hatte nachgelassen und leise schnurrten Autos vorbei. Die Sonne machte sich daran, abzutauchen.

»Mann, schau dir das an, ne, echt, schau dir nur mal ... schau dir nur mal die Wolken an. Siehst du das? Echt, das ist doch ... das Ende, oder? Kapierst du, was ich mein?«

Tat Phelan nicht. Sagte es aber nicht.

»Wer braucht schon goldgepflasterte Straßen – mir

reicht ein bisschen Sand. Alles, was ich und Phil und Dingding machen, weißt du, das ist … das machen wir nur, damit mehr Leute sich auf ihren fetten Hintern setzen und ihr verdammtes Auge für so was aufsperren.«

Langsam tröpfelte der Tag seinem Ende entgegen und Phelan blickte ihm mit in den Nacken gelegtem Kopf gedankenverloren nach. Die graue Unterseite der Wolken fing lodernd Feuer, darüber stand der blaue Himmel. Die struppigen Bäume, die Äste in die Luft gereckt, verdunkelten langsam zu Silhouetten. Die Vögel legten noch mal an Lautstärke zu, genau wie die Insekten. In einiger Entfernung standen zwei Männer und ein großer Reiher in einem Graben und schwiegen ergriffen, während die Sonne den Horizont einfärbte und dann verschwand.

Es fiel Phelan nicht leicht, nach dieser Himmelsmesse zum kameradschaftlichen Geplauder zurückzukehren. Er überwand sich und ließ den Namen Frank Sweeney einfließen, angeblich ein Freund, der sich super mit Booten auskannte.

Ticker verschluckte sich an seinem Bier. »Meinst du etwa Cheese Weasel?« Er versuchte seine Miene im Griff zu behalten, aber sie entkam ihm und er prustete los. Mit viel Mühe sammelte er sich wieder. »Groß, Schnauzer, Föhnwelle?«

Phelan fiel ein, dass Cheryl ihren Mann als gutaussehend beschrieben hatte, und er nickte.

»Hey, schau mal in der Kühlbox, die mit dem blauen Deckel, und hol dir ’n Bier raus. Aber nicht das letzte nehmen, okay?« Kichernd lehnte sich Ticker zurück, strich eine Strähne, die sich aus dem Pferdeschwanz gelöst hatte, aus der Stirn. Schlug mit einer Handbewegung die angebotene

Zigarette aus, holte mit derselben Magiergeste wie vorher einen weiteren Joint aus der Brusttasche und steckte ihn sich zwischen die Lippen. Phelan warf ihm das Feuerzeug zu.

Cheese half auf einem der Kutter aus, genau wie Waffle, St. Peter und Ding-ding, genau wie Ticker, nur dass Ticker die Numero uno der Besatzung war. Cheese hatte null Ahnung. Die Niete hatte von nichts Ahnung, er war die Numero uno unter den Nulpen. Die anderen tolerierten ihn nur, weil er richtig zulangte – das musste Ticker ihm lassen, er schaffte echt was weg – und an Land die Weiber anzog wie Fischschwänze die Muschis.

Phelans Nase juckte erfreut. »An Land? Du meinst hier, wenn ihr zurück seid?«

»Ne, Mann, im Zielhafen.« Ticker stieß langsam eine große Rauchwolke aus und gab Phelan den Joint, hob einen schmutzigen Zeigefinger an die Lippen und machte Psst. »Mann, die haben da Quetschkommoden, genau wie die Cajuns, und Trompeten, Kornette, Bongos.« Er fuchtelte mit den Händen in der Luft, wackelte im Takt mit den Schultern. »Weißt schon, Rasseln.« Nicht, dass sie oft in Bars kämen oder Musik hören würden. Die meiste Zeit hieß es, rauf mit der Ladung und ab damit.

Phelan wartete kurz, dann wagte er es. »Wie viel Gras schippert ihr denn so rum?«

Tickers Augen schossen hin und her. Dann reckte er den Hals, starrte Phelan an. Lehnte sich zurück, schob sein T-Shirt hoch und zog die Pistole aus dem Hosenbund. Richtete die alte S&W-Halbautomatik direkt auf Phelans Nase.

»Mann, was redest du da. Hab ich was von Gras gesagt? Hast du 'ne Macke, oder was?«

Phelan hatte die Hände mitsamt Bierdose in die Höhe gestreckt. Er umklammerte die Dose, bereit, sie Ticker an den Kopf zu werfen, aber zuerst wollte er es mit Friedensverhandlungen probieren. »Okay, okay«, sagte er, »'tschuldigung, war ein Missverständnis, mein Fehler –« Er brabbelte weiter, bis die Halbautomatik zurück in die Jeans gestopft wurde und Ticker halbwegs besänftigt war. Das Gespräch entfernte sich immer weiter von Booten, Shrimps und Frank Sweeney, und zwanzig Minuten später legte er zwei Dollar für ein Sixpack hin, um Ticker den Abend zu versüßen, und sagte Sayonara.

Dieses dürre Abschiedswort reichte Ticker offensichtlich nicht. Schwankend hievte er sich aus dem Klappstuhl auf seine Flip-Flops und murmelte: »Hey, das mit der Knarre tut mir leid, echt. Ich hätt nicht abgedrückt. Musst du mir glauben.« Er verhakte seine Finger mit denen Phelans und zog ihn an seine Brust. Viele weiße Soldaten hatte Phelan diese Geste nicht machen sehen, aber er spielte mit. Klopfte Ticker auf die Schulter.

Dann ging er weg, den warmen Wind in den Haaren.

26

Mit schlechtem Gewissen ließ Delpha das Telefon erneut allein, um die letzten beiden Hauskäufer aufzusuchen. Auf der Interstate 10 Richtung Westen merkte sie, wie der Dart zu eiern anfing. Das konnte man auf einem Freeway überhaupt nicht brauchen. Sie nahm die nächste Ausfahrt und eierte weiter, bis sie eine Tankstelle erreichte, an der sich vor der Zapfsäule eine Schlange gebildet hatte. Delpha fuhr an den wartenden Autos vorbei zur Werkstatt, stieg aus, warf die Tür zu, ging um die Motorhaube herum und entdeckte vorne rechts das Problem. Sie schloss den Kofferraum auf und schaute nach, ob Wagenheber und Radkreuz darin waren. Waren sie. Ein junger Mann um die achtzehn im Overall und mit Nachwuchsschnurrbart und Cab-Calloway-Teint trat zu ihr.

Außer der Hautfarbe hatte Wesley, wie sein Namensschild verriet, aber nichts von dem singenden Entertainer, sondern wirkte ernst und still. Delpha musterte ihn und ihr kam der Gedanke, dass sie in ihren zweiunddreißig Jahren auch noch niemand Plaudertasche genannt hatte. Dann fiel ihr auf, dass sie sich mit anderen verglich, mit ganz normalen Leuten. Seit wann machte sie das – seit sie draußen war? Ja, wahrscheinlich. Aber bis sie einen Job und einen Platz zum Schlafen gefunden hatte, war ihr das nicht bewusst gewesen, am allerwenigsten war sie sich ihrer selbst bewusst gewesen. Musste das jetzt sein? Es behagte ihr nicht.

Mit gesenkten Köpfen standen sie und der Tankwart da

und betrachteten den platten Reifen, der jedes Wort überflüssig machte. Der junge Mann löste die Muttern, kurbelte den Wagen in die Höhe und drehte sie raus, dann hob er den Reifen hoch und legte ihn in einen Bottich. Das Ganze dauerte keine fünf Minuten. Delpha sah zu, wie er Seifenwasser darauf sprühte. Als sich Schaumbläschen bildeten, sagte keiner von beiden: *Da ist das Loch*.

Wesley deutete mit der Augenbraue darauf.

»Wie viel?«, fragte Delpha.

»Drei Dollar.«

Nicken. »Öl?«

In die Höhe gestreckter Daumen.

Sie ging zu dem Tankstellenhäuschen, wo es Schokoriegel, Zigaretten, Kaugummi und Motoröl gab. Der Ventilator wirbelte ihre Haare durcheinander, drehte sich weiter, rührte die Luft im Raum um und blies die etwa fünfzigjährige Weiße an, die auf einem Hocker hinter der Theke saß und rauchte. Ihre wallenden blonden Haare hoben sich alle paar Sekunden, so als wollten sie davonfliegen. »Womit kann ich dienen, Schätzchen?«, fragte sie.

»Er repariert meinen Platten.«

Klingeling. Delpha gab der Frau drei Dollar und setzte sich auf einen Klappstuhl. Das Glöckchen an der Tür bimmelte. Sie betrachtete das Kalendersortiment an der Wand gegenüber: eine unartige Mexikanerin, ein paar blitzende Autos, eine Lokomotive, die um einen verschneiten Berg schlich, und eine Cartoon-Figur, ein riesiger gelber Vogel mit dickem Hintern und orangen Beinen. Über dem Vogel eine Sprechblase, in der stand: »Den heutigen Tag verdanken Sie dem Buchstaben A für arbeitslos.«

»Der ist so lustig«, sagte die Frau an der Kasse.

Den gelben Vogel konnte sie nicht meinen und den jungen Mr Calloway, der ihren Reifen reparierte, auch nicht. Delpha drehte den Kopf und sah hinaus.

An der Zapfsäule war gerade das nächste Auto an der Reihe. Ein älterer Mann mit gebräuntem Gesicht, ungekämmten Haaren und Sonnenbrille stieg aus, steckte den Zapfhahn in den Tankstutzen und drehte sich mit dem Rücken zu ihnen, um das Durchlaufen der Anzeige zu beobachten. Hob den Arm und beschirmte seine Augen gegen das Sonnenlicht. Das Fenster auf der Beifahrerseite wurde heruntergekurbelt und ein großer Junge mit Baseballkappe winkte lächelnd.

Die Frau an der Kasse winkte mit der Zigarette in der Hand zurück und sagte mit hellem Stimmchen, das man draußen gar nicht hören sollte: »Hallo, Schätzchen!« Dann ließ sie die Hand sinken und nahm einen Zug. »Ehrlich, wär das nicht schön, so zu sein? Nie verzagt, immer guter Laune.«

»Freunde von Ihnen?«

»Kunden. Ich hab ihn noch nie muffig erlebt. Selbst jetzt bei der Ölkrise, wo man ewig in der Schlange warten muss, bis man endlich sein Benzin kriegt.« Rauch strömte aus ihrem Mund, dann fing sie wieder an zu winken.

Die Tür öffnete sich und der Tankwart kam herein und gab Delpha den Autoschlüssel. »Öl passt«, sagte er. Sie hatte den Eindruck, dass er sie neugierig ansah. Als sie ihm dankte, hatte er sich schon wieder umgedreht.

Sie setzte sich hinters Lenkrad, legte den Rückwärtsgang ein und fuhr langsam an der Zapfsäule vorbei. Der schweigsame Wesley klatschte den fröhlichen Jungen auf dem Beifahrersitz ab. Immer wieder streckte der Junge die Hand aus dem Fenster, so dass Wesley ihn mehrere Male abklatschen musste. Hey, Wesley schien sogar mit ihm zu reden.

So war es draußen, in der freien Welt. Unglaublich. Und sie war mittendrin, mitten in einer Stadt mit ladengesäumten Straßen, die in jede verdammte Himmelsrichtung führten, und sie fuhr dort herum, und zwar nicht hinten in einem Kastenwagen und in weißer Gefängniskluft. Es kam ihr vor wie in einem krassen Traum, dass sie einfach zu ihrem Auto gehen konnte, ohne gegen eine Mauer zu stoßen. Dass niemand sie aufhielt. Dass sie keine verdrehten nassen Laken aus einer riesigen Waschtrommel heben musste oder sich die Finger verbrannte, weil sie mit einem löchrigen Topflappen ein Blech mit drei Dutzend Brötchen herumwuchtete, oder eine Bettpfanne unter den knochigen Hintern einer Frau schob. Stattdessen bewegte sie sich frei in der Welt und suchte einen Mann, der nicht wusste, dass er verlorengegangen war. Teenager machten sie auf Geister aufmerksam und schweigsame Leute redeten. Große Vögel suchten Arbeit. Sie war froh, dass sie Arbeit hatte, sie verschaffte einem für kurze Zeit Sinn, zumindest hatte Arbeit etwas Verlässliches.

Die letzten beiden Hauskäufer, die Delpha aufsuchen wollte, hießen Davies und Anderson. J. T. Davies lebte in einem himmelblauen Häuschen mit weißen Fensterläden, lila und rosa Hortensien und einem Blechdach über der Haustür. Sie wollte sich nicht direkt vor die Tür stellen, falls es Rodney war. Also drückte sie auf den Klingelknopf und machte einen Schritt zurück, so dass sie mit einem Fuß auf der ersten Stufe stand.

Niemand kam an die Tür.

Phelan hatte auch kein Glück gehabt. Sie klingelte erneut und wartete.

Klingelte, trat zurück, klingelte wieder. Nichts. Aber in der Einfahrt stand ein Chrysler und so schnell würde sie nicht aufgeben. Sie klopfte, rief: »Mr Davies?«

Jetzt öffnete ein Mann die Tür einen Spaltbreit. J. T. war weiß, hatte Stoppeln und Tränensäcke unter den Augen. Siebzig, mindestens. Delpha bedachte ihn mit einem freundlichen Lächeln und reichte ihm das Telefonbuch, das die Telefongesellschaft bislang versäumt hatte, ihm überbringen zu lassen.

Er streckte einen Arm danach aus, brachte es schnell in Sicherheit. Rasch fragte sie ihn, ob es ihm in seinem neuen Haus gefiele.

Davies reckte den Hals, als wäre das Haus ein Rahmen, der sich gerade um ihn gelegt hatte. Er fand die Blumentapete ja zu bunt, aber dafür hatte es ihm seine Schwester billiger gegeben.

Delpha merkte bei »Schwester« auf. Beiläufig fragte sie, ob er weitere Geschwister habe, und fügte hinzu: »Ich hab sechs Brüder. War ziemlich eng bei uns daheim.«

Mit der tonlosen Stimme, mit der der Vorsitzende des Bewährungsausschusses »Keine vorzeitige Entlassung« verkündete, sagte Davies, dass er noch einen Bruder habe. Er rieb sich über das Kinn und runzelte die Stirn. Sein Gesicht sah aus, als hätte er eine unschöne Erinnerung hervorgekramt und wieder beiseitegeschoben. Aber mehr kam nicht. J. T. Davies war kein gesprächiger Typ.

Aber er hatte einen Bruder, der noch lebte und für den er offenbar nicht die freundlichsten Gefühle hegte. Er war ein Kandidat, der Rodney sein könnte, sagte sie sich. Ja. Der mögliche Freund könnte unterwegs sein. Vielleicht arbeitete er noch. Gut. Sie würde Davies also nicht ausstreichen. Auch wenn er ihr nicht gefährlich vorkam. Eher schlecht gelaunt.

Nachdem Delpha dem Mann zweifelnd einen schönen Tag gewünscht hatte, fuhr sie zurück in die Richtung, aus der sie gekommen war. Wenn die Hausnummer nicht auf den Randstein gepinselt gewesen wäre, hätte sie das Haus von Anderson – von Phelan mit »niemand angetroffen« markiert – glatt übersehen. Zwischen dicken Kiefernstämmen wucherten auf dem riesigen Grundstück Fichten und Wacholderbüsche, ein paar Hartriegel und Judasbäume und eine verkrüppelte Magnolie. Darunter breitete sich ein dicker Teppich rostfarbener Nadeln aus. Sie entdeckte eine verwitterte graue Rampe und ging darauf zur Tür, die, wie die Fenster, im Schatten lag. Sie klopfte, dann trat sie vorsichtshalber einen Schritt von der Fliegengittertür weg.

Gerade rechtzeitig, bevor sie aufflog.

Delpha riss die Augen auf.

Der Junge, der in der Tür stand, war der lächelnde Beifahrer von der Tankstelle. Er war groß, hielt sich ein wenig krumm und schien hocherfreut zu sein, sie zu sehen. Schwankend wie ein lustiger Bär stand er da, breitbeinig, die Knie leicht gebeugt, die Hände von den Handgelenken baumelnd. Hinter ihm war ein spärlich möbliertes Wohnzimmer zu sehen: eine gepolsterte Couch und braune Sessel mit Hockern, ein Rollstuhl neben einem Frühstückstisch, an dem zwei vinylbezogene Stühle standen. Auf dem Tisch eine schwarze Tasche mit einem langen Gurt und mehrere Spiralblöcke.

Und Vögel. Links von der Haustür, dem Tisch gegenüber,

standen zwei riesige Käfige. In dem ersten, der die gesamte Höhe des Raums einnahm, war ein ganzer Schwarm blauer, gelber und grüner Sittiche, dazwischen ein paar kleinere, schwarz gestreifte Vögel. Dahinter konnte sie einen zweiten Käfig erkennen, nicht ganz so geräumig, in dem ein einzelner großer grauer Vogel auf einer Sitzstange hin und her tänzelte.

Delpha verbarg ihre Überraschung darüber, denselben Jungen zu sehen, der Wesley so fröhlich begrüßt hatte und sich jetzt zu freuen schien, dass sie da war.

»Guten Tag, Mr Anderson. Ich heiße Delpha Wade und komme von der Telefongesellschaft. Ich wollte Ihnen endlich das Telefonbuch vorbeibringen, das unsere Leute vergessen haben, Ihnen dazulassen, als sie das Telefon verlegt haben.« Sie hielt das Telefonbuch in die Höhe und schenkte ihm ein strahlendes Lächeln, das allmählich erstarrte, als sie ihn näher betrachtete.

Sie hatte ihn für jung gehalten, aber aus der Nähe waren feine Linien um seine Augen und quer über seine Stirn zu erkennen. Er war kein Junge mehr. Die jugendlichen Fransen, die ihm in die Stirn fielen, waren nicht blond, wie sie gedacht hatte, sondern graubraun. Er musste um die vierzig sein, wenn nicht sogar älter. Er wirkte wie ein ... glückliches, vorzeitig gealtertes Kind.

»Raffie«, rief jemand aus einem der hinteren Zimmer. »Hol deine Tasche und pack die Badetücher ein.«

Der Mann grinste und legte kleine, weit auseinanderstehende Zähne bloß. »Miststück«, sagte er aufgeregt.

Delpha zuckte zusammen. Dann ärgerte sie sich, weil sie sich von der Heiterkeit dieses seltsamen Mannes hatte entwaffnen lassen.

Er drehte sich um und wackelte an dem Tisch und einer Einbauküche vorbei in den Flur, die Stofftasche, die er sich unterwegs geschnappt hat, am Riemen hinter sich herziehend. Nach einer Minute war er mit gefüllter Tasche zurück. Lachend rief er *Miststück, Miststück,* nahm ihre linke Hand, schwang sie hin und her.

Delpha kramte in ihrem Erfahrungsschatz, aber sie fand nichts, was ihr in dieser Situation hätte weiterhelfen können. Langsam hob sie ihre Rechte, tätschelte die Hand, mit der er sie festhielt, und entzog ihm die ihre vorsichtig.

Ein alter Mann mit einem – bis auf einen weißen Streifen unter dem Haaransatz – rugbyballbraunen Gesicht betrat den Raum, einen Stapel gefalteter Kleider auf dem Arm. Als er sie sah, ließ er den Stapel auf den Tisch fallen und kam zu ihnen herüber, um Raffie von Delpha wegzulotsen. Er stellte sich zwischen die beiden.

»Wir kaufen nichts, falls Sie deswegen hier sind«, sagte er ebenso freundlich wie bestimmt. Dabei sah er jedoch an ihr vorbei, um sicherzugehen, dass niemand hinter ihr stand. Hustend beugte er den Kopf.

»Nein, Sir, ich will Ihnen nichts andrehen«, sagte Delpha. »Ich bring Ihnen Ihr Telefonbuch. Sind Sie Mr Anderson?«

»Ja, und ich hab schon eins. Jetzt müssen Sie uns leider entschuldigen, wir wollten gerade zum Strand aufbrechen.« Er legte die Hand auf den Türknauf.

»Natürlich. Dann müssen die im Büro einen Fehler gemacht haben. Tut mir leid, Sie belästigt zu haben.«

Delpha winkte freundlich zum Abschied, aber die Tür fiel bereits ins Schloss.

... zum Gezwitscher von Vögeln. So viele Vögel.

J. T. Davies musste seinen Platz an der Spitze ihrer endgültigen Liste für Jim Anderson räumen. Er hatte einen Freund. Und Vögel. Könnte Zufall sein. Die Leute hatten nun mal Freunde und Haustiere. Aber da war seine seltsam nervöse Reaktion.

Delphas Kopf fühlte sich an, als würde er einen Meter über ihr schweben. Sie konnte es kaum erwarten, Phelan zu berichten, dass sie Rodney gefunden hatte.

Zumindest war sie zu 98 Prozent sicher, dass sie ihn gefunden hatte. Allerdings hatte Mr Wally, der Kursleiter in Gatesville, ihnen eingeschärft, keine voreiligen Schlüsse zu ziehen: »Sie müssen langsam denken und schnell handeln.« Vielleicht war es also gut, dass ihr Boss gerade das Sumpfland auskundschaftete, weil sie so noch die zwei Prozent Restzweifel ausräumen konnte. Sie würde den Laden der Wertmans aufsuchen. Sich die Besitzer ansehen und sich bei der Gelegenheit erkundigen, ob sie in New Orleans einen Anderson gekannt hatten.

Oder wie man in Abwandlung des Sprichworts sagen könnte: Zwei Vögel mit einer Klappe schlagen.

27

Am nächsten Morgen saß Delpha schwitzend an ihrem Schreibtisch, als Phelan hereinkam und schnüffelte. Es war heiß und muffig im Büro. Klagend hob er die Hände und rief: »Calvin war doch da!«

»Ebenfalls einen guten Morgen«, sagte sie. »Calvin hat angerufen. Hat gesagt, er muss nach Orange fahren und dort ein Teil holen, weil das, das er dabeihatte, nicht gepasst hat. Er kommt so schnell wie möglich zurück.«

»Ich hoffe, wir reden von Minuten.« Phelan löste den Knoten seiner Krawatte, nahm sie ab und knöpfte seinen Kragen auf. »Ich muss kurz telefonieren. Danach können wir uns gegenseitig auf den neuesten Stand bringen.«

»Und ich muss schnell noch mal los. Wie wär's, wenn ich das jetzt mache und wir setzen uns dann zusammen?«

Ziemlich breites Lächeln, dachte Phelan, als er nickte. Delpha hatte ihre Tasche schon in der Hand und lief zur Tür. Irgendetwas führte sie im Schilde.

Na, er würde es bald erfahren. Phelan hörte es klingeln und wartete, dass sein Onkel abnahm. Genervt betrachtete er die kaputte Klimaanlage. Wenigstens war E. E. nicht mehr sauer, glaubte er zumindest. Es hatte sich wie ein Herzanfall in Zeitlupe angefühlt.

»Guidry.«

»Morgen, E. E.«

»Du schon wieder.«

Wie auf Zehenspitzen ging Phelan über die zweifelhafte

Begrüßung hinweg. »Ich ruf nur an, weil ich was für dich hab. Wenn du mir drei Minuten deiner kostbaren Zeit schenkst.«

»Schieß los.«

»Wie wär's, wenn du ein paar von deinen Männern losschickst, damit sie sich nach einem Kutter umsehen, der mitten in der Nacht anlegt und mehr als Shrimps geladen hat.«

»*Merci beaucoup*, Tom. Und jetzt sag mir bitte, wie du dazu kommst, mir so was vorzuschlagen.«

Phelan war still. »Du hat es schon gewusst, oder?«

»Sagen wir mal, ich weiß, dass da was läuft, ja. Und zwar erst seit kurzem, sehr kurzem, deshalb wüsste ich gern, wie du davon Wind bekommen hast, du Meisterdetektiv. Und warum interessiert dich das überhaupt?«

»Ein ganz normaler Auftrag. Meiner Mandantin passt es nicht, dass ihr Mann dauernd unterwegs ist. Auf einmal hat er massenhaft Geld und sagt nicht, woher. Sie weiß nicht, was er macht, aber sie weiß, dass er lieber damit aufhören sollte.«

»Smart, die Kleine, was?«

»Ja, das ist sie.«

»Glaubst du, er arbeitet als Drogenkurier?«

»Das hat er wohl. Sie hat mir erzählt, er ist öfter mal für einige Zeit verreist gewesen. Inzwischen bleibt er nur noch über Nacht weg.«

»Mehr hast du nicht? Weil, wenn da noch mehr ist, solltest du damit rausrücken.«

»Ich hab nur ein paar Namen. Hören sich wie Clownsnamen an: Phil und Waffle und Ding-ding. Der Mann, um den's mir geht, ist jedenfalls Polsterer. Ganz sicher ein Amateur. Mein Informant hat ihn Cheese Weasel genannt.«

»Informant.« E. E. lachte laut. »Du meinst es echt ernst, was, Tom?«

»Das ist mein Job. Wenn ich's nicht ernst nehme, wer dann.«

»Meine Kristallkugel sagt mir, dass du mich gleich um was bitten wirst, und ich hab so eine Ahnung, was das sein könnte.«

»Ist nicht schwer zu erraten. Sobald mir die Frau Bescheid gibt, dass er wieder loszieht, geb ich das an dich weiter, vorausgesetzt, du kassierst den Polsterer nicht ein. Dafür kriegst du den ganzen Rest. Die Crew, die Ladung, den Kutter beziehungsweise die Laster – alles.«

Das war ein guter Deal, aber Phelan wusste, dass es besser war, den Polizeichef nicht eigens darauf hinzuweisen. »Ich würde dir natürlich sowieso Bescheid geben, das weißt du«, versicherte er ihm stattdessen.

»Das möchte ich dir auch geraten haben. Besonders jetzt, wo ich weiß, dass du es weißt.«

»Dann bist du einverstanden?«

»Du kannst deinen Polsterer haben. Du rufst mich sofort an, sobald sich die Frau bei dir meldet.«

»Mach ich.« Phelan warf seinen Kuli in die Luft und fing ihn auf. Wartete schweigend. Am anderen Ende der Leitung braute sich etwas zusammen und dieses Mal würde er in Deckung bleiben, wenn das Gewitter losging.

Er hörte einen Donnerschlag.

»Ich wette meinen Arsch drauf«, platzte E. E. heraus, »dass sie das Dreckszeug aus Key West nach Texas bringen. Meinen Arsch!« Rumms. »Bei den Jungs hier, da haben die Opas Whiskey gebrannt, die Väter haben ihn geschmuggelt, die sind alle mit den Heldengeschichten aufgewachsen, wie sie damals während der Prohibition die Regierung verarscht haben. Die haben sich alle diesen Rock-'n'-Roll-Mist reingepfiffen und das wollen sie jetzt auch. Also rauf aufs Boot und los geht's. Auf dem Seeweg sind sie vor uns sicher, sie können sich mit Dollarbündeln Luft zufächeln. Hast du das Dreckszeug in Vietnam auch geraucht?«

Phelan wischte sich den Schweiß von der Schläfe und erinnerte sich an den Spruch: *Geh saufen und sie schießen dich übern Haufen, zieh dir einen rein und du kommst wieder heim.*

»Ein-, zweimal«, das war immerhin nicht ganz gelogen.

»Soso. Aber jetzt bist du eben wieder in einem zivilisierten Land. Jetzt bist du zurück in den guten alten Staaten. Nixon hat's ganz oben auf die Liste gesetzt. Marihuana ist nichts, was du dir abends statt eines Bierchens gönnst, mein Lieber, es ist die Droge Nr. 1! Die Droge Nr. 1. Falls du das noch nicht weißt, dann komm uns mal besuchen und lies dir durch, was die uns an Broschüren schicken. Ich sag dir eins, Tom. Sobald die Laster hier angerollt kommen oder die Piratenschiffe reingesegelt oder womit sie den Dreck auch transportieren, schnappen wir sie uns. Wir kriegen sie vielleicht nicht alle, aber wir kriegen einen Teil von ihnen. Die werden überrascht sein, wenn sie sehen, wer hier auf den Docks auf sie wartet.«

Bums. »Drecks-Florida.«

Tut-tut-tut.

Halb taub ging Phelan zur Tür zu Delphas Büro, um ihr von seinen gestrigen Erkenntnissen zu berichten. Ihr Schreibtisch war leer. Er hatte völlig vergessen, dass sie weggegangen war.

Ein zögerliches Klopfen an der Tür lenkte ihn von seiner Enttäuschung ab.

Ben umwehte ein Geruch nach Chemielabor. Er trug ein ausgeblichenes blaues Arbeitshemd und löchrige Jeans und einen verschreckten Ausdruck im Gesicht. Seine Haare sahen aus, als hätte er sie seit seinem letzten Besuch nicht gekämmt. In der Hand hielt er einen großen braunen Umschlag und die schwarze Mappe.

Ben nickte freundlich und machte gleichzeitig den Eindruck, als müsse er sich übergeben.

»Und« – Phelan nickte mit dem Kopf – »was haben Sie da?«

»Die Vergrößerungen. Und was anderes. Aber schauen Sie selbst.« Ben ließ die Fotos aus dem Umschlag gleiten und legte zwei auf den Schreibtisch. Das erste schien einen grauen Steinkeil mit Vorsprüngen und Vertiefungen zu zeigen, drum herum verschwommene graue und fast schwarze Formen. Auf dem zweiten waren dieselben Vorsprünge zu sehen, aber die Winkel waren diesmal mit einem fest aufgedrückten Stift markiert.

»Zwölf Zentimeter bis zur Spitze und die Biegung hier hat fast acht.«

»Ich seh's. Das ist eine hundertprozentige Vergrößerung, oder?« Phelan hatte das Motiv als Nase identifiziert.

»Fast. Ohren und Kiefer hab ich auch.« Ben legte ein weiteres undeutliches Foto neben das erste. Es war in Farbe, Rosa- und Grautöne, dazwischen ein schwarzes Gestänge. Eine Nase mit Brille.

»Sind doch nicht so unscharf, wie ich zuerst dachte. Das hier stimmt von der Perspektive her am ehesten mit meinem überein. Und jetzt schauen Sie mal.« Das nächste Foto war ein Abzug des ersten Farbfotos, aber vermessen und markiert. »Die Nasenspitze ist nur einen Hauch länger oder breiter, weil der Maßstab nicht ganz passt, aber sie kommen sich schon ziemlich nah. Da, schauen Sie sich den Umriss an. Denken Sie einfach an Erdkunde, Tom, an zwei Berge oder so, wenn Sie's nicht gleich erkennen.«

»Nein, nein, ich erkenn es schon.« Phelan tippte auf den Farbabzug. »Das ist mein Mandant.« Dann tippte er auf Bens Schwarzweißabzug. »Und das, das ist eins von Ihren Fotos. Wer ist das?«

Ben zog ein 8 × 10 großes Schwarzweißfoto heraus – der Mann mit dem Fischerhut und dem Kamerastativ. Er stand etwas entfernt davon, den Handrücken an der Stirn, als würde er sich gerade den Schweiß abwischen. Die Krempe des Huts war hochgeschlagen. Er hatte Haare.

»Der hier. Vielleicht ist das der Bruder von Ihrem Typen. Wenigstens kommt er dem auf den Farbabzügen von Ihren Fotos am nächsten. Den Rest müssen Sie entscheiden.«

»Hab ich schon. Es stimmt also, was unser Mandant gesagt hat, dass sein Bruder gerne Vögel beobachtet. Das muss er sein.« Erfreut schlug Phelan dem jungen Mann auf die Schulter. »Jetzt muss ich ihn nur noch dort draußen finden, ihm nach Hause folgen und der Fall ist gelöst. Was mein Auftraggeber mit der Information anstellt, ist seine Sache. Gut gemacht, Ben. Dafür gibt es eine Eins mit Sternchen.«

Bens Schultern hingen nach unten und seine Miene sah nicht nach einer Eins mit Sternchen aus, aber Phelan redete immer weiter. »Mit diesen Fotos werde ich ihn finden. Sie haben Feierabend, Junge. Gehen Sie heim und schreiben Sie die Rechnung. Das haben Sie prima gemacht.«

»Tom ...«

»Gibt's ein Problem?«

»Nein. Nein, kein Problem, aber ...« Ben fuhr sich mit der Zunge über die Lippen.

»Raus mit der Sprache.«

»Ich weiß nicht, ob es der Mann ist, nach dem Sie suchen, aber ... Wahnsinn, ist das heiß hier drin.« Offenbar fiel es dem jungen Mann im selben Moment auf, in dem er es wieder vergaß. »Gestern Abend bin ich rüber in das Sumpfgebiet bei Anahuac. Ich dachte, dass ich ihn dort vielleicht entdecke. Er war nicht da, aber ich hab mich noch ein bisschen rumgetrieben. Kurz vor Sonnenuntergang kommen die Vögel angeflogen – und frühmorgens. Massenhaft Vögel, und nächsten Monat werden es noch viel mehr sein. Das Licht, das Wasser. Es ist unglaublich. Können Sie sich bestimmt vorstellen.«

»Nicht so ganz. Aber erzählen Sie weiter. Und entschuldigen Sie bitte, ich habe Ihnen gar keinen Platz angeboten. Da drüben, der blaue Sessel, wenn Sie wollen.«

»Nein, ich würd ihn nur schmutzig machen. Hier, das müssen Sie sich anschauen.« Er reichte Phelan die schwarze Mappe.

Phelan setzte sich damit hinter Delphas Schreibtisch, schob ihre Papierstapel zur Seite und klappte die Mappe auf. 8-×-10-Abzüge, graues Schilf, etwas körnig Verschwommenes darüber, ein schwarzweißer Fleck gegen den blassgrauen Himmel. Als Nächstes ein Foto von flachen Tümpeln, die umgeben waren von weißen Vögeln, dazwischen Gras, auf dem schwarze und weiße Vögel ruhig standen oder ihre Flügel ausbreiteten.

»Der Boden ist total matschig. Ich hatte eine Plane ausgelegt und mich flach draufgelegt, damit ich sie nicht aufscheuche. Bin trotzdem total nass geworden.«

Wasser, Land, landende Vögel, am Horizont Wolkenbänder.

Vögel, die Beine gestreckt, die Flügel nach hinten ausgebreitet, bereit für eine Wasserlandung, dahinter Schilf, Gräser. Ganz links davon eine niedrig stehende weiße Sonne, mit kleinen schwarzen Flecken gesprenkelt. Weitere Vögel im Anflug.

»Und? Klar, die Fotos sind schön. Aber –«

»Sehen Sie sich das nächste an, Tom.«

Die Vögel, die gerade gelandet waren, schwammen jetzt auf dem Wasser. Der Fokus lag auf dem Ufer, wo sich weitere Vögel versammelt hatten, die in jede Richtung schauten. Das Schilf hier war dunkelgrau. »Da«, sagte Phelan. Am linken Bildrand, wo eine Lücke im Schilf war, stand ein sonnenbeschienenes Reh, die Hufe im Wasser, den Kopf erhoben und zur Bildmitte gerichtet, die Ohren gespitzt. Als wäre es bereit zur Flucht.

»Nein. Das da.«

Phelans Blick wanderte zum rechten Rand des Fotos. Ein großer dicker Vogel mit langem Schnabel stand allein da, den Kopf zu dem Reh gedreht, auch wenn er zu weit entfernt war, um es zu sehen. Hinter dem Vogel war eine Erhebung, von der ein dicker Ast weit ins Bild ragte.

»Was ist das Dunkle da?«

»Schauen Sie das nächste Bild an«, sagte Ben. Er hatte die Hände unter die Achseln geschoben.

Auf dem nächsten Foto sah man den Vogel mit dem langen Schnabel noch genauso dastehen, nur dass er jetzt größer war und Phelan das breiter auslaufende Ende des auf den Federn ruhenden Schnabels erkennen konnte. Auch die Erhebung war größer und der Ast ragte in den Himmel.

Aber er war unscharf. Phelan nahm das nächste Foto, ahnend, was darauf zu sehen sein würde. Der Fotograf hatte den Ast, vielmehr eine Art Schwert, in dem Moment eingefangen, als er auf den Vogel niedersauste. Das obere Teil des Dings gabelte sich – zwei Arme. Die Erhebung, offensichtlich ein Mann, war wieder zusammengestaucht.

Ben hatte Fotos von einem Mann im Sumpfland gemacht, der einen Vogel umbrachte.

»Der hat ihn einfach in Stücke gehauen, oder?«

»Zu Hackfleisch. Glaub ich. Ich bin nicht hin, um es mir genauer anzusehen.«

»Mit einer Machete.«

»Keine Ahnung, kann sein.«

Phelan kniff die Augen zusammen. »Gerade Klinge. Ein Bajonett. Himmel.« Auf dem nächsten Foto konnte man die Erhebung besser ausmachen. Zwei hellere Flecken in dem Schwarz. Augen. Darunter ein weißes Blitzen … Zähne.

»Warum haben Sie denn keine Nahaufnahme von ihm gemacht?«, fragte Phelan leise.

»Ich weiß, ich weiß!« Ben schaute gequält. Neunzehn Jahre und er gab sich alle Mühe, nicht loszuheulen. »Mein Freund hat sein Teleobjektiv für einen Kurs gebraucht. Mann, ich würd's echt verstehen, wenn Sie sauer auf mich wären.«

Der junge Mann presste die Handballen gegen die Schläfen. »Ich hab ihn nicht mal fotografiert, als er weg ist.«

»Haben Sie ihn gut genug gesehen, um ihn beschreiben zu können? Konzentrieren Sie sich.«

»Weiß nicht. Alt? Ich hab mich nicht vom Fleck gerührt, Tom. Ich hab mir vor Angst fast in die Hose gemacht. Wahrscheinlich feuern Sie mich jetzt. Könnt ich verstehen.«

Eine Wolke aus Scham und Bleichbadgeruch wehte Phelan an. Abwesend trommelte er mit den Fingern auf den Tisch, dachte nach. »Sie sind lange aufgeblieben, um die Fotos zu entwickeln. Oder?«, fragte er schließlich.

Ben ließ die Arme sinken. »Fast die ganze Nacht.«

»Okay. Nur dumme Leute haben keine Angst, heißt es. Keine Ahnung, ob das stimmt. Aber was Besseres, als sich keinen Zentimeter von der Stelle zu rühren, konnten Sie nicht tun. Jedenfalls werd ich den Teufel tun und Sie feuern. Beim nächsten Auftrag kriegen Sie einfach eine Filmkamera gestellt.«

Bens Kopf fuhr so rasch nach oben, dass er seine Nickelbrille festhalten musste, und sein Mund klappte auf. An der Tür machte er fast einen Bückling.

28

Das Glöckchen an der Tür bimmelte, als sie den Laden betrat. Im hinteren Teil saß auf einem hohen Hocker eine gepflegte Weiße in einem marineblauen Kostüm, das in den 1950ern geschneidert worden sein musste. Weißes Revers. Doppelreihige enganliegende Perlenkette. Sie nickte mit ihrem grauen Kopf und Delpha erwiderte den Gruß.

Sie hoffte auf einen endgültigen Beweis dafür, dass Anderson der gesuchte Rodney war. Bevor sie mit der Besitzerin sprach, wollte Delpha sich jedoch in dem von Vitrinen gesäumten Laden umsehen. So musste der von Xavier Bell auch ausgesehen haben. Zumindest nach seiner Beschreibung.

Auf den Ladentischen lag nichts, was man in einer Hosentasche oder Handtasche hätte verschwinden lassen können. Hoch oben an den Wänden – wo man nicht mehr hinkam – hingen Säbel, Musketen, Gewehre, Gemälde und Karten. Der Griff des Degens, der Delpha am nächsten hing, war aus vergilbtem, geschnitztem Elfenbein mit einem Spiralmuster. Die Scheide hing darunter. Es befanden sich zwei große Ringe daran, vielleicht um es an einem Pferd befestigen zu können oder an einem Gürtel. Die Klinge war gerade, die der beiden Säbel daneben gebogen. Sie beugte sich vor, um die Beschilderung zu lesen – Artilleriesäbel, Leder, kordelierter Griff, Bürgerkrieg. Daneben ein weniger eleganter und älterer Säbel – 1818. Dann ein sehr langes Gewehr, französisch. Ein Karabiner aus der Bürgerkriegszeit und einer aus der Vorbürgerkriegszeit, dessen Schaft mit Messingintarsien verziert war. Alle schimmerten sanft, kein Stäubchen lag darauf.

In den Vitrinen lagen Pistolen, mit Preisschildern und Herkunftsbezeichnungen versehene Münzen jeglicher Art, und Schmuck in altmodischen Fassungen.

Im hinteren Teil des Ladens hingen gerahmte Landkarten an den Wänden. Eine Karte schien einen See zu zeigen, der von niedrigen, spitz zulaufenden Hügeln umgeben war, aber Delpha war sich nicht sicher. Die Beschriftung war nicht englisch. Umrandet war sie mit seltsamen Fratzen, Männerköpfen mit aufgeblasenen Backen, die pusteten und spuckten. Auf einer farbigen Karte von New York City waren die Häuser der Freimaurerlogen markiert, auf einer Afrikakarte sah man wackere kleine Schiffe auf rosa Küsten zusegeln.

»Kann ich Ihnen helfen?«

»Ich schau mich nur um.« Delpha reckte den Kopf. »Hier ist alles so sauber. Sie müssen einen von diesen Staubwedeln an einem langen Stiel haben.«

Der Mund der Frau zuckte. Aus der Nähe sah man, dass das hübsche weiße Revers vom Alter vergilbt war. Eine kleine Brosche in Form eines Schmetterlings aus Eis und Frost war daran befestigt

»Oh ja. Mein Bruder nimmt das sehr genau.«

»Mr Wertman, oder? Hatte er nicht mal einen Laden in New Orleans?«

»Ja, der Laden gehörte unseren Eltern. Darf ich Ihnen nicht doch etwas zeigen? Säbel interessieren Sie ja wahrscheinlich nicht so sehr.«

Delpha schüttelte den Kopf. »Wer kauft eigentlich so was?«

»Sammler. Stammkunden. Heutzutage auch Inneneinrichter. Aber Sie, Miss – wollen Sie vielleicht ein Paar Perlenohrringe sehen?« Sie tippte auf die Vitrine vor ihr, wo zwei große Perlen auf mitternachtsblauem Samt schlummerten. Irgendetwas zwischen Weiß und Rosa. Delpha hatte keine Lust, sie sich genauer anzusehen.

»Nein ... ich –«

»Probieren Sie sie mal an.« Die Frau stellte mit einer fließenden Bewegung zuerst das Kästchen auf die Theke, dann einen Spiegel, und schon baumelten die Ohrringe, die eben noch auf dem Samt gelegen hatten, vor Delphas Augen. Die Frau hielt eine der Perlen in die Höhe und Delpha sah, dass sie an einem kurzen Goldkettchen hing.

»So was könnte ich gar nicht tragen. Ich habe keine Ohrlöcher.«

»Ohrlöcher ...« Die Frau machte eine wegwerfende Geste. »Das lässt sich leicht nachholen. Halten Sie sie hin – schauen Sie.«

Sie hatte eine warme Stimme. Offenbar hatte sie nicht viele Kunden, dachte Delpha mitleidig, und dann strich sie sich aus einem dummen Impuls heraus die Haare hinters linke Ohr und hielt sich eine der schimmernden Perlen ans Ohrläppchen. Sie fühlte sich angenehm kühl an. Von nahem sah man, dass die Perle die Farbe der Morgendämmerung kurz vor Sonnenaufgang hatte. Nachdem sie aus dem Gefängnis entlassen worden war, hatte sie die Himmelsfarben vom Hof eines Übergangswohnheims aus studiert, später von der Veranda des New Rosemont. Sie ließ die Perle an ihrem feinen Kettchen baumeln. Heiter schwang sie hin und her, ein winziger schimmernder Globus.

Delpha hatte andauernd Wünsche gehabt: frei sein,

ein Zimmer nur für sich, keine Befehle erteilt bekommen, Ruhe vor anderen Menschen, sie verschwinden lassen, Mahlzeiten aussuchen können, unter freiem Himmel am Wasser entlanggehen, das Herannahen des Frühlings am wechselnden Licht bemerken, die Umarmung eines geliebten Menschen. Im Gefängnis war ein Teil ihres Kopfes ständig damit beschäftigt zu beobachten, ein anderer damit zu beurteilen und ein weiterer – der größte, der am meisten zu tun hatte – damit, sich nicht unterkriegen zu lassen. Und dann war da noch ein toter Teil, über den sie keine Gewalt hatte und dem sie keine Nahrung geben wollte. Fast alle hatten Sehnsüchte. Nach einer Perle hatte sie sich allerdings nie gesehnt. Kein bisschen. Sie wusste aber, dass Sehnsüchte im Dunkeln lauerten und jederzeit hervortreten konnten.

Sie hielt sich die zweite Perle an ihr rechtes Ohr. Ihr Glanz berührte sie fast wie eine Stimme. »Sind die aus dem Meer?«

»Wie bitte? Ich habe Sie nicht verstanden.« Die Lady beugte sich zu ihr.

Delpha räusperte sich. »Sind die echt?«

»Sie sind bei Wertman, junge Frau. Hier ist alles echt.«

Delpha schob das Kinn vor. Ihr wurde bewusst, dass sie noch nie in einem solchen Laden gewesen war. Die Lady mit der Eisbrosche war anders als die Frauen, die an Registrierkassen saßen: Sie hatte eine Beziehung zu den Dingen, die sie verkaufte, und sie ging gerne mit ihnen um.

»Wie viel sollen sie kosten?«

»Das sind echte Süßwasserperlen. Völlig unbehandelt, das heißt, ihre Farbe wird nicht verblassen. Achtzehn Karat, Gold. Vierzig Dollar. Und für ein Pfand von drei Dollar kriegen Sie diese Stecker dazu.« In ihrer Hand erschienen zwei Stecker mit Kugeln. »Die sind aus Chirurgenstahl. Nach dem Ohrlochstechen sollten Sie sie sechs Wochen lang tragen. Wenn Sie sie zurückbringen, erstatten wir Ihnen die drei Dollar. Das ist ein sehr faires Angebot.«

Delpha verdiente vierundsechzig Dollar die Woche, Kost und Logis im New Rosemont verschlangen fünfundfünfzig. »Geht auch Ratenzahlung?«

»Wie heißen Sie?«

»Wade. Delpha Wade.«

»Mrs Singer.« Der kurze Handschlag der Frau hatte eher etwas von einer Pantomime. »Ja, Miss Wade, wir bieten Ratenzahlung an.« Sie griff in eine Schublade und zog einen Block mit Vordrucken heraus. »Also, wie viel könnten Sie wöchentlich zahlen?«

Delpha presste die Lippen zusammen. »Tut mir leid, Ma'am«, sagte sie dann, »ich kann nicht. Auch wenn sie wirklich hübsch sind.« Das Zögern in ihrer Stimme klang gespielt. Aber sie spielte nichts vor, ihr war am Ende des Satzes nur die Luft ausgegangen.

Mrs Singer sah sie noch einmal prüfend an. Das leichte Lächeln auf ihrem schmalen Gesicht war vielleicht ein wenig berechnend, aber keineswegs herablassend. »Sie müssen die Entscheidung ja nicht übers Knie brechen. Kommen Sie einfach wieder. Wertman ist seit siebzehn Jahren immer am gleichen Ort.« Sie legte die Perlen zurück in das Samtkästchen und dieses in die Vitrine, wo sie hinter Glas weiterschimmerten. »Jeder sollte etwas besitzen, das seine Schönheit nicht einbüßt.«

Sie notierte Delphas Namen auf dem Block und legte ihn zurück in die Schublade. Als die Ladeninhaberin danach wieder aufsah, war die weitschweifige Erklärung vergessen, die Delpha sich zurechtgelegt hatte, um ihr die erhofften Informationen zu entlocken. Angesichts der Erwägung einer solch exorbitanten Ausgabe war Delphas Kopf plötzlich leer.

Daher fragte sie Mrs Singer ohne Umschweife nach Läden mit einem entsprechenden Angebot in New Orleans. Sagte ihr unumwunden, dass sie für einen Privatdetektiv arbeite und jemanden suche. In diesem Zusammenhang müssten sie alles über zwei Brüder und einen Laden in Erfahrung bringen. Delpha hatte damit gerechnet, dass Fragen, die für allzu neugierig oder aufdringlich gehalten wurden, den Widerstand der Lady wecken könnten, aber sie irrte sich.

»Sie suchen also im Auftrag der Familie einen Mann. Verstehe.« Die Frau drehte sich auf dem Hocker um. »Herschel«, rief sie, »komm doch mal. Du musst mir helfen, wir suchen die Namen von früheren Geschäften in New Orleans.«

Ein dünner Mann, älter als Mrs Singer, erschien in der offenen Tür, in der Hand eine Schürze, die Augenbrauen fragend gehoben.

Als Mr Wertman hörte, dass Delpha sich für den Namen Anderson interessierte, rief er: »Für wie alt halten Sie uns denn?«

»Und für wie verdorben?«, fragte seine Schwester.

29

Beim Verlassen von Phelan Investigations hätte Ben Delpha beinahe über den Haufen gerannt. Er entschuldigte sich wortreich, dann war er weg. Sie trat ein, ihre graublauen Augen blitzten.

Sie und Phelan sahen sich an und seltsamerweise verschwamm einen Moment lang die Umgebung vor seinen Augen, so als gäbe es kein Büro und keine Wände, nur einen grenzenlosen Raum, über den hinweg sie sich anblickten. Er schüttelte den Kopf. *Fata Morgana? Fernsehwerbung? Was war das für ein bewusstseinsverändernder Scheiß?*

Als Delpha an ihm vorbeiging, schloss sich seine Hand um ihren Oberarm. Mist, das hatte er doch nicht mehr tun wollen. »Ich hab Neuigkeiten in Cheryls Fall. Aber Ben hat noch was Besseres. Ich wette zehn zu eins, dass der Junge Rodney gefunden hat.«

Delpha sah auf die Hand auf ihrem Arm. »Genau das wollte ich Ihnen auch sagen. Ich hab Rodney gefunden.«

»Was, echt?«, sagte Phelan und grinste. »Das sollten wir mit einem Ausflug feiern.« Er schlug ihr eine Lagebesprechung irgendwo außerhalb dieses Glutofens von Büro vor.

Sie nahmen den Highway 69 und dann den 96 South Richtung Port Arthur. Er wollte etwas sagen, aber es fiel ihm nichts ein, und sie sagte auch nichts. Das Schweigen war angenehm. Die Reifen sangen auf dem Asphalt. Die Luft rauschte. Die Klimaanlage war voll aufgedreht und die Autoscheiben heruntergekurbelt. Der Wind fuhr durch

Delphas Haare. In der Stadt durchquerten sie mehrere Viertel mit kleinen Häusern, die alle die gleiche Höhe hatten, so als hätte eine große Hand sie flachgedrückt. In vielen Gärten standen ramponierte Boote oder angerostete Wohnwagen. Sie kurvten herum, bis sie die Straße fanden, die zur Raffinerie führte, ein breites braunes Band. Phelan hielt am Straßenrand, wo sie einen guten Blick auf das Taj Mahal der Ölindustrie hatten. Hierher kam das Öl, das von den Ölplattformen hochgepumpt wurde, auf denen Phelan früher gearbeitet hatte.

Hinter den weit geöffneten Toren erhob sich die Raffinerie, das Metallskelett einer majestätischen, rauchenden Stadt. Graue Rohre durchzogen sie und verbanden die einzelnen Teile wie ein Adergeflecht. Riesige Quader wie gesichtslose, fensterlose Wohnblocks. Graue Türme, um die alle paar Meter Plattformen liefen, gerade breit genug, damit ein, zwei Männer darauf stehen konnten, Reihen von niedrigen runden Tanks, die sich auf den Boden duckten, hoch aufragende rostbraune Tanks, Bohrtürme, riesige Kräne, Fackelanlagen, die Flammen und schwarzen Rauch ausstießen.

Ohne Raffinerie wäre Port Arthur ein kleines Fischerstädtchen mit ein paar Läden für die Strandbesucher, die ein bisschen im Meer planschen wollten, und die Bankdirektoren, deren Segelboote im Hafen schaukelten. Dank der Raffinerie konnten sich die Leute fünfmal in der Woche statt Nudeln und Kohl mit Maisbrot Hamburger und Hühnchen gönnen, sie konnten sich einen Pick-up und eine Familienkutsche leisten, konnten die Tochter auf die Schwesternschule schicken und den Sohn aufs College, ausgestattet mit Rechenschieber und Zirkel.

Phelan machte eine Kehrtwende und fuhr zurück zu einem würdevollen alten Haus nicht weit vom Uferdamm. Es war weiß wie eine Hochzeitstorte, die fünfzig Jahre im Gefrierschrank gestanden hatte, die Farbe an den Säulen und der umlaufenden Veranda von der salzigen Meeresluft angefressen und abgeblättert, einsam. »Rose Hill Manor«, sagte er, als sie ausstiegen. Er deutete mit dem Kinn zu der Veranda im ersten Stock der alten Villa, wo früher einmal hundert Gäste Bourbon und Limonade getrunken hatten. Das Meer lag hinter dem Hügel versteckt.

»Ich bin stolz auf Phelan Investigations«, sagte er unvermittelt. »Mein eigenes Büro.« Der Wind blies ihm die dunklen, in der Sonne glänzenden Haare ins Gesicht. »Aber hier draußen ... da bin ich ein anderer.« In seinem Gesicht arbeitete es und er drehte sich um und ging in Richtung Wasser. »Vielleicht können Sie sich vorstellen, was ich meine.«

Er sah sie nicht an, was Delpha ganz recht war. Sie verstand, was er meinte. Vierzehn Jahre eingesperrt hinter Beton und Stahl – wie gut sie es verstand. Hier draußen blies ein Wind, der nach Salz schmeckte. Die Sonne strahlte vom Himmel, nicht mehr so glühend heiß wie im Hochsommer, aber doch genug für einen Sonnenbrand auf der Nase. Direkt hinter dem Hügel wartete das Wasser, gleich würde sie es sehen und spüren. Sie ging hinter Phelan her, die Arme leicht angehoben. Am liebsten hätte sie sie ausgebreitet. Der Wind wehte von der alten Weiß-in-Weiß-Villa den Geruch von Rosen zu ihr. Ihr Blick suchte nach dem Rosenbusch, der so spät noch blühte, aber sie entdeckte keinen. Nur ein Geißblatt, das am Haus wucherte.

Sie liefen zum Ufer, Granitbrocken, die sich bis zum Horizont erstreckten.

Als Delpha Wade das erste Mal in der Wir-Form von Phelan Investigations gesprochen hatte, hatte Phelan sich gefreut. Er hatte sich nicht mehr so allein gefühlt, jemand stand ihm bei diesem Wagnis zur Seite. Jemand, der gut zu seiner Herangehensweise passte. Als sie dann so schwer verletzt worden war, hatte das ihr Verhältnis auf eine neue Stufe gehoben. Er sah über den in der Sonne glitzernden Sabine Lake zu dem mit Bäumen und grünen Büschen bewachsenen gegenüberliegenden Ufer hinüber, das schon in Louisiana lag. Sonne, Luft, Wasser, ein freier, weiter Blick. Er holte tief Luft und dachte über Phelan Investigations nach, sein Baby. Er war stolz auf das, was er erreicht hatte, reklamierte die Meriten aber nicht nur für sich. Vielleicht weil sie eine Frau war, empfand er ihre Tätigkeit für ihn als Unterstützung und nicht als Einmischung. Stimmte das? Oder nicht?

»Diese Besprechung ist eine hervorragende Idee«, sagte Delpha. Der Wind brachte ihre Ärmel zum Flattern.

»Dann fangen wir mal an«, sagte Phelan. »Bei unseren ersten Fällen war es so, dass ich die eigentlichen Ermittlungen übernommen habe, während Sie die Büroarbeit erledigt haben. Davon kann nicht mehr die Rede sein.«

»Hab ich auch schon bemerkt.« Sie drehte sich zu ihm und der Wind wehte ihr die Haare aus dem Gesicht.

»Ich finde, dass ich Ihnen jetzt, wo Sie an den Ermittlungen beteiligt sind, auch mehr zahlen sollte, aber vorher wollte ich Sie fragen, ob Sie diese Arbeit überhaupt machen wollen. Ich hab den Eindruck, dass Sie Spaß an dem Bürokram haben. Sie wissen, wie man Rechnungen stellt, und können verdammt gut mit den Mandanten umgehen –«

»Es gefällt mir aber.«

»Was?«

»Die Ermittlungsarbeit.« Sie sah nach wie vor auf die Flecken, mit denen das Wasser gesprenkelt war, und nicht zu ihm.

»Es macht Ihnen nichts aus, zu den Maklern zu fahren oder die Hauskäufer rauszuklingeln?«

»Fragen Sie mich, ob ich Sehnsucht danach hab, den ganzen Tag hinterm Schreibtisch zu sitzen? Es gefällt mir, Sachen rauszufinden, Tom. Ich hab Spaß dran, Namenslisten durchzusehen und mich zu fragen, was für ein seltsames Versteckspiel diese beiden alten Männer treiben.«

Phelan nickte. »Ja, so geht's mir auch. Okay, nachdem das geklärt ist, können Sie mir die große Neuigkeit verraten. Wie haben Sie Rodney gefunden?«

»Zuerst möchte ich das mit Frank wissen.«

Phelan warf ihr einen Blick zu. »Sie wollen mich wohl auf die Folter spannen, aber okay.« Er berichtete ihr von seiner Küstenerkundungs- und Shrimpseinkaufstour, den Kommentaren über die Reichtümer anderer und den süffisanten Blicken – und von seinem Gespräch mit Ticker, der ziemlich seeerprobt auf ihn wirkte. Der eine Smith & Wesson mit sich herumtrug und ein Gewehr griffbereit hatte, während er an einem Stand am Straßenrand Shrimps verkaufte.

Delpha hob die Augenbrauen. »Das ist ja ein Ding. Dann müssen Sie also nur noch darauf warten, dass Cheryl anruft und Ihnen verrät, wohin Frank aufbricht. Glauben Sie, dass Frank ihr die Wahrheit sagt?«

»Nein. Vielleicht lässt sie sich was einfallen, um es aus ihm rauszukitzeln, keine Ahnung. Ich weiß nur, dass ich mich ihm an die Fersen heften werde.« Ein erfahrener Privatdetektiv, der schon Jahre dabei war und nicht erst seit ein paar Monaten wie er, hatte wahrscheinlich alle möglichen Tricks auf Lager, aber bis es so weit war, beruhte die Vorgehensweise von Phelan Investigations auf gesundem Menschenverstand und Durchmogeln.

Eine Weile ließen sich die beiden noch auf dem betonierten Weg vom Wind durchpusten und betrachteten das Glitzern und Kräuseln der Wasseroberfläche. Dann fuhren sie zurück in Richtung Pleasure Island. »Auf der Insel war einmal ein Vergnügungspark«, sagte Phelan, »inklusive Golfplatz und der größten Achterbahn in ganz Texas. Es gab auch einen Tanzpalast für dreitausend Leute.«

»Wirklich? Haben Sie auch mal dort getanzt?«

»Nein. Das war vor meiner Zeit, während des Kriegs war der Vergnügungspark offenbar schwer in Mode.«

»Kann ich mir vorstellen. All die jungen Frauen in ihren selbstgenähten Sommerkleidern.«

»All die Matrosen, auf die die Schlacht um Guadalcanal wartete.«

Delpha streckte den Finger aus. Im Hafen lagen ein paar unbemannte Fischkutter und dümpelten vor sich hin. Ganz unschuldig. Sie fuhren den Kanal rauf und runter und suchten nach Stellen, wo ein Kutter vor Anker gehen konnte. Hier nicht, nicht vor aller Augen. Phelan überlegte, dass er sich im Sumpfland verstecken würde, wo eine kleine Schotterstraße neben einem Kanal entlangführte, wie die, die er tags zuvor gefahren war. Irgendwo in der Gegend musste es jedenfalls passieren, vielleicht an einer selbstgebauten Anlegestelle, die an einem ausgebaggerten Flussarm lag, so dass ein Boot reinfahren konnte. Nachts. Nicht weit von einem Highway. Dann brauchte man nur noch jemanden, der

Schmiere stand, und ein paar Männer, die schnell arbeiteten, zum Entladen.

Etwas weiter entfernt war ein Wald von Masten zu sehen, die zu Segelbooten mit schlanken bonbonfarben gestrichenen Rümpfen gehörten. »Hübsch«, sagte Delpha. »Und jetzt erzähle ich, was ich gestern herausgefunden habe.«

»Wollen wir damit nicht warten, bis wir vor Ort sind?«, Phelan grinste. »Diese Lagebesprechung ist gleichzeitig eine Exkursion. Erst Schmuggler, jetzt Vogelgebiete.«

»Welches?«

»Davon gibt es ein paar. Auf geht's.«

Sie kurvten durch ein Wäldchen mit Elliott-Kiefern, das aussah wie eine Bleistift-Plantage, und weiter durch dicht bewachsenes Waldland. Hier und dort waren Häuser zu sehen, auf den Veranden Autorückbänke und Blumentöpfe, in einem der Gärten ein Mädchen auf einer Schaukel aus einem alten Autoreifen. Die Straße schlängelte sich dahin, schließlich bogen sie scharf rechts ab. Nach einer Weile erhob sich zu beiden Seiten des Muschelkieswegs eine grüne Wand: mehr als mannshohes Schilf, gekrönt von weißen Blüten. Phelan kurbelte seine Scheibe runter. Das hohe Schilf wurde von dem Wind, der feuchte Luft mit sich brachte, durchgeschüttelt und machte dabei ein Geräusch, als würde Stoff reißen. Sie verließen den grünen, wogenden Tunnel und fuhren auf eine Wildhüterhütte zu. Kein Wildhüter. Die Holzhütte war leer, aber auf einem Gestell lagen durchweichte Broschüren, die man mitnehmen konnte.

»Hier sieht man, wie die Straße verläuft«, sagte Delpha und fuhr mit dem Finger über die in einer der Broschüren abgedruckte Karte, »diese Linie da. Und sehen Sie sich nur mal die Liste mit den Vögeln an. Die legen hier alle Rast ein.« Ihr Finger wanderte über das Papier. »So viele Reiher. Silberreiher, Seidenreiher, Schmuckreiher. Nicht zu vergessen Rötelreiher. Ach, und einen Schneereiher gibt's auch.«

Dann fuhren sie auf der schmalen Muschelkiesstraße weiter und ließen nach einer Weile die Schilfwände hinter sich. An den wasserreichen Gräben zu beiden Seiten der Straße stand grünes und braun verwelktes Gras und welches mit bajonettartigen Blättern. Als es ein Stück bergauf ging, konnten sie auf die Sumpfinseln hinter diesem dichten grünen Wall sehen: buschige grüne Flecken, die sich aus dem bräunlichen Wasser erhoben. Dann führte die Straße wieder hinunter, auf eine Höhe mit den Gräben. Vögel zwitscherten. Phelan drosselte das Tempo noch mehr.

»Eine Schildkröte«, rief Delpha und drehte den Kopf zum Seitenfenster, »da drüben schwimmt sie. Und Libellen! Sehen Sie sie? Große, wie aus Messing.« Sie drehte sich wieder zu ihm, die Haare wehten ihr in das strahlende Gesicht.

Einen Augenblick setzte sein Atem aus. Diesen Ausdruck hatte er lange nicht mehr an ihr gesehen, seit ... ja, wann? Seit dem Abend im Mai, als er ihr den Zweitschlüssel zum Büro von Phelan Investigations gegeben hatte. Oder war es im August gewesen, als sie auf der Trauerfeier für eine alte Frau, die sie gepflegt hatte, half, den Tisch im Rosemont mit Kuchen, Pralinen, Schinken und Grillfleisch und Lilien zu decken?

In einiger Entfernung machte sich ein Silberreiher zur Landung bereit, die Flügel weit ausgebreitet. »Eine Spannweite wie eine B-52«, sagte Phelan.

»Sehen Sie dort.«

Er wandte den Blick von dem riesigen weißen Vogel ab, der gerade seine dürren Beine ausstreckte, um auf dem Wasser aufzusetzen, und sah ein Stück die Straße runter eine Formation aus sieben oder acht kleineren Reihern stehen. Alle starrten mit ernstem Ausdruck in den Wind, so konzentriert wie die Überlebenden einer Truppe, die nach geschlagener Schlacht über das Schlachtfeld blickten. Erst als sich ihnen das Auto bis auf ein paar Meter genähert hatte, bewegten sich die Reiher zögernd, ein kleiner hüpfte weg, die anderen schwangen sich in die Luft, flogen das kurze Stück zum Graben und kehrten zurück, nachdem das Auto vorbeigefahren war.

»Da«, flüsterte Delpha. Durch eine Lücke in dem wuchernden Grün waren auf einer Schlammbank ein langer flacher Kopf mit riesigen Kiefern und ein Teil des torpedoförmigen Körpers zu sehen. Der gezackte Schwanz und die kurzen kräftigen Beine mit den Krallen waren in dem Farn und Schilf kaum zu erkennen. Vielleicht war der Alligator auf der Jagd, vielleicht lag er auch nur dort und schlief in seiner Schlammwasserwelt, während die armen schwachen Luftgeschöpfe über ihm ihre Rufe ausstießen.

»Okay«, sagte Phelan leise, beeindruckt von dem, was sie umgab, »fangen wir an.«

Sie drehte sich von dem Alligator weg und sah ihn an.

»Ich glaube, Rodney nennt sich Jim Anderson. Er gehört zu den Hauskäufern. Als Sie bei dem Haus gewesen sind, war niemand da.«

»Anderson. Stimmt, das Haus mit der Weihnachtsbaumschule. Wie kommen Sie auf ihn?«

»Aus einer Reihe von Gründen. Er hat das richtige Alter, einen großen Käfig mit Sittichen, ein jüngerer Mann ist bei ihm ... nicht ganz richtig im Kopf, aber freundlich. Ich hab mit zwei Ladenbesitzern in Beaumont geredet, die einmal ein Geschäft in New Orleans hatten, und die haben mir gesagt, dass dort zur Jahrhundertwende Anderson ein renommierter Name war. Wenn man sich einen falschen Namen ausdenkt, fällt einem wahrscheinlich am ehesten ein bekannter Name ein. Er hält sich viel an der frischen Luft auf, so dass sein Gesicht braungebrannt ist, bis auf einen Streifen oben an der Stirn. Auf dem Frühstückstisch in seinem Haus lag so ein schwarzes Ding mit einem Riemen für ein Fernglas. Wie Vogelbeobachter sie haben.«

»Hervorragende Arbeit, Delpha.«

Sie sahen sich an, der warme Wind wehte durch die Autofenster, fuhr in das Schilf und brachte es zum Rascheln.

Delpha deutete vor sich in die Luft. Ein großer Vogel, der sich schräg in den Wind drehte. Phelan beugte sich vor. »Ein Bussard. Ob ein Rotschwanz- oder ein Weißschwanzbussard, ist von hier aus nicht zu erkennen.«

»Für uns ist das doch egal, das ist nur für die wichtig, die hierhergehören. Dieser Ort gehört ihnen.«

»Wem?«

Als Delpha die Arme ausbreitete, streifte ihre linke Hand Phelans Schulter. Der rechte Arm ragte aus dem Fenster, umfasste den in der Luft stehenden Bussard, die schiefe Reihe von Reihern, die den Kopf in den Wind hielten, den im Schilf liegenden Alligator.

»Sie. Sie würden uns töten, wenn's drauf ankäme. Aber sicher nicht aus Spaß.«

Phelan lächelte sie an, und statt ihr durch die Haare zu streichen, schlug er ihr vor, in Winnie oder in einem Diner am Highway Hamburger zu essen.

Auf dem Rückweg kamen sie an einem wettergegerbten Paar mittleren Alters vorbei, das neben dem Graben hockte, wo die Straße sich gabelte, neben sich eine Kühltasche und einen Eimer. Schnell ließ die Frau ein Drahtgeflecht zurück ins Wasser gleiten, und als sie an ihnen vorbeifuhren, drehten sich die beiden um und sahen ihnen nach.

Sie fingen Köder. Kleine lebende Fische.

Phelan winkte ihnen zu, dann stieg er auf die Bremse und legte den Rückwärtsgang ein. Als er die Stelle erreichte, an der sie hockten, war der Eimer verschwunden.

»Tag.«

»Tag«, sagte der Mann und stand auf.

»Die Frage hört sich vielleicht etwas seltsam an, aber haben Sie zufällig einen Mann gesehen, der hier mit einem Bajonett herumstrolcht?«

Sie starrten ihn an.

»Das ist ein Scherz, oder, Mister?«, sagte der Mann.

Phelan Investigations roch nach Rasierwasser und Zigaretten und fühlte sich wie Herbst in Alaska an.

Calvin erhob sich von Phelans Schreibtisch und schlenderte auf ihn zu, reckte den Hals, um an Phelan vorbeizusehen. »Ich hab's repariert«, sagte er. Der Hausmeister hatte sich rasiert und parfümiert und eine saubere Baumwollhose und T-Shirt mit einem nicht ganz jugendfreien Harley-Aufdruck angezogen: *Gönn dir was Aufregendes zwischen den Schenkeln.*

Delpha trat ein, sah den Spruch, durchbohrte den Hausmeister mit einem Blick, ging an ihm vorbei und warf ihre Handtasche in die unterste Schublade. Geschlagen trottete Calvin davon.

Phelan drehte die Klimaanlage herunter. Heute Abend, spätestens morgen würde er Jim Anderson besuchen. Es war gut, dass sie sich die Gegend angesehen hatten, aber er wollte sich auf der Karte von der Küstenwache noch ein paar infrage kommende Stellen einprägen. Nur weil man bei den Pfadfindern ausgestiegen war, hieß das nicht, dass man nicht allzeit bereit sein konnte.

Denn: *Was, wenn er Frank verlor*? Schon bei dem Gedanken wand sich sein Ego, was er aber lieber für sich behielt. Stattdessen fragte er: »Wie fährt sich der Dodge?«

»Laut. Ist es okay, wenn ich morgen früh was erledige, bevor ich ins Büro komme? Wird nicht allzu lange dauern.«

»Da müssen Sie nicht erst fragen«, sagte er.

30

Delpha hatte Oscar einen Vorschuss entlockt. Zusammen mit ihren Ersparnissen besaß sie jetzt zweihundertelf Dollar. In ihrem Zimmer im Rosemont, in das von der Gasse her ein schräger Streifen gedämpftes Morgenlicht fiel, zog sie zweihundert davon aus dem Versteck unterm Laken. Elf ließ sie stecken, dann lief sie über die Straße zu dem Dodge.

Fünf Minuten später saß sie auf einer weichen Ledercouch neben einem Empfangstisch, der auf einem mit braunen Kreisen und goldenen Vierecken gemusterten Teppich stand. An den Wänden hingen gerahmte Bilder von gestriegelten Jagdhunden, auf einem Konsolentisch stand eine Vase mit Rohrkolben. Die steifen Rohrkolben in einer Vase wirkten ein bisschen albern, nachdem sie zuletzt einen Straßengraben geziert hatten.

Die Dame am Empfang lächelte. Ihr kariertes Kleid, das ihr bis zu den Oberschenkeln hochgerutscht war, als sie sich auf den Stenostuhl gesetzt hatte, hatte einen großen weißen Kragen und weiße Manschetten. Sie rollte ihren Stuhl zum Telefon, drückte auf einen Knopf und hob einen Finger. »Eine Minute«, sagte sie leise zu Delpha.

Delpha nickte. Sie dachte an das Gespräch mit Mr Wertman und Mrs Singer, als sie sie nach Ladenbesitzern namens Anderson gefragt hatte. Die beiden hatten gelacht und erklärt, dass Anderson ein wichtiger Name in New Orleans gewesen sei, aber das sei vor ihrer Zeit gewesen. Persönlich hätten sie ihn nicht mehr gekannt, dafür seien sie zu jung, aber wer wusste nicht von ihm? Tom Anderson war ein Teil der Geschichte von New Orleans, der inoffizielle Bürgermeister von Storyville. Das riesige Restaurant, der Saloon und all die – ob sie denn wüsste, was Storyville war?

Delpha wusste es. Eine alte Gefängnisinsassin hatte einmal einen ganzen Tisch im Speisesaal mit Geschichten aus dem Vergnügungsviertel unterhalten, wo keine ihrer Schandtaten sie jemals ins Kittchen gebracht hätte.

»Das war ein Viertel in New Orleans«, sagte Delpha, ohne hinzuzufügen: wo die Huren lebten.

Hunderte Namen tauchten in der Schilderung der Geschwister auf: Iberville und Basin Street, Häuser, die Mahogany Hall und Phoenix hießen, die Madams Minnie White und Jessie Brown. Tom Anderson, der seine Finger in allem drin hatte. Die Mardi-Gras-Wägen und Buddy Boldens Kornett. Den Geschwistern schien es Spaß zu bereiten, die Geschichte vor Delpha auszubreiten. *Ja*, hatte Mrs Singer gesagt, *das war was. Da ging's wild zu. Und dann war es vorbei.*

Delpha rutschte unruhig auf der Couch hin und her. Warum hatte sie sich auf der Bank nicht einen Scheck geben lassen? Den hätte sie einfach bei der lächelnden Empfangsdame für Miles Blankenship hinterlegen können. Delpha verglich ihre weiße Bluse, den gebügelten schwarzen Rock und die abgetragenen flachen schwarzen Schuhe mit dem kurzen karierten Kleid und dem riesigen weißen Kragen. Solche Sachen hatte sie in Zeitschriften gesehen, auf denen Models in seltsamen Verrenkungen posierten. Dagegen musste sie wie eine Illustration für die Hausfrauenseiten eines Landwirtschaftsmaschinenkatalogs wirken.

Sei still, wies sie sich zurecht. Es war ein ganz normaler Werktag und sie wollte etwas erledigen. Sie hatte ein Auto, mit dem sie herumfahren konnte. Gleich würde sie sich ein in knisterndes Papier verpacktes Mounds kaufen, einen mit Kokosnuss gefüllten Schokoladenriegel mit einer Mandel in jeder Hälfte, und es essen, während es in der Wärme zu schmelzen begann. Aber noch wartete sie mit einem dicken Umschlag mit den Ersparnissen vom Spüldienst in der Hand, um ihre Schuld zu begleichen, mit ihrem Geld.

»Mr Blankenship?«, sagte die Frau in den Hörer. »Hier wartetet eine Miss Wade, die eine Rechnung bezahlen –« Sie schwieg einen Moment. »Ja, Sir, ich frage sie.« Die Empfangsdame legte auf, sagte, Mr Blankenship würde gerne kurz mit ihr sprechen, und fragte sie, ob sie die Rechnung dabeihabe.

Delpha gab sie ihr. Dann öffnete sie den Umschlag und zählte 180 Dollar in die eilfertig ausgestreckte Hand. Die Empfangsdame war gerade dabei, eine Notiz zu machen, als Miles Blankenship aus seinem Büro trat. Ein anderer schicker Anzug und rosa überhauchte Wangen. »Miss Wade«, sagte er und griff nach ihrer Hand. »Ich wollte nur eben Guten Tag sagen. Ich hoffe, Sie haben sich von Ihrem Krankenhausaufenthalt erholt.«

»Ja, hab ich.« Sie stand auf und schüttelte seine Hand. »Ich möchte Ihnen noch einmal danken für das, was Sie für mich getan haben.«

»Ach, das war doch nichts. Das Eigentliche haben Sie selbst gemacht. Solche Termine vergisst man meistens schnell, aber den nicht.«

Delpha wusste nicht, was sie darauf sagen sollte. Sie bemerkte den missbilligenden Blick der Empfangsdame. »Was war eigentlich bei Ihrem ersten Prozess?«, fragte Mr Blankenship. »1959. Da hatten Sie keinen Verteidiger, oder?«

Delphas Gesicht verschloss sich. »Nein, Sir. Hatte ich nicht.«

Mr Blankenship sah sie mit gerunzelter Stirn an. »Dann hätte man Sie 1963 nach dem Gideon-Fall und der Gesetzesänderung eigentlich entlassen müssen.«

»Gideon hat durchgesetzt, dass man das Recht auf einen Anwalt hat, oder? Nun, für mich galt das leider nicht, Mr Blankenship.«

»Offenbar. Na ja. Vielleicht erzählen Sie mir eines Tages von dem Prozess.«

Delpha nickte, die Lippen zusammengepresst.

Dann sagte er noch, sie könne ihn jederzeit anrufen, wenn sie Hilfe brauche. »Das meine ich ernst, Miss Wade. Es hat mich gefreut, Sie wiederzusehen.« Er ging zurück in sein Büro. Der neugierige Blick der Empfangssekretärin ruhte noch kurz auf ihr, dann wurde er von einem Lächeln abgelöst. Die perfekte Empfangsdame.

»Ist das die Quittung?«, fragte Delpha.

»Ja, Ma'am. Da unten steht der Betrag, den Sie bezahlt haben, und das Datum«, sagte die Sekretärin. »Damit sind sämtliche Kosten gedeckt. Kann ich sonst noch etwas für Sie tun? Nein? Dann wünsche ich Ihnen einen schönen Tag.«

Delpha war sich ihres festen, kraftvollen Schritts bewusst, als sie ging. Sie setzte sich hinter das Lenkrad des Dart und zog die quietschende schwere Fahrertür zu. Dann verzog sie das Gesicht zu einem Griffin-&-Kretchmer-Lächeln. Was sie im Rückspiegel sah, gefiel ihr nicht.

Den etwas abgegriffenen Umschlag mit den übrigen zwanzig Dollar hatte sie wieder in ihre Handtasche gesteckt und würde ihn später zurück in die Schachtel legen. Dann wäre das erledigt.

Sie bog auf den schlaglochübersäten Parkplatz, lief die Treppe hinauf und begrüßte ihren Boss, der gerade mit rotem Kopf versuchte, Xavier Bell zu erreichen, vergeblich. Aufgebracht zog Phelan los, um die Adresse, die Bell auf dem Vertrag angegeben hatte, zu überprüfen, und kehrte umso aufgebrachter zurück. Unter der Adresse hatte er einen Schnapsladen gefunden. Bitte, dann würde Bell eben einen Tag später erfahren, wo sein Bruder sich aufhielt. Phelan wollte sowieso noch mit Anderson reden und sich die Beziehung zu Bell bestätigen lassen. Jetzt wartete aber erst mal Cheryls Auftrag. Er und Delpha verbrachten zwei Stunden über Karten gebeugt, um festzustellen, wo an den mäandernden blauen Linien und Flecken ein Fischkutter anlegen konnte, um seine zweifelhafte Ladung zu löschen.

Phelan studierte noch die Karte, als Delpha einfiel, dass sie eine Sache vergessen hatte zu klären.

Delpha traf Mrs Singer an der Ladentür an, wo sie gerade das »Geöffnet«-Schild umdrehte. Das Glöckchen bimmelte, als sie Delpha eintreten ließ. Durch die breiten Schaufenster fiel schräg die Sonne auf das faltige Gesicht der älteren Frau und Delpha dachte, dass ein schönes Gesicht auch im Alter schön blieb.

»Guten Tag. Wir schließen wegen des Feiertags ein wenig früher, Miss …?«

»Wade.« Delpha hatte keine Ahnung, von welchem Feiertag sie sprach.

»Jetzt erinnere ich mich. Miss Wade. Sind Sie wegen der Perlen gekommen?«

»Nein, leider nicht, Ma'am. Ich habe noch eine Frage. Wegen jemand anderem. Es dauert nicht lange.«

»Selbstverständlich. Wir haben gerade etwas für eine recht schöne Summe verkauft und seit zwei Stunden« – Mrs Singers Lächeln wurde breiter – »haben wir ein neues Enkelkind in der Familie. Kommen Sie. Wir haben Zeit.« Sie hob die Stimme. »Bring noch ein Glas mit, Herschel. Wir haben Besuch von einer künftigen Kundin.«

Delpha folgte ihr an den Vitrinen vorbei zur Ladentheke. Der Schalkragen von Mrs Singers blassgrauem Kostüm war schwarz paspeliert und um ihre Taille lag ein schmaler schwarzer Gürtel. Ihr Bruder kam, dieses Mal ohne Schürze, mit einer grünen Flasche. Er stellte drei winzige Gläser ab und goss eine klare, hellbraune Flüssigkeit ein.

»Mögen Sie Sherry? Ach, bestimmt.« Er hob das kleine mit geisterweißen Blüten übersäte Kristallglas.

Sherry war ein Mädchenname. Sherry hieß ein Song. Delpha wäre am liebsten gleich mit ihrer Frage herausgeplatzt, hielt sich aber zurück und stieß mit den beiden an, ganz vorsichtig, weil das Glas so dünn war.

»Wessen Enkelkind ist es?«

»Herschels Jüngster hat einen kleinen Sohn bekommen«, sagte Mrs Singer. Die Geschwister strahlten sich an, alles um sich herum vergessend, obwohl sie doch direkt vor ihnen stand.

Delpha hielt immer noch ihr Glas in die Höhe und suchte nach den richtigen Worten. »Dann ... dann hoffe ich, dass der Kleine ein glückliches Leben haben wird.« Erleichtert fügte sie hinzu: »Und auf Ihrer beider Wohl.« Das hatte sie noch nie gesagt, wenigstens erinnerte sie sich nicht daran. Sie wiederholte es im Kopf: *Auf Ihrer beider Wohl.*

»Danke, meine Liebe. L'chaim«, sagte Mr Wertman.

Delpha neigte den Kopf, auch wenn sie nicht wusste, was

L'chaim bedeutete, dann nahm sie ein Schlückchen von der kalten Flüssigkeit, ein schwerer, honigfarbener Wein, der leicht nussig schmeckte. Die Wertmans hatten ein anderes Lächeln als die Empfangsdame in der Kanzlei. Schweigend nippten die drei an ihren Gläsern. Einen Moment lang vergaß Delpha ihre drängende Frage, verwundert darüber, hier zu stehen, diesen freundlichen Leuten zu gratulieren und aus einem zierlichen Glas zu trinken.

Mrs Singer riss sich von ihren Gedanken los und sagte: »Wir haben heute eine Karte verkauft, die uns der Zufall durch den Ankauf eines größeren Nachlasses in die Hände gespielt hat ... das war vor ungefähr zwei Jahren. Sie stammt vom Ende des 16. Jahrhunderts und zeigt die Südküste der Vereinigten Staaten. Die damals natürlich noch nicht die Vereinigten Staaten waren.«

»Von wegen Zufall. Meine Schwester hat ein hervorragendes Gespür. Sie wusste sofort, dass –«

»Herschel«, unterbrach sie ihn. »Das sind Geschäftsgeheimnisse, Miss Wade. Genannt auch Erfahrung. Aber was wollten Sie eigentlich wissen?« Sie beugte sich zu ihrem Bruder. »Sie hat einen Narren an den Perlen gefressen.«

»Jede Frau sollte Perlen besitzen«, sagte Mr Wertman. Sein Blick glitt über Delphas schlichte Kleider, aber seine freundliche Miene änderte sich nicht. »Eine einreihige?«

»Ohrringe«, sagte seine Schwester und sogleich erschien das kleine schwarze Samtkästchen auf der Theke und der Deckel – auf den in Gold *Wertman* geprägt war – sprang auf. Delphas Blick war wie gebannt. Wie konnte es sein, dass weiße Perlen zugleich zartrosa und zartgolden schimmerten? Sie hob den Kopf, die Augenbrauen. Etwas – sie wusste nicht, was – brachte Bruder und Schwester zum Lachen.

»Mein Boss, ich meine, wir wollten Sie nach einem weiteren Laden in New Orleans fragen. Reine Spekulation, aber war da vielleicht mal ein Laden, in dem es Vögel gab?«

Mr Wertman nickte. »Die Vögel lockten Kunden an. Sie gefielen den Leuten. Eine nette Spielerei, fand unser Vater – aber was für einen Dreck sie machten!«

»Als wir klein waren«, sagte seine Schwester, »fragte uns einer der Söhne, ob wir uns die Vögel mal anschauen wollten. Hübsche Goldkäfige, die von der Decke hingen, dazwischen rosa und grün angemalte Käfige. Es war, als würden die Farben singen.«

Delphas Blick wanderte zwischen den beiden hin und her. »Wie hießen sie denn?«

»Sparrow«, sagten beide wie aus einem Mund und schienen es überhaupt nicht seltsam zu finden, dass die Familie selbst einen Vogelnamen hatte.

»Und es gab zwei Brüder?«

Mr Wertman sagte, die Sparrows hätten zwei Söhne gehabt, die schon fast erwachsen waren, als er und seine Schwester als Kinder die Gegend dort unsicher machten.

»Unser Geschäft lag nur eine Straße weiter«, sagte Mrs Singer. »Wir hatten nie ... näheren Umgang. Das hätten ihre Eltern nicht gutgeheißen, wenn Sie verstehen.« Sie drehte sich zu ihrem Bruder. »Welcher von den beiden Söhnen bekam im Krieg noch mal den Orden verliehen?«

Mr Wertman runzelte die Stirn. »Das weiß ich nicht mehr. Das war im Ersten Weltkrieg, vor unserer Geburt, Miss.«

Sie sahen sich an und schließlich zuckte Mr Wertman die Achseln. »Jedenfalls bekam einer von beiden einen Orden verliehen. Und hat nie … hat man nicht das Kind von einem von beiden weggebracht?«

»Ja, stimmt. Aber frag mich nicht, welcher das war …« Mrs Singer breitete die Hände aus. »Es wurde viel darüber getuschelt. Irgendetwas stimmte mit dem Kind nicht und deshalb steckte der Vater es in ein Heim. Stellen Sie sich das vor.«

Delpha machte es nicht viel Mühe, sich so etwas vorzustellen. »Hatten Ihre Eltern viel mit den Eltern der beiden Brüder zu tun?«

»Nein, wenigstens nicht mehr nach der Kristallnacht. Sie haben sicher davon gehört, oder? WSMB – so hieß der Radiosender – und die Zeitungen berichteten, dass in Deutschland die jüdischen Läden und die Synagogen zerstört worden waren und … alles andere. Nicht lange danach warf jemand mit einem großen Stein eines unserer Schaufenster ein. Ein Ladenbesitzer auf der anderen Straßenseite hatte einen der Sparrows gesehen, einen der Söhne. Unser Vater ging zum alten Sparrow und sprach mit ihm. Aber der drehte sich einfach weg. Danach grüßten meine Eltern sie nicht mehr. Für uns waren die Sparrows gestorben. Und wir für sie.«

Einen Moment lang schienen die lebhaften Gesichter der Wertmans wie mit Kohle gezeichnet. Die heitere Stimmung war verschwunden. Delpha fühlte sich schuldig, so als hätte sie das zarte Glas fallen gelassen.

»Der Besitzer eines Lokals in der Nachbarschaft half meinem Vater beim Einsetzen einer neuen Scheibe. Er war nicht der Einzige. Als Herschel dann zur Armee ging, hängte meine Mutter den blauen Stern ins Fenster.«

»Möchten Sie noch etwas Sherry?« Mr Wertmans Finger hinterließ einen feuchten Abdruck auf der kalten Flasche.

Delpha verstieß gegen ihre Bewährungsauflagen, wenn sie Alkohol trank, aber sie sagte trotzdem ja. Und auch wenn sie wusste, weswegen sie gekommen war, wollte sie noch nicht gehen, sie sehnte sich nach der fröhlichen Stimmung zurück, in die die Wertmans sie versetzt hatten. Auch das war eine neue Entdeckung und sie wunderte sich noch mehr darüber. Sie kehrte noch einmal zu dem vorherigen Gesprächsthema zurück.

»War Ihr Kunde schon da und hat seine Karte abgeholt?«

»Aber nein, wir schicken sie ihm nach Miami. Er hat sie für seine Kanzlei gekauft. Möchten Sie sie sehen?«

»Ja, gerne.«

Mr Wertman holte aus dem Nebenzimmer eine düstere Zeichnung, die nicht viel größer als ein Bogen Briefpapier war und in einem schlichten schwarzen Rahmen steckte. Delpha war enttäuscht. Sie hatte etwas Hübscheres erwartet, vielleicht sogar mit Gold verziert, jedenfalls etwas viel Größeres, so groß wie die Karte der Vereinigten Staaten beispielsweise, die im Tagesraum von Gatesville an der Wand gehangen hatte. Darauf waren die einzelnen Bundesstaaten in unterschiedlichen Farben dargestellt, Texas war grün gewesen und Louisiana und Oklahoma gelb.

Allerdings war die Zeichnung auf dem vergilbten alten Papier außerordentlich fein, an den Rändern sah man Kästchen und Ziffern. Der Kartenmacher hatte *Flo ri da* darübergeschrieben. An der Seite fehlte ein Stück des heutigen Bundesstaats, aber man erkannte eine Küstenlinie mit Buchten und Meeresarmen und ganz oben waren spitze Hügel, auf denen vereinzelt Bäumchen standen.

Delpha sah auf. »Ist ... ist die Karte denn viel wert, selbst wenn ... selbst wenn Florida gar nicht so aussieht?«

»Sie stammt von 1597, Miss Wade –«

»Bitte nennen Sie mich Delpha.«

Mrs Singer neigte den Kopf, ihre Hand schwebte über der Karte. Man merkte ihr deutlich an, dass sie sie gerne betrachtete. »1597 entsprach das, was der Kartograph hier gezeichnet hat, dem allerneuesten Kenntnisstand. Mehr wusste man damals nicht.«

Mehr wusste man damals nicht. Kartograph. Delpha merkte sich das unbekannte Wort. Die Sache mit dem begrenzten Wissen war ihr bekannt. Der Kartograph hatte das gezeichnet, was er wusste. Es war nicht viel mehr als eine Küstenlinie. Andere Menschen zeichneten später, nachdem man das Territorium erkundet hatte, andere Karten, bis man schließlich bei der Karte im Tagesraum von Gatesville landete, die ganz genau stimmte. Allerdings würde niemand so viel dafür bezahlen wie für diese alte Karte hier.

Entdeckungen waren wichtig. Selbst deren Anfänge. Sie waren allgemein wichtig und auch für Delpha persönlich, und dieser Gedanke kam ihr wie ein Fortschritt vor. Mehr über sich selbst zu wissen, war auch eine Art des Vorankommens.

Sie nippte an dem kalten Sherry und spürte, dass die gute Stimmung von Mrs Singer und ihrem Bruder zurückgekehrt war, was vermutlich mit dem neuen Enkelsohn zu tun hatte. Eine Stimmung bildete das Leben ab, das die Betreffenden lebten, und dieses Bild faszinierte Delpha ebenso sehr wie Mrs Singer die alte Karte. Sie ahnte, dass in der Familie der beiden oft diese Stimmung herrschte. Die Geschwister waren es gewohnt, freundlich und ungezwungen miteinander umzugehen. Ein Brennen stieg von ihrem Bauch hoch in die Brust. Im Gefängnis hatte es hin und wieder Freundlichkeit gegeben. Ungezwungenheit nie. Dafür brauchte es Zeit und Vertrautheit.

Delpha sehnte sich nach einer solchen Ruhe und Freundlichkeit, von der sie gerade eine Ahnung bekommen hatte. Ja, das wollte sie auch. Vor nicht allzu langer Zeit hatte sie jemand gefragt, was sie sich wünschte. Es war so etwas wie das hier. Wie viele Jahre dauerte es, um sich einen solchen Ort zu schaffen? Und mit wem?

»Cornelius Van Wytfliet war einer der Ersten, der Karten von der Neuen Welt anfertigte«, fügte Mrs Singer hinzu. »Das hier ist nur ein Blatt aus seinem Atlas.«

»Ein Blatt«, wiederholte Delpha. Oh. Diese Karte stammte aus einem ganzen Buch mit Karten, ähnlich einem Straßenatlas, nur ohne Straßen. Das erklärte die Größe. Die Karte war gebunden gewesen. Unten hatte Cornelius von den Kästchen, die den Rand bildeten, bis hoch zu der geschwungenen Küstenlinie einen breiten Streifen mit welligen Linien gezeichnet, die Wasser darstellen sollten.

Ein Gedanke tauchte am Rand von Delphas Bewusstsein auf.

»Ich muss los«, sagte sie. »Haben Sie vielen Dank für alles.« Weil sie ihnen nicht noch einmal gratulieren wollte, stellte sie ihnen eine letzte Frage. »Sie haben vorhin von einem Feiertag gesprochen, nicht wahr?«

Mr Wertman verschloss die grüne Flasche. »Ein jüdischer Feiertag. Heute ist –«

»– der Geburtstag des Universums«, beendete Mrs Singer den Satz. Sie rasselte mit ihren Schlüsseln. »Ich begleite Sie zur Tür.«

31

Obwohl sie beinahe flüsterte, erkannte Phelan ihre Stimme sofort, weil er auf den Anruf gewartet hatte.

»Hier ist Cheryl. Frank macht sich heute Abend auf den Weg.«

»Wann?«

»Gegen zehn.«

»Wissen Sie, wohin?«

»Nein, natürlich nicht. Der König sagt der Magd doch nicht, wo der Ball stattfindet.«

»Versuchen Sie es herauszufinden, Cheryl. Ich komme zu Ihnen rüber. Kennen Sie das UToteM?«

»Klar, das ist gleich hier in der Straße. Da geh ich zweimal am Tag zum Einkaufen hin.«

»Okay. Die Nummer von dem Münztelefon davor lautet 361-5709. Schreiben Sie es sich auf und rufen Sie mich dort an. Versuchen Sie es aus ihm rauszuleiern. Wissen Sie sonst noch was?«

»Ja. Er wird nur eine Nacht unterwegs sein, das heißt, er bleibt hier in der Gegend. Er führt sich deswegen ziemlich auf.«

»Weil?«

»Weil sie ihn offenbar mit Kinderkram abspeisen. Ich soll ihm Pancakes und Würstchen machen, wenn er zurückkommt. Da habe ich gefragt: ›Und wann wird das sein, Euer Hoheit?‹«

»Was hat er geantwortet?«

»›Halt's Maul.‹«

»Sind Sie sicher, dass Sie mit ihm verheiratet bleiben wollen, Cheryl?«

»Nicht so ganz.« Leise legte sie auf.

Betrübt betrachtete er das dampfende Festmahl, das er gerade aus der Verpackung geholt und auf einen Teller gelegt hatte. Gebackener Wels mit knusprigen Hushpuppies. Dazu in einzelnen Styroporbehältern Coleslaw, Bohnen und Sauce Tartar. Zitronenschnitze und Servietten.

Zwei, drei Gabeln und die Bohnen waren weg. Dann kamen die Hushpuppies dran. Den Wels mit seinen Gräten sollte er besser nicht runterschlingen. Noch kauend pinkelte er, stieg aus seinen Kleidern und ließ sie auf dem Badezimmerboden liegen. Er zog seinen Bellas-Hess-Tarnanzug an, bestehend aus dunkler Hose, T-Shirt und schwarzen Turnschuhen. Dann legte er seine Ausrüstung zurecht: Fernglas, eine große Taschenlampe, eine kleine Taschenlampe, fünf Zwanziger, seine Pistole und eine Baseballkappe, unter der er sein Gesicht verbergen konnte. Im Handschuhfach seines Autos lag eine Rolle 10-Cent-Stücke zum Telefonieren. Im Kofferraum unter anderem ein Radkreuz und ein Baseballschläger. Wenn er außer hellseherischen Kräften, der richtigen Handkantenschlag-Technik und einer Tarnkappe noch was brauchte, würde er das sicher herausfinden.

Er griff zum Telefon.

»Was ist?«, bellte E. E.

»Wir hatten doch vereinbart, dass ich dir Bescheid gebe, wenn der Polsterer loszieht«, sagte Phelan. »Heute Abend ist es so weit.«

»Wo findet die Sause statt?«

»Keine Ahnung. Die Ehefrau ruft noch mal an. Sobald sie es rauskriegt, werd ich's erfahren.«

»Und wir.«

»Ja, aber verlass dich nicht drauf, E. E. Setz lieber jemand auf ihn an, der uns ans Ziel lotst. Oder du lässt deine Leute ausschwärmen, ihr habt die Gegend ja schon unter die Lupe genommen. Wozu seid ihr die Polizei und du der Chef von dem Laden.«

Phelan parkte am Randstein vor dem UtoteM, gleich bei dem Münztelefon, neben dem ein halb zerfetztes Telefonbuch herunterbaumelte, zog sich die Baseballkappe tief ins Gesicht und wartete. Wenn er auf den Gehsteig getreten wäre, hätte er die Figg Street runter die Einfahrt der Sweeneys mit Cheryls hübschem Mustang sehen können, daneben einen alten Pick-up mit neuen Reifen. Kurz nachdem Cheryl im Büro aufgekreuzt war, hatte Phelan die Umgebung ausgekundschaftet und sich auch die Nummer des Münztelefons eingeprägt. Beim Anblick des zerfledderten Telefonbuchs überkamen ihn jedoch Zweifel, ob es überhaupt noch funktionierte.

Er stieg aus und probierte es. Gut, ein Wählton. Er hängte den Hörer wieder ein und lehnte sich an die Wand, um zu warten. Ein angenehm milder Wind wehte. Der Mond war hinter Wolken versteckt. Das Notlicht des Supermarkts tauchte die unteren Blätter des nächsten Baums in ein unwirkliches Orangebraun. Dann klingelte das Telefon und er hob ab.

»Tom?«

»Ja. Und?«

»Oh Gott«, sagte sie gepresst, »High Island.«

Eine Wolke glitt über den Mond und er kam strahlend zum Vorschein.

»Verstanden. Gut gemacht.«

»Sie verhindern, dass er ins Gefängnis kommt, okay?«

Phelan hängte ein, wählte wieder E. E.s Nummer, aber sein Onkel war nicht mehr zuhause. Er bat seine Tante Maryann, E. E. Bescheid zu geben, dass es High Island sei. »Mach ich«, sagte sie. Sie fragte nicht, was »es« war.

Phelan fuhr die Figg Street entlang, parkte hinter einem weißen Pick-up mit Campingaufbau, drückte sich an die Tür und beobachtete von dort aus Franks Haus. Nach einer Stunde und siebenundzwanzig Minuten trat ein großer Mann aus der Haustür, der fast genauso angezogen war wie Phelan. In seinem Gürtel steckte ein Paar Handschuhe. Die Innenbeleuchtung des Pick-ups fiel auf sein Profil, als er die Tür öffnete und kurz stehen blieb, um ein Feuerzeug an seine Zigarette zu halten. Holla, dachte Phelan. Mit den von der Sonne gebleichten, fransigen Haaren und dem langen Schnurrbart sah der Mann aus wie Sundance Kid.

Frank zündete die Zigarette an. Dann drehte er sich um und warf einen Blick zum Haus. Schloss die Tür des Pick-ups. Schob sich hinter das Lenkrad des Mustangs.

Ach so?

Na ja, der Mann war Polsterer, dem gefielen die Ledersitze. Hatte wahrscheinlich noch nie die Begriffe *Vermögen* und *Beschlagnahmung* miteinander in Zusammenhang gebracht. Anders als Phelan hatte er nicht die an die Polizeireviere verteilten Informationsblätter der Regierung gelesen und vielleicht nicht mitgekriegt, was der Kongress gerade beschlossen hatte. Es war eine neue Behörde eingerichtet worden, die Drug Enforcement Agency. Allerdings war das eine Bundesbehörde, und das hieß, dass die Jungs sich wahrscheinlich immer noch den Hintern plattsaßen und über das Logo stritten.

Scheiße, er hatte gedacht, dass er sich an den langsamen alten Pick-up hängen würde.

Moment mal. In seinem Rückspiegel fuhr am anderen Ende der Straße gerade ein braunes Auto los. Vielleicht eine Frau, die noch Windeln besorgen musste. Oder es war ein Zivilfahrzeug. Ein halbsekündiger Horrorstreifen lief vor seinem inneren Auge ab: Tom Phelan, der das Revier betrat, nachdem er den Weg zu der Razzia, die er selbst veranlasst hatte, nicht gefunden hatte.

Er heftete seine Augen auf die roten dreiteiligen Rücklichter des Mustangs. Wenn er ihn verlor, dann konnte er gleich bis nach Mexiko durchfahren.

32

Drei Uhr morgens, und er war nicht in Mexiko. Vielmehr kauerte er hinter hohem struppigem Gras und einem Haufen kaputter Lattenkisten und sah zu, wie Ballen Marihuana von einem Kutter geladen wurden.

Jeder Faden, den Phelan am Leib hatte, war von der nahen Gischt durchnässt und der scharfe Wind drang ihm bis in die Knochen. In der Wade drohte der nächste Krampf und er musste erneut die Position wechseln. Er ließ sich auf den Hintern sinken, zog die Beine an und rieb das eine. Irgendwo in der Nähe mussten E. E.s Männer sein. Vorausgesetzt, sie hatten die Stelle gefunden. Sein Plan lautete: Warten, bis die Cops sich zu erkennen gaben, dann durch geschickte Überzeugungsarbeit Frank aus den Fängen der Polizei befreien, entweder gleich hier an der Anlegestelle oder auf dem Revier. Wenn Franks Komplizen die Befreiungsaktion mitbekamen, würde ihn das nicht gut aussehen lassen. Sollte E. E. hier sein, konnte er Frank vielleicht in dem allgemeinen Tohuwabohu wegbringen. Für den Fall, dass die Cops nicht kamen, würde er Frank nach Hause folgen und ihn sich in der Einfahrt vorknöpfen, damit er in Zukunft verdammt noch mal die Pfoten von solchen Jobs ließ.

Wo blieben die eigentlich? Was war hier los?

Vielleicht lauerten sie auf die Dope-Transporter wie eine fette alte Spinne auf dumme brummende Fliegen, um sich einen nach dem anderen zu schnappen und den Kutter in gelbes Polizei-Absperrband einzuspinnen. Der, soweit er das mit seinem Fernglas erkennen konnte, mit einem einzigen Palstek festgemacht war. Phelan dämmerte langsam, dass es gut gewesen wäre, sich vor dem heutigen Abend mit E. E. zu besprechen. Vielleicht hätte er das ja auch getan, wenn da nicht dieser Streit gewesen wäre. Gemeinsam hätten sie einen Plan entwerfen können, in dem Phelan natürlich nur eine winzige Rolle gespielt hätte, aber ... Aber dann hätte er wenigstens gewusst, wie der Plan aussah.

Er runzelte die Stirn.

Er musste näher ran, wenn er sich Frank schnappen wollte, sobald es so weit war, aber die Schmuggler hatten einen Spähposten abgestellt, ungefähr zwanzig Meter von der Stelle entfernt, wo die Transporter neben dem Heck eines Sattelschleppers standen. Der Sattelschlepper ragte aus dem riesigen Tor einer mobilen Lagerhalle und wurde beladen. Phelan wechselte noch einmal die Position und beobachtete den nicht enden wollenden Ladevorgang.

Gegen vier Uhr sprang der Motor des Sattelschleppers an. Der Fahrer musste ziemlich manövrieren, um ihn auf der schmalen Schotterstraße rückwärts rauszufahren. Ohne Sattelschlepper wirkte die leere, unbeschriftete Halle mit den Toren vorne und hinten wie eine überdimensionierte Kinderzeichnung. Sie war einfach an der improvisierten Anlegestelle zusammengeklatscht worden. An dem Kutter, der daran befestigt war, war ein Schriftzug zu erkennen, Phelan konnte ihn in der Dunkelheit nur leider nicht lesen, auch nicht mit Fernglas.

Der Fahrer drückte aufs Gas und bretterte mit einem Winken davon.

Phelan hatte sich auf fünfzehn Meter herangepirscht, jedes Mal, wenn der Spähposten in die andere Richtung gegangen war, war er ein Stück weitergerobbt. Wie Wile E. Coyote hatte er sich gefühlt. Hätten sie einen ruhigeren Mann als Spähposten abgestellt oder ihn sich vorher einen Joint reinziehen lassen, dann wäre er vielleicht auf seinem Posten geblieben, und dann säße Phelan immer noch in seinem Auto, halb im Schilf am Straßenrand versteckt und mit Schlamm beschmiert.

Er hob erneut das Fernglas an die Augen.

Männer kletterten auf den Fischkutter, schulterten in Sackleinen gewickelte Ballen, stiegen wieder runter und trugen sie die paar Schritte von der Anlegestelle zu den zwei Transportern, einen Pick-up mit Anhänger und einen Kastenwagen, hievten sie auf die Ladefläche, dann trotteten sie zurück zu dem Kutter, um den nächsten Ballen zu holen. Die meisten nahmen immer nur einen auf die Schulter, einer manchmal zwei. Das war der, der weder Hut noch Bandana auf seinem Blondschopf trug. Was wogen die Ballen wohl – zwanzig Kilo? Fünfundzwanzig? Wer kann, der kann, was, Frank?

Tonnen von dem Zeug wurden von dem Kutter getragen. Wie viel es war, konnte Phelan nicht mehr sagen, weil irgendwann die Rechenmaschine in seinem Kopf den Geist aufgegeben hatte. Egal. Was war überhaupt so schlimm an Gras? Es war schließlich kein Heroin. Deswegen klaute keiner seiner Oma das Radio oder trug das Hochzeitskleid seiner Schwester ins Pfandleihhaus.

Er hatte Jungs gekannt, die konnten dank eines Joints ihre Ausrüstung meilenweit über Reisfelder und Pfade schleppen. Bekifft wurde alles erträglich. Man fand plötzlich Sachen lustig, die man vorher gar nicht bemerkt hatte. Gras verschaffte einem eine kleine Auszeit, wie eine Einmannparty. Oder Zweimann. In der Hinsicht war es gut, dass es illegal war. Jeder Joint war ein Stinkefinger, den man der Army zeigte. Wäre einfach nicht dasselbe, wenn man es wie eine Schachtel Marlboro aus dem Zigarettenautomaten ziehen könnte.

Wobei das auch was für sich hätte.

Phelan fuhr sich mit dem Handrücken über die nasse Stirn. Rieb sich Wangen und Nase, um sie aufzuwärmen. Der Spähposten war losgezogen, um mit jemandem beim Kutter zu reden.

Was hatte er sich damals als Kind nur gedacht, als er zu diesem hochhaushohen Schiff in dem Wendebecken geschwommen war? Dass er hochklettern und dann in Italien oder Spanien, Griechenland oder Afrika über die Gangway runterspazieren würde, in eine Stadt, in der die Fahnen fremder Kontinente wehten? Er wäre komplett am Arsch gewesen, das wusste er jetzt, aber als Junge glaubte er an die heile Welt, in der er die Sprache der Matrosen lernen und zusammen mit ihnen Eintopf essen, das Deck schrubben oder sich um die Kessel kümmern würde, was Matrosen eben so machten. Dass er einer von ihnen wäre. Dachten diese texanischen Piraten genauso? Waren sie die Helden in ihrem Kumpels-fürs-Leben-Film? Oder hielten sie sich für Geschäftsleute mit Pistolen im Hosenbund?

Um Viertel vor sechs waren die Transporter weggefahren und die Männer beluden jetzt merklich langsamer den Anhänger. Phelan fühlte sich, als hätte die Marine seine Beine zum Knotenüben benutzt. Das Wasser schwappte immer noch gegen die Anlegestelle. Der Wind ließ nach. In den Bäumen zwitscherten Vögel und flogen in den allmählich grau werdenden Himmel.

Ein Brummen.

Phelan richtete sich auf seinem tauben, nassen Hintern auf.

Tatsächlich, ein Brummen.

Das Brummen wurde lauter, wurde zum Geräusch eines Motors, vieler Motoren. Das Ende der Schotterstraße verwandelte sich in eine rot pulsierende Wand, Bremsen quietschten und Cops sprangen aus Autos. Die Schmuggler stoben auseinander. Einer rannte an Deck des Kutters. Hustend sprang der Motor an. Ein Schnellboot der Küstenwache kam mit gleißend weißen Scheinwerfern über den Kanal gerauscht. *Wow, gleich heben sie ab.* In Rufweite des Kutters angelangt, bellte ein Crewmitglied knisternde Befehle über ein Megaphon.

Phelan kroch durch das Gebüsch aus seinem Versteck, um nicht selbst verhaftet zu werden, und humpelte mit steifen Beinen zu einem Cop, der an einem der vielen Streifenwagen stand. Police Department. Sheriff's Department. Texas Department of Public Safety. Herrgott, es waren alle da außer dem Platzanweiser vom Jefferson Theatre. Den Autoknackern, Einbrechern und Schlägern, die heute in Beaumont unterwegs waren, musste es vorkommen, als würden Weihnachten und Ostern auf einen Tag fallen. Phelan ließ sich von dem aufgeregten Cop, der als Parkwächter zurückgelassen worden war, die Waffe abnehmen und abtasten. Er sagte ihm, wer er war, und vor allem, wer sein Onkel war, und konnte ihn schließlich dazu bewegen, seine Identität zu prüfen und ihm die Pistole zurückzugeben.

»Einen der Männer überlasst ihr mir«, sagte er. »Der Chief hat sein Okay gegeben.«

»Wenn's so ist, dann ist es so, aber ich weiß von nichts.«

»Habt ihr alle Transporter gekriegt?«

»Sonst noch Fragen? Verziehen Sie sich, ich hab zu tun.«

Phelan hielt sich im Hintergrund. Die Rückbänke von Streifenwagen füllten sich langsam mit verschwitzten, gefesselten Männern, die er mit zusammengekniffenen Augen musterte.

Nein, kein Frank.

Die von der Küstenwache hatten den Kutter nicht gestürmt – warum eigentlich nicht? Sie hatten ihn zwischen sich und der Anlegestelle eingeklemmt, in gleißendes Scheinwerferlicht getaucht und bellten weiter ins Megaphon.

Eine schwarze Silhouette auf dem Deck des Fischkutters bellte zurück.

Seltsam.

Was der Mann sagte, ging in dem Geschrei der Wasserpolizei unter. Aber nicht seine Gesten. Der Mann hielt sich eine Hand über die Augen, um nicht von den Scheinwerfern geblendet zu werden, und deutete mit der anderen Hand hektisch nach unten, dann streckte er die Handfläche vor, als wollte er sagen: *Bleibt weg.* Oder *Moment.* Oder *Kommt um Himmels willen nicht näher*. Was war da unten?

Phelan erkannte zwei junge Streifenpolizisten, der eine schwarz, der andere weiß. Die beiden hatten ihre Gefangenen verstaut und waren zurückgekehrt, um zuzusehen, wie der Typ auf Deck die Küstenwache fernzuhalten versuchte. Phelan beschrieb ihnen Frank, aber sie zuckten nur die Achseln. Phelan sah wieder zu dem Kutter rüber, dann wechselte er einen fragenden Blick mit den beiden Cops und hob sein Fernglas.

Der Schmuggler brüllte einen Wasserpolizisten an und

zeigte mit der Hand auf das Deck. Einer von der Küstenwache reichte das Megaphon weiter und sprang auf das Deck, während ihm zwei Kollegen Deckung gaben und ihre Pistolen auf den Schmuggler richteten. Ein weiterer Polizist mit einem Gewehr mit Zielfernrohr trat neben sie. Der Mann auf dem Deck des Fischkutters hob die Hände. Hoch.

Der Wasserpolizist brüllte den Piraten an und richtete seine Pistole nach unten.

Das »Neiiiiin« des Piraten hätte man bis Beaumont hören können. Der Mann stieß den Cop zurück, der seine Waffe fallen ließ und ihr dann hinterherhechtete.

Die ersten Strahlen der Morgensonne fielen auf den Schmuggler, einen Mann mit Pferdeschwanz. Er bückte sich und kam dann wieder hoch, im Arm ein großes, fettes, weißliches schildartiges Ding mit vier Ausstülpungen, fast wie Flügel. Er stolperte zum Heck. Der Cop hatte den Piraten eingeholt, brüllte ihn an und versetzte ihm einen Schlag in den Nacken. Der Pirat zog den Kopf ein und schaffte es weiterzutaumeln. Die Beute in seinen Armen mobilisierte offenbar seine letzten Kräfte.

Der Polizist rammte ihm das Knie in den Rücken, schubste ihn nach vorn und der Typ schrie ihn an.

Die Flügel des Dings schlugen.

Wenn der Cop sich nicht in den Kopf gesetzt hätte, den Piraten zu vermöbeln, hätten seine Kollegen ihn womöglich klar im Visier gehabt. Aber so erreichte der Pirat das Heck und beugte sich mit seiner Beute im Arm über die Reling. Dann stieß er sie mit einem lauten Grunzen, das zu einer Art Urschrei wurde, von sich weg. Das Ding drehte sich und hing einen kurzen Moment über dem Wasser. Seine Flügel, es waren vier – zwei lange und zwei kurze – waren gefleckt wie eine Giraffe, genau wie sein … Kopf. Ein Kopf. Kurz bevor es ins Wasser plumpste, fiel das Morgenlicht auf einen braungrünen Panzer.

Abwechselnd hatte Phelan sich nach Frank umgesehen und das Drama auf dem Kutter verfolgt. Jetzt starrte er wie gebannt auf das Wasser hinter dem Heck. Noch nie hatte er eine Schildkröte dieser Größe gesehen und noch nie hatte er eine Meeresschildkröte fliegen sehen. Die Schildkröte traf auf dem Wasser auf und kam für eine Millisekunde wieder hoch, ein dunkler Schatten im dunklen Wasser. Die beiden vorderen geschwungenen Flossen breiten sich wie Habichtsflügel aus, dann zogen sie das große Tier unter die Wasseroberfläche.

Phelan drehte sich um und sah zum Kutter. Der Schmuggler – *verdammt, es war tatsächlich Ticker* – hob beide Arme in die majestätische Morgendämmerung, dann warfen sich zwei Wasserpolizisten auf ihn und alle drei verschwanden aus dem Blickfeld. Zur Sicherheit jagte der Scharfschütze auf dem Schnellboot eine Salve in die Luft. Das M-16-Rattern durchzuckte Phelan.

Er drehte sich weg, sah sich um, entdeckte einen Cop, der einen der Schmuggler am Schlafittchen hatte, der wie ein großes, hübsches, unglückliches Heubündel aussah, und rannte zu ihnen. Phelan drängte sich zwischen den Cop und Frank, zückte seinen Privatdetektivausweis und erklärte dem Cop, welche Abmachung er mit seinem Onkel getroffen hatte.

»Hauen Sie ab«, sagte der Cop und schob ihn weg. »Der gehört mir.«

Frank presste seine zitternden Kiefer zusammen. »Wer sind Sie?«, fragte er.

Phelan sagte ihm, er solle die Klappe halten. »Ziemlich laut hier«, sagte er beschwichtigend zu dem Cop und erklärte ihm, wer sein Onkel war. Zu Frank sagte er: »Privatdetektiv. Sie haben uns hierher gelotst. Im Gegenzug darf ich Sie mitnehmen.«

Der Cop sah Phelan wütend an und hielt die Hände in die Luft. Phelan übernahm Frank.

Die Leute von der Küstenwache führten ihren Gefangenen vom Fischkutter, umrundeten Ballen, Kühlboxen, Kisten und einen Gitarrenkoffer und übergaben ihn ihren Kollegen. Phelan hielt Frank, der mit Handschellen gefesselt war, am Ellbogen fest und wartete im Matsch neben der Straße, während der starr geradeaus schauende Ticker an ihm vorbeigeführt wurde. Er sah einer Anklage wegen Drogenbesitzes, Drogenhandels und Widerstands gegen die Festnahme entgegen. Die Rettung einer Meeresschildkröte würde ihm wohl kaum zugutegehalten werden. Phelan sagte sich zwar, dass er durchaus auch hätte zusehen können, wie ein Leichensack an ihm vorbeigetragen wurde, aber das war kein besonderer Trost.

Als sie bei einem Streifenwagen ankamen, brüllte Ticker *Hey, ihr Wichser, wartet!* Sein Kopf drehte sich zum Morgenhimmel, von dem weißgoldene Strahlen auf das Wasser fielen. Er hielt den Blick darauf gerichtet, bis sie ihn in das Auto stießen.

Phelan schleifte den Mann seiner Mandantin zu dem Chevelle, der weiter oben an der Straße stand.

Franks blonde Haare waren schweißnass. An seinem Hals und seinem T-Shirt hing Gras.

»Moment, ich muss meinen Mustang holen. Könnten Sie

mir vielleicht die Handschellen abnehmen, damit ich fahren kann? Dann ist das Auto da, wenn ich –«

»Sie haben keinen Mustang.« Frank roch wie ein verschwitzter eins neunzig langer Joint.

»Klar doch. Er steht direkt –«

»Ach ja? Sehen Sie ihn hier irgendwo?«

Phelan ließ ihn los, und Frank drehte sich erst in die eine Richtung, dann in die andere und einmal um die eigene Achse.

»Kommen Sie.« Phelan packte ihn wieder und verfrachtete ihn auf die Rückbank des Chevelle.

Frank drehte sich zum Seitenfenster und starrte auf der Suche nach dem Mustang hinaus. Als sie über einige Furchen fuhren, knallte seine Stirn gegen die Scheibe. »Wo ist er?« Seine Stimme klang jämmerlich.

»Der ist beschlagnahmt. Waren Sie mal bei einer der Versteigerungen, die die Polizei regelmäßig veranstaltet? Da kann man tolle Schnäppchen machen.«

»Die können mein Auto doch nicht einfach mitnehmen! Es gehört meiner Frau. Ich zahl noch den Kredit ab. Cops hin oder her, die können nicht einfach mein Auto klauen!«

Geduldig setzte Phelan ihm auseinander, warum sie das doch konnten. Dann unterrichtete er Frank noch über die neue Behörde, die hart gegen Drogendealer durchgreifen würde, wie genau, wusste man noch nicht, aber Phelan war sich sicher, dass die bestehenden Strafen verschärft werden würden. Warum? Ganz einfach. Nixon hatte es angeordnet. Und die neuen Uniformen, Büros, Briefköpfe, Schreibmaschinen, Dienstausweise und Autos mussten sich ja auszahlen. Die Leute mussten was zu tun haben. Sie mussten ermitteln, recherchieren, aufklären, konferieren. Der ganze Laden brauchte eine Legitimation, die Drogencops, die Hohlköpfe in Washington, Nixon. Frank sollte sich freuen. Er war nur vom Beaumont Police Department erwischt worden und nicht von den frisch erweckten Antidrogen-Kreuzzüglern. Und falls er nicht noch doofer war, als er sich hier aufführte, dann würde er vielleicht merken, dass er gerade nach Hause gebracht wurde.

Von der Rückbank grummelte es. Phelan sah hin und wieder in den Rückspiegel. Frank saß vornübergebeugt da, wegen der Handschellen konnte er sich nicht zurücklehnen. In seinem Filmstar-Gesicht arbeitete es, während er über seine missliche Lage nachdachte. Fünf oder sechs Querstraßen von seinem Haus entfernt platzte es aus ihm heraus: »Sie haben mir noch nicht gesagt, wie die Cops ausgerechnet auf mich gekommen sind. Ich hab niemandem was verraten. Ich hab nicht mal meiner ...«

»Erst Sie. Reine Neugierde, aber sagen Sie mal, wie viel kriegen Sie pro Nacht?«

»Neuntausend.«

»Wow. So einen Job verliert man natürlich nicht gern. Gibt aber Schlimmeres.«

Dann erzählte er ihm, wie die Cops auf ihn gekommen waren. Er verdanke es seiner Frau, dass er frei sei, und wenn er schon Phelan Investigations nicht dankbar sei, dann wenigstens Cheryl Sweeney.

Phelan hielt neben dem alten Pick-up mit den neuen Reifen, half Frank aus dem Auto und schloss an der Tür, an der Cheryl schon wartete, die Handschellen auf und steckte den kleinen Schlüssel in die Tasche. Nickte Cheryl zu, die stumm *Danke* sagte.

Der Polsterer musste sich das überlegt haben, als Phelan den Schlüssel in seine Tasche gleiten ließ. Kaum hatte Phelan sich weggedreht, trat Frank ihm mit voller Wucht in die Kniekehlen. Phelan schrie auf, seine Beine gaben unter ihm nach und er landete in einem knorrigen, dornigen Busch. Cheryl brüllte Frank an. Unbeholfen rappelte Phelan sich wieder auf und humpelte drohend auf die Haustür der Sweeneys zu, aber Frank knallte sie mit einem Wumms zu. Dann machte es klick, und von drinnen war Geschrei zu hören, abwechselnd Sopran und Tenor.

Phelan löste die Fäuste, zu denen sich seine Hände automatisch geballt hatten. Humpelnd und ächzend ging er zu seinem Auto und stieg ein. An einer Drogerie hielt er an und kaufte eine elastische Binde und einen Beutel mit Eis. Während der Fahrt malte er sich aus, wie er Frank Sweeneys hübsche Wangenknochen mit dem Zweikilosack Eis zermalmte und ihn dann mit der Mullbinde strangulierte. Stattdessen schleppte er sich zu Hause angekommen in sein Badezimmer und ließ seine Kleider auf den Boden fallen. Es war kurz nach acht. Er wählte die Büronummer und gab Delpha eine Kurzzusammenfassung von der Razzia und der Gefangennahme von Frank Sweeney. Den Teil mit der Schildkröte und dem Dornbusch ließ er aus.

»Toll«, sagte sie. Bei dem Triumph in ihrer Stimme wurde ihm warm ums Herz.

»Ja. Ich hau mich kurz hin, dann knöpf ich mir Jim Anderson vor. Vielleicht schau ich vorher gar nicht erst im Büro vorbei.«

»Einen Moment. Der richtige Name von Anderson ist Sparrow. Demnach heißt Bell auch Sparrow, Tom.«

Phelan ließ sich vorsichtig ins Bett sinken, während er sich von Delpha eine kleine Geschichtsstunde erteilen ließ.

Dann schluckte er vier Aspirin und legte auf. Er wickelte Eis in ein Handtuch, legte es auf sein heißes Knie, zog das Laken bis unters Kinn und nickte ein.

33

Der *Beaumont Enterprise* brachte ein Foto des Schwätzers Spiro Agnew, seines Zeichens Vizepräsident, daneben seine Erklärung, dass er nicht wegen des Vorwurfs der Bestechlichkeit zurücktrete und dass das Justizministerium »unprofessionell, bösartig und empörend« sei. Ein Sportreporter tönte herum, dass Bobby Riggs das von viel Tamtam begleitete Tennismatch gegen Billie Jean King verschenkt habe, während ein Leserbriefschreiber krakeelte, Riggs sei ein »chauvinistischer Hornochse«. Über die Drogenrazzia stand noch nichts in der Zeitung, aber bestimmt hämmerte gerade ein Redakteur mit hochgekrempelten Hemdsärmeln eine Schlagzeile in die Tasten. Delpha hatte sich einen Styroporbecher Kaffee aus dem Rosemont mit ins Büro genommen, *zehn Cent für Oscar, danke,* und stellte ihn neben das einsame Telefon.

Tom würde nach dem Gespräch mit Jim Anderson beziehungsweise Jim Sparrow ins Büro kommen und dann könnten sie vielleicht Xavier Bell anrufen und ihm mitteilen – so er ans Telefon ging –, dass sie seinen Bruder gefunden hätten.

Da war nur eine Frage, die an ihr nagte. Wenn er wirklich Sparrow hieß und wenn der Laden mit den hübschen Vögeln in New Orleans passenderweise von einer Familie Sparrow, die zwei Söhne hatte, geführt wurde, warum tauchten dann auf den Seiten aus den Louisiana Archives keine Brüder namens Sparrow auf?

Die einzige Erklärung war, dass sie woanders zur Welt gekommen waren und daher Xavier Bells Behauptung, dass er in New Orleans geboren und aufgewachsen sei, eine weitere Lüge war. Delpha schob die Archivblätter zusammen, steckte sie in eine Mappe, ordnete sie in dem grauen Aktenschrank ein und schob krachend die Schublade zu.

Was für eine Riesenzeitverschwendung.

Dann verbrachte sie ein paar Minuten damit, sich nicht darum zu kümmern, wie Bell oder Sparrow tatsächlich hießen. Um fünf nach halb neun klingelte das Telefon. Sie begrüßte den Anrufer mit: »Phelan Investigations. Was kann ich für Sie tun?«

»Mir helfen?« Die verärgerte Anruferin hatte schon mal angerufen und es »hundertmal klingeln lassen«. Sie wollte, dass Phelan Investigations die Frau ihres Freundes aufsuchte und sie dazu brachte, ihren Mann freizugeben. Sie wisse nicht, wo die Frau wohne, deswegen brauche sie ja einen Detektiv. Es müsse ein großes Haus sein, weil sie fünf Kinder habe.

Delpha fragte, ob der Mann auch in dem Haus wohnte.

Ja, tat er. Aber er würde sofort ausziehen, wenn die Frau ihn endlich aus den Klauen ließ. Die Anruferin dachte, dass Phelan auch dabei helfen könnte. Wie viel würde das kosten?

Sich gegen den Sturm der Entrüstung wappnend, legte Delpha der Anruferin nahe, dass das Ganze eine Angelegenheit zwischen ihr und ihrem Freund sei. Es tue ihr leid, aber solche Aufträge übernehme Phelan Investigations nicht.

Am anderen Ende der Leitung wurde empört nach Luft geschnappt.

»Danke für Ihren Anruf, Ma'am, alles Gute.« Delpha legte den Hörer auf die Gabel, stand auf und ging im Büro auf und ab.

Mist, es kümmerte sie sehr wohl, wie Xavier Bell richtig hieß. Vielleicht ließ sich das doch noch auf andere Weise herauskriegen.

Im Laden der Wertmans war ihr beim Betrachten der *Flo ri da*-Karte eine Idee gekommen und das Tolle daran war: Wenn sie nicht funktionierte, würde niemand sie in einer Einzelzelle wegsperren oder zum Kloschrubben verdonnern oder ihren Kuchen einfordern oder ihr den Besenstiel in die Rippen rammen oder sie ohrfeigen, so dass ihre Wange brannte oder ihre Schläfe pochte, je nachdem, wo sie getroffen wurde. Sie sagte es sich vor. In der Freiheit machte man einfach nur einen Fehler, wenn man einen Fehler machte, und der hinterließ nicht unbedingt blaue Flecken.

Sie war jetzt in Freiheit, auch wenn sie sich das immer wieder in Erinnerung rufen musste.

Dann erinnerte sie sich an den Rat, den ihr ihr Bewährungshelfer Joe Ford bei ihrem ersten Treffen gegeben hatte: *Verhalten Sie sich ruhig und entspannt, dann sind Sie irgendwann ruhig und entspannt. Bis dahin müssen Sie eben schauspielern und so tun als ob. Und zweitens: Fragen und bitten.* Zuerst hatte sich der Rat ein bisschen lächerlich angehört, aber er hatte sich bewährt.

In Jacksonville war es zehn Uhr morgens, hier in Texas neun. Die Bibliothek der Universität von Houston war wahrscheinlich schon geöffnet. Delpha wählte die Nummer, die ihr die Telefonauskunft genannt hatte. Als sich eine junge Frau mit »Bibliothek« meldete, sagte Delpha in dem freundlichsten Ton, zu dem sie imstande war: »Vielleicht können Sie mir helfen. Arbeitet Shirley Myers heute an der

Auskunft?« Die junge Frau antwortete unsicher, dass sie keine Mrs Myers kenne. Heute war Mrs Powell für die Auskunft zuständig.

»Stimmt!«, erwiderte Delpha reumütig. »Heute ist ja Montag. Mary Powell, oder? Ist es nicht peinlich, die Namen seiner Bekannten zu vergessen?«

Die helle Stimme antwortete etwas selbstsicherer, dass der Vorname von Mrs Powell Adelaide sei, aber dass nur der liebe Gott sie so nennen dürfe.

»Ja, stimmt. Arbeitet Mrs Powell nicht schon sehr lange in der Bibliothek?«

»Gott schuf Mrs Powell, dann schuf er das Licht und die Dunkelheit.«

»Genau die meine ich«, sagte Delpha. »Stellen Sie mich doch bitte zu ihr durch.«

Als Mrs Powell abhob, begrüßte Delpha sie und erkundigte sich nach der Verjährungsfrist für Mord oder versuchten Mord in Texas.

»Es gibt keine Verjährungsfrist für die strafrechtliche Verfolgung von Mord oder versuchtem Mord.«

»Himmel, das wissen Sie aus dem Stegreif?«, rief Delpha.

»So etwas gehört zur Allgemeinbildung. Kann ich Ihnen noch mit etwas anderem helfen?«

»Nein, das war's schon.« Delpha dankte ihr und legte auf. Die Antwort auf die Frage hatte sie gekannt. Was sie hatte hören wollen, war der Klang von Mrs Powells Stimme, wenn sie das sagte: resolut und entschieden, ohne zu zögern. Angela war noch zu begeistert über ihre neue Stelle, um nicht mit ihrem Wissen anzugeben und drum herumzureden. Eine gelangweilte und rechthaberische Gefängnisinsassin hätte es genauso gut sagen können, aber nicht mit dieser gelassenen Autorität. Sie hätte eine gewisse Überlegenheit durchklingen lassen: Sie hatte den Durchblick, der andere nicht.

»Es gibt keine Verjährungsfrist für die strafrechtliche Verfolgung von Mord oder versuchtem Mord ... Es gibt *keine* Verjährungsfrist für die strafrechtliche Verfolgung von Mord oder versuchtem Mord.« Sie setzte sich auf ihrem Stuhl gerade hin.

Dann rief sie beim Police Department in Jacksonville, Florida, an und fragte nach dem Detective, der sich um die ungelösten alten Fälle kümmerte. Sie wurde weitergereicht, bis jemand sagte: »John Perch.«

Sie nannte ihren Namen und den ihres Arbeitgebers und erklärte Detective Perch, worum es sich handelte.

»Ich will Kirsche, Süße. Zwei Stück«, hörte sie ihn leise sagen, dann sprach er wieder in die Sprechmuschel: »Welche Akte meinen Sie?«

Delpha nannte ihm den Alias-Namen, Rodney Harris, das Jahr, 1969, und erklärte, dass es sich um eine Anzeige wegen Körperverletzung oder Schlimmerem handeln könnte. Ein Mann oder zwei Männer, die damals zwischen fünfundsechzig und siebzig waren. Der andere könnte sich Bell nennen. Oder Sparrow.

»Verstehe. Ich soll also meine Zeitmaschine anwerfen und in Uraltakten rumkramen, weil irgendeine eifrige Reporterin aus Miami Hintergrundinformationen von einer vertraulichen Quelle haben will?«

Vertrauliche Quelle – den Begriff hatte sie noch nie gehört. Schweigend saß sie da, bis ihr kam, dass Adelaide Powell ihn sicher kannte. »Ich bin keine Reporterin. Ich arbeite für einen Privatdetektiv in Beaumont, Texas.«

»Oh. Entschuldigen Sie vielmals. Eine neugierige texanische Privatdetektivin ist natürlich was ganz anderes. Sie wollen also nur ein bisschen rumschnüffeln?«

Sie könnte lügen. Stattdessen sagte sie ja.

»Eine Privatdetektivin, mich laust der Affe.« Lachen. Dann Schweigen. Sie hörte es scharren, vielleicht Stuhlbeine auf dem Boden. Delpha wartete darauf, dass der Hörer auf die Gabel geworfen wurde.

»Zuerst will ich wissen, wie Sie aussehen.«

Eigentlich hatte sie noch einmal auf Adelaide Powell machen wollen, aber angesichts seines Lachens und frotzelnden Tons entschied sie sich anders. Sie setzte sich, nahm einen Stift in die Hand und ließ das Ende mit dem Radiergummi auf der Schreibtischplatte hüpfen, wie Miles Blankenship es auf dem Revier gemacht hatte.

»Ich bin eins achtzig und trage meine glatten glänzenden schwarzen Haare hochgesteckt.«

Schweigen am anderen Ende. Jemand rief im Hintergrund *Jones*!

»Tragen Sie Ihre Haare manchmal auch offen? Wie lang sind sie?«

»Zuerst will ich wissen, ob Sie die Akten von vor vier Jahren raussuchen können?«

»Klar. Die schimmeln im Keller vor sich hin. Wie lang?«

»Hab ich doch schon gesagt, von vor vier Jahren.«

»Nein, Ihre Haare. Wie lang?«

»Oh.« Delpha kniff die Lippen zusammen, während sie überlegte. »Sie kennen diese eingebuchtete Stelle am Rücken einer Frau? Zwischen Taille und Hintern?«

Perch räusperte sich. »Ja.«

»So lang.«

Erneutes Schweigen. Leises Telefonklingeln im Hintergrund.

»Meine Frau hatte nie lange Haare, aber an die Stelle am Rücken erinnere ich mich. Ja, die hatte sie.«

»Sie hat sie immer noch, Detective Perch.«

Ein Seufzen. »Vielleicht unter den Fettwülsten. Was wollten Sie schnell noch mal? Und wie hießen Sie?«

Delpha wiederholte ihren Namen, ihre Anfrage und ihre Nummer.

»Die Akten sind ein einziges Chaos. Das kann mich einige freie Sonntage kosten.«

Tat es nicht. Perch rief mittags zurück, sagte, dass 1969 52 Einwohner unfreiwillig die letzte Reise angetreten hatten. Die meisten Fälle waren gelöst worden. Ein ungelöster Fall betraf einen Angestellten aus einem Supermarkt, der im Februar 1969 verschwunden war. Ungefähr zwanzig Monate später hatte man seine Knochen in den Sümpfen gefunden. Der Rechtsmediziner habe Spuren von Gewalteinwirkung an der Schädelbasis und an der Wirbelsäule festgestellt. Was die Namen anging, nach denen sie gefragt hatte ... Er schlug ihr einen Deal vor, natürlich ohne es so zu nennen, und sie spielte mit. Sie sah an sich herunter. Statt die hellblaue Bluse zu beschreiben, deren Knöpfe sie versetzt hatte, damit sie enger saß, und den verwaschenen marineblauen Rock, trug sie jetzt eines dieser schmal geschnittenen chinesischen Seidenkleider mit hohem Stehkragen und geschlitztem Rock. Weinrot. Eng. Keine Strümpfe. Hochhackige Slingpumps.

Jetzt zu den Namen, die sie ihm genannt hatte. Was hatte er dazu gefunden?

Er atmete aus. »Nichts, Baby.«

Delpha hörte ein leises Knirschen, als sie ihre Kiefer aufeinanderpresste. »Sind Sie sicher?«

Leises Keuchen.

Mit Adelaide Powells gebieterischer Stimme sagte sie: »Dann muss ich Ihnen leider sagen, John, dass ich die Kittelschürze Ihrer Mutter trage. Sie wissen schon, dieses sackartige Ding, das sich immer hochschiebt, wenn sie mit gespreizten Beinen dasitzt.« Sie legte auf.

Es wurmte sie, dass sie Perchs geiles Spiel mitgespielt hatte. Und dass er ihre Zeit verschwendet hatte. Eine super Idee war das gewesen.

Aber es verfrachtete sie niemand in eine Einzelzelle deswegen, oder?

34

Phelans Humpeln hatte sich gebessert, aber im Laufschritt war er nicht unterwegs. Er kämpfte sich durch das Dickicht zu der grauen Rampe an Jim Andersons Haustür. Niemand reagierte auf sein Klopfen und so ging er mit leicht schmerzendem Knie über den sandigen, mit Kiefernadeln übersäten Boden um das Haus herum, wo er auf einer Lichtung zwischen den Bäumen zwei Männer sah. Einer saß mit überkreuzten Knöcheln auf einem Liegestuhl und las Zeitung. Er trug eine Lesebrille, über der Baumwollhose ein Schlafanzugoberteil und keinen Hut, das dünne graue Haar war ungekämmt. Der andere – von dem Delpha gesagt hatte, er sei kein Teenager – hatte lange Beine, trug Shorts und doppelt geknotete Segelschuhe. Ein heller Pony fiel ihm in die Stirn und er beugte sich über die gemauerte Umrandung eines kleinen Tümpels, der mit Pfeilgras und Ried bewachsen war, und tauchte einen blauen Plastikeimer in das grüne Wasser. Eine Pumpe surrte.

Während der jung wirkende Mann den vollen Eimer aus dem Wasser zog, drehte er den Kopf, lächelte und spritzte dabei Wasser auf sein fleckiges weißes T-Shirt. Grinsend winkte er Phelan zu. Er sah seltsam aus mit den ergrauenden braunen Haaren, die ihm in die Stirn fielen und im Nacken kurz rasiert waren, die Wangen von feinen Falten durchzogen. Der Eimer schwappte über, als er sich erst langsam, dann ruckartig aufrichtete. »A-ha … a-ha … ah ah ah … kuck kuck kuck.« Der kleine Junge mit der Statur eines Mannes sah fröhlich zu Phelan, um sich zu versichern, dass Phelan so wie er fand, dass das Wasser und der Eimer schön waren.

Es ist tatsächlich auf eine gewisse Art ein schöner Anblick, dachte Phelan, aber auch traurig. Oder nicht. Er erwiderte das Lächeln des Jungen mit dem Eimer, dann trat er zu dem Mann auf dem Stuhl.

»Entschuldigung, Sir. Dürfte ich kurz mit Ihnen reden?«

Der alte Mann blätterte eine Seite um und strich sie glatt.

Phelan trat näher heran. »Entschuldigung«, sagte er lauter, »Mr Anderson. Können wir kurz reden?«

»Mannaggia!« Der alte Mann zuckte zusammen und zerknitterte dabei die Zeitung in seinem Schoß.

Phelan stellte sich vor und erklärte, er sei Privatdetektiv und bearbeite gerade den Auftrag eines Mannes, der, wie sie glaubten, Mr Andersons Bruder sei, auch wenn er einen anderen Namen benutze.

»Moment mal. Sie kennen den Namen Ihres eigenen Mandanten nicht? Was sind Sie denn für ein Detektiv?«

»Ein hartnäckiger. Das ist meine hervorstechendste Eigenschaft. Aber stimmt, der Fall ist ungewöhnlich. Der Mandant bezahlt uns dafür, seinen Bruder zu finden. Wenn Sie das sein sollten, Sir, nun, dann hoffe ich, dass auch Sie sich nach einer Versöhnung sehnen.«

Der Mann starrte Phelan über seine Lesebrille hinweg an. Langsam verhärtete sich sein faltiges Gesicht. Er nahm die Brille ab und stützte die Stirn in die Hand. Seine Brust hob und senkte sich. Eine Böe fuhr durch die ringsum stehenden Kiefern.

Phelan hatte den Eindruck, dass der alte Mann plötzlich verfiel, dass er gehofft hatte, dem Schlimmsten zu entgehen, und jetzt war es doch passiert. Vom Haus her waren gedämpfte Vogelstimmen zu hören. Aus der anderen Richtung klopfte es unvermittelt. Oben in einer Eiche, direkt hinter den Kiefern, erspähte Phelan die Lärmquelle, einen Rotkopfspecht. »Ich hoffe, Sie helfen uns, die Angelegenheit zu klären, Sir.«

Der alte Mann antwortete, ohne den Kopf zu heben. »Junger Mann, Sie haben keine Ahnung, was Sie da anrichten.«

Der Mann mit dem Pony hatte den blauen Eimer in den Tümpel fallen lassen und starrte zuerst den Alten an und dann Phelan, der Schreck stand ihm in das schlaffe Gesicht geschrieben.

»Das müssen Sie mir erklären.«

»Ich wette, er hat Ihnen weisgemacht, dass ich ein undankbarer, ekelhafter Schnorrer bin. Und er kein Wässerchen trüben kann.«

»Nicht mit den Worten. Aber in die Richtung.«

»Eben. Und außerdem wette ich, dass er jemanden auf Sie angesetzt hat, Sie Profi. Sie verfolgen mich, er verfolgt Sie und schon weiß mein Bruder, wo ich wohne. Und Sie werden gefeuert. Aber das ist Ihnen schnurzpiepegal, weil Sie nämlich im Voraus bezahlt wurden. Letztlich werden Sie und Ihr Kollege zufrieden abziehen, die Taschen voll Geld und keine Ahnung, um was es eigentlich geht. So ist es nämlich schon mal gelaufen. Sobald Sie mich finden, hat er mich.« Er deutete mit dem Kopf zum Tümpel. »Und ihn«, sagte er barsch.

»Ihren Freund.«

Der alte Mann schob seine Unterlippe vor.

Phelan sagte einen Moment nichts, während er an die

dunkle Limousine dachte, die auf dem Parkplatz hinter dem Bellas Hess gewendet hatte. »Wie war das? Sie glauben, dass ich die ganze Zeit, in der ich nach Ihnen gesucht habe, einen Typen an den Hacken hatte, der ihn über alle meine Schritte auf dem Laufenden gehalten hat? Aber warum?«

»Weil er sich für schlau hält.«

»Und welchen Sinn sollte das haben?«

»Er hat Sie bar bezahlt, oder? Eine großzügige Summe. Und noch mehr versprochen?«

Phelan nickte.

»Haben Sie ein Büro?«

»Ja.«

»Eine Sekretärin? Wenn, dann hat sie vielleicht eine Nachricht für Sie.«

»Ja, ich hab eine Sekretärin. Welche Nachricht?«

Der Alte schnaubte. »Wie hat er sich genannt?«

»Xavier Bell.«

»Bell. *Uffa!* Was für ein Scherzkeks. Ja, Bell, das ist er. Ich werde Ihnen was verraten. In den nächsten Tagen kriegen Sie einen Anruf. Er wird den Auftrag von jetzt auf gleich zurückziehen. *Finito*, aus, Schluss, vorbei. Der andere Schnüffler kennt ihn unter irgendeinem anderen Namen, er wird nur Ihren wissen. Sein Job ist auch erledigt und jeder geht seiner Wege. Fällt langsam der Groschen?«

Er fiel. Der Specht klopfte weiter. Phelan starrte zu dem Baum und hetzte ihm mittels Gedankenkraft einen Flugkater auf den Hals. »Okay. Er hat uns erzählt, dass er vor seinem Tod Verbindung mit seinem Bruder aufnehmen will, den er vor langer Zeit aus den Augen verloren hat. Er ist steinalt, 'tschuldigung, und wir haben ihm geglaubt. Aber warum sucht er denn nun nach Ihnen?«

»Weil er eine Schraube locker hat.«

Phelan bemerkte die Bitterkeit in der Stimme des Alten. »Das beantwortet meine Frage nicht.«

»Wie auch. Ich hab's schon vor Jahren aufgegeben, eine Antwort darauf zu finden. Ich will nur seine widerliche Fratze nicht mehr sehen.«

»Wenn Sie beide sich so sehr hassen, warum gehen Sie sich dann nicht einfach aus dem Weg?«

Der alte Mann funkelte ihn an. »Weil er sich was vormacht. Sein Hass auf mich ist ehrlich. Weitgehend. Ich schätze mal, er hasst mich zu siebzig Prozent ... vielleicht achtzig. Zu zwanzig Prozent glaubt er, mich zu lieben.« Er tippte sich mit dem Finger an die Schläfe.

»Verstehe. Sagen Sie mal, können wir uns nicht reinsetzen und dort weiterreden?«

»Kommt nicht in Frage!« Der Alte fuchtelte mit dem Zeigefinger in Phelans Richtung. »Glauben Sie bloß nicht, dass ich Ihnen auf den Leim geh. Von Ihnen lass ich mich nicht einwickeln, nein, und zahlen tu ich Ihnen auch nichts.«

»Wer redet denn davon? Dieser Besuch hier geht voll und ganz auf die Rechnung Ihres Bruders, Mr ... Sparrow.« Phelan wartete auf eine Reaktion auf das »Sparrow«, aber es kam nichts.

»Ich rede nur mit Ihnen, wenn Sie ihm nicht sagen, wo wir uns aufhalten. Und weil Sie das tun werden, weil er Sie bezahlt, kriegen Sie von mir kein Wort mehr zu hören. Machen Sie, dass Sie weiterkommen.«

»Er hat etwas davon erzählt, dass Geld für Sie nach Beaumont überwiesen wurde. Wie hat er das herausgefunden?«

»Ich fass es nicht!«, der Alte schimpfte vor sich hin. »Das kann nur aus Louis' Kanzlei kommen.«

»Wer ist Louis?«

»Der Familienanwalt. Und der Cousin von Ma. Wurde mindestens hundertfünfzig. Ist bald nach ihr abgekratzt, das ist noch gar nicht so lange her –«

Phelan riss die Augen auf. »Ihre Mutter? Wie alt ist die denn geworden?«

»Sechsundneunzig. Grandma wurde neunzig. Ich werde mit der Tradition brechen.«

»Warum, sind Sie krank?«

Anderson-Sparrow bedachte Phelan mit einem undurchdringlichen Blick. »Zurück zum Thema. Louis übergab die Kanzlei seinem schwachköpfigen Schwiegersohn Sebastian. Als ich dieses Haus hier gekauft hab, hab ich Sebastian gesagt, wohin er das Geld schicken soll. Er wusste genau, dass er das nicht weitererzählen soll, er hat es mir versprochen, genau wie Louis vor ihm. Keinen Pieps gegenüber meinem Bruder, nichts, null, *niente*. Sebastian muss eingeknickt sein und es ausgeplaudert haben. Und schon ist mir Ugo auf den Fersen.«

»Ugo.«

»So heißt Ihr Auftraggeber in Wahrheit. Im Laden hat Ugo sich Hugh genannt, klingt amerikanischer. Aber er hatte auch andere Namen.«

»Wie Sie, Mr Jim Anderson?«

Der Alte starrte ihn an. »Ah, es klickert langsam? War aber auch nicht so schwer. Wo wir gerade dabei sind, wie war noch mal Ihr werter Name?«

»Tom Phelan. Hören Sie, Mr Sparrow, er hat mich damit beauftragt, seinen Bruder aufzuspüren und herauszufinden, wo er lebt. Das steht im Vertrag. Aber es steht nichts davon drin, dass ich Kontakt mit dem Bruder aufnehme.

Aber vielleicht gibt es ja einen vernünftigen Grund, warum ich bei dem Treffen dabei sein sollte. Oder sonst jemand. Was könnte das sein. Überlegen Sie mal.«

»Vernünftig. Sind Sie eigentlich schwer von Begriff? Hier geht's nicht um Vernunft.« Der Alte faltete die Zeitung zusammen und legte sie mit ausgestrecktem Arm auf einen Baumstumpf. »Komm, Raff-«

Er stemmte sich so hastig aus dem Liegestuhl hoch, dass der Stuhl umkippte, rannte zu dem anderen Mann und ging neben ihm auf die Knie. Der jüngere Mann war an der Steinumrandung nach unten gerutscht und lag auf dem Boden, der Mund verzerrt, Arme und Schultern zuckend. Die Hände waren zu Fäusten verkrampft, die Handgelenke umgebogen. Sparrow zerrte mit beiden Händen an ihm.

Phelan lief zu ihnen und half Sparrow, den krampfenden Mann auf die Seite zu rollen. Eine Faust erwischte seinen Wangenknochen. »Wir müssen seinen Kopf anheben.« Er zog seine Jacke aus und schob sie unter den Kopf des Mannes – der schlug mit den Fäusten um sich, ein Spuckefaden hing ihm aus dem Mund. Seine Augen waren verdreht, so dass die Iris halb unter den Lidern verschwunden waren.

Phelan hielt ihn fest. »Er kriegt schon blaue Lippen.«

»Keine Sorge. Das gibt sich sofort wieder, wenn der Anfall vorbei ist«, sagte Sparrow in beruhigendem Ton.

»Hat er das oft?«

»Oft genug.« Dann sanft: »Raffie, es ist alles gut. Ich bin hier. Ich bin bei dir, Kleiner.« Kurzatmig begann er mit tiefer, rauer Stimme ein Lied zu singen. Phelan verstand die Sprache nicht, aber einzelne Zeilen schienen sich zu wiederholen. Automatisch wischte der alte Mann Rotz von Raffies Nase, tupfte seinen Mund ab. Als er einen einzelnen hohen Ton anschlug, gingen auch seine Augenbrauen in die Höhe und die senkrechten Falten in seinem Gesicht wurden länger.

Phelan wartete.

Er hatte schon einige solche Anfälle miterlebt, bei Männern, die eine Kopfverletzung erlitten hatten, aber nur einen waschechten Epileptiker, einen Rekruten, der seine Krankheitsgeschichte für sich behalten hatte, weil alle Männer in seiner Familie bis zurück zum Bürgerkrieg bei der Army gewesen waren und er unbedingt auch dahin wollte. Zwei wirklich gute Kameraden gaben sein Geheimnis preis, nachdem sie ihn zuckend und mit dem Gesicht nach unten auf seinem Feldbett gefunden hatten.

Jetzt schob Phelan seine Rechte unter sein Jackett, so dass Raffie den Kopf ruhig hielt, und legte seine Linke sanft auf die ergrauten Haare. »Er atmet«, sagte er. Das Zittern hörte nach und nach auf.

Raffie keuchte und hustete, dann schniefte er mehrmals hintereinander. Sparrow rieb seinen Nacken und summte dabei fast abwesend vor sich hin.

Phelan legte zwei Finger an Raffies Handgelenk, um seinen Puls zu messen. Der alte Mann summte weiter, aber langsam ging ihm die Luft aus. Sein gebräuntes altes Gesicht sah aus, als wäre es kurz zusammengepresst worden und so geblieben.

Dann legte Phelan einen Finger an den Hals des jüngeren Mannes und sah zu Sparrow. »Das Herz schlägt immer noch zu schnell.« Als er keine Antwort erhielt, zögerte er, dann wiederholte er es lauter.

»Das Herz schlägt immer noch zu schnell. Kann sein, dass das nichts mit dem Anfall zu tun hat. Ist Ihnen das klar?«

Sparrow hob das Gesicht. Seine Augenbrauen waren zusammengezogen und die Lider hingen herunter, nur die inneren Winkel der Augen waren zu sehen. Es war ihm klar.

»Es ist ein Segen«, murmelte er.

Phelan sah ihn einen Moment lang an. »Sie nehmen ihn auf dieser Seite, ich auf der anderen.« Sie halfen dem desorientierten Mann auf die Beine. Er schwankte. Als sie einen Schritt machten, kippte sein Rumpf nach vorne und er sackte zusammen.

»Ich hole seinen Rollstuhl. Damit können wir ihn zur Hintertür schieben.«

»Lassen Sie mich ihn tragen. Er heißt Raffie, oder?«, sagte Phelan, auch wenn er sich zumindest bei diesem Namen sicher war.

»Ja. Von Rafael.«

»Raffie, ich werde Sie ein Stück tragen. Keine Angst, ja? Nur bis zur Veranda. Ich lasse Sie nicht fallen, versprochen.«

Unbeholfen hob Phelan den großen Mann hoch, schob ihn in seinen Armen zurecht, dann wankte er los. Einmal rutschte er fast auf einem Kieferzapfen aus und der Schmerz zuckte durch sein Knie. Sparrow hielt ihnen die Fliegengittertür auf und Phelan quetschte sich seitlich durch und trug den Mann die zwei Betonstufen zu der mit quietschgrünem Kunstrasen belegten Veranda hinauf. Rechts von der Tür standen eine Waschmaschine und ein Tisch, auf dem ein Haufen Handtücher und Unterwäsche lag. Links Pappkartons mit Spielzeug, ein Stapel Plastikeimer und dahinter Säcke mit Dünger und Vogelfutter. Langsam und vorsichtig schob sich Phelan weiter, um nicht mit Raffies großen Turnschuhen am Türrahmen hängenzubleiben oder gegen die Wand im Flur zu stoßen. Der alte Mann ging ihnen voran in das erste Schlafzimmer, in dem außer einem schmalen Bett ein Schaukelstuhl und ein tragbarer Fernseher standen. Zusammen legten sie Raffie auf das Bett und machten es ihm bequem. Raffie tätschelte Phelans Wange und ließ ihn los.

Das gestreifte Schlafanzugoberteil des Alten hob und senkte sich. Er brauchte kurz, um wieder zu Atem zu kommen. »Die meisten Leute«, sagte er, »die noch nie miterlebt haben, wie jemand einen Anfall bekommt, reagieren peinlich berührt. Oder sie kriegen Angst. Kennen Sie Epileptiker?«

»Ich war mal Rettungssanitäter bei der Army.«

»Ach so. Danke, den Rest krieg ich hin.« Er zog den Schaukelstuhl über den abgetretenen beigen Teppich neben Raffies Bett und ließ sich darauf nieder.

Phelan deutete den Flur hinunter ins Haus. »Wollen Sie nicht einen Arzt rufen?«

»Seh ich aus, als würde ich das nicht allein schaffen? Nein, ich werd ganz sicher niemand anrufen.«

»Okay. Kann ich Ihnen was besorgen? In der Tankstelle an der Ecke gibt es bestimmt kalte Getränke und Eis. Ihr Bruder hat gesagt, dass Sie für einige schlimme Sachen verantwortlich sind. Ich würde gerne Ihre Version hören, bevor ich ihm Bescheid gebe, dass ich Sie gefunden habe.«

Der Mann im Bett zog sich das Laken bis ans Kinn. Seine Augenlider schlossen sich halb.

Sparrow sank in sich zusammen. »Ja, ich habe schlimme Sachen gemacht. Sie nicht? Wenn Sie die Wahrheit darüber hören wollen, werden Sie überrascht sein. Kommen Sie irgendwann die Tage wieder, dann erzähl ich es Ihnen. Jetzt hab ich zu tun.«

35

»Er ist es, oder?« Aufgeregt sah Delpha Phelan an, als er das Büro betrat. »Jim Anderson ist Rodney.«

Er bedeutete ihr, ihm zu folgen, und sie rollte einen Mandantenstuhl zu seinem Schreibtisch und setzte sich ihm gegenüber.

»Ja«, sagte er. »Er ist es.«

»Sparrow.«

»Sparrow. Zumindest hat er nicht widersprochen, als ich ihn so angeredet habe.«

»Ich könnte Bell anrufen, vielleicht geht er ja an den Apparat. Oder wir könnten länger im Büro bleiben und darauf warten, dass er sich meldet.«

Phelan erwiderte nichts.

Das Leuchten in Delphas Augen erlosch. »Was ist?«

»Wir konnten nicht lange reden. Er hat mich eingeladen wiederzukommen. Aber –« Phelan berichtete ihr von dem Gespräch mit Sparrow alias Jim Anderson und Sparrows schlechter Meinung über ihren Mandanten. Berichtete von Raffie.

»Raffie. Klingt nach einem kleinen Jungen. Aber er ist kein Junge mehr. Haben Sie ihn sich genauer ansehen können?« Ihre Stimme wurde scharf. »So ist das. Dann war das in dem schwarzen Auto hinter dem Bellas Hess also ein Schnüffler.«

»Gut möglich, und wenn, dann weiß Bell auch über seinen Bruder Bescheid. Falls mich unser lieber Kollege heute verfolgt hat. Ich habe allerdings nichts von ihm bemerkt. Die Sache ist die –«

»Die Sache ist die, dass wir vielleicht nicht auf der Seite unseres Mandanten sind.«

Phelan sah ihr in die Augen. »Wir haben Bell vertraglich zugesichert, dass wir seinen Bruder suchen und ihm mitteilen, wo er ist. Ein Vertrag ist ein Vertrag. So wie ein Versprechen ein Versprechen ist.«

»Ist schon klar, Tom. Aber wenn Ihre Kumpels Bonnie und Clyde Sie nach der Adresse von der Bank Ihres Daddys fragen, geben Sie sie ihnen auch nicht. Erinnern Sie sich an Mr Wally, meinen Lehrer in Gatesville?«

»Jep« – Phelan zerknüllte den Sportteil der gestrigen Zeitung und warf ihn in den Abfallkorb – »ich erinnere mich an Mr Wally.«

Sie ignorierte seinen genervten Ton und lehnte sich auf dem Mandantenstuhl mit der hohen Lehne zurück. »Okay. Mr Wally hat uns ständig irgendwelche Regeln und Vorschriften gepredigt. Er hat aber auch gesagt, dass das nicht alles in Stein gemeißelt ist. Wenn ich das richtig sehe, ist Ihnen Mr Anderson sympathischer als Mr Bell.«

»Ja, kann man so sagen«, erwiderte Phelan leise.

»Die Frage ist also, ob wir Bell sagen, wo sein Bruder ist. Nachdem wir dafür bezahlt wurden, es ihm zu sagen.« Nicht, dass sie unbedingt einer Meinung mit ihm war, aber es gefiel ihr, dass Tom sagte, ein Versprechen sei ein Versprechen. Es gefiel ihr, dass er sich in der Zwickmühle sah.

»Wenn der andere Privatdetektiv Sparrow gefunden hat, dann ist es egal, was wir tun.« Sie zuckte mit den Achseln. »Wenn nicht, dann sollten Sie sich erst mal Sparrows Geschichte anhören.«

Phelan starrte an ihr vorbei. »Da fällt mir was ein.« Er erinnerte sie an den Elliott-Fall, bei dem ein ganzes Vermögen an einer Standardformulierung in einem Arbeitsvertrag hing. »Haben Sie den Vertrag mit Bell zur Hand?«

Delpha ging zum Aktenschrank, zog eine Akte heraus und ging darin lesend zu Phelans Schreibtisch zurück. Sie setzte sich und las die erste Seite durch. Zum ersten Mal achtete sie auf das, was da geschrieben stand, und nicht nur auf die leeren Stellen, die ausgefüllt werden mussten. »Woher haben Sie den Vertrag eigentlich?«

»Von einer Detektei in Houston. Ich hab ihnen erzählt, dass einer in meiner Werkstatt mich bestiehlt und ich nicht wüsste, wer, und gesagt, dass ich den unterschriebenen Vertrag wieder mitbringen würde, wenn mein Partner mit allem einverstanden wäre. Eine Sekretärin hat den Vertrag mit meinem Geschäftsnamen und der Adresse abgetippt.«

»Verstehe. Okay, lesen Sie den Abschnitt unter ›Umfang der Tätigkeit‹.«

Phelan überflog die sechs oder sieben Zeilen, die mit dem Satz endeten: *Die Parteien sind sich darin einig, dass die folgenden Ermittlungen von dem Mandanten gemäß den Bestimmungen dieses Vertrags in Auftrag gegeben und vom Auftragnehmer erbracht werden und es im Übrigen allein im Ermessen des Auftragnehmers liegt, wann und wie diese Ermittlungen durchgeführt werden.*

»*Wann und wie* …«, wiederholte Phelan und seine Stimme klang schon munterer, »*diese Ermittlungen durchgeführt werden*. Das ist ja ein Ding!«

»Eben.« Delpha legte den Vertrag zurück in die Mappe und die Mappe in den Schrank. Sie konnten mit Bell verfahren, wie sie es für richtig hielten.

Als sie zurückkam, erzählte sie ihm, dass sie am Tag zuvor mit einem Detective in Jacksonville gesprochen hatte, um zu erfahren, ob ein Rodney Harris und/oder Xavier Bell beziehungsweise Sparrow im Jahr 1969 aktenkundig geworden waren. Der Cop habe sie für eine Reporterin gehalten. »Wissen Sie, was Hintergrundinformationen von einer vertraulichen Quelle sind?«

Phelan hatte sein Feuerzeug herausgeholt, zog genüsslich an einer Zigarette und lehnte sich auf seinem Drehstuhl zurück. »Ist was aus dem Journalismus. Hab ich im Zusammenhang mit Watergate gehört. Es bedeutet, dass der Reporter wichtige Informationen erhält, aber den Namen desjenigen nicht preisgeben darf, von dem er sie hat.« Er sah auf. »War es das, was Sie gemacht haben?« Er lächelte. »Wichtige Informationen gesammelt? Dann haben Sie entweder echt viel von Ihrem Mr Wally gelernt oder Sie sind ein Naturtalent.«

»Egal was, es hat sich nicht gelohnt. Er hat mir erzählt, dass 1969 ein Supermarktangestellter verschwunden ist. Ist irgendwann als Skelett wiederaufgetaucht. Aber Informationen zu einem Harris oder Bell oder Sparrow hatte der Idiot nicht. Ich hatte gedacht, dass wir das, was gerade passiert, vielleicht besser verstehen würden, wenn wir mehr über das frühere Verhältnis der beiden wüssten.«

»Delpha.«

»Was?«

»Rechnen Sie nicht damit, dass der eine der Gute ist und der andere der Böse. Hier geht's um Familienstreitigkeiten.«

»Das weiß ich. Ich will nur ein bisschen klarer sehen.«

»Und die Sache wird immer nebulöser. Hat vielleicht jemand mit einem neuen Auftrag angerufen?«

»Unser Telefon ist rund um die Uhr besetzt.« Sie bedachte Phelan mit einem bescheidenen Lächeln, damit er wusste, dass sie keinen Scherz machte. Auch wenn sie es tat, ein bisschen.

Einige Stunden darauf rief tatsächlich jemand an. Eine zögernde Männerstimme wollte, dass sie die Richtigkeit einer Todesanzeige überprüften. Auf Delphas Nachfrage hin wurde die Stimme noch zögerlicher. Er werde es sich überlegen, vielleicht riefe er noch mal an, danke, auf Wiederhören. Sie musste an eine Maus denken, die sie eines Abends beim Geschirrspülen in der Küche entdeckt hatte. Die Maus verschwand, kaum dass sie einen Schritt auf sie zumachte.

Hoffnungsvoll fragte Phelan, wer angerufen hatte, sie musste ihn enttäuschen. Gegen halb fünf trat er mit in Falten gelegter Stirn in ihr Zimmer und erklärte ihr, er überlege, ins Happy Hour auf der Crockett Street zu gehen. »Haben Sie vielleicht Lust auf einen Drink?«

Sie sah ihn an.

»Stimmt, die Bewährungsauflagen, tut mir leid. Okay, wenn irgendjemand anruft, der was will, inklusive Ihres neuen Kumpels aus Jacksonville, können Sie mir ja eine Nachricht auf dem Schreibtisch hinterlassen. Morgen werd ich noch mal mit Anderson sprechen. Je nachdem was dabei rauskommt, werden wir unseren Ermessensspielraum voll ausschöpfen. Aber jetzt würde ich gerne erst mal über Ihre Gehaltserhöhung reden.«

»Ich will nicht, dass das Büro meinetwegen pleitegeht. Der Job ist mir wichtiger als eine Gehaltserhöhung.«

»Verstehe.« Er schwieg einen Moment, dann ergriff er wieder das Wort. »Dieses Werbeschreiben von Ihnen ... ist was dabei rausgekommen?« Daran hatte Delpha an dem

Tag gearbeitet, als Dennis Deeterman im Büro aufgetaucht war.

»Nein. Aber vielleicht kommt ja noch was.«

»Schicken Sie eins an die Staatsanwaltschaft. Ich weiß schon, dass die am liebsten Ex-Cops anheuern, aber probieren können wir's ja mal. Und zahlen Sie sich einen Dollar mehr pro Stunde aus.«

Sie presste die Lippen zusammen. »Das ist sehr freundlich, aber –«

Er musterte sie. »Sie trauen mir nicht zu, das zu stemmen, oder? Zweihundert mehr im Monat.«

Sie senkte den Blick, stützte die Stirn in die Hand. Sprach mit der Schreibtischplatte.

»Ich trau niemandem, Tom. Nehmen Sie's mir nicht übel.«

Phelan kniff die Augenbrauen noch fester zusammen. In einer Art Übersprunghandlung strich er über die Tischplatte und stieß dabei gegen das kleine rote Wörterbuch, das an der Kante lag. Er erwischte es gerade noch, bevor es auf den Boden fiel, und legte es zurück. Murmelte: »Okay« und machte sich auf den Weg zu der Bar.

36

Nach dem einen oder anderen Salty Dog zottelte Phelan zurück ins Büro. Der Asphalt der zubetonierten Stadt strahlte immer noch Hitze aus, dafür rauschte der Wind in den paar Bäumen. Er brachte kühlere Luft mit, so dass das Thermometer womöglich auf unter 21 Grad fiel. Die Schwellung an seinem Knie war dank des Eisbeutels zurückgegangen, hatte er den Eindruck, und er lief leichtfüßig. In der Bar hatte ihn ein Detective, der mit seiner Freundin da war, wiedererkannt und war zu ihm gekommen, um damit anzugeben, was bei der Razzia in High Island rausgekommen war. Er erwähnte auch, dass der Chief rundum zufrieden war.

Phelan wollte gerade die Treppe zum Büro hinaufsteigen, als er zusammenschrak, weil von oben Elvis Presleys Frau herunterkam. Sie blieb stehen und rief: »Da sind Sie ja!«, und ihr stark geschminktes Gesicht hellte sich auf.

Mrs Frank Sweeney?

Sie sah tatsächlich aus wie Priscilla P.: glamouröses Augen-Make-up, schwarze Mähne, Minikleid. Nackte Beine und hochhackige Schuhe. Als sie sich umdrehte und zurück zum Büro ging, stieg ihm ihr schweres Parfüm in die Nase. Phelan sperrte die Tür für sie auf und folgte ihr.

»Ich wollte nicht, dass Ihre Sekretärin die Rechnung zu uns nach Hause schickt«, rief sie ihm über die Schulter zu. »Frank soll sie nicht sehen. Deshalb bin ich gekommen, um Sie bar zu bezahlen. Frank hätte die ganze Kohle schon längst durchgebracht, aber ich hab was beiseitegeschafft.«

Phelan wollte einen Quittungsblock aus der Schublade seines Schreibtischs holen, aber sie streckte ihm ein Bündel Scheine entgegen, und er trat zu ihr, um es zu nehmen.

»Sie haben Ihr Geld nicht auf der Bank liegen, Mrs Sweeney?«

»Cheryl. Um Himmels willen, nein! Ich verstecke es, wie es sich gehört, unter der Matratze.«

Phelan lächelte. »Was haben Sie denn jetzt für ein Auto, Cheryl?«

»Plymouth Belvedere. 66er mit Startknopf. Sieht aus wie ein Ratzefummel auf Rädern.« Ihr rosa Mund verzog sich zu einem Grinsen.

»Sie können Ihren Mustang bei den anderen sichergestellten Autos besuchen. Ich vermute mal, Frank arbeitet wieder für seine Mutter?«

Sie nickte. »Sie sollten ihn mal jammern hören. Tom, ich wollte mich persönlich bei Ihnen dafür entschuldigen, dass der Idiot Sie getreten hat. Wo Sie ihm die Cops vom Hals gehalten und zu Hause abgeliefert haben. Ist Ihre Sekretärin eigentlich schon heimgegangen?«

»Ja. Es ist ...«, er sah auf seine Uhr. »Zehn nach sechs. Reines Glück, dass Sie mich erwischen.«

Sie warf ihre langen, glatten Haare zurück und schüttelte den Kopf, so dass sich ein Fächer Haare über ihre Schultern breitete. »Ja ...« Ihre energische Stimme wurde auf einmal weich. »Da hab ich wohl echt Glück gehabt.«

Ein Glöckchen oberhalb von Phelans linkem Ohr bimmelte leise und gleichzeitig blinkte ein rotes Ausrufezeichen vor seinem geistigen Auge. Das Augen-und-Ohren-auf-Signal. Kein schlabbriges Arbeitshemd, das ihre Kurven verbarg – ein langärmliges Paisley-Ding mit Rüschen, die über die

Handgelenke fielen, und einem Saum, der bis knapp unter ihren Hintern rutschen würde, sobald sie sich setzte. Musste eine Art Stehkleid sein. Dann bemerkte Phelan plötzlich, dass Cheryl … glitzerte. Nicht nur ihr hellrosa Lippenstift. Auch auf ihren rosa Wangen und ihren Augenlidern glitzerte es. Sternenstaub.

Er lenkte von sich ab. »Wie geht's dem Kleinen?«

»Der ist heute Abend bei seiner Grandma.«

»Und Frank senior?«

»Ausgegangen.«

Ohne sich umzudrehen, griff Cheryl hinter sich und schloss die Tür zu seinem Büro.

»Dann haben Sie Ihren Streit also nicht beigelegt.« Phelan schob die Hände in die Hosentaschen.

»Das sind Streits, die kann man nicht richtig beilegen.« Ihre zurechtgezupften Brauen und der angemalte Mund zogen sich zusammen. »Es ist so ungerecht, es kotzt mich echt an. In der Bibel steht: ›Eine tüchtige Frau ist die Krone ihres Mannes.‹ Dann sagen Sie mir bitte mal, ob es nicht verdammt tüchtig ist, wenn eine Frau ihren Mann vor dem Gefängnis bewahrt.« Sie suchte seinen Blick.

»Was steht in der Bibel über Dankbarkeit?«

»Da steht, dass man Gott dankbar sein soll. Und das bin ich auch. Aber eher beißt Frank sich die Zunge ab, als sich bei mir zu bedanken, wie er es müsste. Er denkt ernsthaft, er dürfte auf andere runterschauen.« Ihre schwarz umrahmten Augen bekamen einen durchtriebenen Ausdruck. Sie trat vor, griff nach Phelans Gürtel und zog ihn an sich. »Wissen Sie noch, Frank und ich haben eine Vereinbarung.«

»Ja, dunkel erinner ich mich, aber damit hab ich nichts zu schaffen.« Phelan löste ihre Hand von seinem Gürtel.

Sie entwand ihm ihre Hand, legte den Arm um seinen Nacken, stellte sich auf Zehenspitzen und küsste ihn mit hingebungsvollen weichen, warmen feuchten Lippen. Es war eine Weile her, dass eine Frau Phelan berührt hatte, und egal was er allgemein von ihr (energisch, verheiratet) und ihrem Mann (Trottel) hielt, Cheryls körperliche Vorzüge waren schlagend. Das herzförmige Gesicht. Der Wasserfall dunkler Haare den Rücken runter. Nur hatte das Glöckchen gebimmelt und das Glöckchen wusste Bescheid. Vor ihm stand die personifizierte Verführung, gefolgt von einem Rattenschwanz an Problemen. Er wich zurück. Sie neigte den Kopf und küsste seinen Hals, dann hauchte sie einen Kuss auf seinen Mund und presste gleichzeitig ihre Linke in seinen Schritt. Mit handfestem Ergebnis.

Oh, Mann.

Seine Hand glitt unter das kurze Kleid, wo sie weder auf Nylon oder Baumwolle stieß. Nur Cheryl Sweeney. Sie stöhnte und drängte sie beide gegen die Tür. »Pille?«

»Was in der Art.«

»Dann, äh, also ...« Phelan richtete sich auf.

»Okay! Spirale.« Sie trat zu ihm und leckte zart über die Kuhle unter seinem Adamsapfel. »Eines von diesen Kupferdingern, das –«

»Schon verstanden. Trotzdem ...«, er schüttelte den Kopf, »ich geh lieber auf Nummer sicher. Bleib da stehen.« Phelan löste sich von ihr, ging zum Schreibtisch und zog die kaum benutzte mittlere Schublade auf, holte etwas von ganz hinten heraus und riss beim Zurückgehen die Folie auf.

Cheryl hob das Kinn und schob den makellosen Kiefer vor. »Ich hab keine Krankheit.«

Er öffnete seinen Reißverschluss. »Aber Frank vielleicht.«

Während er aus einem Hosen- und Unterhosenbein stieg, schob er seine Hand in ihre Haare und küsste sie auf die Lippen, auf den Hals. Murmelte: »Es wär dir sogar egal, wenn er das hier rauskriegen würde, oder?«

»Ja.«

Sie küsste ihn, dann ließ sie ihre Hände an ihm hinuntergleiten. Phelan beugte die Knie, presste sie gegen die Tür.

»Nur um das klarzustellen, du bist es, die mich benutzt, Cheryl«, flüsterte er ihr ins Ohr.

»Dann benutz du mich doch auch, Baby.«

Ihre Brüste rieben an ihm. Frank junior fiel ihm ein, aber in dem Augenblick umschlangen ihre Schenkel seine Taille und klammerten sich fest.

Dann soll es eben so sein, zischte ihm durch den Kopf. Er umfasste ihre Oberschenkel und schob sich vor. Sein Knie jaulte kurz auf, dann hielt es still. Langsam hob er sie hoch und senkte sie auf seinen Schwanz. Schob sie hoch, wieder runter. Und wieder hoch. Langsam, ganz langsam.

Bis sie schließlich wieder und wieder seinen Namen stöhnte. Die Tür schepperte im Schloss, als sie dagegen rammten, einmal, zweimal, dreimal. Cheryls Keuchen wurde schneller, die Schreie spitzer, dann erstarrte ihr Gesicht. Sie packte sein Hemd am Rücken, riss daran, ein Knopf platzte weg, und ihre Oberschenkel brachen ihm fast die Rippen. Cheryls Gesicht zog sich zusammen und dann teilten sich ihre Lippen und sie presste ein regelmäßiges *ah ... ah ... ah ...* hervor wie ein heißgelaufener Motor.

Phelan war noch nicht so weit. Als er wieder klar sehen konnte, hörte er auf, sie gegen die Tür zu stoßen, und trug sie die paar Schritte zu dem Mandantenstuhl. Ihre Augen waren geschlossen.

Seine nicht. Unvermittelt richtete er sich auf. Himmel, sein Schwanz war rot lackiert und sein Hemdzipfel fleckig, auf seinen Schenkeln waren Schmierer. Er trat einen Schritt zurück, »Cheryl!«.

Ihre Augen öffneten sich. Er deutete auf sie.

Sie beugte den Kopf und entdeckte das Blutrinnsal, das sich wie etwas Lebendiges auf die Sitzfläche des Stuhls zubewegte.

»Ach Scheiße. Scheiße!« Sie sprang auf und presste die Hände in den Schritt. »Bring mir meine Handtasche!«

Phelan stieg aus dem anderen Hosenbein, ließ den Pariser in den Abfallkorb fallen, zog seine Unterhose aus, rieb sich damit ab, schlüpfte zurück in die Hose. Holte die neben der Tür liegende Handtasche mit den Lederfransen und hielt sie ihr hin. Die rechte Hand immer noch im Schoß, klemmte sie sich die Tasche unter den Arm und kramte mit der Linken darin herum. Zog einen rosa Fetzen heraus – *Höschen*? – und ein kleines weißes Ding und ließ die Tasche auf den Boden fallen. Der Inhalt kullerte über den Boden.

»Dreh dich um. Autsch, jetzt kommen sie. Jetzt kommen die Scheißkrämpfe.«

Phelan drehte sich um. Er hörte es reißen und knistern, dann Stille, gefolgt vom Schnalzen eines Gummis und schließlich sagte sie: »Okay.« Als er sich umdrehte, stand sie mit glattgestrichenem Minikleid und ohne Glitzern im Gesicht da. Es war nackt, angestrengt.

Beklommen bemerkte er, dass Cheryl Sweeney weinte.

»Oh Mann, ich geb mir echt Mühe«, sagte sie und legte eine Hand über die Stirn. »Ich geb mir echt Mühe, alles richtig zu machen, und nie ist es richtig, egal was ich tu. Da besorg ich mir dieses total moderne Verhütungsdings und wenn ich jetzt meine Tage krieg, blut ich wie ein abgestochenes Schwein ...« Wütend rieb sie sich übers Gesicht.

»Ich sorg dafür, dass Frank nicht in den Knast muss, und was hab ich davon? Er ist stinksauer, weil ich ihn gerettet hab. Dann zieh ich los, um mir ein bisschen was zu gönnen, weil ab und zu braucht man ein bisschen Aufmerksamkeit, oder? Die braucht man ganz einfach. Also such ich mir jemand und scharwenzel ein bisschen rum. Und selbst das krieg ich nicht hin. Ich mach immer nur eine Witzfigur aus mir.«

Phelan verkniff sich die Bemerkung, dass er nicht ein bisschen was war. So einen Lapsus verzieh er, weil das, was sie da gerade an der Tür angestellt hatten, echt nicht irgendwas war, fand er jedenfalls. Und was das Bedürfnis nach Aufmerksamkeit anging, hatte sie recht. Er hatte das Gefühl, als hätte sich sein Inneres auf einmal erheblich vergrößert.

»Du bist nicht meine erste Frau, okay?« Er kramte ein Taschentuch hervor und ging vor ihr in die Hocke, umfasste ihr Kinn und tupfte die Tränen weg und rieb über einen Blutfleck an ihrem Haaransatz. »Schon besser«, sagte er und gab ihr das Taschentuch.

Sie knüllte es zusammen.

»Cheryl. Die Frau, die letztens in mein Büro gekommen ist, weil sie ihren Mann vor dem Knast bewahren wollte, war ziemlich smart. Ist so. Und willst du wissen, wer noch so von dir denkt?«

Cheryl sah ihn mit verheulten, wütenden Augen an.

»Mein Onkel, der Polizeichef. Und diese smarte Frau sitzt genau in diesem Moment wieder in meinem Büro. Glaub's mir. Mach dich nicht so klein, verstanden?«

Die Augen sahen ihn prüfend an. Dann gingen ihre Augenbrauen und ihre Mundwinkel nach oben. »Okay«, sagte sie leise. »Danke.«

Sie hob ihre Handtasche auf, sammelte ihr Zeug ein und knuffte Phelan zärtlich in den Bauch. Dann drehte sie sich zur Tür, hob die Finger zum Victory-Zeichen und ging. Victory oder Peace, eins von beiden, jedenfalls drehte sie sich nicht um, um zu sehen, ob er den Gruß erwiderte.

Phelan bewunderte sie für diesen Abgang. Tolle Frau. Und, ja, smart.

Er ging zum Abfallkorb – er sollte ihn besser gleich leeren, bevor er es vergaß –, bückte sich und hob etwas vom Boden auf. Eine niedliche kleine Geldbörse aus Plastik, die man zum Öffnen an den Seiten drücken musste. Darin lag ein zusammengefalteter Zehner und Cheryl Sweeneys Führerschein.

Er sah auf das Foto und dachte an das, was sie gesagt hatte. *Man braucht ab und zu ein bisschen Aufmerksamkeit.*

Und an Xavier Bell oder Sparrow oder wie er auch hieß.

Bell wollte Aufmerksamkeit und wollte sie nicht. Er hatte sie bei ihnen gesucht und gefunden und das Gespräch und die Vorstellung, »Verbündete« zu haben, ganz offensichtlich genossen. Aber dann verschwand er aus ihrem Blickfeld. Wurde unsichtbar, wie Delpha gesagt hatte. Wenn man unsichtbar ist, kriegt man nur schwer Aufmerksamkeit. Wer zugleich schlemmen und fasten wollte, hatte ein Problem.

Hatte sich jemals jemand um Bell gekümmert? Eine Ehefrau, eine Geliebte, die Familie? Selbst die Polizei? Oder hatte sich in seinem langen Leben nie jemand um Xavier Bell gekümmert?

Und wenn ja, warum?

Sein lädiertes Knie zwickte ein bisschen, mehr aber nicht. Eigentlich fühlte er sich prima, halbwegs ausgenüchtert und war nur fünfundzwanzig Minuten zu spät dran für das 7-Uhr-Spiel. Er kniete sich an der Seitenlinie hin, um sich einen doppelten Knoten in die Turnschuhe zu machen.

Sie hatten nur das halbe Spielfeld zur Verfügung, weil der eine Korb von einer Horde schwarzer Teenager okkupiert wurde, die ligareif spielten, nur die Fouls ließen sie weg. Sie waren um die vierzehn, fünfzehn, Schlackse mit Gummibeinen und -armen, die an der Linie herumlungerten und dann unvermittelt das reinste Ballballett hinlegten. Einer der hemdlosen Verteidiger blockte einen behemdeten Angreifer, der daraufhin mit einem Crossover an ihm vorbeidribbelte und den Ball seinem behemdeten Mitspieler zuwarf. Der größte hemdlose Junge zielte unter allgemeinem Gejohle auf den Korb, einer mit Hemd holte sich den Rebound, dribbelte kurz, stieg in die Luft: hallo Netz, und er baumelte am Korb.

Als der Junge wieder auf dem Boden landete, sah Phelan hinter ihm eine dunkle Limousine an der Ecke stehen. Mercury Montego. Er rannte mit offenem Schuhband los.

Der Fahrer wendete schnell und drückte aufs Gas.

Zu Fuß, mit losem Schuhband, würde er das Auto nicht einholen. Phelan bremste ab und trat gegen den Rinnstein. Autsch. Falsches Bein. Aber immerhin war er sich jetzt sicher. Denn dass der Mercury-Fahrer ein Spanner war, der auf Jungs stand, war eher unwahrscheinlich.

Ein Punkt für den jüngeren der beiden Sparrows. Mit ziemlicher Sicherheit hatte er recht mit dem zweiten Schnüffler. Wenn der Mercury immer noch hinter Phelan her war, dann musste er ihn an dem Tag verloren haben, als er das Haus von Anderson/Sparrow gefunden hatte. Er grinste. Dass die Konkurrenz Fehler machte, tröstete ihn etwas über die eigenen hinweg: Keine Waffe mitgenommen zu haben, als er die Jungs vom Imbiss hochnahm. Frank Sweeney den Rücken zugedreht zu haben.

Wobei ihn darüber schon Cheryl hinweggetröstet hatte.

Phelan ging zurück zu den anderen. Er band den zweiten Schuh, lief aufs Spielfeld, knöpfte Fred Kruikshank, Schichtleiter bei Goodyear, den Ball ab. Joe Ford mit seinen fast zwei Metern, wie immer ziemlich spielbeherrschend, kam wieder mit seinen Highschool-Sprüchen, obwohl er inzwischen ziemlich keuchte und neuerdings eine Wampe vor sich hertrug. Joe mochte ja noch dunken können, aber selbst mit bandagiertem Knie war Tom Phelan schneller und wendiger als er.

Bis auch ihn die Zeit einholte.

37

Gedankenverloren blätterte Delpha durch die Seiten des Plastikwörterbuchs, ob vielleicht Bell und Sparrow darin auftauchten, dann sperrte sie das Büro zu. Sie hatte nicht den Nerv, noch länger zu bleiben. Eine Weile saß sie auf einem der Verandastühle des Rosemont und dachte an das Gespräch mit ihrem Boss über ihre Gehaltserhöhung. Über den Gehsteig wehte Laub. Schließlich stand sie auf und ging in die Lobby, wo gleich die 5-Uhr-Nachrichten kamen.

Die alte Mrs Bibbo in ihrem rot-weiß karierten Hemdblusenkleid mit der herzförmigen roten Brusttasche klopfte neben sich auf die Couch. Delpha setzte sich und ließ sich auf den neuesten Stand zur Watergate-Affäre bringen.

Präsident Nixon hatte sich doch geweigert, dem Sonderermittler die Tonbänder auszuhändigen – ob sie sich daran noch erinnere?

Delpha erinnerte sich.

Nun, vor ein paar Wochen war der Lügenbold im Fernsehen aufgetreten und hatte vor der ganzen Nation geschworen, dass er nichts von einem Einbruch im Watergate oder irgendwelchen Vertuschungsaktionen wisse oder von irgendwelchen anderen Gesetzesübertretungen. Mrs Bibbo schnaubte. »Und jetzt auch noch der Vizepräsident. Alle beide!« Kürzlich war eine Grand Jury zusammengetreten, um zu entscheiden, ob Anklage gegen Vizepräsident Spiro Agnew erhoben werden sollte wegen einer Sache aus seiner Zeit als Gouverneur von Maryland.

»Was denn?«, fragte Delpha.

»Bestechlichkeit!« Mrs Bibbos Gesicht war zu einer Maske der Fassungslosigkeit erstarrt. »Der amtierende Vizepräsident der Vereinigten Staaten von Amerika. Bestechlich. Wie kommt ein solcher Mann zu dem zweithöchsten Amt in unserem Land?«

Simon Finn, vormaliger Infanterist und Highschool-Lehrer, saß neben Harry Nystrom am Spieltisch und baute eine Mauer aus Damesteinen zwischen ihnen auf. »Agnew ist Grieche, Roberta, und es war ein Grieche, der einmal sagte: ›Die Kleinen hängt man, den Großen gibt man ein Amt.‹«

Mrs Bibbo funkelte ihn an.

»Wohl wahr«, sagte Mr Finn. »Wobei ich allerdings nicht weiß, ob ich den schnellen Tod durch den Strang nicht dem langsamen Siechtum im Amt vorziehen würde.«

Mr Nystrom, ehemals Vertreter für Restaurantbedarf, sah Mr Finn vorwurfsvoll an. »Wir diskutieren hier ernsthaft, Simon. Solche albernen Scherze sind da nicht angebracht.«

»Das ist das erste Mal, dass ich mit Ihnen einer Meinung bin«, sagte Mrs Bibbo mit Blick auf Mr Nystrom, »denn wissen Sie, was überhaupt nicht lustig ist?«

»Roberta« – Mr Nystrom ließ einen Damestein kreiseln – »ich finde so viel nicht lustig, dass es schon nicht mehr lustig ist.«

»Harry, bitte. Ich mein's ernst. Es ist mir wichtig. Wo waren Sie, als der Sarg mit der Leiche von Franklin D. Roosevelt heimgebracht wurde? Daran erinnern Sie sich wahrscheinlich nicht mal mehr.«

Mr Nystrom schlug auf den Tisch und das Mäuerchen

aus Damesteinen fiel zusammen. »Shreveport, Louisiana, in der Küche des Mayfair Hotel. Das Radio hat direkt aus Washington, D. C. übertragen und der Sprecher brach während der Sendung in Tränen aus. Wir in der Küche auch. Ich konnte den Mann nicht leiden, ja? Aber wir standen alle ergriffen da. Damit Sie's wissen.«

»Ich war auf der Werft in Orange«, sagte Mr Finn, ohne den Blick vom Fenster zu wenden, hinter dem im abendlichen Stoßverkehr die Autos vorbeikrochen. »Der Boss brüllte, wir sollten alle stillstehen, der Sarg sei im Weißen Haus angekommen. Alle standen still.«

Mrs Bibbo spreizte ihre Finger. »Das meine ich. Genau davon rede ich. Sie haben das aus Respekt gemacht. Roosevelt war nicht bestechlich. Er war für die Menschen da, gab ihnen Arbeit. In der Wochenschau sahen wir, dass die Leute an den Gleisen standen, als der Zug mit seiner Leiche durchfuhr. Wir wissen alle, warum sie da standen. Aus Respekt.«

Ihre Stimme wurde rau. »Und jetzt sagen Sie mir, Simon, wer wird an den Gleisen stehen, wenn der Sarg mit der Leiche von Richard Nixon vorbeirollt? Sagen Sie mir, Harry, ob Sie sich unser Land so vorstellen?«

Einen Moment lang starrte Mrs Bibbo die anderen eindringlich an, dann fingen ihr Kinn und ihre Wangen an zu zittern wie die eines Gewichthebers, der unter dem Gewicht der Hantel zusammenbricht. Sie beugte sich vor, legte die Stirn in die Hände und heulte. Die einzigen Geräusche in der Lobby kamen aus dem leise gedrehten Fernseher und von der schluchzenden alten Frau in ihrem rotkarierten Kleid.

Mr Nystrom wandte sich mit gerunzelter Stirn ab. Delpha beugte sich zu ihr und legte den Arm um die schmalen Schultern. Nach einer Weile warf sie Mr Finn, der besorgt zu ihnen sah, einen bösen Blick zu.

»Sie haben recht«, platzte Mr Finn heraus. »Sie haben völlig recht, Roberta.«

Mr Nystrom drehte sich zurück und öffnete den Mund.

»Es ist an der Zeit, dass wir essen«, sagte Delpha.

Das Abendessen hob die Stimmung etwas. Oscar hatte Schinken mit Pfeffersauce, Brötchen und Salat und Nudel-Käse-Auflauf mit gedünsteten Zwiebeln und Paprika vorbereitet. Friedlich reichten sie Schüsseln herum und kauten in einvernehmlichem Schweigen.

Delpha räumte die Tellerstapel vom Tisch, tauchte die Auflaufformen in heißes Wasser mit Seifenflocken. Oscar erklärte sie, bevor sie sich über die Küche hermache, wolle sie noch schnell rüber zur Bücherei. Bis acht sei sie zurück. Um den Dreh.

»Ich verlass mich drauf.« Demonstrativ sah Oscar auf seine Armbanduhr. »Den Vorschuss hast du ja schon gekriegt.«

Außer ins Büro gehst du höchstens in die Bücherei, sagte sie sich traurig, als sie loszog.

Dann sagte eine andere Stimme: *Das kann ja anders werden.*

Der Parkettboden knarrte, als sie auf der Suche nach Angela an den Tischen mit den grünen Lampenschirmen vorbeiging. Durch die Buntglasfenster fiel in warmen Farben das letzte Licht des Tages. Opal passte am Empfangstisch auf. Sie trug eine rosa Strickbluse, die ihr eine Nummer zu klein war.

»Hallo«, sagte Delpha.

Das Mädchen streckte eine Hand in die Luft.

Delpha versuchte es mit Konversation. »Wollen Sie eigentlich auch eine Bibliothekarslaufbahn einschlagen, Opal?«

Opals braune Augen wurden rund. Ihre Mundwinkel sanken nach unten.

»Ach du je. Gefällt Ihnen die Arbeit hier nicht?«

Der Kopf schwenkte langsam von links nach rechts.

»Was würden Sie denn lieber werden?«

Ein Flüstern. »Bäckerin.«

»Ja, und warum machen Sie das nicht?«

»Weil man da ein Haarnetz bei der Arbeit tragen muss und das tun nur Arme-Leute-Töchter.«

»Wer sagt das?«

»Meine Mutter.«

»Weißt du«, Delpha legte eine Hand auf Opals rosa Schulter, »Mütter haben auch nicht immer recht und machen Fehler. Aber eins gibt es, was nie ein Fehler ist.«

Opal hob den Kopf.

»Zimtschnecken. Wo ist Angela?«

Die Augen des Mädchens wanderten nach links. Delphas Blick folgte ihnen. Eine blasse, braunhaarige Frau in einem gediegenen marineblauen Kleid mit Spitzenkragen breitete mehrere Bücher vor einem Mann aus, der seine Brille auf den Kopf geschoben hatte. Dahinter saß ein halbwüchsiges weißes Mädchen und kaute auf einem gelben Bleistift. Mehr Leute waren nicht da. Bei genauerem Hinsehen bemerkte Delpha, dass das gediegene Kleid mindestens zwanzig Jahre alt war und der Rock sich an den Hintern der Frau schmiegte wie die Hand eines Matrosen, der frisch vom Schiff kam.

»Wo?«, fragte sie erneut und wieder sah Opal nach links. Dann hob sie einen pummeligen Finger und deutete in die Richtung.

Die Frau mit dem Spitzenkragen drehte sich zum Empfangstisch. Die braunen Haare wurden von einem schwarzen Band zurückgehalten. Schöne Haut bis auf ein paar Pickel am Kinn. Die Züge waren so regelmäßig, als wäre das ovale Gesicht eine Umrisszeichnung in einem Malbuch, die noch mit Wachsmalkreide ausgemalt werden musste.

Die Frau lächelte schief.

»Angela?«, fragte Delpha. Nur ihr Mund war blass geschminkt und könnte wie der Rest Farbe gebrauchen.

Angela machte einen Bogen um Delpha und trat hinter den Tisch, dann winkte sie sie zu sich.

»Der Bereichsleiter hat uns besucht«, sagte sie mit glühenden Augen. »Vor aller Welt hat er mir verboten, mich zu schminken, und dann sagte er noch, wenn ich meinen Job behalten will, soll ich mich besser wie eine Lady anziehen. Hat nur gefehlt, dass er mir sagt, ich soll sonntags immer schön brav in die Kirche und mich von Billard-Saloons fernhalten.« Ihr Kinn fing an zu zittern und sie legte ihre Hand darauf, damit es mit dem Unsinn aufhörte. »Er hat gesagt, dass das ein Warnschuss ist.«

»Was für ein Spießer. Mir gefällt es, wie Sie sich anziehen.« Delpha erinnerte sich noch genau an den Winter, als der Schwarzweißfernseher im Gemeinschaftsraum von Gatesville durch einen Farbfernseher ersetzt worden war. Als sie ihn das erste Mal einschalteten – was gab das für ein Hallo, und alle bestaunten den NBC-Pfau mit seinem bunten Rad. Auch Angela hatte immer solche staunenden Blicke auf sich gezogen. »Woher haben Sie denn dieses Kleid?«

»Eine Freundin meiner Großmutter ist gestorben und ihr Sohn hat Meemaw ihre Kleider gebracht. Meemaw hat sie für mich enger gemacht.« Verächtlich zupfte Angela an dem Spitzenkragen. »Sie denken doch nicht, dass ich dafür auch nur einen Cent ausgegeben habe?«

Delpha sah sie ernst an. »Nein, natürlich nicht. Aber wissen Sie, eine Menge Leute tragen eine Uniform bei der Arbeit. Dieses Kleid ist eben Ihre Uniform.«

Angela hob das Kinn. »Und was mach ich, wenn hier ein hübscher Mann reinkommt und mich in diesem Altweiberfetzen sieht? Mich hinter der nächsten Säule verstecken, oder was? Eben. Na, egal. Womit kann ich Ihnen helfen?«

»Mir ist da was gekommen. Vielleicht ist es ja Zeitverschwendung, aber ich würde mich gerne über Sperlinge informieren.«

»Zu Vögeln muss ich haufenweise Fragen beantworten.« Sofort hatte Angela bessere Laune und das Kleid war vergessen. »Wussten Sie, dass um diese Jahreszeit die Marmorschnepfe in High Island ist? Hatte vorhin einen Anruf deswegen. Sieht aus wie eine Kreuzung zwischen Strandläufer und handtaschengroßem Truthahn. Aber gut, der Sperling, englisch *sparrow*, französisch *passereau*. Versuchen Sie es doch mal draußen, da hüpfen überall welche rum.«

»Ja, aber die sehen in meinen Augen alle gleich aus.«

»Das liegt daran, dass sie gleich aussehen.«

»Dann gibt es also nur eine Sorte?«

»Sorte. Sie meinen Art, oder? Tiere werden in Arten und Familien und so eingeteilt.«

Braunbär, Eisbär, Grizzlybär, dachte Delpha. »Okay, Art.«

Eine Frau mit Kopftuch und Bluejeans ließ einen Stapel

gebundener Bücher auf den Tisch plumpsen. »Ich bin gleich für Sie da, Ma'am«, sagte Angela. Sie beugte sich zu Opal vor. Die braunen Haare fielen ihr über die ungeschminkte Wange, als sie leise etwas zu ihr sagte. Opal zog los und kehrte gleich darauf mit einem Buch zurück. Angela überflog das Inhaltsverzeichnis und gab Opal das Buch zurück. Sie warf einen Blick darauf und markierte die Seite mit dem Finger.

Das Mädchen tat es ihrer Ausbilderin gleich, las das Inhaltsverzeichnis, blätterte hin und her und las einige Seiten quer, dann legte sie das Buch aufgeschlagen auf Delphas Tisch.

Delpha ließ sich Zeit. Sie sah die beschrifteten Bilder mit den dicken kleinen Vögeln durch: Sperlinge mit schwarzem Kinn, Sperlinge mit schwarzen Augenklappen, Streifenrückenammer, Cassinammer, Feldsperling. Bei der Harrisammer ließ sie den Radiergummi auf dem Tisch auf und ab hüpfen. Harris. Das war einer der Namen, die Rodney Bell im Laufe seiner langen Flucht vor seinem Bruder Xavier benutzt hatte. Vielleicht tauchten noch mehr seiner Namen auf. Sie ließ ihren Finger langsam über die Seite gleiten.

Immer mehr Fotos mit allen möglichen Sperlingen. Sperlingsarten. Am Schluss landete sie bei einem Strandsperling und einem Sumpfsperling.

Opal beugte sich zu ihr runter.

»Was?«

»Es fängt auf der Seite vorher an«, flüsterte sie. »Da, wo es ›Gattung‹ heißt.«

Delpha blätterte zurück zu *Gattung Passer: die echten Sperlinge* und, tatsächlich, hier fingen die Sperlingsbilder an. Ein kleiner Rotkopf, der *Spizelloides arborea*. Dann kam einer mit grauem Kopf, weißer Brust und braunen Flügeln.

Beifußammer. *Artemisiospiza belli*, engl. Bell's sparrow.

Hinter ihrer Schulter hörte sie Murmeln. »... soll ich das Buch für Sie austragen?«

»Ja, danke, Opal.«

Erfreut senkte das Mädchen mit gespitzten Lippen den Kopf.

Fast acht. Mit dem Buch unterm Arm rannte Delpha in großen Sätzen die Treppe hoch ins Büro. Sie schloss die Tür hinter sich und schnappte sich die alphabetische Brüderliste, auf der die Geburten aus den Jahren 1898 und 1900 standen.

Dann hielt sie inne und hob die Nase, schnüffelte. Senkte sie zu ihrer Bluse. Was war das für ein Parfüm? Sicher nicht Calvins Aqua Velva.

Sweet Honesty? Nein, das war süßer. Sie steckte den Kopf in Toms Büro, wo der Parfümgeruch intensiver war. Ein bisschen feucht-erdig wie Moos und dann war da noch eine beißende Note nach Katze – das Nest einer Katze im feuchten Wald. Delpha ging zurück und setzte sich auf ihren Stuhl.

Wer war hier gewesen?

Es gab nur eine Antwort. Tom musste eine Frau aus der Bar hierher mitgenommen haben. Sie wandte sich den Papierstößen auf ihrem Schreibtisch zu, aber es war nur noch Papier, das keinerlei Geheimnis barg. In ihrem Kopf hatte sich ein Bild festgesetzt: Tom und eine Frau, die die Treppe hochgingen, ihre Schultern berührten sich. Arme – wo waren ihre Arme? Tom und eine Frau ineinander verschlungen.

Noch vor einer Minute war sie aufgeregt von der Bücherei hierhergerannt. Warum war sie auf einmal so niedergeschlagen? Nun, sie wusste genau, warum, und es gefiel ihr kein bisschen.

Okay, sie hatte sich schon vor längerer Zeit eingestanden, dass sie Tom attraktiv fand. Er war nett zu ihr. Er hatte Miles Blankenship geholt, und dafür war sie ihm sehr dankbar, viel mehr, als er wusste. Das alles hatte sie sich eingestanden, jeden weiteren Gedanken aber verdrängt. Und sich verboten. Sie hatte geglaubt, das würde funktionieren, wenn sie sich ausschließlich auf die Arbeit konzentrierte und in Phelan nur ihren Boss sah. Trotzdem hatte sich eine falsche Hoffnung in ihrem Kopf eingeschlichen – dass sie etwas Besonderes für ihn war, einfach weil sie jeden Tag miteinander verbrachten. In Gatesville hatte es Frauen gegeben, die nur für die Besuchszeiten lebten, wenn ihr Freund oder Ehemann kam, und vergaßen, dass ihre Männer draußen jeden Tag hundert Leute sahen. Delpha wollte nicht denselben Fehler machen.

Dabei hatte sie es schon getan. An dem Abend, als sie Isaacs Postkarte geküsst und in die Schublade gesteckt hatte, war sie plötzlich unruhig geworden. Sie war runter in die Küche gegangen, hatte ein Bier aus dem Kühlschrank genommen und fünfzig Cent für Oscar hingelegt. War wieder hochgegangen, hatte sich auf ihr ungemachtes Bett gesetzt und getrunken. Nach einer Weile stellte sie die Flasche ab und zog sich das T-Shirt über den Kopf. Stand auf und lehnte sich nackt gegen die Wand. Schloss die Augen. Die Arme abgewinkelt, die Hände flach an der Tapete, die Wange, Brüste, Bauch. Sie stellte sich Isaacs Körper vor. Seine weiße Brust, die vorstehenden Rippen, die sie einzeln zählen konnte, die schmalen Hüften, die glatte Haut an seinem harten Schwanz, seine langen Beine. Erregt, feucht presste sie sich gegen die Wand, bis sie laut keuchend erschauerte, und da wurde ihr bewusst, dass Isaacs jungenhafte Gestalt muskulöser geworden war, die Schultern breiter und dass die Hände, die sich um ihre Taille schlossen, die von Tom Phelan waren.

Du machst dich zur Idiotin mit deiner Eifersucht! Du hattest Isaac. Natürlich trifft Tom sich mit Frauen, wahrscheinlich hat er sogar eine Freundin, und das geht dich einen feuchten Kehricht an.

Delpha schämte sich vor sich selbst, und das konnte sie am allerwenigsten gebrauchen. Nicht wenn sie durchhalten wollte, die Nerven behalten. Nicht wenn sie vorankommen wollte, wohin auch immer.

Sie atmete tief durch. Dann fiel ihr ein, dass Arbeit auf sie wartete – nicht nur die verdreckte Küche, sondern auch die Listen. Die Listen, mit denen sie Rodney wie mit einem Netz einfangen wollte. Und er hatte sich tatsächlich darin verfangen, allerdings war sein älterer Bruder durchgeschlüpft. Sie setzte sich und zwang sich, die Brüderliste zur Hand zu nehmen. Glitt mit dem Finger über das Papier. Über Namen von kleinen Brüdern, bis ... ihre Hände fuhren zu ihrem Kopf.

Da war es. Alle Traurigkeit und Wut waren wie weggewischt, als ihr Blick auf den Namen fiel: Passeri. Nicht Passer, wie es in dem Vogelbuch stand – *Genus Passer*. Das Wort, das Sperling bedeutete.

Zwei Brüder: Passeri, Ugo Filippo 1898, Rodolfo Antonio, 1900. Schnell blätterte sie weiter, suchte nach Brüdern namens Sparrow, obwohl sie fast sicher war, dass keine darunter waren. Tatsächlich. Keine kleinen Sparrows zur Jahrhundertwende.

Die Familie hatte den Namen noch nicht amerikanisiert.

Sie legte die Brüderliste auf den Schreibtisch und sprang auf. Öffnete den Aktenschrank und holte die Mappe mit dem dicken Stapel heraus, der ihnen von den Louisiana Archives geschickt worden war. Die Blätter, die sie für Zeitverschwendung gehalten hatte.

Passeri. Der Name der Eltern würde darin auftauchen. Ebenso eine fünfundsiebzig Jahre alte Adresse. Und eine Berufsbezeichnung.

Sie setzte sich, schob den Stapel zurecht und legte ihn vor sich. Ließ den Finger über das erste Blatt gleiten, dann legte sie es beiseite und nahm sich das nächste vor. Sie knipste die Schreibtischlampe an, zog sie näher heran und durchsuchte ein Viertel des Stapels, bis sie sie fand. Ihre Schläfen pochten. Die Eifersucht war vergessen. Sie las die Namen, las sie erneut.

Die Küche wartete immer noch. Sie würde warten müssen.

38

Die weiße Mondsichel hatte an Farbe und Gewicht zugenommen. Von einem Münztelefon ein paar Querstraßen von Kirk Properties entfernt rief Delpha in dem Maklerbüro an. Sie hoffte, dass Mrs Kirk selbst abheben würde, aber es war die Enkelin.

»Hi, Aileen. Hier spricht Delpha Wade. Du erinnerst dich doch an mich, oder? Ich bin die, die deine Großmutter angeschwindelt hat, als ich sie um eine Liste von verkauften Häusern bat.«

»Ja, klar. Sie sind die mit dem Problem. Und dem Auto. Was wollen Sie denn?«

»Ich würde gerne mit dir reden, aber dazu bräuchte ich das Einverständnis deiner Großmutter.«

»Warum? Ich bin kein kleines Kind mehr.«

»Aber sie ist verantwortlich für dich und ich glaube, es wär besser, wenn ich erst mal sie frage.«

»Pech.« Aileen lachte hämisch. »Heute ist Bridgeabend. Sie sind gerade losgefahren und kommen nicht vor zehn, halb elf zurück. Aber wenn ich was dafür krieg, red ich mit Ihnen.«

»Was denn?«

Jetzt klang das Lachen fröhlich. »Ich will Ihr Auto fahren!«

»Tja, das geht wohl nicht, es ist nicht mein Auto.«

»Das ist mir egal. Ich will nur mal die Straße rauf- und runterfahren, bitte!«

Delpha war hin- und hergerissen. Angesichts ihres Vorstrafenregisters und weil sie grundsätzlich lieber auf Nummer sicher ging, wollte sie eigentlich nur unter Aufsicht mit Aileen sprechen. Andererseits traf Tom sich morgen mit Sparrow und vielleicht fand sie heute Abend ja etwas heraus, was Phelan Investigations weiterhelfen könnte. Außerdem, fiel ihr ein, hatte Mrs Kirk nicht aufgemerkt, als Delpha ihr ihren Namen genannt hatte, und das hieß, dass sie entweder die Zeitungsberichte über sie nicht gelesen oder den Namen sofort wieder vergessen hatte. Mit etwas Glück würde sie sich also auch später nicht an ihn erinnern.

»Zehn Minuten.«

»Jippie! Beeilen Sie sich, ich warte.«

Die umgebaute Garage mit dem Büro von Kirk Properties war dunkel, aber hinter den Vorhängen im Haus brannte Licht. Allerdings wartete Aileen nicht drinnen, sondern sprang von einer Schaukel auf der Veranda, die hinter ihr wild hin und her schwang.

Delpha musste ihr zeigen, wie man den Sitz vorschob. Immerhin wusste das Mädchen, wie die Gangschaltung funktionierte, denn sie bog vorsichtig viermal um die Ecke, hielt rechtzeitig vor jedem Stoppschild und bremste für ein Eichhörnchen.

»Warum lassen Sie das Auto nicht herrichten, Lady? Es sieht aus wie eine Schrottmühle.«

»Der Besitzer hat mehrere kleine Unfälle gebaut, und sein Schwiegersohn will es ihm nicht mehr geben.«

»Ah, verstehe. Wenn Sie es herrichten lassen, will er es zurückhaben.« Sie nickte altklug, dann warf sie Delpha einen raschen Blick zu, bevor sie nach links abbog, aus dem Viertel heraus. Sie fuhr übervorsichtig.

»Darf ich kurz auf die 105? Die 105 ist ganz gerade. Ich fahr auch nicht weit, nur ein kurzes Stück. Nana hat mich noch nie richtig fahren lassen. Bitte!«

Der Bridgeabend der Kirks dauerte noch anderthalb Stunden. Delpha genoss den kühlen Wind in den Haaren. Der Chor der Zikaden sang und sie hatte vorhin auf den Seiten aus den Louisiana Archives etwas entdeckt, was den Fall wahrscheinlich lösen würde. Sie entspannte sich. Delpha dachte nicht oft an ihre Jugend, aber jetzt erinnerte sie sich daran, wie sie selbst fahren gelernt hatte. Sie war dreizehn gewesen. Das Auto war ein Ford Coupé von 1939, grün mit einem abgerundeten Dach wie ein Schildkrötenpanzer und Dreigangschaltung. Noch heute, neunzehn Jahre später, hätte ihre rechte Hand gewusst, wie man nach vorne und oben in den zweiten schaltete und dann mit einer entschlossenen Abwärtsbewegung in den dritten.

Der Dart fuhr unter dem Freeway durch, an dem Lebensmittelgeschäft und einer Tankstelle vorbei, dann an einer Rasenmäherwerkstatt und einem Donut-Laden. Kaum Verkehr. Sie hatten freie Bahn.

Aileen beschleunigte auf neunzig. Ihr Juchzen übertönte den röhrenden Motor.

Ach, lass sie, dachte Delpha, warf einen Blick auf das aufgeregte Gesicht des Mädchens und lehnte sich in ihrem Sitz zurück. Der Fahrtwind wirbelte ihre Haare hoch, wehte sie ihnen ins Gesicht. Der Fahrer eines Sattelschleppers, der nach Osten in die Stadt fuhr, drückte auf die Hupe und Aileen hüpfte auf ihrem Sitz und winkte ihm zu. Wolken schwebten über den Mond, ohne sich an seinen spitzen Enden zu verfangen.

Hinter ihnen scherte ein Pick-up zum Überholen aus. Als

er gleichauf mit ihnen war, verlangsamte er das Tempo und ein Junge reckte sich aus dem Beifahrerfenster und bewarf sie mit einer Dose. Laut hupend scherte der Pick-up vor ihnen ein.

Die Dose hatte das offene Fahrerfenster knapp verfehlt und knallte gegen die Tür. Flüssigkeit spritzte heraus auf die kreischende Aileen. Der Junge und ein Mädchen, das eingeklemmt zwischen ihm und dem Fahrer auf der Sitzbank saß, grinsten sie durch das Rückfenster an, die Köpfe eingezogen, um von der Schrotflinte, die vor dem Fenster hing, nicht in der Sicht behindert zu werden.

»Arschlöcher!«, brüllte Aileen.

Delpha legte ihre Hand auf das Armaturenbrett. »Kennst du die?«

»Das ist Shelton Trotter aus meiner Klasse. Der hat mich mit einer Dose beworfen!« Sie fuhr sich über die linke Wange und die Schläfe und roch an ihren Fingern. »Mit einer Bierdose!«

»Aileen, ich will, dass du jetzt anhältst und zurück nach Hause fährst.«

»Ich hätt einen Unfall bauen können. Ich ruf die Cops! Schreiben Sie das Kennzeichen auf.«

»Bei der nächsten Gelegenheit wendest du, hörst du?«

»Vergessen Sie's!«

Delpha hob die Stimme. »Mit solchen Idioten lässt man sich gar nicht erst ein, Aileen. Dreh um.«

»Ich hab eine Fahrerlaubnis! Ich darf mit jemandem mit Führerschein fahren.« Der Pick-up fuhr immer noch beharrlich vor ihnen. Aileen beugte sich aus dem Fenster und schrie den anderen etwas zu.

»Ich hab aber keinen Führerschein, also dreh um.«

Aileen starrte Delpha an, ohne viel langsamer zu werden. »Was … Sie haben keinen Führerschein?«

»Nein, und schau gefälligst auf die Straße.«

Delpha konnte das Grün von Aileens Augen nicht sehen, aber sie hatte das Gefühl, von ihnen durchbohrt zu werden.

»Ooo-kay. Verstehe.«

Aileen umklammerte das Lenkrad fester. Dann wechselte sie auf die linke Spur und drückte das Gaspedal durch. Der Dart röhrte an dem Pick-up vorbei wie an einem plattgefahrenen Waschbären. Aileen streckte den Mittelfinger aus.

Delpha presste eine Hand gegen das Armaturenbrett, mit der anderen hielt sie sich am Türgriff fest. Der Dodge raste über die 105. Wie ein Hurrikan fuhr der Wind ins Wageninnere. Das Herz hämmerte ihr gegen die Rippen und die Haare peitschten ihr ins Gesicht. Hektisch drehte sie sich um, um nach einem Streifenwagen Ausschau zu halten, um zu sehen, ob hinter dem Dart rote Lichter aufleuchteten. Zwei Meilen, drei, dann erschien vor ihnen der schwache Schimmer einer Tankstelle.

Aileen ging vom Gas und bog auf den muschelförmigen Parkplatz ein. Auf dem Betonflecken vor dem Tankstellenhäuschen trat sie voll auf die Bremse, so dass sie beide nach vorne und wieder zurück geworfen wurden. Drinnen brannte eine Lampe. In der Tür hing schief ein »Geschlossen«-Schild.

»Oh Mann, ich wollte doch ’ne Cola.« Das Mädchen warf einen Blick auf seine rosa Armbanduhr und sank in sich zusammen. Sie jammerte immer noch, als Delpha die Beifahrertür aufstieß, um das Auto marschierte, Aileen vom Fahrersitz zerrte und gegen die Motorhaube stieß.

Delpha explodierte fast vor Wut, dass eine Texas-Highway-Patrouille und diese Nervensäge sie zurück in den Knast hätten befördern können. Sie hatte so was von die Schnauze voll. Diese dummen Gören, die das Maul aufrissen, rumkrakeelten und so lange stänkerten, bis jemandem der Kragen platzte und er sie fertigmachte, sie langsam und genüsslich oder schnell und gezielt fertigmachte. Noch mehr regte sie auf, dass sie auch einmal genau so ein Mädchen gewesen war.

Aileens Augen sprühten vor Hass. »Ich sag Nana, dass Sie mir wehgetan haben! Dann ruft sie Ihren Boss an und der schmeißt Sie raus! Sie –«

Delpha packte Aileens spindeldürres Handgelenk und zog sie mit solcher Kraft von dem Auto weg, dass sie über den Beton taumelte und ihre Zähne aufeinanderschlugen. Dann riss Delpha sie wieder zu sich heran. Sie sprang dem erschrockenen Mädchen fast ins Gesicht.

»Deine Großmutter ist eine wirklich nette Frau. Aber sie ist so beschäftigt damit, Mitleid mit dir zu haben, dass sie vergessen hat, dir Manieren beizubringen. Und das rächt sich bereits. Du siehst ja, was dabei rauskommt, Aileen. Der kleine Shelton und seine Freunde sitzen in diesem Moment bestimmt in ihrem Pick-up und prosten sich feixend zu. Ich wette, du hast einen schweren Stand in deiner Klasse, und ich sag dir eins – irgendwann wirst du so richtig auf die Schnauze fallen.«

»Warum soll ich nett zu diesem Prolo sein – Shelton Trotter war in seinem ganzen Leben nicht einmal nett zu mir!« Ein kleines Lächeln stahl sich in die schmalen Augen. »Er hat sich in der Fünften mal in die Hose gemacht.«

Delpha packte Aileen an den Schultern und presste ihre

Daumen in die weichen Stellen unter dem Schlüsselbein. Aileen schrie auf und verlor ihr höhnisches Grinsen.

»Wenn uns ein Cop erwischt hätte, hättest du einen Strafzettel wegen zu schnellem Fahren bekommen und dann noch einen wegen Fahren ohne Führerschein. Und daran, in welche Schwierigkeiten du mich hättest bringen können, hast du nicht eine Sekunde gedacht. Oder, Aileen? Nicht einen einzigen armseligen Gedanken hast du mit deinem Spatzenhirn daran verschwendet. Glaubst du, dieser Junge interessiert sich die Bohne dafür, warum deine Mama dich sitzengelassen hat? Sicher nicht und das tut auch sonst keiner. Und glaub bloß nicht, schlimmer als das hier kann's nicht kommen. Wenn du in dem Stil weitermachst, wird es um einiges schlimmer kommen. Du wirst so was von auf die Schnauze fliegen, dass du dich nicht mehr davon erholst. Und jetzt setz dich auf den Beifahrersitz.«

Delpha ließ sie los, riss die Fahrertür auf und klemmte sich hinters Lenkrad. Todbeleidigt knallte Aileen die Beifahrertür zu. Als die Innenbeleuchtung anging, zuckte das Mädchen zurück.

»Ich hab dich fahren lassen. Jetzt bist du mit deinem Teil der Abmachung dran, Aileen. Wenn du aufgehört hast zu schmollen.« Delpha hielt ihr das Blatt aus den Louisiana Archives hin.

Aileens Augen wanderten zu Delpha und dann zu dem Blatt. »Das fass ich nicht an.«

Delpha hielt ihr das Blatt unverwandt hin, bis das Mädchen es endlich nahm und den Kopf zum Lesen darüberbeugte. Ihre Zöpfe fielen nach vorne und die in dem gelben Licht rotorange schimmernden Strähnen, die sich daraus gelöst hatten, hingen ihr ins Gesicht. Dann streckte sie den Kopf noch ein wenig weiter vor, bevor sie plötzlich das Blatt losließ und die Hand hochriss. Delpha erwischte das Blatt, bevor es in den Fußraum segelte.

Hatte sie bei den Zeilen innegehalten, derentwegen Delpha es ihr gezeigt hatte?

Ugo Passeri, 1898, Rodolfo Passeri, 1900, Amalia Passeri, 1906.

»Warum lassen Sie mich nicht in Ruhe?« Aileen drückte sich an die Tür. »Sie hätten es fragen können. Ich hab's Ihnen gesagt. Ich hab Ihnen doch gesagt, dass das Auto schnell ist, und ich hab Ihnen das mit dem kleinen Mädchen gesagt.«

Delpha presste die Worte hervor. »Ich kann das Mädchen aber nicht sehen, Aileen.« Wütend stieß sie die Luft aus. »Wenn du so verdammt stolz drauf bist, Sachen zu sehen, die andere Leute nicht sehen, dann beweis es. Ich möchte einfach wissen, was mit den Kindern war. Vielleicht bist du aber auch bloß eine dumme Angeberin und Shelton hat recht und man sollte dich einfach auslachen.«

Aileen strengte sich mächtig an, wenigstens ein bisschen bedrohlich auszusehen. Aber dann schob sich ihr kleines Kinn vor. Sie war an ihrer Eitelkeit gepackt.

Das Mädchen starrte auf das Blatt.

Plötzlich fletschte sie die Zähne und ihre Hand bewegte sich, als würde sie graben. Sie grub und grub, dann streckte sie die Hand aus, als würde sie etwas streicheln. Ihr Blick ging an Delpha vorbei, die Schönheitsflecke leuchteten schwarz. Dann drehte sie den Kopf weg, sah zum Fenster hinaus auf das einsame schwache Licht in dem Tankstellenhäuschen.

Im Auto war es ganz still, umso stiller nach dem Geschrei, dem Rauschen des Windes.

»Sie war noch ganz klein«, sagte Aileen schließlich, »und er ... er hat sie vergraben. Im Sand. Nicht an einem Strand ... in einem Sandhaufen. Einer von den beiden Jungen war das. Ich weiß nicht welcher.« Das Mädchen drehte sich zurück. Ihr Finger legte sich auf das Blatt in Delphas Hand, durchbohrte die Stelle genau zwischen den Namen der Brüder.

»Da, die beiden.«

39

Jim Anderson öffnete die Tür, aber Raffie ließ ihn nicht los. Der jüngere Mann johlte und zupfte an dem Arm des Alten, wollte ihn mit sich ziehen. Rückwärtsgehend sagte Anderson zu Phelan, er solle nach halb elf wiederkommen, um diese Zeit käme die Babysitterin. Bis dahin – er nickte zu Raffie: Halligalli.

Um Punkt elf kehrte Phelan zurück und wartete, während die beiden Männer und eine ältere Frau in Stretchhose und weißen Gummilatschen den Flur zur hinteren Veranda entlangschlurften. Phelan ließ sich an dem Frühstückstisch nieder und sah sich um.

Es war im Grunde ein einziger großer Raum. Rechts von ihm die kombüsenartige Küche, links der Wohnbereich. Eine durchgesessene geblümte Couch, auf der man beim Aufstehen seine Oberschenkelmuskulatur trainierte. Zwei braune Sessel, ein Beistelltisch, eine Fernsehkommode, alle abgenutzt. Kein Schnickschnack. Die auffallendsten Einrichtungsgegenstände standen direkt gegenüber von Phelan in der Essecke: zwei Käfige, einer doppelt so groß wie ein Kleiderschrank, in dem außer ein paar schwarzweißen Finken ein Haufen grüne, blaue und gelbe Sittiche zwitscherten und flatterten, pfiffen und an ihrem bunten Spielzeug herumturnten. Der zweite Käfig war kleiner, etwa einen Meter breit und etwas weniger hoch, und hatte nur einen Bewohner. Sein Türchen stand offen, der Boden darunter war mit Samenhülsen gesprenkelt.

Phelan stützte das Kinn in die Hand, gebannt von dem Treiben in den Käfigen. Ein wildes Gezwitschere und Getrillere, deren Urheber nicht festzustellen waren. In Grüppchen saßen die Vögel nebeneinander auf den Stangen, drehten ruckartig den Kopf, um an ihrem Gefieder zu zupfen, oder traten sich mit dem Fuß gegen den Schnabel. Einer der Sängerknaben, quietschgrün, hielt sich an einer Plastikkiste fest und nickte entschieden mit dem Kopf. Ein anderer, blauer schob sich verstohlen und bedächtig über eine Stange zu einem gelben, der sich von dem Getöse um ihn herum nicht aus der Ruhe bringen ließ.

Anderson kam zurück und ließ sich auf einen Sessel sinken. Ein ziemlich großer grauer Vogel mit einem hellroten Schwanz kletterte aus dem kleineren Käfig und wackelte über den Dielenboden.

Phelan erhob sich vom Frühstückstisch auf und folgte ihm in den Wohnbereich. Konnte man sagen, dass Papageien über den großen Onkel liefen? Der hier tat es auf jeden Fall. Der Papagei erreichte seinen Besitzer und schwang sich mithilfe seines Schnabels die Rückenlehne des Sessels hinauf. Er erklomm die Schulter des Mannes, neigte den Kopf, hob den Schwanz. Das glatte Gefieder glänzte, aber was für Monsterfilm-Augen, dachte Phelan, Wahnsinn. Das Ding hatte weiße Pupillen, und der Schnabel und die Füße waren von dem toten Dunkelgrau einer Mumie, die zu lang im Garten rumgelegen hatte.

»Dem armen Perry wird's auch an den Kragen gehen«, sagte der Alte, als setzte er ein Gespräch fort, das er schon länger in seinem Kopf führte.

»Wir drei hier, wir sind alle auf der Titanic, was, Perry Boy? Ich war sechs, als ich ihn gekriegt hab. Seither war er immer bei mir. Ja, gut, als Raffie klein war, nicht. Da war er ... na ja, dann hab ich Perry dem Jungen mitgegeben. Raffie liebt den alten Stinker.« Der Alte hörte einen Moment auf, dem Papagei den Kopf zu kraulen, um Phelan ein schiefes Lächeln zuzuwerfen. »Perry legt sich wie ein Baby hin und lässt sich von Raffie rumtragen, was, Perry?«

Phelan setzte sich behutsam auf den Stuhl.

»Aber jetzt ist er siebenundsechzig. Ich hatte den Papagei bekommen und Ugo einen Hundewelpen. Mehr muss ich wohl nicht sagen.«

»Was müssen Sie nicht sagen?«

»Das arme Kerlchen. Aber schlau war er. Eines Tages habe ich ihn in der Tram mitgenommen, bis zur Endhaltestelle. Ich hab ihn weggescheucht und er ist nicht mehr heimgekommen. Ich heiße übrigens Rudy.«

»Nicht Jim? Oder Rodney?«

Sanft schubste der Alte den Vogel von seinem Ohr weg. »Rudy. Von Rodolfo. Also gut, was wollen Sie wissen?«

»Ihren richtigen Nachnamen. Sie heißen nicht Anderson, sondern Sparrow, oder?«

Rudy nickte.

»Gut, Mr Sparrow –«

»Rudy.«

»Rudy, mein Mandant behauptet, Sie seien ein Meister im Versteckspiel und er habe geschuftet, während Sie sich's haben gutgehen lassen. Sagen Sie mir, wem ich glauben soll.«

Rudy seufzte. »Es ist zwar noch ein bisschen früh am Tag, aber wie wär's, wenn Sie uns zwei Bier holen, ja?«

Phelan gehorchte, öffnete zwei Dosen Schlitz und warf die Laschen in die Spüle. Dann kehrte er in den Wohnbereich zurück und reichte Rudy eine der Dosen.

»Okay. Wenn Sie es genau wissen wollen, er spinnt. Immer schon. Unsere Eltern wollten es nicht wahrhaben, aber hin und wieder erwischte ich Ma oder Pa dabei, wie sie ihn mit gerunzelter Stirn angesehen haben. Ich habe ihn nie so glücklich gesehen wie an dem Tag, als er mit einem Orden dekoriert aus dem Krieg heimkehrte.«

»Ein Orden? Wofür hat er ihn bekommen?«

»Hat er den Orden etwa nicht erwähnt? Kann ich kaum glauben. Argonnerwald. 1918. Er und ein Mann namens Antoine Richard aus dem Quarter haben sich angepirscht und ein MG-Nest der Deutschen ausgehoben, das zwischen den Bäumen versteckt war. Silver Star.«

»Respekt. Da waren Ihre Eltern bestimmt stolz.«

»Stolz würd ich nicht sagen, eher erleichtert. So als wäre das der Beweis, dass mit Ugo alles stimmt.«

»Was Sie nicht glaubten.«

Rudy lachte heiser. Phelans Augenbrauen schossen nach oben, als der graue Papagei ihn täuschend echt nachahmte.

»Mr ... wie heißen Sie noch mal?«

»Tom Phelan.«

»Stimmt, Phelan. Irischer Name. Aber nein, ich fand nicht, dass mit Ugo alles stimmt. Machen Sie Witze? Was glauben Sie, wie oft ich mich von ihm hab verprügeln lassen müssen. Als ich mich nach dem Orden erkundigt hab, hat er diesen Blick gekriegt. Den Blick kannte ich, das können Sie mir glauben. Der arme kleine Hund und ... ja, also, sieben oder acht Jahre nach der Siegesparade, das muss so 26, 27 gewesen sein, bin ich zufällig diesem Antoine über den Weg gelaufen, seinem Kriegskameraden. Mit 'ner Flasche Schwarzgebranntem im Arm, blau wie 'ne Haubitze. Der hat mir erzählt, dass sie sich angeschlichen hatten und er sein Gewehr auf die drei deutschen Jungs gerichtet hatte, um sie gefangen zu nehmen. Ugo hatte seins auch im Anschlag, mit aufgepflanztem Bajonett, und in der Rechten hatte er ein Nahkampfmesser. Haben Sie mal eins gesehen? So eins mit zweischneidiger Klinge und das Heft in Form von einem Schlagring. Jedenfalls ist Ugo vorgestürzt und hat zwei von ihnen die Kehle aufgeschlitzt. Der dritte ist davongerannt. Ugo ist ihm nach und hat ihm das Bajonett in den Rücken gerammt. Der Mann starb aufrecht stehend. Ich denk mir mal, dass Antoine diesen Blick auch gesehen hat.«

»So was kommt im Krieg vor.«

»Weiß ich nichts von. Für den ersten war ich zu jung, für den zweiten zu alt. Aber ... warum eigentlich?«

»Kommt drauf an. Manchmal darf man einfach keine Geräusche machen. Oder man hat keine Munition mehr.« Phelan räusperte sich. Seiner Einheit war nie die Munition ausgegangen. »Vielleicht hat der Feind auch gerade alle deine Kameraden niedergemäht und du siehst rot. Oder es steckt Berechnung dahinter. Psychologische Kriegsführung oder so, damit der Feind weiß, dass du wirklich vor nichts zurückschreckst.«

»Ja ... ja, mag sein. Aber es gibt doch ... also, eine Möglichkeit haben Sie vergessen. Dass einer vielleicht schon immer mal jemandem die Kehle aufschlitzen wollte. Und endlich hat er die Gelegenheit dazu.«

Stirnrunzelnd sah Phelan den Alten an, der mit verschränkten Armen und dem Papagei auf der Schulter dasaß, ein Freibeuter auf Sozialhilfe. »Ach ja? Meinen Sie, dass unsere Kriegshelden eigentlich kranke Irre sind?«

»Nein, nein, das gilt natürlich nicht für alle. Aber für Ugo.

Meinen heldenhaften Bruder.« Er hob die Hände. »Meine Meinung. Und es stieß ihm natürlich sauer auf, dass ich nicht bewundernd zu ihm aufgesehen hab. Und wie sauer. Das hat er nämlich immer von seinem kleinen Bruder erwartet. Er sollte zu ihm aufsehen.« Rudy streckte den Zeigefinger in die Luft, senkte das Kinn und sprach mit tiefer Stimme weiter. »›Keine Widerrede. Ich will keine Widerrede hören.‹ Das hat Ugo immer gesagt, so als wüsste nur er, wo's langgeht. Also wirklich! Aber wissen Sie ... wissen Sie, ich blend den Gedanken an ihn einfach aus.« Rudy hielt Zeigefinger und Daumen zehn Zentimeter auseinander und drückte sie dann langsam zusammen. »Ich blend ihn aus meinem Kopf aus. Seh zu, wie er kleiner und kleiner wird, bis er nicht mehr da ist.«

»Ehrlich? Wie machen Sie das, den Gedanken an jemand ausblenden?«

»Reine Übung.«

Phelan nickte. Genau betrachtet hatte er auf diesem Gebiet auch einige Übung. »Was stimmt eigentlich mit Raffie nicht?«

Der Papagei neigte den Kopf und reckte dem alten Mann seinen gefiederten Nacken entgegen.

»Raffie ist Raffie.«

»Sind Sie nie zu einem Arzt mit ihm ... auch nicht wegen seiner Anfälle?«

»Die haben ihm nicht helfen können. Keiner.«

»Ist er Ihr ... Freund?«

Der Alte verschluckte sich. »Was sollte ich denn mit einem Freund wie Raffie? Also wirklich.«

»Dann sind Sie verwandt. Ist er Ihr Sohn?«

Perrys mumiengrauer Schnabel öffnete sich und brachte

eine mumiengraue Zunge zum Vorschein. Der Vogel knabberte am Ohrläppchen des alten Mannes.

Rudy zuckte zusammen und schlug sich aufs Ohr. »*Stronzo!* Perry, du Drecksvieh!« Er packte den Vogel mit beiden Händen, drückte ihm die Flügel an die Seiten, trug ihn zum Käfig und warf ihn hinein. Der Papagei hüpfte auf eine Stange und wippte hin und her.

Rudy verriegelte die Käfigtür und klopfte dagegen. »Wehe, du gibst noch einen Mucks von dir!« Er kehrte zu dem braunen Sessel zurück. Der von Ugo.«

Phelan setzte sich auf. »Raffie ist Ugos Sohn? Warum ist er dann bei Ihnen?«

»Ich hab ihn mitgenommen.«

»Sie haben den Sohn Ihres Bruders entführt? Ist er deshalb hinter Ihnen her?«

»Ja und nein. Wenn's ihm was nützen würde, würde er das behaupten. Um Druck auszuüben. In Wahrheit hat er den kleinen Kerl sitzengelassen.«

»Klein? Er muss um die eins achtzig sein.«

»Ja, inzwischen. Sie hätten ihn als Kind sehen sollen, das arme Ding. Mit Armen und Beinen hat er sich an mich geklammert, sein Gesicht an meinem Bauch versteckt und wollte nicht loslassen. Wie er gewimmert hat, wie ein geprügelter Welpe. Natürlich hat es Ugo nicht gepasst, dass ich Raffie aus dem St. Vincent zu mir geholt hab. Was heißt nicht gepasst, es gab 'ne richtige *botte da orbi.*« Sparrow schwang seine knochigen Fäuste.

»St. Vincent. Warum war er im Waisenhaus?«

»Da gab's eine Spezialabteilung. Sie sind nicht mit ihm fertiggeworden.«

»Aber durften Sie ihn denn überhaupt mitnehmen? Nonnen, oder? Die Nonnen haben ihn Ihnen einfach mitgegeben?«

»Ich bin sein Onkel. Ugo hat unterschrieben.«

»Warum hat er das getan, wenn er nicht –«

»Er musste. Ich brauchte nur das Zauberwort zu sagen.«

»Welches Zauberwort?«

»Er hat einfach unterschrieben, okay?«

»Okay. Was ist mit Raffies Mutter?«

Rudy machte eine wegwerfende Geste, die Mutter … »Elsa. So ein süßes freches Gör aus New York, genauer gesagt Brooklyn. Ich weiß nur, dass Elsa und Ugo nicht besonders glücklich wirkten. Dann kam Raffie. Hat nicht geschlafen, nicht gesprochen, dazu die Anfälle. Da war's schnell ganz vorbei mit der Liebe.« Seine Miene schwankte zwischen Zärtlichkeit und Trauer und erstarrte schließlich bei einem Ausdruck der Erschöpfung.

»Die Anfälle kamen oft. Ugo hat gesagt, seine Frau wär stiften gegangen, zurück nach Brooklyn. Niemand aus der Familie hat sie jemals wiedergesehen.«

»Wie lange lebt Raffie schon bei Ihnen?«

»Lassen Sie mich überlegen. Seit er sieben ist, das war … 34.«

Phelan sah Rudy an, dann hört er Raffie lachen. »A-ha … a-ha … ah ah ah, kuck, kuck.«

Er sah sich nach Raffie um, sein Blick glitt über die konfettibunten Vögel in dem großen Käfig und blieb an dem Monsteraugen-Papagei, der auf seiner Stange schaukelte, hängen. »A-ha … a-ha … ah ah ah, kuck, kuck.«

Aus dem Garten war ein schwacher Ruf zu hören. *Uudie*.

»Moment, ich muss mich dahinten mal kurz sehen lassen. Dauert nicht lang.« Rudy stützte die Hände auf die

Knie und stemmte sich hoch, dann ging er den Flur runter. Nach ein paar Minuten kam er zurück und fragte: »Wissen Sie jetzt alles, was Sie wissen wollten?«

Phelan trank noch einen Schluck Bier, stand auf und steckte die Hände in die Hosentaschen. »Ich geh gleich, nur noch ein paar Fragen. Sie waren damals ein junger Kerl. Warum haben Sie sich Raffie aufgehalst? Und warum haben Sie jetzt ein Haus gekauft, in Ihrem vorgerückten Alter?«

Rudy Sparrow sah ihm in die Augen. »Schon komisch. Als ich jung war, hätt ich mir lieber die Zunge abgebissen, als das zuzugeben. Aber inzwischen ist es mir egal. Ich hab mich nie für die Liebe interessiert, Phelan. Weder für das eine noch für das andere Geschlecht. Weil ich Raffie hatte, musste ich auch nie so tun, als ob. Und was das Haus angeht, wir sind mehr als einmal aus unserem Zuhause rauskomplimentiert worden. Es gibt Leute, die ertragen so jemand wie Raffie nicht. Da hab ich irgendwann beschlossen, dass wir uns nicht mehr vertreiben lassen. Gerade in meinem Alter. Und jetzt kommt Ugo daher.« Rudy schüttelte den Kopf. »Mehr hab ich nicht dazu zu sagen. War nett, dass Sie mir mit Raffie geholfen haben, aber Sie müssen verstehen, dass ich Sie nicht mit warmen Worten verabschiede, nachdem Sie ihm verraten werden, wo wir sind, wenn's nicht schon Ihr Schatten getan hat.«

Der Alte legte den Kopf schief, als wäre ihm ein anderer Gedanke gekommen. »Es sei denn, Sie wollen die Seiten wechseln. Vielleicht könnten Sie ja vergessen, uns jemals gesehen zu haben? Wie Ma immer sagte: *Il davolo fa le pentole ma non i coperchi*.« Er bekreuzigte sich.

»Was heißt das?«, fragte Phelan.

»Der Teufel macht die Töpfe, aber nicht die Deckel. Wollen Sie Ugo einen Deckel aufsetzen?«

Während Phelan über Töpfe und Deckel nachdachte, ging Rudy seufzend zur Küche. »Aber warum sollten Sie, er bezahlt Sie ja schließlich. Und Ihr Kollege kennt die Adresse wahrscheinlich sowieso schon.« Er öffnete eine Schranktür und holte eine rot-weiße Dose heraus, stellte sie auf die Theke, riss an einer Schublade, die zuerst klemmte, dann laut scheppernd aufflog.

»Ich bin müde, mein Junge. Aber jetzt hab ich ein Haus und die Sittiche. Raffie und ich schauen ihnen zu, während wir essen.« Er deutete mit dem Daumen hinter sich, entweder zu den Käfigen oder zum Frühstückstisch gegenüber davon. »Wir machen immer noch unsere Ausflüge, aber nicht mehr jeden Tag. Ein paarmal die Woche kommt die Babysitterin, dann kann ich mich ein bisschen ausruhen. Es passt alles. Hier können wir unser Leben beschließen, Raffie und ich.«

Rudy griff in die Schublade, holte einen Dosenöffner heraus. Vom Flur her waren unsichere Schritte zu hören. Raffie stolperte in die Küche und fuchtelte verzweifelt mit der Hand herum. Die Babysitterin kam hinterher und erklärte, sie habe keinen blassen Schimmer, was Raffie wollte. »Saft«, sagte Rudy, »wollen Sie auch ein Glas?« Er öffnete den Kühlschrank und goss zwei Gläser ein. Raffie trank seines in einem Zug aus, dann zog er an Rudys Arm.

Vor dem kleineren Käfig blieben sie stehen, Rudy holte den grauen Papagei heraus und legte ihn Raffie in den Arm. Ein breites Lächeln erschien auf dem Gesicht des jüngeren Mannes. Glucksend streichelte er den Papagei, der seine Monsterehre vergaß und sich auf den Rücken legte, der rote

Schwanz stand schräg nach oben, die Klauen lagen hilflos rechts und links seiner gefiederten Brust. Es schien ihm nichts auszumachen.

40

In dem Märchenwald vor dem Haus war es düster. Phelan trat in einen goldenen Tag hinaus, kein Specht in Hörweite, nur der Klang von Reifen, die in einiger Entfernung über den Asphalt surrten. Wenn ein Mann in einem schwarzen Mercury auf der Straße geparkt haben sollte, war er mittlerweile weg und hatte genug Zeit gehabt, um Bell oder vielmehr Ugo anzurufen und ihm die Adresse durchzugeben. Hatte das Auto an dem Tag, als er die beiden Männer bei dem Tümpel im Garten gefunden hatte, dagestanden? Jedenfalls hätten die Bäume die Sicht dorthin versperrt. Allerdings hätte der Kollege aus seinem Auto steigen und leise um das Haus herumgehen können. Wenn er sie dort gesehen hatte, dann wüsste Bell es jetzt.

Phelan fuhr zur nächsten Ecke, bog bei einer Tankstelle ein, dachte nach, ein Auge auf der Straße. Dann ging er zu dem Münztelefon und rief Delpha an. Sagte ihr, wo er war und was ihm Rodney über Ugo und Raffie erzählt hatte: der große alte Junge war Ugos verlorener Sohn. »Sie heißen Sparrow, genau wie Sie gesagt haben. Der richtige Vorname ist Rudy. Nicht Rodney.«

»Ja, ich weiß«, sagte Delpha und erzählte ihm, wie sie das herausgefunden hatte, angefangen bei dem Buch über die Vögel in der Bücherei, überschrieben mit *Passer,* das sie zu einer Familie Passeri in den Louisiana Archives geführt hatte. Drei Kinder Passeri. Nicht zwei, sondern drei. Eine kleine Schwester hatte Xavier Bell ihnen verschwiegen. Amalia.

Phelan ging in die Hocke und lehnte sich gegen die Wand, eine Hand zum Schutz vor der Mittagssonne an der Stirn, während er ihr zuhörte. »Eine Schwester?«

»So steht es im Geburtenregister.«

»Von der hat auch Rudy nichts gesagt.«

»Ja, also ...« Delpha zögerte, ob sie ihm die Geschichte von Aileen erzählen sollte.

»Also was?«

Sie warnte ihn vor, die Geschichte würde unglaublich klingen, dann erzählte sie sie ihm. Die Schwester, ein kleines Mädchen, sei unter einem Haufen Sand begraben. Die Brüder seien dabei gewesen.

Eine Weile sagten beide nichts.

Dann berichtete ihr Phelan von Ugos Frau, die angeblich zurück nach Brooklyn abgehauen war und niemals wieder gesehen wurde. Und die Geschichte von Ugo und seinem Orden. Dem Nahkampfmesser und dem Bajonett.

»Nahkampfmesser?«

Phelan beschrieb das zweischneidige Messer mit dem Heft in Form eines Schlagrings.

Delphas Brust zog sich zusammen. »Sie meinen also, dass Bell es war? Und dass er vielleicht auch seine Frau umgebracht hat?«

»Der Gedanke liegt nahe. Da würde sogar der 1969 vermisste Supermarktangestellte von Ihrem netten Freund aus Florida reinpassen. Also, wenn man sich eine Theorie zusammenbasteln möchte.«

Delpha stellte es sich vor. Keiner wie Deeterman, der ständig auf der Jagd war. Sondern ein Mann, der in einem zeitlichen Abstand von Jahren, sogar Jahrzehnten mordete. Sie runzelte die Stirn. Diese Vorstellung ließ sich schwer mit Bell und seiner unschuldigen Begeisterung vereinbaren: *Sie haben das Profil von Madeleine Carroll. Die Haare sind natürlich anders, ihre waren gewellt ... Mein Ärger ist immer sofort verflogen, sobald ich meinen Bruder in all den Jahren gesprochen habe ...*

»Vielleicht lügt Rudy«, sagte sie. »Er hat Bell ... ich meine, Ugo schließlich auch sein Kind weggenommen. Ugo würde uns vielleicht eine völlig andere Geschichte erzählen.«

»Ugo *hat* uns eine völlig andere Geschichte erzählt. Aber wer ist der Mann in dem schwarzen Auto?«

Phelan würde nicht ins Büro kommen. Er wollte sich hier rumdrücken und das Haus beobachten. Vielleicht sogar noch mal reingehen, wenn Ugo auftauchte. Vielleicht wäre es gut, wenn bei dem Treffen der beiden Brüder ein Unbeteiligter dabei war. Und wenn er noch etwas sagen dürfte: Es wäre ihm wirklich recht, wenn sie heimginge, ins Rosemont.

»Aber ich könnte doch auch vor dem Haus warten. Im Dart. Wenn Ugo auftaucht, könnte ich mich an seine Fersen heften. Dann ... dann wüssten wir, wo er wohnt.« Sie hielt inne. Möglicherweise interessierte sich nicht nur Phelan Investigations für seine Adresse.

»Ja, gut. Aber versprechen Sie mir, dass Sie das Auto nicht verlassen. Verriegeln Sie die Türen. Schreiben Sie nur die Adresse auf und dann fahren Sie sofort ins Rosemont. Bitte.«

41

Den Nachmittag über fuhr Phelan jede halbe Stunde an dem Haus vorbei. Als er gegen zehn nach vier vorbeikam, parkte Delphas Dart ein Stück vom Haus entfernt die Straße runter. Sie wechselten einen Blick. Eine Stunde später hielt ein goldfarbener Galaxie 500 am Randstein, direkt vor der aufgepinselten Hausnummer. In der Zwischenzeit hatte Phelan genug Gelegenheit gehabt, darüber nachzudenken, wie merkwürdig sich dieser vermeintlich einfache Fall entwickelt hatte. Ihm fiel nichts ein, was er hätte anders machen können.

Jetzt lief er zwischen den Bäumen durch und die Rampe hoch, um durch das Fenster zu spähen. Die Stäbe des großen Käfigs, hüpfende und flatternde Sittiche, ein blauer, der kopfüber von einer Stange hing, als wolle er sich in Kamikazemanier auf seine heitereren Mitbewohner stürzen. An dem Käfig vorbei sah Phelan zwei alte Männer, die sich auf den braunen Sesseln gegenübersaßen. Rudy, Lesebrille und kurzärmliges Hemd, saß auf dem vorderen Sessel und umklammerte die Armlehnen, beide Füße auf dem Boden. Der andere trug den marineblauen Blazer, den Phelan schon von ihm kannte, und saß mit übereinandergeschlagenen Beinen da. Seine Glatze umgab ein Kranz feiner Haare. Kein Hut, keine Sonnenbrille, kein lederbrauner Schnurrbart. Phelan hätte das nackte Gesicht nicht wiedererkannt. Die Augen mit den hängenden Lidern und die grobporige, rötliche Nase mit der vom Rauchen grauen Spitze dagegen schon. Der unverhüllte Xavier Bell. Ugo Sparrow. Er hatte sein Getränk offenbar selbst mitgebracht – auf dem Beistelltisch neben dem Sessel stand eine Schnapsflasche und er hielt ein Glas in der Hand.

Da waren sie. Rudy und Ugo Passeri. In Amerika konnte man seinen Namen ändern. Neuer Name, neues Leben. Man konnte ihn ändern, wenn ein Kind unter furchtbaren Umständen gestorben war, so dass man nicht ständig daran erinnert wurde. Man konnte ihn ändern, wenn man ein Geschäft eröffnen wollte. Der alte Passeri hatte dafür seinen Namen ganz einfach übersetzt. Sparrow.

Phelan klopfte an, er hatte sich eine Geschichte zurechtgelegt, auch wenn sie ein bisschen dünn war.

Rudy deutete mit dem Zeigefinger auf den Sessel gegenüber, auf dem sein älterer Bruder an dem Glas nippte. »Wollten Sie nachschauen, was Sie angerichtet haben? Ich hab's Ihnen gesagt, ich hab's Ihnen doch gesagt!«

»Ich will nicht stören«, setzte Phelan an.

»Hocken Sie sich da drüben an den Tisch, bis mein Bruder endlich wieder Leine zieht.« Rudy wollte hart klingen, aber dafür war seine Stimme viel zu leise. Phelan musterte ihn. Ein Kiefermuskel zuckte.

»Was wollen Sie hier, Phelan? Ich habe Sie gestern von dem Auftrag entbunden. Weil niemand ans Telefon ist, hab ich Ihnen einen Zettel in den Briefkasten geworfen. Ich brauch Sie nicht mehr.«

»Ich bin eben gründlich, Mr Bell. Laut Vertrag muss ich sowieso sicherstellen, dass Mr ... Anderson der ist, den ich in Ihrem Namen suchen sollte.« Phelan hatte es mit Delphas butterweicher Stimme versucht, sie aber nicht hingekriegt. Er hörte sich wie ein Politiker an.

Aber siehe da, Bells verzerrtes Gesicht entspannte sich etwas. »Oh. Ja, Mr Anderson. Sie haben den Richtigen gefunden. Wenn Sie noch Spesen zu verrechnen haben, soll mir Ihre Sekretärin, die Frau mit dem Madeleine-Carroll-Profil, eine entsprechende Abrechnung schicken. Und jetzt gehen Sie. Husch, husch.«

»Guter Mann, Sie werden nicht einen müden Cent sehen. Setzen Sie sich. Für den Fall, dass mein großer Bruder unangenehm wird.«

»Verschwinden Sie, Phelan«, befahl Bell. »Das ist eine rein private Angelegenheit, wie Sie wissen.«

Ja, das wusste er. Aber Phelan hatte auch den flehenden Unterton aus Rudys Grummeln herausgehört. Er zog einen Stuhl hervor und setzte sich darauf, bereit, sofort wieder aufzuspringen. »Ich hab nicht vor, mich einzumischen. Aber Ihr Bruder Rudy hat nicht ganz unrecht.«

Ugo musterte erst ihn, dann Rudy. Seine Oberlippe zuckte. »Na gut, Sie haben gesagt, Sie würden auf meiner Seite stehen. Was er – nie getan hat.« Mit verstellter, durchdringender Falsettstimme redete er weiter. »Hilf mir, Mama. Geh weg, böser, böser Ugo, sonst lauf ich fort und versteck mich, ich armer kleiner Rudy.«

Rudy fiel ihm ins Wort. »Ach, tu doch nicht so, als wüsstest du nicht mehr, wie oft du mich verprügelt und eingesperrt hast und mit dem Messer auf mich los bist. Einmal hast du mich sogar vor ein Auto geschubst. Das Bein ist nicht mehr geworden. Ich konnte nie richtig damit tanzen.«

Die Verwirrung auf Ugos Gesicht verriet, dass er das alles tatsächlich vergessen hatte. Er machte eine wegwerfende Bewegung mit der Hand. »Meine Güte, so ist das unter Brüdern. Außerdem ist es ewig her.«

Rudy warf die Arme in die Luft, als wollte er ein Kind auffangen, das aus einem Fenster fiel. »Immer fängst du davon an! Von der Scheißvergangenheit! Nur dass ein Teil für dich vorbei ist und der andere nicht. Der Mist, den *du* gebaut hast, ist vorbei. Den hast du vergessen. Und von mir erwartest du, dass ich ihn auch vergesse, so als wär er nie passiert. Aber sobald du was von mir willst, und ich will gar nicht dran denken, was das schon alles war, da lässt du ums Verrecken nicht locker. So läuft das nur nicht. Jeder, der seine fünf Sinne beisammenhat, weiß das. Aber du hast ja schon immer nicht ganz richtig getickt.«

»Ich?« Ugo tippte sich mit dem Finger auf die Brust. »Wer hat denn geschuftet wie ein Pferd? Wie zwei Pferde. Tag für Tag hab ich in dem Laden gestanden, damit du deinen Unterhalt kriegst und durch die Weltgeschichte ziehen kannst. Damit Ma dir Geld schicken kann. Und ihre Häuser kaufen. Das in der Prytania Street mit dem Balkon. Das Doppelhaus in Marigny. Tag für Tag habe ich in diesem Loch gestanden. Die besten Jahre meines Lebens. Während mein Bruder, dieser Schmarotzer, Vögel gucken gegangen ist. Du ...« Ugos Stimme senkte sich zu einem Knurren. »Für alles hab ich bezahlt.«

Rudys Lippen verzogen sich. »Die Geschichte kannst du jemand anders erzählen. Das lässt mich so was von kalt.« Was nicht ganz stimmte, hatte Phelan den Eindruck. Rudy verbarg seine Angst hinter schnippischen Bemerkungen.

»Für Ma hast du gezahlt, Ugo. Sie wollte diese Häuser. Damit sie die große Grundbesitzerin spielen konnte. Die Mieteinnahmen hat sie uns geschickt, das stimmt, aber ich habe immer als Buchhalter gearbeitet, abends. Wir haben immer jeden Cent zweimal umdrehen müssen. Es ... es kommt mir fast so vor, als würdest du unseren lieben Eltern unbedingt einen selbstgehäkelten Heiligenschein aufsetzen wollen.«

Der ältere Sparrow hob das Kinn. »Papa war streng, das leugne ich ja gar nicht.«

»Streng!« Rudy rieb sich die Stirn, als würde Kaugummi darauf kleben. »Das nennst du streng, wenn er dir den Arm bricht und dich die ganze Nacht in einen Schrank sperrt? Na, wenigstens kannst du mir dafür nicht die Schuld in die Schuhe schieben.«

Ugo nahm sein Glas und ließ die Flüssigkeit darin kreisen. »Gib ihn mir, dann geh ich.«

Rudy reckte den Kopf nach vorne. »Du ... gewissenloses Schwein. Nie im Leben kriegst du ihn.«

»Ich bin sein nächster Verwandter. Er ist *mein* Sohn, ich habe seine Geburtsurkunde. Da steht mein Name drauf.«

»Und ich hab die Vormundschaftsvereinbarung vom St. Vincent mit deiner Unterschrift drauf.«

»Da ist die Geburtsurkunde ja wohl wichtiger. Ich zeig dich wegen Kidnapping an. Wie sehr ich meinen Sohn all die Jahre vermisst habe –«

»Dann werd ich erzählen, dass du ihn eines Nachts im Bayou ausgesetzt hast. Wie einen Wurf neugeborener Katzen.«

»Er hat sich verirrt.«

»Das hab ich dir 1933 schon nicht geglaubt und glaub es dir auch jetzt nicht.«

»Dass es dir an Hirn fehlt, ist nicht mein Problem.«

»Nein, aber dass es Raffie an Hirn fehlt, das war schon immer dein Problem. Er kann nichts dafür. Weißt du, was er gemacht hat, als die Suchmannschaft ihn gefunden hat?

Er war komplett zerstochen, und ich hab ihn hochgehoben und er hat gelacht. Er sah nicht anders aus als alle anderen Kinder. Nur damit du es weißt« – Rudys Stimme zitterte – »du wirst ihn nirgendwohin mitnehmen. Ich hab deine Unterschrift.«

»Wo ist mein Sohn überhaupt?«

Rudy deutete zu den Schlafzimmern. »Er hält ein Nickerchen. Wie immer vorm Abendessen. Nachts hat er noch nie gut geschlafen, vielleicht erinnerst du dich wenigstens daran. Und sprich nicht so laut. Wenn er deine Stimme hört, könnte es passieren, dass er durch die Hintertür Reißaus nimmt.«

Ugo streckte die Brust vor und wollte etwas erwidern.

Behutsam stand Phelan auf und ging zu den beiden Brüdern. »Gentlemen«, sagte er. Aber die beiden reagierten nicht.

»Endlich ist sie tot!«, zischte Ugo. »Ich werde das Testament anfechten, darauf kannst du dich verlassen. Du wirst mir nicht einen Tag länger auf der Tasche liegen – und spar dir jede Widerrede!«

»Widerrede ... Wenn ich das schon höre ...« Rudy lachte keuchend auf. »Siebzig Jahre derselbe Mist, Ugo, *che cazzo vuoi*? Lass mich einfach in Ruhe. Du weißt jetzt, wo ich wohne, und ich werde nicht mehr vor dir davonlaufen. Und jetzt mach, dass du verschwindest, und komm nie wieder, sonst ruf ich die Cops. Ich werde eine einstweilige Verfügung erwirken. Das hätte ich schon machen sollen, als du das erste Mal aufgetaucht bist, du Irrer!«

Ugo Sparrow erhob sich abrupt. Schnaps schwappte aus seinem Glas. Er knallte es auf den Beistelltisch und fuhr mit der Hand in seine Blazertasche, fummelte ein silbernes

Zigarettenetui heraus und zündete sich eine Zigarette an, eine fertig gekaufte. Dann ging er auf und ab, paffte hektisch. Die blauen und grünen Sittiche zwitscherten und schaukelten auf ihren Stangen, sträubten ihr Gefieder.

Phelan sah, dass Rudy sich zwang, seinem Bruder nicht mit den Augen zu folgen. Seine krampfhaft ineinander verschränkten Hände zitterten, aber es war kein Alterszittern, es war Angst.

»Was kann ich denn dafür, dass Ma ihm alles hinterlassen hat? Ich hab sie nicht darum gebeten! Frag Louis. Ich mein Sebastian, frag Sebastian. Nie hätt ich damit gerechnet. Ich hatte damit gerechnet, dass sie ihm etwas hinterlässt, das schon, eine kleine Leibrente. Wir müssen schließlich essen. Aber doch nicht alles. Das hab ich nicht erwartet und ich hab sie nie drum gebeten. Glaubst du, Raffie interessiert sich für ein Doppelhaus in Marigny? Verkauf die Häuser und behalt die Hälfte vom Erlös. Du wirst uns beide sowieso überleben.«

Rudy stand auf, eines seiner Knie seltsam abgewinkelt.

»Du brauchst dir keine Sorgen machen, dass ich's jemand erzähle. Wem denn? Wer interessiert sich denn noch dafür? Das war vor fünfundsechzig Jahren. *Dio mio*«, er seufzte, »die süße Kleine. Amalia, *piccola*.«

Ugo drückte die Zigarette aus. Er sah aus, als würde er jeden Moment losschreien, doch dann sagte er leise, mit harter Stimme: »Du hast es erzählt, Rudy. Ich wusste immer, dass du es irgendwann erzählst. Du hast es Ma gesagt. Und sie hat ihr Testament geändert. Aber zuerst ... zuerst hat sie mich zu sich gerufen. Sagte, dass sie sterben würde. Dass sie mit der Scham, mich zur Welt gebracht zu haben, sterben würde.«

Mit schweren Schritten ging Ugo auf seinen Bruder zu, die Hand auf ihn gerichtet, Zeigefinger und kleiner Finger gestreckt, die anderen gebeugt. »Dieses Zeichen hat sie gemacht, Ma hat das *mal'occhio* gegen das Böse gemacht. Gegen *mich*, Rudy. *Weil du es ihr gesagt hast*.«

Auf Rudys Oberlippe hatte sich Schweiß gebildet. Sein Mund bewegte sich, aber kein Wort kam heraus.

Phelan trat zwischen sie und wandte sich an Ugo. »Es reicht. Fahren Sie wieder heim nach New Orleans. Wir haben Ihren Bruder aufgespürt und Sie hatten Gelegenheit, mit ihm zu reden. Ihr Bruder hat Ihnen die Hälfte des Erbes angeboten. Sprechen Sie mit Ihrem Familienanwalt, er soll alles in die Wege leiten.«

Ugo bewegte eine Hand zur Innentasche seines Blazers und Phelan war mit einem Schritt bei ihm, packte seinen rechten Ellbogen und hielt ihn fest. Aufgebracht sah Ugo ihn an, versuchte, seine Hand abzuschütteln. Phelan musste mit aller Kraft dagegenhalten – der Alte war stark. Ugos Augen schossen zu Rudy, dann drehte er den Kopf und ließ seinen Blick über die Vogelkäfige, die Küche und den Flur zu den Schlafzimmern schweifen. Stocksteif stand er da. Phelan spürte die angespannten Muskeln des Arms, den er umklammert hielt.

»Gut«, sagte Ugo mit rauer Stimme, »in Ordnung. Das Gesetz soll entscheiden. Nehmen Sie die Hand weg, Phelan. Kümmern Sie sich um meinen Bruder. Er sieht etwas … unwohl aus.« Phelan ließ Ugo Sparrow los. Der Mann strich über seinen Blazer, dann verließ er das Haus und schloss die Tür. Die Fliegengittertür fiel hinter ihm zu.

Keuchend und schwitzend sank Rudy in einen Sessel. »Danke, dass Sie dafür gesorgt haben, dass er abhaut. Wenn auch ein bisschen spät.«

Phelan setzte sich in den anderen Sessel. Er kam sich vor wie ein Personenschützer oder ein Pfleger, wie er so neben dem Alten saß, der versuchte, sich zu beruhigen. Der verdammte Papagei passte genau diesen Moment ab, um einen gellenden, zittrigen Schrei auszustoßen, wie ein Kind, das geschüttelt wird. Rudy sprang auf.

»Ganz ruhig.« Phelan hatte sich automatisch die Ohren zugehalten, jetzt stand er auf und drückte Rudy zurück in den Sessel. »Der Vogel hat ein ziemliches Organ, was?« Aus einem der hinteren Zimmer war leises Poltern zu hören, wahrscheinlich Raffie, der aufgewacht war. Phelan sah auf die Uhr: 5:24. Er wollte möglichst schnell weg, aber eine Frage musste er vorher noch loswerden. Delpha würde die Antwort wissen wollen.

»Sagen Sie«, setzte er an, als Rudy nicht mehr mit offenem Mund atmete wie ein Fisch auf dem Trockenen, »haben Sie es gesehen ... wie er Ihre Schwester umgebracht hat? Was ist damals passiert?«

»Ich hab es in dem Moment damals nicht begriffen. Ma und Pa, die ganze Straße war an diesem Abend beim Mardi Gras. Es war der Abend der Krewe of Comus – kennen Sie die? Eine Riesensache – der Festzug, die Kostüme. Ma hatte uns so spitze Hüte gebastelt und wir sind damit durchs Haus getobt. Dabei ist Papa über mich gestolpert und hat sich am Knie, glaub ich, wehgetan. Deshalb haben wir Hausarrest gekriegt und sie sind ohne uns los. Ugo fieberte das ganze Jahr den Umzügen entgegen. Und am liebsten mochte er den Comus.«

Rudys Blick richtete sich nach innen. »So wie Papa Amalia am liebsten hatte. Das taten wir alle. Sie hätten sie sehen sollen – ein Engelchen.« Plötzlich fuhr seine Hand zu seiner Brust und umklammerte das Hemd. »Gott, hab Erbarmen, vergib mir, barmherziger Vater. Seit fünfundsechzig Jahren lässt mir der Gedanke keine Ruhe. Ich hab sie gesucht und bin rüber zum Hof des Nachbarn. Als ich durch den Torbogen sah, entdeckte ich meinen Bruder, der sich abklopfte. Unter der Treppe war neben einer Palette mit Ziegeln ein Sandhaufen. Mehr hab ich nicht gesehen.«

»Ein Sandhaufen. Das ist alles?«

»Wir konnten sie nicht finden. Das ganze Viertel haben wir auf den Kopf gestellt und Ma und Pa sind fast wahnsinnig geworden. Und dann stand mir auf einmal dieses Bild wieder vor Augen. Ich sah Ugo mit seinem spitzen Hut, wie er von diesem Sandhaufen wegtritt. Sich abklopft. Dort haben sie sie gefunden. Zwei Tage später.«

»Hatte er Sie bemerkt?«

»Glaub ich nicht. Aber eines Abends hat Pa uns windelweich geprügelt, weil wir nicht besser auf Amalia aufgepasst hatten. Ugo hat mich dabei ertappt, wie ich ihn anstarrte. Da hat er gewusst, dass ich es weiß.«

»Warum haben Sie nichts gesagt?«

»Den Mut hatte ich nicht.« Rudy rieb sich übers Gesicht, seine Finger zogen die wettergegerbten Wangen nach unten. »Es wäre alles anders gekommen, mein Gott –«

Sparrow murmelte weiter vor sich hin. Von draußen war das Quietschen von Autoreifen zu hören und erinnerte Phelan an seinen Chevelle, der auf der Straße auf ihn wartete. Er wollte nur noch raus aus diesem Haus. Der Fall war gelöst. Wenn Rudy beschloss, Ugo Sparrow wegen eines fünfundsechzig Jahre alten Mordes anzuzeigen, nun, dann sollte der Anwalt in New Orleans sich darum kümmern. Phelan war sich ziemlich sicher, das Louisiana so etwas ausnahmsweise genauso wie Texas behandelte: Für Mord gab es keine Verjährungsfrist.

42

Es hatte Delpha gerührt, dass Phelan sie so eindringlich gebeten hatte, ins Rosemont zu fahren, aber dafür war sie viel zu aufgekratzt. Sie saß in einiger Entfernung von Rudy Sparrows Haus in dem Dart. Um kurz vor fünf hielt ein goldfarbener Galaxie am Straßenrand, ein Kennzeichen aus Louisiana, 59R498 Sportman's Paradise, und ein kräftiger, blasser Mann mit weißem Haarkranz ging zu der Rampe. Wenn das Xavier Bell war, dann hatte er seine Kostümierung abgelegt, die braunen Haare und den Schnurrbart, die Sonnenbrille und den Hut. Sie hätte nicht beschwören können, dass er es war, aber wer sollte es sonst sein. Sieben Minuten später tauchte Phelan in der Straße auf. Er stellte den Chevelle ab und stieg aus, nickte Delpha zu, deutete auf das Haus und ging zur Tür.

Würde Tom Zeuge eines überfälligen Friedensschlusses werden oder Schiedsrichter bei einer Rauferei unter alten Männern? Beides erschien ihr gleich wahrscheinlich. Wenigstens hatte sie vollgetankt. Delpha drehte den Zündschlüssel und ließ den Motor laufen, was die Temperatur im Auto noch weiter in die Höhe trieb. Viel los war nicht auf der Straße. Sie könnte jetzt in der heruntergekühlten Lobby des Rosemont sitzen und sich die Watergate-Anhörungen anschauen. Stattdessen hockte sie seit vier Uhr bei heruntergekurbelten Fenstern in der Gluthitze herum. Der Schweiß lief ihr an den Seiten runter, ihre Bluse war klitschnass und ihr Hintern klebte auf dem Sitz.

Zwanzig vor sechs stakste der Mann mit dem bleichen Gesicht zwischen den Bäumen links von der Holzrampe hervor. Er rutschte hinters Lenkrad des goldfarbenen Autos und fuhr mit quietschenden Reifen los.

Sie legte den Gang ein. Sie hatte noch nie jemanden beschattet, aber so schwer konnte es nicht sein, man durfte nur das andere Auto nicht verlieren und gleichzeitig von dessen Fahrer nicht entdeckt werden. Vor allem Ersteres, also blieb sie eine Autolänge hinter dem Galaxie. Folgte ihm auf der I-10E in die Stadt, auf der es auch ins Büro ging. Der Galaxie verließ den Freeway und fuhr auf die Willow Street, passierte Downtown und bog in der Fannin Street auf einen Parkplatz neben dem Jefferson Theatre. Delpha ging vom Gas und ihr Hintermann hupte und überholte sie.

Keiner stieg aus dem Galaxie aus. Aus dem Fahrerfenster ringelte sich Rauch.

Sie behielt das Auto auf dem Parkplatz im Blick, passte eine Lücke im Verkehr ab und fuhr auf die andere Seite der Pearl, wo sie parken konnte. Sie drehte sich auf ihrem Sitz um und wartete. Als ein Bus hielt, fluchte sie aus Sorge, dass der Mann nicht mehr in seinem Auto sitzen könnte, sobald der Bus wieder losfuhr.

Kurz vor halb sieben öffnete sich jedoch die Fahrertür und er stieg aus. Eindeutig das richtige Alter. Sobald er auf den Bürgersteig getreten war und auf das Kino zuging, schlüpfte Delpha aus dem Dart und huschte über die Straße. Er kaufte eine Eintrittskarte am Kassenhäuschen, über dem eine Laufschrift *Ein Fremder ohne Namen Clint Eastwood* ankündigte. Mit gesenktem Kopf steuerte Delpha auf die Leuchtreklame des Jefferson an der Gebäudeecke zu.

Vor den Schaukästen blieb sie stehen und tat so, als würde sie das Poster mit den beiden verliebten Strandspaziergängern betrachten: Heute Abend lief in der Spätvorstellung die Vorpremiere von *So wie wir waren*. Sie wagte es und warf einen Blick zu dem Kassenhäuschen. Der Mann sammelte gerade sein Wechselgeld ein und sah die Straße rauf und runter. Als er sich in Delphas Richtung drehte, konnte sie ihn genau erkennen. Schnell hob sie eine Hand vors Gesicht und fuhr sich mit gespreizten Fingern durch die Haare. Wandte sich ab und tat so, als würde sie ihr Spiegelbild im Schaukasten mustern, während sie dachte: *Xavier Bell.*

Hugh Sparrow.

Ugo Passeri.

Tom.

Tom Phelan war noch in dem Haus. Tom und Rudy und Rudys lachender Freund, Ugos Sohn. Das Treffen musste die Brüder so aufgeregt haben, dass Ugo von dem Haus weggerast war – aber, sagte sie sich, wenn er jetzt ins Kino ging, war sicher nichts Schlimmeres vorgefallen.

Dann fiel ihr Toms Theorie ein, was Ugo in seinem Leben alles angerichtet haben könnte. Ein im Sand vergrabenes Kleinkind, hingeschlachtete Soldaten, eine verschwundene Ehefrau, die Überreste eines Supermarktangestellten. Es war Ende September, die Stadt ein Glutofen, und in ihrer Brust breitete sich Eiseskälte aus.

Ein paar Minuten lang stand sie auf dem glitzernden Billigterrazzo vor dem Kino. Dann trat sie an das Kassenhäuschen und beugte sich zu der Kartenverkäuferin vor, eine Brünette mit grauem Haaransatz.

»'tschuldigung, ich bin hier grad zufällig vorbeigekommen und hab meinen Onkel gesehen, der ältere Herr, der eben eine Karte gekauft hat. Er hatte meiner Tante versprochen, heute Abend zum AA-Treffen zu gehen.« Delpha machte eine unglückliche Miene. »Ich befürchte, er schwänzt öfter mal und kommt stattdessen hierher.«

Ohne den Kopf zu heben, sah die Frau Delpha an. »Seit Tagen. Schaut sich die Filme alle zweimal an. Er hat erzählt, dass er auch ins Gaylynn Twin geht. Falls es Sie beruhigt, hier finden zwar keine AA-Treffen statt, aber dafür ist im Kino auch kein Alkohol erlaubt. Ich hoffe nur, Ihr Onkel schmuggelt nicht heimlich eine Flasche rein.«

Hinter Delpha bildete sich eine Schlange. Sie sah die Kartenverkäuferin noch betroffener an. »Wann ist der Film zu Ende?«

»Fünf vor neun. Dann folgt die Vorpremiere. Was fürs Gemüt. Wenn Sie den Clint Eastwood sehen wollen, das ist eine Art Western, ziemlich brutal.«

Nein, selbst wenn bei Rudy nichts passiert sein sollte, sie wollte nicht mit einem Mann im Kino sitzen, der vielleicht seine kleine Schwester unter Sand erstickt hatte. Sie hatte noch genug an Dennis Deeterman zu knapsen. Offenbar war sie nach wie vor so sehr mit ihm beschäftigt, dass Aileen seinen Geist gesehen oder ihn gespürt oder gerochen hatte – wie auch immer. Deeterman, der in das Büro trat, Arme wie Greifer. Augen, die herumschossen, um sicherzugehen, dass Delpha allein war. Leere Augen, in denen im nächsten Moment heller Zorn aufflammte.

Ihr Zurückweichen.

Der bullige Mann plötzlich über ihr, das Messer gezückt.

Dieses Mal war sie nicht in der Falle. Aber wieder breitete sich eisige Taubheit in ihr aus, obwohl die Wärme des Bürgersteigs durch die Sohlen ihrer flachen Schuhe drang. Dieses Mal war Hilfe in Reichweite. Oder?

»Schätzchen, hinter Ihnen warten Leute. Wollen Sie jetzt eine Karte oder nicht?«

Delpha schüttelte den Kopf.

43

Sie hielt auf dem Besucherparkplatz unter einer Eiche und zwang sich, zum Eingang des Beaumont Police Department zu gehen.

Der Cop am Empfangstresen war mittleren Alters, sein gestärktes Hemd hätte die Schicht auch ohne ihn durchgestanden. Nein, Sergeant Fontenot habe heute keinen Dienst und Chief Guidry sei auch nicht da. Es sei – der Igelkopf senkte sich über sein Handgelenk – fast Viertel vor sieben und der Chief habe ganz normale Arbeitsstunden, es sei denn, es gebe einen Notfall. Bevor Delpha ihm erklären konnte, weswegen sie gekommen war, warf er ihr einen verkniffenen Blick aus sowieso schon verkniffenen Augen zu. *So blöde konnte man doch nicht sein, um das nicht zu wissen. Was stand sie noch hier rum?*

Delpha erwiderte den Blick, etwas, das sie im Gefängnis nie gemacht hätte.

Der Cop presste die Lippen zusammen.

Die Tür zum Dienstraum ging auf und zwei junge Cops kamen heraus. Ein Weißer mit struppigen Haaren, der rückwärtsging und die Luft Kung-Fu-mäßig mit den Händen zerhackte. Dahinter ein Schwarzer, ungefähr im selben Alter, der so tat, als würde er sich wegducken. Der Weiße drehte sich um. Riss die Augen auf.

»Hey, ich kenn Sie, Sie waren doch vor kurzem hier, in einer blutverschmierten Bluse.« Er rückte seine Mütze zurecht und richtete sich gerade auf. »Officer Wilson. Und das ist mein Partner Officer Johnson. Können wir Ihnen helfen?«

Delpha machte einen Schritt am Empfang vorbei. Ob sie vielleicht bei einem Haus vorbeifahren und nach dem Rechten sehen könnten, fragte sie und nannte ihnen die Adresse. Könnte sein, dass da etwas passiert sei. Es sei jemand in dem Haus gewesen, der in Zusammenhang mit einigen verdächtigen Ereignissen stehe. Der Cop am Empfang sah zwischen ihr und den beiden jungen Kollegen hin und her. Einen Moment lang vergaß er, herablassend zu sein, und griff nach dem Telefonhörer, sprach hinein, dann wandte er sich an Delpha: »Wissen Sie, wo der Mann jetzt ist?«

»Ich hab keine Ahnung, ob er wirklich was gemacht hat. Jedenfalls bin ich ihm von dem Haus zum Jefferson Theatre gefolgt.«

Der Schwarze rümpfte die Nase. »Er ist ins Kino?«

Der Weiße deutete mit dem Kinn zu einem Auto hinter der Glastür. »Wie wär's, wenn Sie beim Streifenwagen warten, Miss Wade. Wenn was passiert ist, brauchen wir Sie, um ihn zu identifizieren. Wir kommen gleich.«

Wartend ging sie neben dem Streifenwagen unter der Eiche hin und her. Das Licht, das durch das gewundene Gitterwerk der schwarzen Äste fiel, schimmerte golden und kupfern und färbte sich am Horizont schließlich rot. Dann kamen die beiden jungen Cops endlich heraus. Der Weiße trat zu ihr. »Die Kollegen sind schon dort.«

Delpha schluckte. »Ist jemand verletzt?«

»Ja, Ma'am, der Notarzt wurde gerufen.« Er sah ihr nicht in die Augen, bevor er rasch zur Fahrerseite lief.

Die Kälte in ihrer Brust breitete sich in ihrem ganzen Körper aus. Sie stellte sich eine Welt ohne Tom Phelan vor und alles in ihr wurde taub. Delpha streckte den Kopf durch das Beifahrerfenster. »Ist es Tom Phelan? Bitte sagen Sie es mir.«

»Ma'am«, sagte der andere Cop, der hinter ihr stand, »der Notarzt ist wohl schon wieder weg. Wir wissen auch nicht mehr, als dass Streifenwagen vor Ort sind. Egal was dort los ist, die Polizei kümmert sich drum.« Er hielt ihr die hintere Tür auf.

Streifenwagen. Also mehr als einer. »Lassen Sie das bitte mit meinem Kopf«, sagte Delpha leise. Sie strich sich die Haare zurück und rutschte auf die Rückbank. Auf der Fahrt hielt sie die Arme um sich geschlungen.

44

Bevor Phelan von dem Haus wegfuhr, warf er einen Blick über die Schulter und da hörte er die Rufe. Er sah eine Bewegung hinter den Bäumen, dann kam Rudy wild winkend die Rampe heruntergelaufen und rief gellend um Hilfe. Zusammen rannten sie zurück ins Haus, während Rudy irgendetwas von Wiederbelebung stotterte. Ja, ja, er habe gesagt, es wäre ein Segen, wenn Raffies Herz aufhören würde zu schlagen, aber er könne ihn nicht einfach so gehen lassen, ohne es wenigstens versucht zu haben, das müsse man doch, oder –

Ja, das müsse man, sagte Phelan.

Auf dem Teppich in Raffies Zimmer lag ein Kissen. Der tragbare Fernseher auf der Kommode brabbelte leise vor sich hin, in der Ecke stand ein Schaukelstuhl. Raffies Kopf lag flach auf der Matratze, der Pony war ihm aus dem Gesicht gefallen, der Mund stand offen. Eines der Augen war offen, das andere geschlossen. Phelans Nase kräuselte sich bei dem Gestank.

»Es ist das Herz, oder?«, rief Rudy. »Oder?«

»Rufen Sie einen Krankenwagen, schnell.«

Rudy rannte aus dem Zimmer. Schnell tastete Phelan Raffies warmen Hals nach einem Puls ab, fand keinen.

Er versuchte es trotzdem. Machte Mund-zu-Mund-Beatmung, Herzdruckmassage, drei Minuten, nichts. Rudy stand hinter ihm, murmelte vor sich hin. Sechs Minuten, Phelan betete, dass der Rettungswagen endlich kam. Es dauerte fast zehn Minuten, bis sie die Sirenen hörten und Rudy hinausrannte, damit sie wegen der vielen Bäume nicht an dem Haus vorbeifuhren.

Phelan kniete neben Raffie, sah die bläulichen Lippen, die rissigen Mundwinkel, das offene, blutunterlaufene Auge mit der erweiterten, starren Pupille. Er zog das untere Lid nach unten, sah die roten Flecken, die auf geplatzte Kapillaren schließen ließen. Auch unter dem Oberlid waren Flecken. Hinweise auf Ersticken oder Überanstrengung. Phelan verzog das Gesicht. Der arme Raffie – er hatte gelitten. Verzweifelt musste er nach Atem gerungen haben, als das Herz ins Stocken kam und dann ganz aufhörte zu schlagen.

Stiefel polterten über die Rampe und ein dreiköpfiges Rettungsteam übernahm. Der Leiter ging neben Raffie in die Hocke, suchte nach dem Puls, musterte sein Gesicht, die Fingerspitzen. Er warf Phelan einen fragenden Blick zu. »Haben Sie versucht, ihn wiederzubeleben?«

»Ungefähr zehn Minuten«, sagte Phelan. Er erwiderte den Blick. Sie dachten beide dasselbe. Dann sahen sie zu Rudy, der sich an eine Wand drückte, um nicht im Weg zu stehen, sein Gesicht zu einer Maske des Schmerzes verzogen.

Einer der Sanitäter stülpte eine Atemmaske über Raffies Nase und Mund, schob ihm ein Kissen unter den Kopf und begann mit Wiederbelebungsmaßnahmen. Nach fünf Minuten hörte er auf und sagte etwas zu seinem Kollegen hinter ihm, der sich schnell zu Rudy drehte. »Könnte ich Ihr Telefon benutzen, Sir?«, fragte er und rannte in die Richtung, in die Rudy deutete. Der Sanitäter fuhr mit den Wiederbelebungsmaßnahmen fort, bis sein Kollege zurück ins Zimmer kam und ihm etwas ins Ohr flüsterte. Mit gebeugtem Kopf hörte der Sanitäter zu. Dann stand er auf und wandte sich Rudy zu, der immer noch an der Wand lehnte.

»Sir, wir können ihn ins Krankenhaus bringen, wenn Sie das wollen. Aber wir haben mit dem Arzt gesprochen, und so wie es aussieht ... es tut uns leid –«

»Ja, verstehe«, Rudy trat einen Schritt vor, ging zum Bett. »Sie haben es versucht«, sagte er. Er deutete mit dem Kopf zu Phelan. »Er hat es versucht. Ich weiß. Er ist gegangen.«

Der Sanitäter streckte die Hand aus, um ihn zu stützen, aber Rudy bemerkte es nicht. Er hatte sich bereits neben dem Bett auf die Knie niedergelassen. Die Männer blickten sich an, dann gingen sie hinaus. Phelan blieb noch so lange in dem Zimmer, bis er sicher war, dass mit Rudy alles in Ordnung war.

Der alte Mann beugte sich zu Raffie, legte seine Wange auf seine Brust. »Mein Junge«, sagte er. »Mein lieber, lieber Junge.« Er hatte die Augen fest geschlossen.

Phelan ging zu den Sanitätern in die Küche und sagte ihnen, er werde bei Rudy bleiben und ihm dabei helfen, alles Nötige in die Wege zu leiten. Einer der Sanitäter reichte ihm einen Knopf. »Geben Sie ihm das«, sagte er. »Das lag im Bett. Unter den Leuten von den Bestattungsunternehmen gibt es so einige Langfinger ...« Der Papagei krächzte einen seiner Evergreens und alle drehten sich zu ihm um. Die Männer nickten Phelan zu und zogen ab.

Phelan blickte auf seine Hand. Es war kein Knopf.

Es war eine Münze. Eine Goldmünze mit zwei Gesichtern darauf.

Es traf ihn wie ein Schlag, fuhr wie eine Axt durch seine Brust. Er lief den Flur hinunter, blieb an der Tür zur Veranda stehen und sah hinaus. Die Fliegengittertür knarrte in den Angeln und schwang zum Garten mit den Bäumen und dem Tümpel hin auf. Sie war nicht verschlossen gewesen. Brennend fuhr die Axt in seinen Bauch. Es musste passiert sein, während Phelan und Rudy in dem anderen Zimmer waren. Er hatte dafür gesorgt, dass der Alte sich etwas ausruhte, weil er nach dem Streit mit Ugo so schlecht ausgesehen hatte. Sie redeten. Sie redeten, während Ugo Raffie die Luft abschnürte ... seinem eigenen Kind.

Phelan rief auf dem Revier an und bat darum, einen Streifenwagen zu schicken, dann setzte er sich an den Frühstückstisch neben das Telefon.

Nach einer Weile ging er zurück in das Schlafzimmer, wo Rudy immer noch mit dem Kopf an Raffie geschmiegt neben dem Bett kniete. Phelan half Rudy auf die Beine und trat einen Schritt zur Seite, damit der alte Mann den Schaukelstuhl neben das Bett schieben konnte. Er knipste den Fernseher aus. In ihm schwärte es. Rudy setzte sich und legte eine Hand auf Raffies Kopf, strich zärtlich und ruhig seine Haare glatt, so als könnte Raffie es noch spüren. Phelan wollte nicht derjenige sein, der ihm diesen Frieden raubte. Leise summte Rudy das Lied, das Phelan ihn schon einmal hatte singen hören. Dann fing er leise an zu schaukeln. Phelan reichte ihm ein Taschentuch und Rudy wischte sich über die Wangen. »Ich sollte ... ich sollte wohl ein Bestattungsunternehmen anrufen.«

Phelan dachte daran, was die Polizei sagen würde, und antwortete, dass keine Eile bestünde.

Rudy nickte, offenbar hatte er genau das hören wollen, und nahm die Hand seines Neffen.

Die Haut von Raffies bleichem Gesicht sah gespannt aus.

Bläuliche Verfärbungen konnten sich noch nach dem Tod bilden, überall dort an Gesicht und Körper, wo Druck ausgeübt worden war, bevor das Herz ausgesetzt hatte. Damit kannte Phelan sich nicht besonders gut aus. Bei der Army hatte er es mit anderen Verletzungen zu tun gehabt.

Das Lächeln, das Lachen, die kindliche Begeisterung hatten Raffie jung gemacht. Der Mann auf dem Bett sah nicht mehr wie ein Junge aus.

45

Am Jefferson zeigten die Cops der Kartenverkäuferin ihre Dienstmarken. Delpha drückte den Rücken durch, bis ihr Brustbein sich knackend von einem anderen Knochen löste. Beide Male, als ein Mann sie angegriffen hatte, war sie allein gewesen. Beide Male hatte der Kampf dazu geführt, dass sie genauso gewütet hatte wie der Mann – und es war richtig gewesen, sonst wäre sie nicht mehr am Leben.

Ein Teenager in der braunen Uniform eines Platzanweisers führte die Frau und die beiden Cops in den Zuschauerraum des prachtvollen alten Kinos, dann hetzte er zurück zu der gelb leuchtenden Popcorn-Theke. Delpha fand sich einem haushohen Cowboy mit Stumpen im Mundwinkel gegenüber. Als sich ihre Augen an die Dunkelheit im Saal gewöhnt hatten, ließ sie ihren Blick über die Sitzreihen wandern. Um die dreißig Zuschauer. Drei saßen allein da, einer direkt am Gang. Zwei davon hatten eine Glatze mit hellem Haarkranz, einer war ein Mädchen oder ein Junge mit langen Haaren. Die Cops wollten sich an ihr vorbeidrängen, aber sie hob die Hand. Ihre Finger zitterten.

Sie ging den Gang hinunter, die Cops ein paar Schritte hinter ihr. Als sie den Zuschauer auf dem Randplatz erreichte, beugte sie sich vor, kam dem Mann aber nicht zu nahe. Er roch nach Schweiß. Zigarettenrauch, Whiskey.

»Ach, hallo!«, flüsterte sie dem gebannt auf die Leinwand starrenden Profil zu.

Er drehte sich zu ihr. Ugo sah sie verwirrt und verständnislos an. Um sich selbst vom Weglaufen abzuhalten, konzentrierte sich Delpha auf die Frage, welchen Namen sie benutzen sollte. Sie wollte ihn nicht reizen und rief sich Zulma Bakers Sprachfertigkeit ins Gedächtnis.

»Ugo. Das ist ja nett, Ihnen hier zu begegnen.«

Einen Moment lang entglitten ihm seine Gesichtszüge, Oberlippe und Nasenflügel spannten sich an, Hass blitzte in seinen Augen auf, die Hände in seinem Schoß spreizten sich. Auf einmal war das blasse alte Gesicht hellwach.

»Also ... Meine liebe Miss Carroll, das ist ja wirklich reizend von Ihnen, wenn ich das so sagen darf. Wie überaus freundlich. Dass *Sie* das zu *mir* sagen!« In den dunklen Augen sammelte sich unter den überhängenden Lidern Wasser.

Erneut verzog sich das Gesicht – die Mundwinkel sanken nach unten, die Stirn runzelte sich und Tränen kullerten aus den geschlossenen Augen über die gefurchten Wangen. Die Schultern sackten nach vorne, das Kinn verschwand im Hals – der ganze Mann schrumpfte zusammen. Seine Hand hob sich, so als versuchte er eine Bedrohung abzuwehren, und in dieser Haltung erstarrte er.

Ein winziges Mädchen in einem blauen Kittel, ein Sandhaufen. Sie musste um sich getreten und geweint haben. Vielleicht hatte er sich mit seinem ganzen Gewicht auf sie gesetzt, bis sie aufhörte, sich zu wehren, und dann hatte er anfangen, Sand auf sie zu werfen, und sie begraben. Delpha richtete sich auf und trat von Ugo Sparrow weg.

Ugo saß immer noch zusammengesunken da. Seine Hand in der Luft, zu spät, um die Vernichtung aufzuhalten.

Dann kehrten sich Ugo Passeris Bewegungen nach und nach um. Seine Hände verschränkten sich im Schoß, sein

Oberkörper richtete sich auf. Er weinte nicht mehr, öffnete die Augen und hob den Kopf zur Leinwand. Beim Anblick des riesigen Cowboys, der seine Gegner verspottete, entspannte sich sein Gesicht. Die Banditen tobten. Hinter der schwingenden Saloontür sah man eine schwarze Gebirgskette. Musik, die wie Geigen und Sirenen klang.

Delpha hob die Hand. Jetzt war sie ganz ruhig. Die Cops stampften den Gang herunter.

Nachdem sie alles, was sie wusste, zu Protokoll gegeben, ihrerseits aber nichts Näheres erfahren hatte, ging Delpha durch den warmen Abend zum Büro von Phelan Investigations und stieg die Treppe hinauf. Niemand da. Sie heftete eine Nachricht an die Tür, von der sie hoffte, dass sie möglichst bald gelesen werden würde, und machte sich auf den Weg zum Rosemont.

Dort stand sie in der dunklen Küche und rieb sich über die Augenlider. Sie fühlten sich an wie Schmirgelpapier.

Delpha knipste eine der gelblichen Deckenlampen an, nicht beide, und sah auf die Uhr, zwanzig vor zehn, dann öffnete sie die hintere Tür, durch die das Sirren der Mücken drang. Sie rüttelte an der Fliegengittertür, ob sie auch wirklich verriegelt war. Langsam kratzte sie Essensreste von Tellern und Besteck, belud die Geschirrkörbe, ließ die Maschine laufen. Sie schaltete das Radio an und die Neonlampe über der Spüle, in der die Töpfe einweichten. Im Radio sang ein Mann, knurrte und heulte, begleitet von Bassbrummen und tänzelndem Klavier. Nachdem sie die Töpfe geschrubbt, abgetrocknet und scheppernd auf das Regalbrett gestellt hatte, machte sie sich über die schmiedeeiserne Pfanne her, scheuerte den eingebrannten Ring am Rand mit Salz weg und trocknete die Pfanne ab. Trocknete den Stapel Teller ab. Al Green schmachtete »Call me«.

Wie viel Uhr war es jetzt?

Siebzehn nach elf.

Delpha rieb einen Fleck von einer heißen Gabel, dann verstaute sie die Teller und das Besteck, die Servierschüsseln. Legte die großen Vorlegelöffel in ihre Schublade. Stapelte die verflixten Souffléförmchen zu wackligen Türmen. Holte einen sauberen Lappen und wischte die Arbeitsflächen ab. Nahm den Besen. Kehrte. Leerte die Schaufel in den großen Abfalleimer und schob ihn zu der Tür, damit Oscar ihn am nächsten Tag hinaustrug.

Fast Mitternacht. Bob Dylan krächzte »Knockin' on heaven's door«. Sie musste an Serafin denken – vielleicht war seine Mutter inzwischen oben im Himmel wie ein Stern und er kehrte bald zurück.

Sie zog den Wischeimer heran. Wrang den Mopp aus und fuhr damit über das Linoleum. An den Schränken entlang. Bückte sich, um mit dem Mopp unter den Arbeitstisch zu kommen. Als sie bei der Tür zur Lobby ankam, stieß sie sie auf, damit sie auch die Schwelle wischen konnte.

Sie stellte den Mopp in den Eimer. Tupfte sich mit dem Saum ihrer Schürze Gesicht und Hals ab und ließ ihn unvermittelt wieder sinken.

Erleichterung stieg in ihr auf.

Tom Phelan durchquerte die Lobby des Rosemont. Ein einsamer Fernsehzuschauer drehte den Kopf und sah ihm nach. Delpha wandte den Blick nicht von ihm ab. Eine Last schien seine Schultern zu beugen, seine Augen lagen tief in den Höhlen – als er schließlich vor ihr stand, ahnte sie, was er gleich sagen würde.

»Rudy oder Raffie?«

»Raffie.« Phelans Kopf bewegte sich ein winziges Stück zur Seite und zurück. »Die Cops gehen davon aus, dass Ugo ihm ein Kissen aufs Gesicht gedrückt hat.«

Delpha schlug die Hand vor den Mund. »Aber warum? Und wie hat er –?«

»Wollen wir uns nicht setzen?« Sie gingen zu zwei blauen Samtsesseln und Phelan streckte stöhnend die Beine aus, ließ den Kopf zurücksinken. »Warum«, sagte er.

Er erzählte von dem alten Geheimnis, von dem Testament der Mutter, was die Mutter zu Ugo gesagt hatte, das gesamte Gespräch. Wie er und Rudy in dem Glauben, die Streitigkeiten wären beigelegt oder würden es bald sein, miteinander geredet hatten. Währenddessen war Ugo zwischen den Bäumen um das Haus geschlichen und über die Veranda in Raffies Zimmer. Phelan hatte ein Geräusch gehört, aber gedacht, dass Raffie nach seinem Nickerchen aufstand. Also hatte er sich von Rudy verabschiedet, erleichtert, die beiden Brüder los zu sein. Dann kam Rudy angerannt und rief, dass Raffie einen Herzanfall erlitten hatte.

Aber er hatte keinen Herzanfall erlitten. Jedenfalls keinen natürlichen.

Delphas Augen waren unverwandt auf ihn gerichtet.

»Warum«, sagte Phelan und zählte die Gründe an seinen Fingern ab. Nach Raffies Tod würde Ugo als nächster Verwandter alles erben und Rudy ginge leer aus. Rache an Rudy – ein zentrales Motiv. So hatte sich Ugo die Wiedervereinigung mit seinem Bruder nämlich nicht vorgestellt.

»Er wollte, dass Rudy ihn von aller Schuld freispricht«, sagte Delpha, »auch von dem Mord an der kleinen Schwester. Selbst das, oder? Wie geht es Rudy?«

»Er ist im Krankenhaus. Er hatte einen Zusammenbruch, nachdem … nachdem er begriffen hatte, was passiert ist.«

Phelan richtete sich auf, stützte die Ellbogen auf die Knie, starrte auf seine verschränkten Hände. »Ich hätte früher eingreifen sollen, Delpha. Ich hätte Ugo rauswerfen und Rudy sagen sollen, dass er das Haus absperren soll. Ich hätte die Polizei rufen sollen.«

»Was hätten Sie der denn sagen können? Dass sich zwei Brüder in die Haare gekriegt haben? Sie wussten nicht, was Ugo tun würde.«

»Nein. Aber ich hätte wissen müssen, wozu er imstande ist. Ich wusste es, oder?«

»Es ist nicht Ihre Schuld, Tom.«

»Fühlt sich aber so an.«

»War ich schuld daran, dass Deeterman ins Büro kam, um das Buch zu holen?«

»Natürlich nicht.«

»Na, eben.« Sie nahm eine seiner Hände und drückte sie. »Rudy hat auch nicht daran gedacht, die Cops zu rufen, und er kannte seinen Bruder sehr viel besser als Sie – oder wir. Wenn Sie nicht da gewesen wären, hätte Ugo vielleicht beide umgebracht.«

»Das werden wir nie erfahren.«

»Nein.« Delpha ließ seine Hand los und wechselte das Thema. »Was passiert jetzt mit den Vögeln?«

Phelan wünschte sich, sie würde weiter seine Hand halten, wünschte, sie könnten tagelang so dasitzen. Endlich drehte er den Kopf und sah sie an. »Humane Society. Sie haben zwei Ladys mit Käfigen geschickt, aber ich hab nicht so lange gewartet. Ich bin ins Krankenhaus und hab mich dort eine Zeitlang rumgedrückt, dann bin ich aufs Revier.«

»Kümmert sich die Humane Society auch um den großen Vogel?«

»Perry.«

»Perry?«

»So heißt er. Er ist siebenundsechzig. Rudys ältester Freund. Der Anwalt wird ihn zu sich nehmen.«

Delphas Augenbrauen gingen in die Höhe. »Welcher Anwalt?«

»Sie haben den Familienanwalt in New Orleans ausfindig gemacht. Er heißt Sebastian Rush. Sie haben bis jetzt noch nichts von ihm gehört, Delpha, aber ... er ist ganz in Ordnung. Er kümmert sich um die Beerdigung. Wird Ugo einen Anwalt besorgen, aber Kaution – also dass er auf Kaution rauskommt, kann ich mir nicht vorstellen.«

Er holte tief Luft, stieß sie aus, sah auf seine Uhr. »Es ist Samstag.«

Phelan sagte Delpha, sie solle Montag freinehmen. Sich ausruhen. Er wüsste, dass sie Überstunden gemacht hatte, ohne sie auf ihren Stundenzettel zu schreiben. Er lächelte. Mann, heute Abend würde Mr Hank Aaron wieder auf dem Platz stehen und die Nummer 713 heimbringen.

Es war nicht sein heiteres Lächeln, dachte Delpha.

46

»Ich hab Ihnen auch was mitgebracht.« Es war Dienstag und Phelan hatte in der einen Hand eine weiße Tüte von Rao's Bakery, in der anderen den Rest seines Frühstücks. Delpha war beschäftigt. Schnell schob er sich den letzten Bissen in den Mund, brummte *mmmh* und wischte sich mit der Serviette aus der Tüte die Glasur von den Fingern. Er sah zu Delpha und fragte sich, warum sie ihren Bürostuhl zum Fenster geschoben und die Jalousie hochgezogen hatte.

Auf der breiten Rückenlehne eines der aquamarinblauen Sessel lag der Erste-Hilfe-Kasten, der Deckel war offen. Phelan sah genauer hin. Auf dem Fensterbrett stand eine Plastikflasche mit Alkohol. In ihrem Schoß lagen auf einem Papierhandtuch zwei winzige Silberkugeln und eine Nadel, und in der Hand hielt sie eine Puderdose, den kleinen Spiegel auf ihr Gesicht gerichtet.

Phelan ging zu ihr und warf einen Blick auf das Papierhandtuch. Die Kugeln sahen wie zwei schlichte Ohrstecker aus. Also deswegen der Spiegel und der Erste-Hilfe-Kasten.

»Stechen Sie sich Ohrlöcher?«

»Mein Zimmer geht zur Gasse raus. Das Licht hier ist besser.«

»Brauchen Sie Hilfe?«

Die Puderdose senkte sich, sie sah zu ihm hoch, dann hob sie sie wieder. »Ich glaube, ich schaff das.«

»*Pff*. Wie soll das gehen? Wie wollen Sie gleichzeitig stechen und den Spiegel halten? Warten Sie einen Moment.«

Er ging in sein Büro und kramte in der Schreibtischschublade. Nahm einen Stift zwischen die Zähne und rollte seinen wackligen Drehstuhl in das vordere Zimmer, setzte sich und schob ihn ans Fenster, bis die Rollen an die ihres Stuhls stießen.

Er legte den Filzstift und ein Plastikfeuerzeug auf das Fensterbrett. Wickelte ein Stück Gaze von der Rolle aus dem Erste-Hilfe-Kasten und schnitt es mit der Spielzeugschere ab. Dann schraubte er die Plastikflasche auf, goss etwas Alkohol auf die Gaze und rieb seine Hände damit ab. Er warf die Gaze auf den Boden, wickelte noch etwas davon ab, schnitt mehrere Stücke zurecht und legte sie über den Sessel. Offenbar machte er so etwas nicht zum ersten Mal.

Sanft zog er sie an den Ohren zu sich heran, bis ihr Gesicht ganz nah an seinem war. Wenn er sie an der Schulter oder am Arm angefasst hätte, wäre sie erstarrt. An den Ohren – damit hatte sie nicht gerechnet und ließ ihn gewähren. In seinem Kopf gingen die seltsamsten Dinge vor sich. Mit einem alkoholgetränkten Gazestück rieb er zuerst über das eine Ohr, dann über das andere, dann um die Ohren herum über den Hals. Ihre Haut wurde kalt und prickelte.

Er lehnte sich zurück und sah auf seine Hände in seinem Schoß. »Wenn Sie wirklich meinen, dass Sie das hinkriegen, verzieh ich mich.«

Sie sagte nichts.

»Allerdings hab ich natürlich einen besseren Blick auf Ihre Ohren, aber ... Sie müssten mir trauen, klar.«

Die Muskeln um Delphas Augen zuckten.

»Tun Sie das?« Er hielt den Kopf gebeugt, rieb sich mit der feuchten Gaze über die faltige Haut an den Fingerknöcheln.

Sie rührte sich nicht. Sah auf seinen Kopf, auf die nach vorne gefallenen dunklen Haare, die gereinigten Hände – neun Finger –, wie er dasaß, die Ellbogen auf den Knien, die Hemdärmel hochgekrempelt. Eine alte silbrige Narbe unter den Härchen auf dem einen Unterarm, auf dem anderen der Rand einer Tätowierung. Bilder, durch einen Fieberschleier gesehen: Phelan auf einem Stuhl neben dem Krankenhausfenster, den Kopf wie jetzt gebeugt; zurückgelehnt und ins Leere starrend; vorgebeugt, auf den verschränkten Fingerknöcheln kauend, den Blick unsicher auf ihr Bett gerichtet. Dann deutliche Bilder: wie er an dem Tag, an dem er sie eingestellt hatte, den zusätzlichen Büroschlüssel von seinem Schlüsselbund fummelte, nachdem er gerade von seinem ersten Fall zurückgekommen war, ein Fuß ohne Schuh. Miles Blankenship, der das Revier betrat, strahlend wie die Morgensonne, die in ein finsteres Tal fiel. Phelan, der ihr eine weiße Bluse, an der noch das Preisschild hing, reichte und heimlich zu ihr linste, als sie sich im Auto umzog.

In der Ferne heulte eine Sirene, fuhr mit einem ohrenbetäubenden Kreischen auf der Orleans Street vorbei und verhallte in der Ferne.

Leise hauchte sie *Ja*, dann fand sie ihre Stimme wieder. »Ja.«

Er sah immer noch nicht auf. »Würden Sie es bitte sagen?«

»Ja, ich schätze, ich ... trau Ihnen zu, dass Sie das hinkriegen«, flüsterte Delpha.

Phelan hob den Kopf, sah ihr in die Augen, und da war es wieder, mehr, als sie ertragen konnte: ein elektrischer Strom, zehrender Schmerz, ein Gleißen. Dann blinzelte er, nahm den Filzstift und entfernte die Kappe. Er stützte ihr

Kinn mit seiner Hand, nahm Maß, machte zwei Punkte auf ihre Ohrläppchen.

»Okay«, sagte er heiser. Räusperte sich. »Schauen Sie sich's an. Passt das so?«

Delpha hob die Puderdose mit dem Spiegel, besah sich das eine Ohr, drehte den Kopf, besah sich das andere, berührte das Ohrläppchen, nickte.

Er schob die Kappe zurück auf den Stift und ließ ihn auf den Boden fallen. Holt tief Luft, richtete sich auf. »Gut. Vor langer Zeit einmal waren ein Mann und eine Frau in einem Dornengestrüpp gefangen ...«

»Aha.«

»Was denn?«

»Sie wollen mich bloß ablenken, damit ich nicht merk, wie Sie mich stechen. Aber so doof bin ich nicht.«

»So was würde ich nie machen. So, jetzt kommen Sie ein bisschen näher her. Streichen Sie die Haare zurück. Gut. Halten Sie ganz still, Delpha. Und jetzt hören Sie zu ...« Ihre Wangen berührten sich fast.

Und sie hörte ihm zu, ganz genau. Wie er sie Delpha nannte. Er roch nach Zigaretten und Zimt.

»... also in diesem Dornengestrüpp, da gab es Brombeerranken und Stechwinden, Liguster und Christdorn und Brennnesseln. Haben Sie mal eine Brennnessel angefasst? Junge, ich kann Ihnen sagen, das brennt eine Ewigkeit.«

Er nahm die Nadel von dem Papierhandtuch in ihrem Schoß. Ließ das Feuerzeug aufflammen und hielt sie in die Flamme. »Jedenfalls waren der Mann und die Frau umgeben von Dornen und Stacheln. Sie machten einen Schritt in die eine Richtung, autsch, dann in die andere, piks. Kein Weg führte aus dem Gestrüpp hinaus.« Seine Hände fuhrwerkten mit dem Alkoholfläschchen herum. Dann hoben zwei Fingerspitzen ihr Kinn leicht an. Wieder spürte sie den kalten, beißend riechenden Alkohol hinter ihrem Ohr. Sie bekam eine Gänsehaut.

Sanft rieben Knöchel über ihren Hals. Ein kurzer Stich, dann liefen ein, zwei Blutstropfen von ihrem Ohr hinunter. Gazeumwickelte Finger pressten ihr Ohrläppchen zusammen, um den Schmerz zu betäuben.

Alkohol auf die kleine Wunde. Die Hände bewegten sich schnell.

»Eines Tages kam ein Bär in das Dickicht, biss dem Mann einen Finger ab und wollte weglaufen. Der Mann packte den Bären am Genick und riss ein Stück Fell von seinem Rücken.« Die warmen Fingerspitzen auf ihrem anderen Ohr, ein zweiter Stich. Dieses Mal wurde trockene Gaze daraufgedrückt, dann der kühle Alkohol. Kaltes Metall an ihrer Haut.

»Dem Mann fehlte jetzt zwar ein Finger, aber er legte das Fell aus und ging darauf aus dem Dornengestrüpp hinaus.«

»Und die Frau?«

»Sie blieb in dem Gestrüpp.«

»Nie im Leben würde sie das tun.«

»Die Dornen waren ziemlich stachelig.«

Kaltes Metall am anderen Ohr … hinten, vorne, Stecker. Weitere Alkoholtupfer.

»Dann tauchte eines Tages eine Kudzu-Ranke auf. Sie wand und schlängelte sich über die Dornen, bedeckte sie Schicht um Schicht, bis kein Sonnenstrahl mehr die Nesseln erreichte. Der Kudzu bildete einen Teppich unter ihren Füßen und darauf ging die Frau weg.« Weitere Gazestücke fielen auf den Boden.

»Danke. Und was ist dann passiert?«

»Ja, was? Immer mehr Dornengestrüpp, immer mehr Bären und Kudzu. Sie haben doch nicht etwa geglaubt, dass ich Ihnen ein Märchen erzähle?«

Ihr Mund verzog sich. »Hätte ja sein können, dass mich mal jemand überrascht.«

Er rutschte ein kleines Stück zurück, ohne sein Gesicht zu bewegen. »Warten Sie's ab, Delpha.«

Er hielt den Spiegel hoch. Sie nahm ihn. Neigte den Kopf, neigte den Spiegel, berührte die silberne Kugel an ihrem rechten Ohrläppchen, an ihrem linken. Das Blut war weggewischt. Chirurgenstahl. Genau auf einer Höhe.

Ihre blaugrauen Augen flackerten in die Höhe und ihre Blicke trafen sich. Knie an Knie saßen sie da. Hitze schoss in ihr hoch, gefolgt von Angst, die sich langsam ausbreitete.

Das Telefon auf ihrem Schreibtisch klingelte.

Sie presste die Lippen zusammen, drehte den Kopf, sah zum Telefon. Tom rollte seinen Stuhl zurück, um ihr Platz zu machen. Langsam stand Delpha auf und nahm den Hörer ab, hielt ihn fast waagrecht, um nicht an den Ohrstecker zu stoßen.

»Phelan Investigations. Was kann ich für Sie tun?«

Tom beugte sich vor und sammelte die Gazestücke, den Stift und das Feuerzeug vom Boden auf. Steckte das Feuerzeug in die Hosentasche, knüllte die Gaze zusammen und rollte sie zwischen seinen Handflächen zu einem Ball. Warf sie in den Abfallkorb neben seinem Schreibtisch. Bevor er in sein Büro verschwand, stellte er die weiße Bäckertüte neben sie auf den Schreibtisch.